Great Lives

위대한 생애 ⑥

인도의 성웅 간디 Ⅱ

민병산 / 옮김

일신서적출판사

젊은시절의 간디

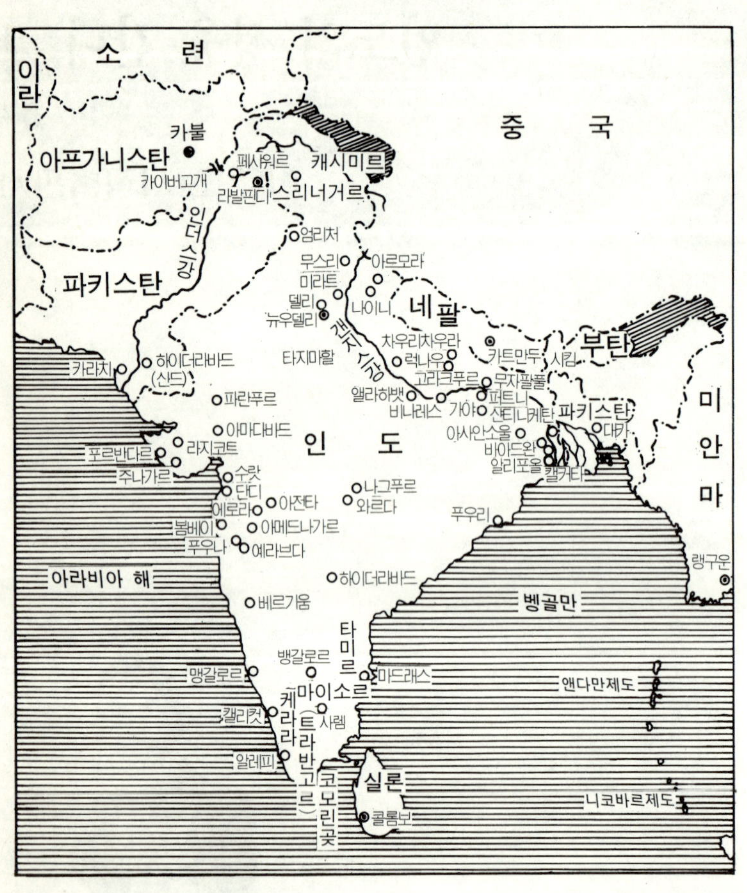

소 련
이란
중 국
카불
아프가니스탄
카이버고개
페샤워르
캐시미르
리발핀디
스리너거르
인더스강
파키스탄
엄리처
무스리
아르모라
미라트
델리
나이니
네팔
뉴우델리
갠지스강
차우리차우라
부탄
하이더라바드
(신드)
타지마할
럭나우
카트만두
시킴
카라치
고라크푸르
무자팔풀
파란푸르
앨라하밧
파트니
미얀마
비나레스
가야
산티니케탄
파키스탄
아마다바드
인 도
아사안소울
다카
포르반다르
라지코트
바아드완
알리포올
캘거타
주나가르
수랏
딘디
나그푸르
에로라
아잔타
와르다
봄베이
아메트나가르
푸우리
푸우나
예라브다
하이더라바드
아라비아 해
베르가움
벵골만
랭구운
타미르
뱅갈로르
맹갈로르
마드래스
앤다만제도
케라라
마이소르
캘리컷
시렘
라반고르
알레피
실론
코모린곶
니코바르제도
콜롬보

인도에 있어서의 간디

차   례

제 **14** 장

붕　괴

　　침묵의 해는 지났으나 간디의 생각에는 변화가 없었다. 여전히 그의 강령은 힌두교도와 이슬람교도의 단결이고, 불가촉천민제의 철폐이고, 물레돌리기의 장려였다. 사실 간디의 강령을 간단하게 요약 정리하면 몇십 년 동안 변하지 않았다. 1919년의 소책자《인도의 자치(自治)》에서 윤곽을 그린, 인도의 미래상이 만년까지 줄곧 이끌어갔다고 볼 수 있다. 비협력운동이 정점에 이르렀던 1921년에 간디는 앤드루즈를 통해서 만약 정부가 농촌에서의 수방, 수직을 장려하고, 술과 아편을 금지한다면 비협력운동을 철회하겠다는 뜻을 인도 총독에게 전달한 일이 있었다. 그러나 정부는 이 제의에 회답하지 않았다. 아마도 그는 생애의 어느 시기에도 카다이와 금주를 조건으로 화해할 수 있었을 것이다. 그러나 식민지 정부로서 카아디는 영국의 무역에 타격을 주고, 금주는 정부 세입(歲入)에 타격을 주는 것이었다.

　　1926년 12월, 사바르마티 아쉬람을 떠난 간디는 가는 곳곳마다 집회에 참석하면서 여행을 계속하여, 회의파 연차대회에 출석하기 위해 동북 인도 아삼 주 고하티에 도착했다. 그 도중에 간디는 전인도를 놀라게 한 비보(悲報)를 접했다. 압둘 라시드라고 자칭하는 이슬람교도 청년이 저명한 힌두교도의 애국자인 스와미 쉬랏다난다로를 찾아와서 종교문제에 관해서 얘기를 하고 싶다고 면회를 요청했다. 스와미는 병상에 있었으며 절대안정을 필요로한다는 의사의 지시를 받고 있었다. 방 바깥에서 제자와 방문자가 옥신각신하는 소리가 들렸으므로 스와미는 그 사나이를 들어오게 하라고 명령했다. 스와미는 방에 들어온 압둘 라시드에게 원기가 회복되는 대로 얘기를 하자고 말했다. 젊은 이슬람교도가 목이 마르다고 물을 청했다. 제자가 물을 가지러 일어났다. 압둘 라시드는 권총을 꺼내어 스와미의 가슴에 대고 쏘았다. 스와미 쉬랏다난다는 곧 절명했다.

이슬람교 계통 신문은 스와미가, 힌두교도가 인도를 지배해야 한다는 주장을 하고 있었다고 비난을 퍼부었다. 간디는 국민회의파 대회의 연단에서 "스와미는 이슬람교도의 적은 아니었다."라고 단호하게 말하고, 또 "압둘 라시드에게는 죄가 없다."고 말했다. "죄는 쌍방의 증오심을 선동한 사람들에게 있다." 간디는 암살자를 나의 형제라고 몇 번이나 되풀이해서 불렀다.

간디에게는 영국인도 '형제'였다. 이번 회의파 대회에서 급진적인 민족주의자들은 독립을 주장하는 동시에 영국과의 모든 관계를 끊어 버리자는 결의안을 제출했으나 간디는 이에 반대했다. "그들은 인간의 본성(本性)——따라서 그들 자신에 대한 신뢰가 결여되고 있음을 드러냈다. "왜 대영제국을 지도하고 있는 사람들의 마음에는 결코 변화가 일어날 수 없는가."라고 간디는 물었다. 가령 인도가 위엄있고 힘을 갖춘다면 영국의 태도도 변할 것이다.

그래서 간디는 인도를 내부에서 강화시키는 노력을 계속했다. 그렇게 하지 않고서는 독립을 요구하는 결의는 공허한 말과 몸짓에 지나지 않는다.

그렇게 하기 위해서 간디는 다시 인도 각지를 여행했다. 어떤 곳에서는 집회장소에서 불가촉천민들의 자리를 따로 구별하고 있는 것을 보고 사이에 들어가서 주저앉아 브라만이나 기타 카스트 힌두(카스트 내의 힌두교도)들에게 자기를 따르도록 요구했다. 적극적으로 인도에 봉사하는 마하트마에게는 누구라도 따르지 않을 수 없었다.

그는 연설을 할 때 왼손을 들어 다섯 손가락을 펴고, 오른손가락 두 개를 왼손가락 하나로 잡아 흔들면서 불가촉천민의 평등을 의미하는 것이라고 말했다. 그 자리에서 말을 알아듣지 못한 사람들은 나중에 다른 사람에게 설명을 들었다. 이어서 둘째 손가락은 물레돌리기를 의미하며, 셋째 손가락은 근엄(謹嚴), 즉 술과 아편의 금지를, 넷째 손가락은 힌두교도와 이슬람교도의 우호를 지칭하며, 마지막 다섯째 손가락은 여성의 평등을 의미한다고 말했다. 다음에 주먹을 쥐고 자기 몸에 대는 몸짓——그것은 비폭력을 의미했다. 이 다섯 가지 덕은 비폭력을 통해서 실천되며, 각 개인을 해방하고 따라서 인도를 해방하게 된다고 역설했다.

이따금 피곤하거나 청중이 너무 소란할 때에는, 곳에 따라서는 20만 명이 넘는 청중이 조용해질 때까지 연단 위에 말없이 앉아 있었다. 그가 무언(無言)으로 앉아 있으면 청중도 조용히 앉아 있었다. 그러면 간디는 합장(合掌)하여 청중을 축복하고서 미소를 지으면서 퇴장했다. 이 무언의 전달과 집단적인 침묵은 자제와 자기 추구의 훈련이며, 따라서 자치에의 첫걸음을 의미했다.

수많은 시민이 카아디를 입고 집회에 모였다. 어느 곳에서는 인도에서는 일을 부탁하지 않을 수 없는 세탁업자가 수직품이 아니면 의류 세탁을 사절했다. 어떤 미개 부족은 마하트마의 호소를 듣고 술을 끊었다. 유아혼에 대한 비판도 상당히 광범하게 받아들여졌다. 집회에서는 여성이 남성들 사이에 끼어서 참가하게도 되었다.

그러나 힌두교도와 이슬람교도 사이의 문제는 간디의 노력에 완강하게 저항했다. "나는 이 이상 어떻게 할 도리가 없다. 나는 손을 들 수밖에 없다. 하지만 나는 신을 믿는다. 마음속에 있는 그 무엇이, 양 교도의 단결은 우리가 짐작하기보다 더 빨리 올 것이며, 신께서 언젠가는 반드시 우리들의 태도가 좋거나 나쁘거나 그것을 우리에게 명령할 것이다. 그래서 나는 이 문제를 신에게 밑겼다."고 간디는 말했다. 간디의 마음은 이런 공식(公式)으로 위로받았으나 현실의 긴장은 완화되지 않았다. 두 교도는 서로 상대편 여자나 어린이를 유괴해서 개종을 강요하고 있었다.

간디는 카르카타에서 비하르를 거쳐 남하(南下)하여 위대한 선각자

틸락의 고향인 마타 인(人) 나라에 갔다. 푸우나에서는 학생들이 그에게 영어로 얘기하라고 요구했다. 간디는 그들이 사용하는 마라티 어(語)를 모르기 때문에 영어로 시작하였으나 도중에 힌두스타니 어(語)로 바꾸었다. 그는 힌두스타니 어를 국어로 통하게 할 생각이었다. 일부 학생들은 우호적이며, 어떤 학생들은 카아디를 위해서 자기 금메달을 팔아서 희사하기도 했다. 일부는 절대적인 학생도 있었다. 봄베이에서는 민중의 호의와 희사하는 돈으로 압도당할 정도였다. 그것은 그의 고향 구자라트 지역애서의 일이었다. 거기서 다시 푸우나로 돌아와 기차를 타고 방갈로르 향하여 남원(南原) 인도 카르나타카에의 길을 떠났다.

푸우나 역에서는 몸이 하도 쇠약해서 방갈로르 행 열차에 실려서 들어갔다. 눈이 가물가물하여 간단한 메모도 쓰기가 어려웠다. 그날 밤 푹 자고서 기운을 회복한 간디는 이튿날 데칸 번 왕국 콜하플에서 7개소의 집회에서 연설했다. 그곳 불가촉천민들은 독자의 집회를 요구하여 굳이 간디를 그들의 학교에 끌고 갔다. 여성은 여성대로 간디에게 특별한 용건이 있고, 어린이들은 어린이들대로 용건이 있었다. 비(非) 브라만, 크리스트 교도, 카아디 보급 운동자, 학생 모두가 각각 간디에게 특별한 용건이 있었다. 마지막 집회에서 그는 드디어 졸도하고 말았다.

그래도 간디는 중단하지 않았다. 이튿날은 너무 피곤해서 연설을 못 했지만 군중이 지나가는 동안 숙박소 현관에 앉아 있었다. 그 후 카아디에 보내는 희사금 8457루피를 받으러 차를 타고 집회에 갔다. 콜하플에서 100마일 이상 떨어진 벨감에서 열린 집회에는 참석은 했지만 연설은 못 했다. 드디어 의사가 건강상태가 대단히 나쁘므로 휴양을 하라고 설득했다. 간디는 바다바람이 불어오는 고지의 소도시로 갔다.

친구들이나 의사 지바라지 메후타 박사가 강력히 주장하여 2개월간 휴양하기로 한 것이다. 비용을 절약할 수 있는 사바르마티로 돌아가지 않은 것은 지대가 높고 기후가 좋은 곳에서는 회복이 빠르다는 의사의 말을 따른 것이었다. 휴양 중에도 간디는 "무위(無爲)하게 보내고 싶지 않다."고 말했다. 하기는 가벼운 독서와 자서전 집필을 계속하는 정도는 괜찮았다.

간디는 "가벼운 독서라는 것은 무슨 뜻이지요?" 하고 물었다.

의사가 "물레돌리기를 해서는 안 됩니다. 혈압이 높으니까요."라고 말하자 간디가 항의했다.

"그럼 물레돌리기를 하는 전후에 혈압을 재봅시다. 어쨌든 물레를 돌리면서 죽는다면 나로서는 더없는 명예지요." 간디는 이렇게 고집하여 결국 물레돌리기를 계속했다. 그러나 편지에 대한 답장을 쓰지 않는 것은 동의했다.

간디는 사바르마티 아쉬람에 있는 여성들에게 다음과 같은 편지를 보냈다. '그렇습니다. 내 몸은 차가 수렁에 빠진 것 같은 상태입니다. 내일이면 수선도 못 할 만큼 파괴될지도 모릅니다. 하지만 그게 뭐 어떻다는 겁니까. 〈기타지(〈바가바드 기타〉)〉에는 생명을 지닌 자는 언젠가는 죽게 되어 있고 죽은 자는 언젠가 다시 살아난다는 것도 역시 정해진 운명이라고 분명히 씌어 있습니다. 사람은 누구나 다 이승에 태어나 그 임무를 수행하기 위해 앞으로 나아가는 법입니다.'

카아디를 파는 일이 간디에게는 약이 되었다. 번 왕국의 번주(藩主) 내외분이 찾아와서 조금 사주었다. 데바다스와 마하데브 데사이는 행상을 하러 나가 지갑이 불룩하도록 많이 팔고 돌아왔다.

얼마 후, 간디는 그의 두 주간지에 논설을 쓰기 시작했다. '혈압이 180에서 155, 155에서 다시 연령 표준인 150으로 내렸다. 지난 3일간, 하루 2회씩 1마일 이상을 걸었다. 간디는 그게 몸에 좋으니까 단식을 하고 싶다고 말했다. 그러나 의사는 단식 대신 레크리에이션을 할 것을 권했다.

"화투나 핑퐁 놀이 같은 거 말인가요?" 하며 간디는 웃었다.

의사들은 구체적으로 뭐가 좋다고는 제시하지 못했다.

"그렇다면 당신들의 제안은 소용이 없군요. 하기는 그게 당연하지. 작업이 곧 유희인데 따로 뭐가 있을 리 없어요." 하고 농을 하고는, "목수 연장을 구해줘요. 고장난 물레를 고치고 구부러진 방추(紡錘)를 반듯하게 해야하니까." 하고 제안했다.

간디는 1927년 4월 한 달 동안 마이소르 번 왕국에 머무르며 휴양했다. 하루는 번 왕국 재상이 문안을 왔다. 이런 얘기 저런 얘기를 하다가 재상은 마이소르 공리가 수직 옷을 입는 것을 반대하지 않겠다고 간디에게 확약했다. 한편 간디는 마이소르 수도 방갈로르를 방문하여 메소지스트 파(派)의 여자 미션 스쿨을 견학했을 때, 교사들에게 아메리카 사람 선교사 E. 스탠리 존스가 메스지스트 파 학교에서 물레돌리기를 채택하기로 자기에게 약속한 사실을 얘기했다. 그는 학생들과 담소하고 카아디를 입으라고 권고했다.

그 후, 간디의 주치의가 된 B. C. 로이 박사와 봄베이와 런던에서 개업한 인도인 의사 만첼샤 기르달 박사에 의하면 간디가 1927년 3월 콜하플에서 경미한 발작을 일으켰다고 했다. 하지만 두 사람 다 후유증을 포착하지는 못 했다. 기르달 박사는 1932년 이후, 간디의 심장에 대한 전문의를 맡아보았는데, 마하트마의 심장은 나이에 비해서 튼튼했다고 말했다. 기르달 박사는 "무슨 중요한 결정을 내릴 때 외에는 간디의 혈압이 오르는 경우는 전혀 없었다. 언젠가 한 번은 혈압이 높아서 누웠는데 이튿날 아침에는 평소대로 회복되어 있었다. 어떤 중대문제에 관해서 밤 사이에 결정을 내린 때문이었다. 조심해야 할 사람이 있거나 어떤 방면의 공격을 받거나, 혹은 무슨 일의 진행이 걱정이 되는 경우에도 간디의 혈압은 전혀 영향을 받지 않았다."고 말하고 있다. 다만 무슨 결단을 내리기 위해 자기 마음속에서 생각할 때에만 혈압이 약간 오르는 정도였다.

고혈압을 수반한 1927년의 그 가벼운 발작은 간디에게 새로운 시민적 불복종투쟁을 전개하기에 유리하지 못한, 당시 정치 정세의 시점에서 몸에 끼친 과로 때문이었을지 모른다. 간디는 1924년 출옥한 이후부터 비협력운동을 재개하는 좋은 기회를 노리고 있었다. 그의 목표는 거기에 있으며 다른 움직임은 모두 그것을 위한 준비였다. 종전보다 더 영국측에 대한 협력이나 입법부에 있어서의 영국측에 대한 방해조차도, 그가 보기에는 시간의 낭비에 지나지 않았다.

간디의 협력자들은 대개 그에게 충실했다. 간디의 친밀한 동료인 바츠라브바이 파텔의 형이며, 뉴델리에서 중앙입법참사회 의장으로 있는 바츠라브바이 파텔은 당국에서 나오는 상당한 봉급의 반을 건설적인 사업을 위해서 써달라고 매달 수표로 간디에게 보내왔다. 간디는 그의 시민적 불복종이 협력자와 비협력자를 결합시키는 방향으로 발전하는 것을 느꼈다. 영국측은 소위 그 양두정치 밑에서는 표면상으로만 권력처럼 보이는 일부분으로 양보했을 뿐이었다. 간디의 생각으로는 여전히 시민적 불복종만이 영국측으로 하여금 진짜 권력 이양을 촉구하는 것이었다.

그러나 정세의 움직임은 느렸다. 간디는 '힌두교도와 이슬람교도 사이 현재의 상황은 매우 추악하다.'고 1927년 6월 16일자 〈영 인디아〉지에 썼다. 간디는 두 교도들의 돌처럼 완고한 마음을 완화시키고 바꾸기 위해 무슨——아마 단식일 것이다——일을 해야겠다고 생각했다.

간디는 힌두교도와 이슬람교도의 대립은 인도인이 자기 자신의 문제를 정리하지 못하고 있음을 증명하는 것이라고 말했다. 그런 상태에서 어떻게 영국에게 권력 이양을 요구할 수 있을까. 영국이 양자의 분열을 이용했다든가, 애당초 영국의 조작으로 분열이 생겼다든가 하는 대답으로는 충분하지 않았다. 왜 인도인은 영국이 이 약점을 잡도록 허용했는가가 문제였다.

간디는 신을 믿었다. 모든 기회가 소멸된 것처럼 보일 때에는 아마 영국이 그 기회를 제공해줄 것이라고 생각했다. 실제로 그렇게 되었다.

새 부왕(인도 총독) 로드 어윈은 리딩의 후임으로 1926년 4월, 마흔다섯 살 때 인도에 부임했다. 그와 인도와의 관계는 화이트 홀에서 인도 담당상을 지내기도 하고 인도에서 임관한 일도 있었던 그의 조부 해리팩스 자작으로부터 이어받은 것이었다. 그리고 부친으로부터는 영국 국교회와 고교회(高敎會) 파(派)의 사상에 대한 애착심을 이어받았다. 실제로 수고일(受苦日)에 봄베이에 도착한 로드 어윈은 새 부왕이 왔을 때 하기로 되어 있는 의식을 연기하고 우선 교회로 갔다.

신심이 돈독한 인물을 총독으로 임명한 것은 영국 정계 일부에서는 마하트마 간디가 반대운동을 지도하고 있는 나라——종교적인 나라에서 앞으로 5년간 통치하기에 전망이 밝아보였다.

그런데 어윈 총독은 19개월 동안 간디를 초청하지 않았다. 가장 유력한 인도인을 직접 만나서 정세를 토의하겠다는 의향을 전혀 표시하지 않았다. 그러다가 1927년 10월 26일, 서해안 방갈로르에 미리 약속된 연설을 하러 가 있던 간디에게 어윈 총독으로부터 오는 11월 5일에 회견을 하고 싶다는 연락이 왔다.

마하트마는 곧 여행을 중지하고 뉴델리로 향하여——기차로 2일—1250마일의 여정을 떠났다. 지정된 시간에 간디는 어윈 앞에 안내되었다. 참석자는 그 한 사람이 아니었다. 중앙입법참사회 의장 바츠라브바이 파텔, 1927년도 국민회의파 의장 S. 쉬리니바사 아이양가르, 그리고 1928년도 회의파 의장으로 아직 취임하기 전인 M. A. 안사리 박사도 그 자리에 초청되어 있었다.

인도인들이 참석하자 어윈 총독은 인도 정세를 보고하고 정치상 개혁에 관해서 권고를 할, 존 사이몬을 우두머리로 하는 영국의 공식위원회가 가까운 시일에 도착할 예정임을 알리는 서면을 내주었다.

간디는 그 서면을 읽은 다음 무슨 말이 나오나 기다렸으나 총독은 그 이상 아무 말도 하지 않았으므로 "우리가 회합할 용건은 이뿐입니까?" 하고 물었다.

총독은 "그렇습니다." 하고 대답했다.

회견은 그것으로 끝났다. 간디는 묵묵히 남 인도로 돌아와 거기서 다시 카아디 자금을 모으러 세이론에 갔다.

어윈 총독이 간디를 만난 후 계속해서 다른 인도인 지도자들도 같은 형식으로 사이몬 위원회가 곧 온다는 통지를 받았다. 토의를 하는 것도 아니고 설명을 보태는 것도 아니고, 다만 10년간의 조사를 규정하고 있는 1919년의 인도통치법 제84조 8항에 따라 존 사이몬을 비롯하여 6명의 영국 상하 양의원으로 구성된 법정위원회가 곧 도착하여 인도의 정세를 조사하고 필요한 경우에는 정치제도의 어떤 변혁을 제안한다는 것뿐이었다. 그리고 어윈 총독은 다만 인도인들이 그 위원회에서 증언하고 제안할 것을 희망했다.

로드 어윈의 전기를 쓴 아란 캄벨 존슨은 이 사건을 '인도인 지도자를 다루는 데 있어 개탄할 만한 실수'라고 말하고 있다. 이에 관해서 비난의 대상이 된 것은 어윈 총독과 영국정부의 바켄헤드 인도재상이었다. 바켄헤드는 우수한 법률가로서, 화이트 홀에서 인도 정책을 작성하는 일을 맡았다. 이 일에 종사함에 있어 그를 이끈 기본 태도는 1929년 영국 상원에서 한 선언에 집약되어 있다. 바켄헤드는 수사적인 투로 이렇게 말했다. "본원(本院)에 참석한 그 누가, 한 세대나 두 세대, 혹은 한 세기 동안에 인도인이 그 육군 해군 문관제도를 통솔하여 우리나라의 어떤 권위에 대해서가 아니고 인도 정부에 책임을 질 총독을 받드는 지위에 도달할 것을 기대할 수 있다고 말할 수 있겠는가?" 이 우수한 법률가는 인도에 대해서 문외한이었지만 로드 어윈과 함께 인도를 지배했던 것이다.

사이몬 위원회는 말하자면 바켄헤드의 머리에서 태어난 미숙아였다. 1919년의 인도 통치법대로 하면 위원회의 발족은 1년 내지 2년 후에도 괜찮았으나 영국에서는 총선거가 절박하고 있어 바켄헤드는 보수당이 노동당에게 패배하지 않을까 걱정했다. 사실 1929년에는 그렇게 되었다. 이것은 문제가 문제니만큼 영국 노동당이 당시 그다지 알려지지 않은 크레멘트 R. 애트리 의원으로 하여금 사이몬과 함께 일하는 것을 허용함으로써 결과적으로는 바켄헤드의 책략에 말려든 것으로 보고 더욱 낙담했다.

사이몬 위원회의 구성을 알고 인도는 깜짝 놀랐다. 인도의 운명을 결정하게 될 그 위원회에는 인도인이 한 사람도 들어 있지 않았다. 영국측은 그것은 국회의 위원회이므로 동등자, 즉 국회위원으로 구성되지 않으면 안 된다고 설명했다. 그러나 인도인의 동자격자 신허어 상원의원이 있지 않은가. 인도는 석명(釋明)을 인정하지 않았다. 요컨대 인도인을 토민(土民)으로 취급하여 백인들이 와서 시찰해도 아무 말도 안 하는 갈색 아시아 인의 운명을 결정할 작정인 것이다. 이것이 협력의 결과라고 간디 파의 비협력자들은 비웃었다.

전인도에 사이몬 위원회의 조사활동을 돕지도 말고 제안도 하지 말자는 운동이 자연발생적으로 일어났다. 전 총독자문회의의 일원이며 인도의 위대한 헌법학자인 서어 태에게 바하둘 사프루는 인도의 온건파에게 보이콧을 호소했다. 힌두 마하사바는 잠시 주저하다가 판디트 마단모한 마라비야의 지도 밑에 보이콧 진영에 가담했다. 국민회의파는 물론 이의없이 보이콧에 찬성이었으며 간디가 촉구할 필요도 없었다. 되살아난 무슬림 리그의 진너도 보이콧에 참가할 기색이었다. 어윈 총독의 전기 작자는 "진너를 자기 손아귀에 돌아오게 하려고 최대의 노력을 기울여 어떤 실질적인 제안을 했다."고 밝히고 있다. 진너는 영국측이 인도의 종교적 분열을 이용하고 있는 것을 확신하여 총독의 실질적인 제안을 거부했다. 바켄헤드의 방침은 결국 모든 인도인으로 하여금 비협력으로 나아가게 했다.

1928년 3월 3일, 봄베이에 도착한 사이몬 위원회는 흑기(黑旗)와 "사이몬 돌아가라!"고 외치는 행렬의 영접을 받았다. 이 슬로건은 그 한 마디밖에 모르는 인도인의 입에서 나오는 외침이었으며 위원들이 인도에 머무르는 동안 계속 그들의 귀에 울렸다. 그것은 정치적인 동시에 사회적인 보이콧이었다. 위원회는 고립되었다.

사이몬은 타협을 기도했다. 어윈 총독은 감언이설로 유혹했다. 소수의 인도인 정치가——저급하고 야심적인 사람들이 사이몬 위원회에 유인되었다. 하지만 참으로 인도를 대표하는 사람은 누구 하나 유혹

당하지 않았다. 사이몬 위원회는 간신히 여러 가지 중요한 사실과 통계를 재주껏 편찬해서 그 요략(要略)을 영국정부에 제출했다. 그것은 영국의 인도 지배의 역사 위에 새겨진 학술적인 비문(碑文)이었다.

이리하여 1927년 11월 5일의 간디와 어윈 총독 제1회 회견은 불평등을 나타내고 사이몬 위원회의 구성은 인도인을 배제하였다. 이 두 가지 원칙은 모두 간디와 인도 국민의 분노를 일으켰다.

그러나 인도 민족은 꾸준히 해방을 향해서 나아갔다. 간디는 1930년까지에 인도와 영국의 관계를 냉정한 매매자 사이의 단합 같은 관계로 바꾸었다. 1930년에 이르러서는 영국의 명령에 인도가 자동적으로 복종한다는 것은 영영 과거의 것이 되었다. 1928년, 29년, 30년으로 나아가면서 인도인은 자기 자신을 모르고 남도 모를 정도로 희미하기는 했지만 자유로운 인간이 되어갔다. 인도인의 몸에는 아직 멍에가 걸려 있지만 그 정신은 이미 옥(獄)에서 뛰쳐나와 있었다. 그 옥문을 연 사람은 바로 간디였다.

정의를 방패로 삼고 도덕적 신념의 창을 손에 든 성자, 적을 정복함에 있어서 이렇게 완전무결하게 군사를 지휘한 장군은 역사상 한 사람도 없었다. 이 시점에서 돌이켜보면 간디가 남아프리카에서 보낸 세월과 경험은 모두 1928년~30년의 투쟁을 위한 준비였다. 1915년 이후 간디가 인도에서 전개한 모든 활동은, 인도인을 그 투쟁에 대해서 준비를 갖추게 했다. 물론 모든 과정이 한꺼번에 계획한 일은 아니었지만 시대의 흐름을 어떤 균형된 관점에서 보면, 그의 모든 실천은 치밀한 계획을 형성하고 있었다.

제 **15** 장

서　　막

　간디는 매우 천천히 전투를 개시했다. 그는 보통 반란자와는 달리 적의 탄약을 구하려고 하지 않았다. 영국측은 간디에게 시민적 불복종이라는 그 독특한 수제무기(手製武器)를 사용하는 호기를 제공해주었을 뿐이었다.

　지난 1922년 2월, 초우리 초우라에서 회의파 폭도가 경관을 살해한 사건이 발생하여 그 때문에 발도리 지구에서의 시민적 불복종운동을 중지하게 되었던 것인데, 간디는 그 일을 잊어버리고 있지 않았다. 그로부터 6년을 기다려 1928년 2월 12일, 같은 장소인 발도리에서 발동한 '사티야그라하'에 신호를 보냈다.

　간디는 직접적으로는 지도하지 않고 멀리서 지켜보며 그 움직임에 관한 장문의 논설을 써서 총괄적인 지시와 격려를 해주고 있었다. 실지(實地)의 지도자는 바츠라브바이 파텔이고 앗바스 타이야브지라는 이슬람교도가 협력했다.

　1915년, 아후마다바드에서 일류 변호사이던 사르달 바츠라바이 파텔이 클럽에서 브리지 게임을 하고 있을 때 간디가 들어왔다. 파텔은 꺼풀이 두터운 눈으로 이 방문자를 옆눈으로 슬쩍 쳐다보았다. 그는 커다란 구근(球根) 같은 터번을 두르고 소매를 접어올린 기다란 카티야왈 옷을 입은 빈약한 체격의 인물이었다. 파텔은 짙은 콧수염 밑에서 슬쩍 미소를 짓고 다시 트럼프로 눈을 돌렸다. 그는 간디가 남아프리카에서 실천한 위업에 관해서 얘기를 듣고 있었지만 이 최초의 만남에서는 그다지 감명을 받지 않았던 것이다.

그러나 1주일 후, 농민에 대한 과세(課稅)에 관해서 간디가 주최한 회의에 잠깐 들러보았을 때에는 이 신래자(新來者)의 논리에 탄복하여 자리를 떠날 수 없었다. 파텔은 정밀하고 과학적이며 강철같이 강한 마음을 지닌 사람이었다. 후년, 수염을 다 깎은 원만한 얼굴이나 나무열매처럼 생긴 갈색의 대머리, 그리고 무릎까지 내려오는 카아디를 입은 건장한 몸집은 고대 로마의 원로원(元老院) 의원을 연상시켰다. 그는 감정을 표면에 나타내지 않았다. 가령 아메리카 사람을 예로 들어서 말하면 국민회의파의 정치가 제임스 파아리와 비교된다. 다시 말하면 기계처럼 정밀한 두뇌, 뛰어난 기억력으로 인도 정계의 거친 파도를 자신있게 헤쳐나가는 타입이었다.

간디는 인도관(印度觀)으로 파텔의 충성을 획득했다. 즉 인도 인구의 8할 이상이 농민이므로 독립을 달성하기 위해서는 농민의 지지가 필요하며 농민의 지지를 얻기 위해서는 농민의 말을 사용하고 농민과 같은 옷을 입고 농민의 경제적 요구를 알아야 한다고 했다.

1928년, 파텔은 아후마다바드의 시장으로 있었는데 간디의 종용에 따라 그 자리를 내놓고 봄베이 주 발도리에 가서 영국 정부가 결정한 22퍼센트 증세에 대한 87000평의 농민의 비폭력 저항을 지도했다.

파텔의 지도에 따라 농민들이 납세를 거부하자 징세관은 농작물과 착유(搾乳)하는 물소를 차압했다. 농민들은 밭에서 쫓겨났다. 세금체납 때문에 부엌까지 침입을 당하여 냄비나 솥, 수레나 말까지 빼앗겼으나 농민들은 비폭력을 지켰다.

간디는 〈영 인디아〉 지에서 다음과 같이 말했다. '이대로 몰수가 계속되면 얼마 안 가서 발도리 지구는 몽땅 정부의 소유물이 되어 그 가혹한 과세액의 1000배 이상을 내게 될 것이다. 발도리 지구 사람들이 용감하다면 재산몰수에도 동요하지 않을 것이다. 그들은 재산이 없어지겠지만 그 대신 선량한 사람으로서 가장 귀중한 명예를 누리게 될 것이다. 용기와 굳센 팔을 가진 사람은 재산의 상실을 두려워할 필요가 없다.'

마하트마는 가난한 농민들 한 사람 한 사람이 모두 간디라고 생각한 것인데, 진실로 기이한 일이지만 이 판단은 틀리지 않았다. 간디주의의 활기는 농민들 한 사람 한 사람으로 하여금 희생을 각오하게 했다.

몇 달이 지났다. 발로리 지구는 여전히 그 입장을 고수하고 있었다. 체포된 사람도 많았으나 아무도 공포를 느끼지 않았기 때문에 그것을 공포라고 말하는 사람도 없었다.

발도리의 투쟁은 전인도의 이목을 끌게 되어 각지에서 투쟁을 격려하는 자발적인 기부금을 속속 보내왔다.

관리들은 그 지방을 자동차로 돌아다녔다. 어떤 농민들은 사르달 파텔에게 "왜, 도로를 차단하거나 못을 땅에 깔아 자동차 타이어에 구멍이 나게 하지 않습니까?" 하고 물었다.

파텔은 "그건 안 됩니다. 여러분은 20만이나 30만 루피의 돈 때문에 싸우고 있는 것이 아니라 원칙을 위해서 싸우고 있다는 걸 잊어서는 안 됩니다. 최종적으로는 스와라지에 연결되는 우리의 자존심을 위해서 싸우고 있는 겁니다."라고 타일렀다.

정부는 모든 마을에서 동산(動産)을 몰수하기 시작했다. 농민들은 바리케이트를 치고 가축과 함께 집 안에서 농성을 했으므로 징세관은 수레를 끌어갔다. 사르달 파텔은 수레를 분해해서 차체와 차륜을 각각 다른 곳에다 두고 차축을 땅에 묻으라고 지시했다.

정부는 성명을 발표하여, 차압한 땅의 일부를 새 거주자에게 팔아 처분했다는 것과 체납이 더 계속되면 발도리 지구의 농지(農地)는 다 경매할 방침임을 밝혔다. 사르달 바츠라브바이 파텔의 형이고 중앙 입법참사회 의장인 빗타르바이 파텔은 총독 앞으로 그러한 조치는 경우에 따라서는 법이나 질서나 절도의 한계를 넘은 것이라는 비난의 편지를 썼다. 간디는 농민이 정부에 도전하고 있는 지금 중립이라는 기만적이고 노예적인 전통을 벗어난 것이라고 해서 그가 총독에게 보낸 편지 내용을 환영했다.

간디는 전인도인에게 호소했다. 인도 국민들은 간디의 요청에 응하여 발도리의 명예를 찬양하는 뜻에서 6월 12일에 모든 직무나 영업의 휴업인 하르탈을 단행했다. 그리고 거액의 원조금이 내외의 많은 인도인으로부터 현지의 지도자 사르달 바츠라브바이 파텔에게 답지했다.

간디 자신도 발도리를 단기간 방문하여 곳곳에서 행렬의 환영을 받았다.

위대한 헌법학자 테에지 바하둘 사프루, 봄베이 주의회 의원 K. M. 문시, 기타 인도의 중진들이 발도리 지구 저항자들에게 동정을 표시하여 정부에 대해서 정당한 조치를 취하도록 요구했다. 사티야구라하 운동이 드디어 그 정점에 다다르자 봄베이 주지사는 어윈 총독과 상의하기 위해 시무러에 갔다. 5일 후에 돌아온 지사는 바츠라브바이 파텔, 앗바스 타이야브지, 기타 네 명의 지도적인 사티야구라히들을 회담에 초청했다. 시민적 저항자는 언제나 만나서 의논하기를 좋아했다. 거기에서 타협이 생길 수도 있기 때문이다. 그러나 발도리 지구 투쟁에 관해서는 타협의 여지가 없었다. 7월 23일 주 입법참사회 개회에 임하여 서어 레즐리 윌슨은 "영국 황제의 영장이 황제의 자치령에서 효력이 있느냐 없느냐가 문제점이다."라고 말했다.

영국의 언론계에서도 발도리 지구에 일어난 반항을 알고 있었다. 하원에서는 질문이 있었다. 그러나 로드 윈터 톤은 단호하게 법률을 준수하여 그러한 저항운동을 분쇄하라고 지시했다. 발도리의 사티야구라히들은 파텔을 비롯하여 그 사아벨[洋劍] 소리에 두려움을 느끼지 않았다.

간디는 전국으로부터 다른 주(州)에서도 시민적 불복종운동을 개시하자는 요청을 받았으나 좀더 참아야 한다고 권고했다. "아직은 한정된 동정(同情) 사티야구라하를 할 때에도 이르지 않았다. 발도리 지구는 더욱더 그 기개(氣慨)를 보여주어야 한다. 가령 최후의 시련을 능히 견디어 정부의 조치가 한계점에 다다랐을 경우에는 나도 바츠라브바이도, 사티야구라하의 확대를 억제하거나 쟁점을 한정하지는 못 하게 될 것이다. 그때에 한계는 인도 전체의 자기 희생과 수난을 견디는 능력에 의해서 규정될 것이다. 아직까지는 발도리 사람들은 신의 보호에 의해서 안전하다."

이제 곧 파텔이 체포될 것으로 예상되었으므로 8월 2일 간디가 발도리에 갔다. 그런데 8월 6일에 갑자기 정부가 굴복했다. 정부는 체포한 사람 전원을 석방하고 몰수한 토지를 다 반환했으며 몰수한 가축과 기타 전부를 반환하고 당초의 문제인 증세(增稅)를 취소한 것을 약속했다. 이에 대하여 파텔은 농민이 종래의 세율(稅率)에 따라 납세할 것을 약속했다. 양자는 서로 협약을 지켰다.

여기에서 간디는 어윈 총독과 조국 인도에 그의 무기가 소용이 있다는 것을 보여준 결과가 되었다.

그는 과연 이 독특한 무기를 다시 대규모로 사용하게 될지.

바야흐로 인도는 몹시 소란해졌다. 1928년 2월 3일에 사이몬 위원회가 봄베이에 상륙하자 인도는 위원회를 보이콧했다. 간디의 보이콧은 시종일관 철저했으며 단 한 번도 위원회에 대해서 언급하지 않았다. 간디에게 그것은 존재하지 않는 것과 마찬가지였다. 그러나 다른 사람들은 그것에 위원회를 거부하며 데모를 했다. 이 과정에서 비극이 발생했다. 라홀에서 열린 대항의집회(大抗議集會)에서 펀잡 지방의 최고 정치가이며 간디가 '펀잡의 사자'라 부른 예순네 살의 라지파트 라이가 라아티가 4피트의 곤봉으로 경관에게 구타를 당하여 얼마 후 사망했다. 거의 같은 시각에 자와하르랄 네루도 라크노우에서 열린 사이몬 위원회에 대한 항의집회에서 역시 경관의 라아티로 구타를 당했다. 라지파트 라이가가 사망한 지 몇 주 후, 라홀 경찰의 샌더스 경감이 암살되었다. 간디는 암살사건에 대하여 비겁한 행위라고 비난했으나 암살용의자 바가트신은 체포를 피하여 영웅이 되었다.

정부는 1928년 가을에, 인도에서 차츰 활발해져가는 노동조합에 대하여 강력한 조치를 취했다. 노동조합 지도자, 사회주의자, 공산주의자들이 일제히 검거되었다. 인도의 노동자들은 비참한 처지에 있어 민족주의적인 동시에 계급적 이유에서 반항의식을 지니고 있었다.

22

정부에 대해서도 회의파에 대해서도 항상 폭동과 반대의 구심점이 되어온 벵골 주에서는 '피를 바치면 자유를 얻으라'라는 구호를 모토로 하여 폭풍을 일으키는 바다제비[海燕], 즉 찬드라 보스($^{인도 정치가}_{1897\sim1945}$)가 대단한 인기를 얻어 많은 지지자를 거느리고 있었다.

간디는 당시 상황에서 위기감을 느껴 현재 영국이 펴고 있는 제도는 '씻을 수 없는 악'이라고 말했다. 간디가 한 마디 지시를 하거나 발도리 지구의 1000명이 움직이면 일약해서 전인도의 행동으로 발전하게 될 것이다. 다만 간디는 우수한 야전 지휘관으로서 언제나 전투에 유리한 시기와 장소를 신중하게 선택했다. 간디는 인도의 단점을 알고 있었으며 또 국민회의파의 약점도 알고 있었다. 간디가 더 참으면 어쩌면 전투를 피할 수 있을지도 모른다. 비폭력투쟁도 그것을 회피하는 모든 가능성이 없어질 때까지는 전투를 개시해서는 안 된다는 것이 간디의 생각이었다.

이 불안정한 분위기 속에서 간디는 1928년 12월 카르카타에서 열린 국민회의파 연차대회에 출석했다. 그 도중 열차가 나구플에 정거했을 때, 친구들이 그의 의도를 타진하는 몇 가지 의미심장한 질문을 했다.

"정치적 독립전쟁에 대한 당신의 태도는 어떤 것입니까?"

"나는 거기에 참가하지 않을 것입니다."

"그렇다면 당신은 국민군을 지지하지 않는다는 말씀이군요."

"나는 스와라지 밑에서라면 국민군의 결성을 지지하겠습니다. 다만 그것도 민중이 강제에 의해서 비폭력적인 상태에 둘 수 없다는 것이 명백한 경우에 한합니다. 지금의 나는 어떻게 해서 비폭력적 수단으로 민족의 위기에 대처할 것인가를 가르치려는 것입니다."

국민회의파 대회는 행동을 원했다. 그러나 간디는 조직을 보는 눈과 현실을 파악하는 감각을 가지고 있었다. 국민회의파는 전쟁을 논했으나 과연 국민회의파는 유력한 군대인지. 간디는 오히려 국민회의파가 개조할 것을 원했다. 그는 다음과 같이 썼다. '국민회의파 대표들은 태반이 자선(自選)이며 현재 같은 구성을 계속하는 한 참으로 단결된

불굴의 저항을 계속하기 어렵다.'

그러나 국민회의파는 완강했다. 정부에 대해서 미리 경고한다는 것도 협의사항에 들어 있지 않았다. 스파쉬 찬드라 보스와 자와하르라르 네루는 젊은 세대를 지휘하여 절로 독립전쟁의 방향으로 나아가게 되는 즉시 독립선언을 할 것을 요구했다. 간디는 2년간의 경고기간을 두자고 주장하다가 마지막에는 그들의 강경한 태도에 양보하여 1년간으로 결정했다. 여기에서 만일 1929년 12월 31일까지 인도가 자치령 지위의 독립을 얻지 못할 경우에는 자신을 독립파라고 선언하지 않으면 안 되게 되었다.

간디는 배수의 진을 쳤다고 선언했다.

1929년은 결정적인 해가 될 것이다.

간디는 1930년에 있을 변동에 대비해서 1929년에 인도 각지를 여행했는데 1등차나 2등 객차에 타지 않고 전과 같이 3등차를 탔다. 그리고 승객들이 5년 전과 마찬가지로 개인적인 위생관념이 미흡한 것을 알았다.

서부 인도 신드 주를 여행중인 2월, 간디는 박래 의류 보이콧을 위한 국민회의파 위원회 위원장에 취임하기 위해 뉴델리로 오라는 초청을 받았다. 간디는 영국의 서적이나 의료기구 등에 대해서는 보이콧할 생각이 아니었다. 의류도 영국제품만의 보이콧을 장려할 생각은 아니었다. 간디의 초점은 카아디를 널리 사용하는 것이 다가오는 1930년의 투쟁의 대전제(大前提)라는 데 있었다. 인도인은 그 투쟁에 수직의 제복을 입고 참가해야 한다.

뉴델리에 체재하는 동안 간디는 어떤 다회(茶會)에 참석했는데 거기에서 여러 가지 억측이 떠돌았다. 그 다회는 중앙입법참사회 의장 파텔이 주최한 것으로 참석자는 간디, 어윈, 진너, 모티랄, 네루, 마리비야, 피카넬 지방 출신의 마하라자와 카쉬밀 지방 출신의 마하라자 등이었다. 언론계 인사들과 정치가들은 이 다회는 분명히 1930년의 충돌을 피하려는 생각으로 인도인과 영국인 사이에 교섭을 시작하기 위해 마련된 것이라고 추측했다. 그 추측이 너무 광범하게 퍼졌기 때문에 간디는 〈영 인디아〉 지에 기사를 실어 그날 오후의 다회에 관해서 해명을 했다. 간디는 우선 스와라지 당(黨)인 파텔 의장이 상호간에 격의없이 애기하는 계기를 만들기 위해서 다회를 계획한 것을 인정했다. '그러나 비공식적인 사적인 다회에서는 오히려 격의없는 태도를 취하기가 어렵다. 내가 생각하기에 양자(兩者)가 어떻게 하겠다는 구체적인 태세를 취하지 않는 한 실제적인 전진이나 행동은 나오지 않는다는 것을 스스로 알고 있으며 한편, 영국측은 불가피한 상황에 이르기 전에는 인도의 요구를 들어주기 위해 자진해서 전진을 하지는 않을 것이다. 영국의 인도에 대한 정책은 결코 박애사업(博愛事業)이 아니며 하루하루 대단히 정밀하게 계산되는 매우 진지한 상거래이다. 주기적으로 되풀이되는 자선의 시늉은 인도의 고통을 더 끌 뿐이다. 그러므로 어쩌다가 열린 회합은 양자가 협상하고 싶을 때에는 언제든지 개최하기가 상당히 용이하다는 것을 보여주었다는 것에서는 좋은 일이다. 그러나 독자들께서는 이 사건에는 정치적 의미는 없다는 보증으로 우선 만족하기 바란다. 다회는 파텔 의장의 명예로운 변덕의 하나로 나온 일이었다.

1929년의 최초의 4개월간, 간디는 카르카타에서 박래직물의 화톳불을 때기도 하고 이미 인도의 일부는 아니지만 미얀마에 여러 해 전부터 약속된 연설을 하러 가기도 했다. 한편, 어윈 총독은 그의 전기 작자에 의하면 정치 테러와 산업투쟁의 위난(危難)에 대처하는 행정적인 치료법을 발견하기 위해 대단히 분주했다고 한다. 어려운 일은 그 치료법은 단순히 행정적 조치를 취하기만 하면 되는 게 아니고 정치적 수완을 필요로 하는 것이었다.

4월 8일, 지난 1928년 12월 라홀에서 샌더스 경감을 살해한 시크교도인 바가트신이 뉴델리 중앙입법참사회 회의장을 들어갔다. 의장에는 영국인과 인도인이 꽉 차 있었다. 그는 회의장 한가운데에 폭탄 2개를 던지고 자동 피스톨을 발사했다. 폭탄은 맹렬한 충격으로 폭발했으나 조그만 파편이 되지 않고 큰 파편으로 터졌기 때문에 겨우 의원 1명이 중상을 입었을 뿐이었다. 존 사이몬은 방청석에서 그 폭격사건을 목격했다. 그가 인도에서 마지막으로 본 강렬한 인상이었다. 사이몬 위원회는 그 달에 영국으로 돌아갔다.

1929년 5월의 영국 총선거 결과 노동당이 제 1 당으로 집권당이 되어 람제이 맥도날드가 수상이 되었다. 6월, 총독은 새 정부 특히 새로 인도상(相)이 된 웨지우드 벤과 인도 문제를 협의하기 위해 영국으로 돌아갔다. 간디는 "나는 무슨 일에 있어서나 그 이면(裏面)이 아니라 밝은 면을 보기를 좋아한다."고 말한 바와 같이 1930년에 예상되는 결전을 회피하는 무슨 변화가 일어나지 않을까 기대를 걸었다.

간디는 원래 불행한 사태 속에서 좋은 일을 기대하는 사람이었지만 그의 사고는 한 번도 공상적으로 흐른 적은 없으며, 항상 인도의 대지에서 그의 맨발을 떼지 않았다. 테러 행위에 대해서는 무조건 비난을 하면서 이렇게 거듭거듭 말했다. "정부가 국민의 요구에 시기를 놓치지 않고서 깨끗이 양보를 하면 테러 행위를 방지할 수 있다. 하지만 그것은 공허한 희망인 것 같다. 정부가 그렇게 하려면 단순한 정책의 변화가 아니고 다음의 변화를 전제로 하기 때문이다. 그런데 그러한 변화가 다가오고 있다는 희망을 뒷받침해주는 조짐은 보이지 않는다."

간디는 유혈 충동을 염려했다. '만약 인도가 폭력적인 수단으로 독립을 달성한다면 인도는 내가 자랑으로 여기는 나라가 안 될 것이다.' 이것은 그가 1929년 5월 9일자 〈영 인디아〉 지에서 한 말이다. 그는 예언자처럼 이상상(理想像)을 그렸다. "인도의 독립은 폭력을 쓰지 않고, 영국 본국과의 신사적인 이해와 협력을 통해서 획득해야 한다. 하지만 그때에는 영국은 세계 제패를 획책하는 제국주의적이고 오만한 영국이 아니라 인류 공통의 목표에 성실히 봉사하는 영국이 되어 있을 것이다."

그러나 그날은 아직 도래하지 않았다.

바로 2~3개월 앞에 운명을 결정하는 시련을 두고 있으면서도 간디는 여전히 그가 늘 생각하는 문제에 몰두하는 일에 여념이 없었다. '민족의 결함(缺陷)'이라는 제목을 붙인 톱 기사에서 마하트마는 다시 청결의 문제를 논했다. 자동차 여행을 하다가 크리슈나 강을 건널 때 목격한 광경에 대해서 다음과 같이 말하고 있다. '차는 둑[堤防]에서 그다지 멀지 않은 장소에서 수백 명의 남녀가 용변을 보고 있는 곳을 지나갔다. 그 강은 사람들이 목욕도 하고, 혹은 그 물을 마시기도 하는 강이다. 그것은 예의범절에 어긋나는 짓이고 가장 초보적인 위생관념에도 위배되며 무시하는 짓이다. 그리고 경제적으로는 귀중한 비료의 낭비이다. 용변을 밭에서 보면 부드러운 흙과 섞여서 거름이 된다.'

간디는 자기 일행의 여비를 걱정했다. 회계를 맡은 사람에게 물어 비용이 모금액의 5퍼센트를 넘지 않는다는 것을 알았다. '지출비를 변명하는 말이지만 실제 모금액이 아무리 거액일지라도 우리는 이곳저곳으로 날아다니면서 비싼 자동차 삯을 없애서는 안 된다. 여기서 날아간다는 말은 자동차로 급히 간다는 뜻이다. (간디는 평생 비행기를 타지 않았다.)

편집실이나 가택이 수색을 받은 것은 관헌이 치안방해의 혐의를 찾기 위한 것이었다. 여행 중인 간디에게 그런 보고를 보내왔다. 간디는 '예의를 지킨 것을 경찰에 감사한다.'고 말했다. 실제 수색의 목적은 민중의 전체를 협박하고 모욕하자는 것이었다. "이 계획적인 모욕은 10명도 못 되는 이민족 지배자가…… 3억의 인도 민족을 지배하는 데 필요하다고 생각해서 하는 상투적인 수법의 하나이다. 사태를 개선하기 위해 우리는 노력을 다하지 않으면 안 된다. 존경을 획득하는 것이 스와라지의 제1보이다."

이것은 간디가 늘 되풀이하는 말이다. 존엄, 규율, 자제가 인도인에게 자존심을 준다. 그리하여 존경을 얻고 독립을 달성하게 된다는 생각이었다.

1930년 1월 1일은 앞으로 얼마남지 않았다.

어윈 총독은 몇 달 동안에 걸쳐 노동당 정부, 선임자인 리딩, 로이드 조지, 처칠, 스탠리 볼드윈, 존 사이몬, 기타 여러 사람들과 협의를 마치고 10월에 인도로 돌아왔다. 그는 인도 상황이 비상사태 국면에 접어들고 있는 것을 감지하고 있었다. 1930년에 있을 대도전에 대한 방비책이 다 마련되어 있었다.

그래서 1929년 10월 31일 어윈 총독은 영국정부 대표가 영국령 인도 및 번 왕국 대표들과 회담하는 원탁회의를 계획하고 있다는 중대 성명을 발표했다. (인도인을 포함한 그런 회담의 계획은 사이몬 위원회가 임명되기 전에 이미 제출되었는데 어윈은 당초 그것을 고려하고 있지 않았던 것이다.) 그 성명은 인도의 헌법이 발전해가는 당연한 귀결(歸結)은 자치령 지위의 달성이라고 씌어 있었다.

이와 같이 사이몬 위원회의 권고를 앞질러 나간 어윈 총독은 말하자면 사이몬 위원회의 노고는 헛수고이며 그 수명이 끝났음을 암시하는 것이었다. 인도인은 사이몬 위원회를 위험신호로 보고 있었으므로 또다시 어윈 총독의 이러한 움직임을 평가해 줄 것으로 기대되었다.

간디는 며칠 후 델리에서 앤서리 박사, 애니 베산트 여사, 모티랄 네루, 테에지 바하둘 사프루, 판디트 마라비야, 쉬리니바사 샤스토리, 기타 여러 사람과 만나 지도자 선언서를 발표했다. 총독의 성명에 대한 그들의 반응은 일단 호의적이었으나 그러기 위해서는 더욱 온화한 분위기를 조성하고 정치범을 석방하고 앞으로 있을 원탁회의에 국민회의파가 대표를 제일 많이 보낼 수 있게 하는 조치가 취해져야 한다는 등 몇 가지 점을 지적하고 있었다. 그리고 그들은 총독은 원탁회의의 목적이 자치령의 지위를 도입하느냐 안 하느냐 혹은, 그 시기를 결정하는 일이 아니라 오히려 자치령의 헌법을 작성하는 일에 있음을 밝힌 것으로 해석한다는 말을 추가했다.

간디와 여러 원로 정치가들의 이러한 화해적인 태도는 특히 1930년도 국민회의파 의장으로 뽑혔던 자와하르라르 네루, 스파쉬 찬드라 보스 같은 적극론자들로부터 격렬한 항의를 받게 되었다. 하지만 간디와 그의 동료들은 제지를 받지 않고 영국측과의 평화로운 협상이 국민의 지지를 받을 것이라는 확신을 갖고 탐색을 계속했다. 그들은 12월 23일 오후에 어윈 총독과 만날 약속을 했다.

그날 아침, 어윈 총독은 남인도 여행에서 돌아왔다. 오전 7시 40분 총독이 탄 흰칠을 한 열차가 안개 속에서 나타나 뉴델리 역으로 다가왔다. 종점에서 3마일 단선으로 되어 있는 곳에 이르렀을 때 열차 밑에서 폭탄이 터졌으나 사람 하나가 부상했을 뿐이었다. 어윈 총독은 호위관이 알릴 때까지 무슨 일이 있었는지도 몰랐다.

한편, 훨씬 더 강한 폭탄이 총독을 겨누어 웨스트민스터에서 제조되고 있었다. 상원에서는 리딩이 중심이 되어 그를 공격하고 하원에서는 보수당과 자유당이 공동으로 어윈 총독이 자치령 지위와 원탁회의를 약속한 것을 비난했다. 웨지우드 벤, 기타 노동당 의원은 총독을 변호했으나 토론의 결과는 자치령 지위에 관해서 호의적인 언질에 의회의 압력이 가해지게 되었다.

진너, 간디, 사프루, 모티랄 네루 그리고 바츠라브바이 파텔이 12월 23일 오후 총독 관저에 들어갔다. 간디는 총독에게 위난을 모면한 것을 축하한 다음 영국의회가 만든 신관(信管)이 기다란 수뢰를 폭발시키려고 시도했다. 회견은 2시간에 이르렀으며 주로 발언을 한 것은 어윈과 간디였다.

간디는 그 원탁회의에서, 인도에게 대영제국에서 분리하는 권리까지 포함한 완전한 자치령 지위를 당장에 주는 헌법이 입안된다는 것을 약속할 수 있느냐고 총독에게 물었다.

어윈 총독은 본국 의회에서의 토의를 고려하여 "원탁회의에 관해서는 어떤 특정의 방향을 예단(豫斷)하거나 언질을 줄 수는 없다."고 대답했다.

이러한 경위가 12월 하순, 라홀에서 열린 역사적인 국민회의파 대회의 서곡이 되었다. 거기에서는 1개월 전에 40세의 생일을 맞은 자와하르랄 네루가 의장으로 선출되었다.

1929년이 끝나고 1930년이 시작되는 순간에 회의파는 자유의 깃발을

올려 완전독립과 분리를 지지하는 결의를 만장일치로 맞이했다. 간디가
그 무대감독이었다. 간디는 "스와라지는 이제야 완전독립을 의미한다."
고 선언했다.

그리고 국민회의파 대회는 당원과 동지들에게 모든 입법참사회에서
탈퇴할 것을 지지하고 납세 거부를 포함한 시민적 불복종을 인가했다.
전인도 회의파 위원회는 사티야그라하를 개시하는 시기를 결정하는
권한이 부여되었는데, 간디는 "그것은 우선 내가 짊어져야 할 의무임을
알고 있다."라고 말했다. 누구나가 다 이번 시민적 불복종운동이 어떤
방식으로 전개되든지 간디가 그 두뇌이고, 가슴이고 지휘하는 손이
되어야 한다고 생각했다. 그렇기 때문에 시간과 장소 그리고 적절한
쟁점을 선정하는 일이 간디에게 위임된 것이다.

제 **16**장
해변의 드라마

간디는 세상 모든 사람들이 인간으로서 개혁해야 한다는 주장이었으므로 인도를 해방하는 수단에 있어서 그 수단이 사람을 타락시키는 것일 경우에는 이익보다 오히려 손실이 더 크다고 생각하는 것은 당연한 일이었다.

간디는 한 국민의 재교육 과정은 속도가 느릴 수밖에 없다는 것을 알고 있었으므로 그 경로(經路)나 경로에 반응하는 사람들의 사정이 특별히 바쁘지 않는 한 보통은 서두르지 않았다. 가령 간디가 모든 문제를 완전히 일임하고 있었다면 1930년 당시에 독립 문제를 제기하지는 않았을 것이다. 그러나 주사위는 이미 던져졌다. 국민회의파는 이미 독립투쟁을 선언하고 있었기 때문에 국민회의파 지도자들은 모두 병사와 같은 각오를 하고 있었다.

분주한 새해 전야(前夜)의 의식을 치른 후 몇 주 동안, 간디는 폭력이 발생할 가능성이 전혀 없는 시민적 불복종의 방식을 모색하고 있었다.

간디의 철두철미한 폭력혐오는 자이나 교나 불교가 힌두교에 침투한 데에서 왔다기보다는 특히 그 자신의 인류애에 토대를 둔 것이었다. 개혁자, 정의의 전사, 혹은 독재자도 대중에 대한 절대적인 헌신을 맹세한다. 간디는 그 평생에 주위에 몰려든 사람들——성인이나 어린이나 그들을 각 개인으로서 사랑하는 무한의 능력을 지니고 있었다. 간디는 누구에 대해서나 애정을 쏟아, 개개인의 소원을 기억하여 한정된 시간과 정력을 남모르게 바쳐서 그들의 소원을 들어주는 것을 즐거움으로 여기고 있었다. 영국의 인도주의적 사회주의자인 H. N. 브렐스포드는 이 특징을 "간디의 마음은 여성적 경향이 남성적 경향과 같을 정도로 강한 구조로 되어 있다."는 말로 설명했다. "이를테면 그 특징은 어린이를 귀여워하고, 어린이와 더불어 놀고 혹은 환자를 간호하는 헌신적인 행동에 잘 나타나 있다. 그가 그렇게도 사랑한 물레는 여성의 도구이다. 또한 자기 희생으로 승리를 얻는 방법인 사티야구라하도 여성의 전술이 아니겠는가." 이것은 옳은 지적일지도 모른다. 그러나 브렐스포드의 이 말은 간디의 여성적 경향은 잘 지적하고 있지만 그의 남성적 경향은 정당한 평가를 못 하고 있다. 사실 사람들은 누구나 브렐스포드와 마찬가지로 간디의 인자한 태도를 자기 경험에 의해서 해석한다. 하지만 그 솜처럼 부드러운 자애 속에는 강철 같은 의지와 엄격성이 깃들어 있었다.

간디는 1930년의 시민적 불복종 투쟁에서는 폭력이 발생할 가능성을 종전보다도 더 조심해서 완전히 배제하지 않으면 안 된다고 생각했다. 한 번 자기 손에서 이탈하면 간디 자신도 그것을 통제하지 못할 염려가 있기 때문이다.

간디가 깊이 존경하는 라빈드라나트 타고르는 사바르마티 아쉬람에서 가까운 곳에 있었는데 1월 18일 간디를 만나러 왔다. 타고르는 간디에게 금년——1930년의 계획을 물었다. 간디는 "밤낮으로 심사 숙고하고 있습니다마는 주위를 둘러싼 어둠 속에는 단 한 줄의 빛도 보이지 않는 상태입니다."라고 대답했다.

간디는 정세(情勢)를 불안하게 느껴, "폭력이 발생할 우려가 많다."고 말했다. 영국 정부는 루피 화(貨)의 환율을 바꾸어 인도가 랭카셔로부터의 수입을 더 증대하도록 조종했다. 인도의 중산계급은 타격을 받았다. 그리고 때마침 1925년 10월 월 가(뉴욕의 은행가)의 폭락을 계기로 전 세계에 번져간 불황이 인도의 농촌에까지 타격을 주었다. 인도의 노동자 계급은 이러한 경제적인 불황과 노동운동을 탄압하는 정부의 방침 밑에서 점점 더 불온(不穩)해지고 있었다. 1919~21년 당시처럼 인도의 많은 청년들은 조국의 독립을 위해서 필요하다면 피의 일격을 가할 호기(好機)라고 보고 있었다.

이런 상황 밑에서의 시민적 불복종에는 의심할 여지 없이 위험성이 내포되어 있었다. 하지만 또 그것에 대신하는 것은 무장봉기(武裝蜂起)가 있을 뿐이다. 여기에서 간디의 자신은 확고부동했다.

간디는 내면의 소리를 듣기 위해 6주를 기다렸다. 간디 자신의 해석에 의하면 그 '소리'는 잔 다르크가 들은 소리와는 전혀 다르다. '내심의 소리'는 신이나 혹은 악마로부터의 메시지이다. 사람의 마음속에서는 항상 양자(兩者)가 격투하고 있다. 그 소리의 성질을 결정하는 것이 행동이다.

이윽고 간디는 그 소리를 들었다. 다시 말하면 어떤 결단에 다다랐다. 그 조짐이 나타났다. 2월 27일자 〈영 인디아〉 지에는 '내가 체포되는 경우에는'이라는 논설이 발표되었으며 상당한 지면을 할당해서 염세(塩稅) 불법을 논하고 있었다. 다음 호에는 염세법(塩稅法)의 벌칙이 인용되어 있었다. 그리하여 1930년 3월 2일, 간디는 시민적 불복종이 앞으로 9일 이내에 개시된다는 것을 알리는 장문의 서간을 총독에게 보냈다.

그것은 역사상 어떤 통치기관의 우두머리도 받은 일이 없는 특이한 편지였다.

근계(謹啓), 시민적 불복종을 개시하여 최근 몇 해 동안 늘 염려하던 위험을 무릅쓰기 전에 우리 쪽에서 자진해서 귀하에게 접근하여 해결의 실마리를 찾을까 합니다.

나의 개인적 신념은 아주 명백합니다. 어떤 종류이거나 생명을 지닌 자를 고의로 손상시킨다는 것은 인간으로서는 도저히 못할 짓입니다. 더욱이 사람의 경우에는 설사 그가 나 자신이나 나의 친근자에게 대단히 못된 짓을 했다 하더라도 그 사람을 가해(加害)할 수는 없습니다. 따라서 영국의 지배를 인도에 대한 일종의 저주라고 생각하면서도 단 한 사람의 영국인과 그 사람이 인도에서 가질 정당한 권리에 대해서는 조금도 해를 끼칠 생각은 없습니다.

그럼에도 불구하고 내가 영국의 지배를 저주라고 생각하는 것은 무슨 까닭일까요.

영국의 지배는 누진적인 수탈조직(收奪組織)과 인도가 도저히 견디지 못할 파멸적일 만큼이나 고가(高價)인 군사 및 문관의 통치로 무수한 말없는 국민을 빈궁 속에 몰아 넣고 있습니다.

그것은 우리를 정치적 예종(隷從)에 빠뜨리고 우리 고래(古來)의 문화를 허물어뜨리고 있을 뿐 아니라, 잔혹한 무장해제정책에 의해 우리를 정신적으로도 타락시켜 왔습니다.

나는 가까운 장래에 인도에 자치령(自治領) 지위를 줄 생각이 실은 전혀 없었던 것이 아닌가 생각합니다.

책임있는 영국 정치가가 영국의 인도와의 통상에 역작용을 미치게 될 정책의 변경을 원하지 않으리라는 것은 명백합니다. 그런즉 착취를 종식시키기 위한 조치가 전혀 취해지지 않는다면 인도의 출혈은 점점 더 가속화될 것이 틀림없습니다.

몇 가지 두드러진 점을 지적해보겠습니다.

세입(稅入) 전체에 큰 비율을 차지하는 지세(地稅)의 과중한 압력은 독립 인도에서는 상당한 수정을 받지 않으면 안 될 것입니다. 세입의 전체적 구조는 농민의 복리를 우선시키는 방향으로 개정되어야 합니다. 그런데 영국이 펴고 있는 제도는 복리는 고사하고 농민의 생활을 파멸시키도록 고안된 것처럼 보입니다. 농민이 살기 위해서 없어서는 안 되는 소금[塩]에도 농민에게 가장 가혹한 부담이 되는 과세가 실행되고 있습니다. 그것은 그 과세 대상이 무자비하게 편중되어 있기 때문입니다. 소금은 부자보다 가난한 사람에게 더 필요하다는 것을 생각하면 염세가 빈민에게 더 큰 부담이 되고 있는 것은 명백합니다. 음주세나 마약세도 가난한 사람에게서 끌어내는 것으로 그것은 그들을 건강과 도덕 양면에서 침식하고 있습니다.

앞에 예시한 불법은 전세계에서는 가장 비싼 외국 지배를 유지하기 위해 취해지고 있는 방법입니다. 귀하의 봉급을 예로 들어봅시다. 귀하의 봉급은 2만 1,000루피이며 그 밖에 간접적으로 추가되는 게 있을 겁니다. 인도의 평균수입 하루 2안나(2펜스) 이하에 비하여 귀하는 하루 700루피 이상을 받고 있습니다. 다시 말하면 귀하의 수입은 인도 국민의 평균수입의 5,000배입니다. 그런데 영국 수상의 수입은 영국 국민 평균수입의 9배에 지나지 않습니다. 나는 귀하에게 이 현상을 깊이 생각해볼 것을 간절히 부탁드리는 바입니다. 나는 절실한 현실을 잘 이해해주시기를 바라며 개인의 경우를 예로 들었습니다. 나는 귀하에게 깊은 존경을 품고 있으며 귀하의 마음을 상하게 하고 싶은 생각은 조금도 없습니다. 나는 귀하가 현재 받고 있는 봉급이 다 필요하지 않다는 것을 알고 있습니다. 아마 귀하의 봉급의 거의 전액이 자선사업에 쓰이고 있을 것입니다. 하지만 그것은 제도와는 전혀 별개의 문제입니다. 총독의 봉급에 관한 진실은 통치 전반에 걸친 진실이기도 합니다. 영국의 통치는 조직적인 폭력인데 그것을 억제할 수 있는 것은 조직화된 비폭력밖에는 없습니다.

내가 말하는 이 비폭력은 시민적 불복종으로 나타날 것입니다. 그것은 우선 사티야그라하(사바르마티) 아쉬람 거주자에 한하고 있습니다마는, 궁극적으로는 이 운동에 참가를 원하는 모든 사람을 포함하도록 고안되고 있습니다.

내가 생각하는 바는 영국인이 인도에 대해서 행한 악을 그들에게 보여주어 영국인의 마음을 비폭력의 수단으로 개선시키는 데에 있을 따름입니다. 나는 귀하를 비롯하여 당신들에게 무슨 해를 끼칠 생각은 없으며, 오히려 동포에게 봉사하는 이상으로 당신들에게 봉사하고 싶은 생각을 갖고 있습니다.

내가 기대하는 대로 (인도) 사람들이 나에게 동조한다면 영국 국민이 앞으로는 종전과 같은 짓을 되풀이하지 않는 한 인도인의 고난은 돌처럼 완고한 마음에도 감동을 주게 될 것입니다.

내가 예시한 바와 같은 악에 대하여 시민적 불복종에 의한 계획적 투쟁을 전개하게 될 것입니다. 나는 귀하께서 그 악을 조속히 철회하는 방법을 강구하며 또한 대등한 인간으로서의 입장에서 서로 의논하는 길을 열어줄 것을 삼가 희망하는 바입니다. 그러나 만약, 귀하가 이 악을 대처하는 방법을 찾아내지 못할 경우에는 또 나의 편지가 귀하의 마음에 아무런 호소력도 발휘하지 못할 경우에는 이 달 11일, 나와 동행하는 아쉬람의 동지들과 함께 염세법의 규정을 무시하는 방향으로 전진할 작정입니다.

귀하께서 나를 체포하여 나의 의도를 좌절시키는 것은 물론 귀하의 자유입니다. 그러나 내 뒤를 따라 이 행진에 규율있는 태도로 참가할 사람이 몇 만이고 잇따라 나오게 될 것입니다.

만약, 귀하께서 나와 문제를 의논하기를 원한다면 또 그러기 위해 이 서간의 공표(公表)를 연기하기를 원한다면 나는 기꺼이 귀하의 전보를 받을 때까지 행동을 자제하고 기다리겠습니다.

이 편지는 어떤 의미에서도 협박을 의도하는 것이 아니라 시민적 불복종이 반드시 지켜야 할 단순하고도 신성한 의무에서 나오는 것입니다. 그러므로 나는 이 편지를 인도의 대의(大義)를 이해해주는 영국인에게 부탁할 생각입니다.

M. K. 간디

이 편지의 전달을 맡은 사람은 뒤에 턱수염에 관한 책을 저술한 영국인 퀘이커 교도 레디날드 레놀즈였다. 레놀즈는 카아디를 입고 머리에 헬멧을 쓴 모습으로 부왕저(副王邸)를 즐기다가 급히 돌아온 어윈 총독에게 전달했다.

어윈은 회답을 하지 않기도 했다. 다만 비서가 간디의 서간이 전달된 것을 확인하는 다음과 같은 4행의 편지를 썼다. 즉, '각하께서는 귀하가 감히 법률을 어기어 게다가 공안(公安)에 위험을 초래할 것이 명백한

행동을 계획하고 있는 것을 유감으로 생각하고 있습니다.'

정의와 정책의 문제를 의논하자는 제의에 대해서 이를 외면하는 법과 질서의 책임자로부터의 통고를 받고 간디는 "빵을 달라고 애걸하는 사람에게 돌멩이를 주는 것과 같다."고 말했다. 어윈 총독은 간디와의 면담을 거부했으나 체포명령을 내리지는 않았다. 이 모반자는 체포하지 않는 것도 위험하지만 체포하는 것도 위험했기 때문이다.

3월 11일이 다가오자 인도는 흥분과 호기심의 도가니가 되었다. 내외의 신문특파원들이 아쉬람에 와서 간디를 따라다녔다. 대체 무슨 일을 하려는 것인가. 수천 명이 마을을 둘러싸고 기다리고 있었다. 인도의 흥분상태는 해외에도 알려져 아후마다바드 우체국은 해외전보로 분주했다. 뉴욕에서는 존 H. 홈스 목사가 '하느님의 가호를 빈다.' 는 전보를 부쳐왔다.

간디는 이제야말로 필생에 한 번 있을 좋은 기회라고 생각했다.

3월 12일, 기도를 올린 뒤에 간디와 78명의 아쉬람 남녀가 아후마다바드 남쪽 단디를 향해서 사바르마티를 출발했다. 일행의 명보는 경찰의 편의를 고려하여 〈영 인디아〉 지에 발표되어 있었다. 간디는 직경 1인치, 길이 44인치, 땅에 닿는 끄트머리에 쇠조각을 붙인 옻칠을 입힌 대나무 지팡이를 짚고 있었다. 마을에서 마을로 꼬불꼬불한 시골길을 따라 간디와 문하생 78명은 24일 걸려서 200마일을 걸었다. 간디는 "우리는 신을 대신해서 행진하고 있다."고 말했다.

마을 농민들은 길에다 물을 뿌리고 나뭇잎을 깔았다. 행진이 통과하는 마을이나 도시는 곳곳마다 꽃줄[花綱]과 인도의 민족기로 장식되어 있었다. 몇 마일 떨어진 이웃마을에서도 농민들이 모여들어 순례자 일행이 지나갈 때, 길가에 무릎을 꿇었다. 일행은 하루에 몇 번씩 행진을 정지하여 곳곳에서 열린 집회에 참석하기로 했다. 마하트마와 동행자들은 민중에게 카아디을 입고 술과 마약을 추방하고 유아혼을 폐지하고 청결하고 순수한 생활을 하며 지시가 있을 때에는——염세법을 위반할 것을 권고했다.

간디는 보행에 전혀 곤란이 없었다. 간디는 '그다지 큰 짐도 가지지 않고 하루 2회로 나누어서 약 12마일쯤 걷는 것은 어린이의 유희'라고 말했다. 그러나 몇 사람은 피로에 지치고 발을 상하기도 하여 우거(牛車)를 타지 않으면 안 되었다. 간디는 행진하는 도중 어디에서나 말을 이용할 수 있었지만 전혀 이용하지 않았다. "젊은 세대는 사치스럽고 편한 생활에 길들어 허약해졌다."고도 말했다. 그는 예순한 살이었다. 행진하는 도중에도 매일 한 시간 동안 물레를 돌리고 일기를 썼으며 아쉬람 사람들에게도 그렇게 할 것을 요구했다.

일행이 통과한 지역에서는 300명 이상의 이장(里長)이 그 직책을 내놓았다. 마을 사람들은 다음 마을까지 일행을 따라갔으며 많은 청춘남녀는 목적지까지 행진에 참가했다. 행렬은 하나의 마을을 통과할 때마다 점점 길어졌다. 4월 5일, 단디 바닷가에 도착했을 때에는 아쉬람을 출발한 78명의 소부대가 수천 명이나 되는 강력한 비폭력의 군대로 되어 있었다.

아쉬람 사람들은 4월 5일에는 밤새도록 기도를 올리고, 이튿날 새벽 간디를 뒤따라 바다에 갔다. 간디는 바닷물에 잠깐 들어갔다가 기슭에 올라와 파도가 말라서 생긴 약간의 소금을 손에 쥐었다. 그 순간 옆에 있던 사로디니 나이두 여사가 "오오, 하느님." 하고 외쳤다. 간디는 영국정부가 전매하는 소금 외에 다른 방법으로 구한 소금의 소유를 금하는 영국의 법률을 범한 것이다. 간디는 전부터 소금 전매법을 극악한 전매라고 비난하고 있었다. 그의 말에 의하면 소금은 공기나 물과 마찬가지로 불가결의 것이며 인도에서는 열대성 기후 때문에 심한 노동으로 땀을 많이 흘리는 사람들이나 가축에게는 소금은 특히 필요했다.

간디가 기차나 자동차 편으로 소금을 주으러 갔다 하더라도 상당한 효과가 있었을 것이다. 그러나 24일간이나 도보로 행진하여 전인도의 시선을 끌어 이제 곧 신호가 오른다고 하면서, 지방을 횡단하여 강력한 정부에 도전하고 바닷가에 이르러 한 줌의 소금을 손바닥에 받아 자진해서 범죄자가 되는 데에는 위엄과 상상력과 위대한 예술가의 흥행술이 필요했다. 이 기상천외한 소금의 행진은 문맹의 농민들에게 호소했을 뿐만아니라 까다로운 비평가나 스바쉬 찬드라 보스 같은 간디의 적대자들에도 감명을 주어, 이 행진을 '나폴레옹이 엘바 섬에서 파리로 돌아간 귀환행진'에 비교하는 말이 나오게 했다.

연기는 끝나고 간디는 무대를 내렸다. 인도는 간디로부터 응답해야 할 구호(口號)를 받았다. 간디는 그것을 소량의 소금이라는 상징으로 내민 것이다.

다음 연기는 무기를 손에 들지 않은 봉기(蜂起)였다. 인도의 길고 긴 해안선 곳곳에서 마을 사람 하나 하나가 소금 만드는 냄비를 들고서 바닷물을 뜨러갔다. 경찰은 대량 검거를 시작했다. 간디의 셋째 아들 라무다스도 여러 아쉬람 사람들과 함께 체포되었다. 판디트 마라비야와 기타 온건파의 협력자들은 입법참사회에서 탈퇴했다. 경찰이 폭력을 쓰기 시작했다. 시민적 저항자는 체포에 대해서는 저항을 하지 않았으나 자기가 만든 소금의 몰수에는 저항했다. 마하레브 데사이는 그럴 때 인도인이 경관에게 구타를 당하거나 손가락을 물리거나 한 사실을 보고하고 있다. 회의파 의용대는 시중에서 소금을 판매했다. 많은 사람이 검거되어 단기(短期)의 징역을 언도받았다. 델리에서 열린 집회에서는 15,000명이 모여 판디트 마라비야의 박래품 의류를 보이콧하자는 호소에 귀를 기울였다. 그는 또 연설을 마치고 나서 불법의 소금을 조금 구매했다. 경찰이 옥상에서 냄비로 제염을 하고 있는 국민회의파 봄베이 본부를 습격했다. 6만의 군중이 모였다. 수백 명이 수갑을 차거나 밧줄로 팔을 묶여 교도소에 끌려갔다. 아후마다바드에서는 3,000명이 단디 해변 드라마의 막(幕)이 내린 후 최초의 1주 동안에, 국민회의파로부터 불법의 소금을 구입했다. 그들은 각자 능력에 따라 대가를 지불했는데 돈이 없는 사람에게는 무료로 제공되었다. 간디가 바닷가에서 주은 소금은 카누 박사에게 최고가(最高價) 1,600루피에 팔렸다. 국민회의파 의장 자와하르라르 네루는 아라하바드에서 염세법 위반으로 체포되어 6개월 형의 언도를 받았다. 소란과 불복종이 마하라쉬트라와 벵갈 지방에 확대되었다. 카르카타에서는 J. M. 센구푸타 시장이 공공집회에서 선동적인 문서를 낭독하여 박래품 옷을 입지 말 것을 주장했다. 그는 6개월간 투옥되었다. 전인도의 술집이나 박래품 의류상점 앞에는 피킷(스트라이크 방해자를 막는 감시)을 쳤다. 인습을 지키던 가정이나 상류가정의 부녀자들도 거리에 나와서 데모에 참가했다. 성난 경관들은 저항자들의 급소를 발길로 마구 걷어차기도 했다. 비하르 주(州)에서도 시민적 불복종이 개시되었다. 입법참사회 의원직을 사직한 사람들을 포함해서 7명의 사티야구라히가 6개월 내지 2년의 형을 받았다. 남 아프리카에서 산 경험이 있는 한 스와미(중)는 2년 6개월 형의 언도를 받았다. 각급 학교교사, 대학교수, 그리고 무수한 학생들이 바닷가나 내륙에서 소금을 만들어 열을 지어 교도소에 끌려갔다. 간디의 충실한 제자인 카쇼르랄 마슈르와라와 간디의 친구이며 자산가인 자무나랄 바자즈는 2년 형을 받았다. 카라치에서는 경찰이 데모대에 발포하여 2명의 젊은 의용대원이 희생되었다. 마하데브 데사이의 보고에 의하면 비하르 지방에서는 지도자가 거의 다 체포되었음에도 불구하고 더 많은 소금 센터가 개설되었다. 회의파는 간편한 제염법을 가르치는 책자를 배포했다. 봄베이에서는 회의파 지도자 B. G. 케일과 K. M. 문시가 체포되었다. 데바다스 간디(간디의 4남)는 델리에서 3개월 형의 언도를 받았다. 이리하여 '소금 운동'은 마드래스, 편잡, 카르나타카로 확대되었다.

　여러 도시에서 회의파 지도자가 체포될 때 하르탈을 실천했다. 비하르 주 파트너에서는 수천 명의 군중이 소금을 만들 예정지로 향하여 행진하자 경찰이 도로를 차단했다. 군중은 노상(路上)에서 40시간을 버티었으며 밤에도 땅바닥에서 잤다. 현장에 있었던 라젠드라 프라사들은 경찰측으로부터 군중을 해산시키라는 명령을 받았으나 응하지 않았다. 그러자 경찰은 기마대를 출동시키겠다고 선언했지만 군중은 여전히 움직이지 않았다. 드디어 요란하게 발굽 소리를 내며 말이 달려왔을 때 군중은 달아나지 않고 그 자리에 엎드렸다. 위기일발의 순간 말은 질주를 멈추어 사람을 밟으려고는 하지 않았다. 경관들은 데모 대원을 한 사람 한 사람 끌어올려 교도소로 가는 트럭에 태웠다. 그러자 다른 데모 대원이 와서 그 자리에 주저앉았다. 소금을 운반하던 마하데브 데사이는 체포되었다. 마을에서는 많은 농민이 소금을 만들고 있었다. 영국 당국은 지방관료에게 문제를 적절히 처리하도록 압력을 가했다. 그 결과는 관리들의 사직(辭職)이었다. 입법참사회 의장 바츠라브바이 파텔은 사임했다. 많은 저명한 여성들이 어윈 총독에게 마약성 음료 판매금지를 호소했다. 카라치에서는 5만 명의 군중이 모여 해변에서 소금을 제조하는 장면을 지켜보았다. 군중이 하도 많아 경찰측이 오히려 포위당한 형세가 되어 위반자를 체포할 수가 없었다. 불안정한 북서 변경주의 관건(關鍵)인 페샤왈에서는 경찰총감서리가 탄 장갑차가 군중들에게 전속력으로 돌진하여 기관총을 발사, 70명을 죽이고 약 100명을 부상시켰다. 벵가르 중의 일부, 연합주 구자라트 주에서는 농민이 지대(地代)나 지세(地稅)의 납부를 거부했다.

그 밖에도 여러 가지 사태가 벌어졌다. 정부가 민족주의를 표방하는 신문을 검열하려고 하자 거의 모든 신문이 자발적으로 발행을 정지했다. 회의파의 사무소는 봉인당하고 그 자산이나 비품은 몰수되었다. 라자고파라차리는 마드래스에서 체포되어 9개월의 형을 받았다. 북서 변경지역에 거주하는 성질이 난폭한 아프리디 족(族)은 영국군 순찰대를 습격했다. 벵가르 주 티타곤 시에서는 과격한 혁명주의자들이 무기고를 습격하여 무기를 탈취했다. 몇 사람이 희생을 당했다.

어윈 총독의 전기 작자에 의하면 6만 명 정도의 정치범을 투옥했다. 그러나 10만 명에 달한 것으로 추정된다. 그 전기 작가는 다음과 같이 말하고 있다. "당시 어윈 총독의 행동을 상세히 보면 그가 우유부단한 총독이었다는 속설은 전적으로 틀린다. 당시 총독의 명령을 집행하는 책임을 지고 있었던 사람들은 총독의 종교적 신념이 그 탄압정책을 더욱 잔학하게 몰고 가는 것처럼 여겨졌다고 증언했다."

간디가 단디 해변에서 소금을 손에 대고서부터 한 달 후, 인도는 열광적인 반항을 계속하고 있었다. 그러나 티타곤 사건 외에는 인도인의 어떤 폭력행위도 회의파의 어떤 무력행위도 발생하지 않았다. 지난 1922년 초우리 초우라 사건은 인도의 독립운동에 귀중한 교훈을 주었다. 왜냐하면 이번에 전개된 거대한 민족운동은 일종의 마법과도 같은 마하트마 간디의 방식에서 나온 것이므로 초우리 초우라 사건 때처럼 간디가 운동을 중지하는 일이 없도록 민중 스스로 폭력행위를 자제해야겠다고 생각했기 때문이다.

5월 4일, 간디는 단디에서 가까운 카라디 마을에서 묵고 있었다. 그는 망고 고목 나뭇가지 밑에 있는 오두막에서 잠자리에 들었으며 문하생 몇 사람이 옆에서 자고 있었다. 나무가 둘러싼 다른 곳에도 아쉬람 사람들이 곤히 자고 있었다. 5월 5일 새벽 0시 45분, 무거운 발소리가 났다. 소총, 피스톨, 창을 든 인도인 순경들, 인도인 경감 2명 그리고 영국인 스라트 지구(地區) 치안판사가 나무잎으로 둘러싸인 구내(構內)에 들어왔다. 무장경관대가 앞장을 서서 간디의 오두막에 들이닥쳤다. 치안판사가 회중전등을 켜 간디의 얼굴을 비추었다. 간디는 눈을 뜨고 주위를 둘러보고는 치안판사에게 "나에게 일이 있습니까?" 하고 물었다.

치안판사는 정해진 대로 질문을 했다.

"당신이 모한다스 카라므찬드 간디이군요."

간디가 수긍했다.

그러자 치안판사는 당신을 체포하러 왔다고 말했다.

간디는 정중하게 "세면을 하는 동안 잠깐 기다려주시오."라고 말했다.

치안판사는 승낙했다.

몇 개 남지 않은 이를 닦으면서, 간디가 "치안판사, 체포하는 죄목이 뭡니까? 제124항인가요?" 하고 물었다.

"제124항은 아닙니다. 서면으로 된 영장을 가지고 왔습니다." 하고 치안판사가 대답했다.

그 동안에 구내에서 자고 있던 사람들이 간디의 오두막 주위로 모여들었다. 간디는 "황송합니다마는 그 영장을 읽어주실 수 없겠습니까?" 하고 부탁했다.

치안판사가 영장을 낭독했다. "총독은 모한다스 카라브찬드 간디의 활동을 위험하다고 간주하여 1827년의 조령(條令) 제35호에 따라 감금하여 정부가 필요하다고 생각하는 기간 동안 구류(拘留)할 것이며, 즉시 그를 야르바다 중앙 교도소로 수감할 것을 명령함."

오후 1시, 간디는 아직 이를 닦고 있었다. 치안판사는 빨리 서두르라고 명령했다. 간디는 일용품과 종이를 조그만 푸대에 넣으면서 치안판사에게 "기도를 올리는 동안 몇 분만 더 기다려주시오."라고 말했다.

치안판사는 승낙했다. 간디는 판디트 카레에게 힌두교의 유명한 찬가를 불러달라고 부탁했다. 아쉬람 사람들이 그 찬가를 합창했다. 간디는 머리를 수그리고 기도를 드렸다. 기도가 끝났다. 간디가 치안판사 옆으로 다가가자 치안판사는 대기시킨 자동차 쪽으로 그를 연행했다.

재판도 열지 않고 판결도 없고 형기(刑期)도 정해져 있지 않았다. 간디의 체포는 영국의 인도 지배가 성립되기 전에 만들어진 동인도 회사와 인도인 주권자와의 관계를 규정한 법령에 의한 것이었다.

교도소 당국은 간디의 신체검사를 하여 신장 5피트 5인치라고 기록했다. 재수사가 필요한 경우에 대비해서 몇 가지 특징을 명확하게 검사하여 기록했다. 오른쪽 허벅지에 상흔(傷痕), 오른쪽 눈 밑에 조그만 까막점, 왼쪽 팔꿈치에 콩알만한 상흔.

간디는 교도소 생활에 만족했다. 체포된 지 1주간 후, 마드레느 스레이드 양에게 보낸 편지에서 '아무 불편이 없으며 덕택에 수면부족 증세가 없어졌다.'고 말하고 있다. 간디는 교도소에서 특별대우를 받았다. 교도소에서 사육하는 염소 젖을 짜는 데로 간디의 입회 밑에서 했다. 침묵의 날에는 아쉬람 어린이들에게 편지를 썼다.

보통 새는 날개가 없으면 날지 못합니다. 물론 날개가 있으면 무슨 새나 다 날아다닙니다마는. 그런데 여러분은 날개가 없지만 날개 없이도 날아다니는 방법을 터득한다면 곤궁에 빠지는 경우는 거의 없을 것입니다. 그 방법을 바아푸(아버지)가 가르쳐주지요.

바아푸는 어깻죽지에 날개가 달리지는 않았지만, 매일 머릿속에서 여러분이 있는 곳에 날아갈 수가 있습니다. 그렇군요, 여기는 비마라, 거기는 할리. 저기는 다르마크말이 있군요. 마찬가지로 여러분도 머릿속에서 바아푸가 있는 곳에 날아올 수 있습니다.

프라브바이 저녁 기도 시간에는 빠짐없이 기도를 올려야 합니다.

여러분의 이름을 나란히 적은 편지를 기다리겠습니다. 아직 글씨를 쓰지 못하는 어린이는 십자를 그어서 표시해도 됩니다.

어린 새들에게
바아푸로부터

체포되기 직전, 간디는 신께서 하락하시면 소수의 동지들과 함께 다르샤나 제염소를 습격할 작정이라는 그의 의도를 서술한 총독에게 보낼 편지의 초안을 만들고 있었다. 분명히 신께서는 허락하지 않았으나 뒤에 남은 동지들은 그 계획의 실행을 추진했다. 시인인 사로디니 나이두 여사는 2,500명의 의용대원을 지휘하여 봄베이 북쪽 150마일 지점에 갔다. 아침 기도를 올린 다음 나이두 여사는 대원에게 구타를 당할지도 모른다고 경고했다. "그럴 때에도 여러분은 저항을 해서는 안 됩니다. 구타를 피하기 위해 손을 들지도 말아야 합니다."

제 2 차 대전 중 영국에서 사망한 UP통신사의 유명한 웨브 밀러 기자는 당시의 현장 상황을 이렇게 기록하고 있다. "간디의 차남 마니랄이 선두에 서서 커다란 소금가마에 접근했다. 그것은 수채와 가시철사로 둘러싸여 있으며 6명의 영국인 간부의 지휘 밑에 수라트의 경관 400명이 경비를 하고 있었다. 간디의 제자들은 완전히 무언(無言)으로 울타리에서 100야드쯤 앞에서 정지했다. 선발대가 군중 앞에 나와 수채를 건너 가시철망을 친 울타리에 접근했다. 경찰관이 후퇴를 명령했으나 대열은 전진을 계속했다. 별안간 호령(號令)이 내려 수십 명의 인도인 경관이 행진자들에게 달려들어 끄트머리에 쇠고리를 낀 곤봉을 그들을 향해 마구 휘둘렀다. 그들은 누구 하나 곤봉을 피하기 위해 손을 들지 않았다. 그들은 막대가 쓰러지는 것처럼 차례로 쓰러졌다. 나는, 내가 서 있는 곳에서 무방비 상태의 사람이 머리에 곤봉을 맞는 소리를 들었다. 행진을 멈추고 대기하고 있던 군중은 그들의 동료가 구타당하는 것을 보고 공감하여 같이 신음하고 같이 호흡을 긴장시켰다. 구타당한 사람들은 머리가 터지기도 하고, 어깨뼈가 부러지기도 하여 팔다리를 쭉 뻗거나 실신하거나 땅바닥에 쓰러져 고통에 몸부림치기도 했다. 구타를 면한 사람들은 대열을 지키면서 무언(無言)으로 전진을 계속했으나 드디어는 곤봉에 쓰러지고 말았다. 제1진의 대열이 괴멸되자 제2진이 앞으로 나갔다. 누구나 다 몇 분 후에는 구타를 당할 것이며 자칫하면 아주 맞아죽을지도 모른다는 것을 알고 있었지만 주저하거나 겁에 질린 태도는 전혀 보이지 않았다. 그들은 음악이나 환성이나 기타 공포를 극복하기 위한 어떤 방법을 빌리지 않고 정정당당하게 얼굴을 쳐들고 전진했다. 경찰대는 다시 또 같은 기계적인 방식으로 제2진을 괴멸시켰다. 거기에 전개된 것은 전투가 아니었다. 다만 행진자들은 곤봉을 맞아 쓰러질 때까지 묵묵히 전진을 계속할 뿐이었다.

다음에 또 25명으로 편성된 일대(一隊)가 앞으로 나아가 주저앉았다. 경찰은 주저앉은 사람들의 복부를 사정없이 발길로 걸어찼다. 이어서 다른 일대가 전진하다가 주저앉았다. 미친듯이 성난 경관들은 행진자의 팔이나 다리를 마구 끌어당겨 수채에 처박았다. 한 사람이 귀퉁이 한 쪽의 수채로 끌려왔다. 그 사람이 수채에 처박히자 흙탕물로 범벅이 되었다. 어떤 경관은 간디의 제자를 수채에 집어던진 다음 곤봉으로 머리를 호되게 후려갈겼다. 얼마 후, 구조대가 몇 시간이나 걸려서 움직이지도 못 하는 피투성이의 부상자들을 끌어냈다.”

경찰의 영국인 간부가 나이두 여사에게 다가와서 팔에다 손을 대고 “제포한다.”고 하자 나이두 여사는 그 손을 뿌리치고, “동행할 테니까 내 몸에 손을 대지 마시오.”라고 말했다. 마니랄도 체포되었다.

오전 11시에는 벌써 기온이 47도에 다다랐으며 간디의 뒤를 따르는 의용대원의 활동은 끝났다.” 웨브 밀러는 이렇게 목격한 광경을 전하고 있다. 그리고 웨브 밀러가 구급병원에 가서 부상자의 수를 알아보았더니 320명이나 되었다. 그 중 상당수는 그때까지도 의식불명이었다. 나머지 사람들도 동체나 머리에 입은 상처로 신음하고 있었다. 2명은 사망했다. 같은 광경이 며칠 동안 되풀이되었다.

이제 인도는 자유국이었다. 법제적, 기술적으로는 아무 변화도 없으며 여전히 영국의 식민지임에는 틀림없지만, 타고르가 그 차이를 설명했다. 타고르는 1930년 5월 17일자 〈맨체스터 가디안〉 지에 다음과 같이 쓰고 있다. ‘동양에서 멀리 떨어진 영국에 사는 사람들은 이제 유럽이 아시아에서 그 동안 유지하고 있었던 도의적 위신을 완전히 상실한 것을 인정하게 되었다. 유럽은 이제 전세계에서 공정한 행동의 투사도 아니고 고매한 신조를 대표하는 국가도 아니고 다만, 서양 인종의 우월을 자랑하면서 그 경계 바깥 사람들에 대한 착취자로 간주될 것이다. 이는 유럽의 입장에서도 도의적인 대패배를 의미하는 구체적 사실이다. 아시아는 아직 약체이며, 자기 사활에 관한 권리를 위협하는 침략에 대해서 자위 능력이 없지만 그럼에도 불구하고 아시아는 이제 여태까지 존경을 받던 유럽을 오히려 내려다볼 수 있다.’ 라고 이렇게 말하면서 타고르는, 특히 그 인도에서의 성과를 간디의 공헌이라고 했다.

간디는 1930년에 두 가지 일을 했다. 즉, 하나는 영국인으로 하여금 그들이 인도를 얼마나 잔인하게 억압하고 있는지를 인식시킨 일이고,

또 하나는 그와 동시에 인도인으로 하여금 허리를 쭉 뻗고 고개를 꼿꼿이 세워 그들의 어깨를 억누르고 있는 멍에를 풀어 팽개칠 수 있다는 신념을 품게 한 일이다. 이렇게 된 바에는 언젠가는 영국이 인도에 대한 지배를 스스로 사양하고 인도가 남의 지배를 받는 것을 거부하게 될 것은 불가피한 진로였다.

영국인은 곤봉이나 총상으로 인도인을 마구 구타했으나 인도인은 조금도 굽히지 않고 묵묵히 전진하여 결코 퇴각하지 않았다. 말하자면 영국은 무력해지고, 인도는 무적(無敵)이 되었다.

제17장
지배자와 모반자의 담합

　영국 내부에서도 노동당 출신의 여러 대신들과 그 지지자들은 인도 독립의 옹호자였다. 람제이 맥도날드 수상은 그의 명백한 독립지지의 방향으로 움직이는 사태에 직면할 수 있었다. 간디를 비롯하여 몇만 명의 많은 인도의 민족주의자를 옥에 가두어둔다는 것은 노동당으로서 매우 골치아픈 일이었다. 또 현지의 어윈 총독으로서는 간디를 계속 감금한다는 것은 골칫거리를 지나 그의 인도 통치를 마비시키는 것이었다. 세입(稅入)은 급격히 줄고 불안이 더욱더 극심해졌다. 간디 체포 소식이 봄베이 관구(管區) 즉, 봄베이 주(州) 공업도시 쇼라플에 전해지자 민중이 경찰을 압도하여 민족기를 내걸고서 독립을 외쳤다. 페샤왈에서는 경찰 당국이 '변경(邊境)의 간디'라 불리는 카안 압둘 갓팔 카안이 지도하는 단체, 종교적이고 비폭력적인 홍의당(紅衣黨)에 시를 넘겨주었다. 3일 후, 현지에 달려온 군대는 평화적인 시민을 향하여 기관총을 쏘았다. 그러나 영국군의 유명한 힌두교도 연대인 가르왈 라이플 총대(銃大)에 속하는 한 소대는 이슬람교도에 대한 발포를 거부한 까닭에 군법회의에 넘어가 10년 내지 14년의 중노동형을 받았다. 6월 30일에는 모티랄 네루가 체포되었다. 10만을 넘는 인도인과 국민회의파의 지도층——제1급에서 제3급까지의 지도자가 거의 투옥되었다.

　사태는 맥도날드 수상으로서도 어윈 총독으로서도 정치적으로 지탱하기 어려운 상태에 이르렀다. 옥에 갇혀 있는 간디는 행진하는 간디, 바닷가에서 소금을 손에 받은 간디, 혹은 아쉬람에서 암시하는 간디와 마찬가지로 곤란한 존재였다.

진퇴양난의 모순과 점점 더 커지는 반항의 기세를 인식한 당국은 간디를 체포하고서 불과 2주 후인 5월 19일과 20일 양일에 걸쳐, 런던의 노동당 계 신문 〈데일리 헤럴드〉 지의 미남자이고 빨간 턱수염을 기른 특파원 조지 스로콤에게 간디와의 옥중 회견을 허가했다. 간디는 스로콤 기자에게 영국정부와의 담합조건(談合條件)을 제시했다. 7월에는 총독의 허가를 얻어 테지 바하둘 사프루와 M. R. 자칼이라는 두 온건파 지도자가 담합하기 위해 간디의 독방을 방문했다. 간디는 기꺼이 그들을 만나서 얘기를 했는데, 국민회의파 운영위원회와 상의를 하지 않고서는 상대방 제의에 대답할 수 없다고 말했다. 얼마 후, 모티랄 네루와 자와하르라르 네루 부자(父子) 및 회의파 서기장 대리 사이야드 마흐무드는 온갖 편의와 예의를 갖춘 특별열차로, 연합 주 교도소에서 간디가 있는 푸우나 교도소로 옮겨졌다. 거기에는 나이두 여사와 바츠라브바이 파텔도 감금되어 있었다. 어윈 총독은 이 수인(囚人)들을 기꺼이 한 군데 모이게 했으나 옥외(獄外)에 자유로운 몸으로 있는 다른 운영위원회 위원은 이 옥중 회담 참가를 허용하지 않았다.

2일간 토의한 후(8월 14, 15일), 지도자들은 인도의 입장과 영국의 입장 사이에 건너지 못할 간격이 있다는 견해를 공표했다.

제1회 원탁회의(圓卓會議)는 런던에서 1930년 11월 12일에 개시되었다. 진너, 비카넬의 마하라자, 쉬리니바사 샤스토리 기타 몇 사람이 출석했다. 회의파 대표는 한 사람도 출석하지 않았다. 회담은 아무 성과도 거두지 못했지만 노동당 정부의 태도가 화해적이라는 것만은 명백했다. 사실 회담을 끝마치고 나서 1931년 1월 19일, 람제이 맥도날드 수상은 제2회 원탁회의에는 국민회의파가 대표를 보내줄 것을 희망한다고 말했다.

어윈 총독은 본국 정부의 그러한 의향을 따른 것인지——혹은 자기가 지휘한 일인지——간디, 네루 부자(父子), 기타 20명 이상의 회의파 지도자를 독립의 날인 1월 26일에 석방했다. 간디는 이 관대한 조치를 평가하여 어윈 총독에게 면회를 요청하는 편지를 썼다. '체면을 차리는 것은 간디에게는 중요한 일도 아니고 현명한 생각도 아니었다. 간디는 어떤 관계도 개선의 가능성이 있는 한 그 관계를 끝는 것은 좋다고 생각하지 않았다. 실제로 개선의 가능성을 항상 신뢰하는 간디는 개인적으로나 정치적으로나 관계를 아주 단절시키려고 한 일이 없었다.

1929년 완전독립을 회의파의 직접 목표로 삼는 동시에, 매년 1월 26일을 독립의 날로 경축하자는 결의가 통과되었다.

어윈 총독과 마하트마 간디의 제 1 회 회담은 2월 17일 새벽 2시 반에 시작하여 6시 10분에 끝났다. 어윈의 전기 작자는 "소란스러운 영국의 인도 지배사를 통해서 총독과 인도인 지도자와의 가장 극적인 개인적 대면의 무대는 이렇게 만들어졌다."고 쓰고 있다.

그것은 극적이라기보다 그 이상의 것이었다. '대면' 자체가 역사상 결정적인 의미가 있었다. 언젠가 약삭빠른 윈스턴 처칠은 이 점을 누구보다도 명확하게 알아차렸다. 그는 '전에 인너 템플의 변호사였으며 지금은 선동적인 퍼킨 노릇을 하는 인물이 영국 황제의 대리자와 대등하게 담합하기 위해서, 부왕(副王)의 궁전 층계를 반나체로 올라가는 구역질날 만큼 모욕적인 광경'에 분개하는 말을 하고 있다.

퍼킨이란 인도 탁발승을 가리키는 말이다.

처칠은 그것이 단순한 회견이 아닌 것을 알아차렸다. 간디는 총독을 만나는 다른 방문자들처럼 무슨 은총을 구하러 온 게 아니었다. 타국(他國)의 지도자와 대등하게 의논하기 위해 한 나라의 지도자로서 온 것이다. '소금의 행진'과 그 결과, 영국은 간디와 대립하거나 혹은 간디를 제외하고서는 인도를 통치할 수 없다는 것이 증명되었다. 거꾸로 대영제국이 반나체 퍼킨에게 사정을 해야 할 형편이었다. 처칠은 그게 비위에 거슬렸다. 하지만 처칠도 영국이 지금 당장은 실행을 보류하지만 원칙적으로는 인도의 독립에 양보하고 있는 것을 알고 있었다.

어윈 총독과 마하트마 간디의 회담은 영국의 천재적 건축가 애드윈

루첸스가 설계한 새 부왕궁(副王宮)에서 열렸다. 그것은 지난날 무갈 왕조의 사원이나 성채가 폐허로 변한 델리 평원 복판에 우뚝 솟아 높고 화사하고 화려하며 대영제국 지배의 힘을 상징하는 것이었다. 그러나 그 홀 안에서 벌어진 최초의 행위는 그 권력의 종말이 이미 시작되고 있음을 표시하는 것이었다.

간디와 어윈 총독은 재차 2월 18일에 3시간 회담했고 이어서 그 이튿날에도 30분 동안 회담했다. 한편 어윈 총독은 6,000마일이나 먼 런던에 있는 상사에게 연일 전보를 치고 있었고 간디는 회의파 운영 위원회 위원들과 뉴델리에서 장시간의 회합을 계속하고 있었다(위대한 모티랄 네루는 2월 6일 세상을 떠났다) 그리고 사프루, 자칼, 샤스토리 세 사람은 양자간(兩者間)을 왕복하면서 격렬을 방지하려고 노력했다.

회담 중에 한 번, 어윈 총독이 간디에게 "차를 드시겠습니까 ?" 하고 물었다. 간디는 숄(폭넓은 목도리)의 누빈 틈새에서 종이 봉투를 꺼내어 "예, 들겠습니다. 이 소금을 조금 타서 저 유명한 보스턴의 차 폭동(茶暴動) 사건을 회상합시다." 하고 말했다. 두 사람은 같이 웃었다.

곤란한 문제가 생겼다. 7일간 회담이 끊어졌다가 2월 27일에 재개 되었다. 간디는 3월 1일에는 오후 2시 반에 총독을 방문하여 회담이 저녁식사 때까지 계속되었으므로 스레이드 양이 간디의 저녁——대 추야자 열매 40개, 양유 1파인트——을 총독관저에 들고 갔다. 간디는 그것을 총독 앞에서 먹었다. 오후 5시 50분, 간디는 일단 총독관저에서 나왔는데 그날 저녁 숙박하고 있던 앤서리 박사댁에서 수행하는 사람도 없이 5마일 거리인 총독관저까지 걸어갔다. 두 사람의 밀담(密談)은 밤중까지 계속되었다. 간디가 밖에 나와서 어둠을 향해 걷기 시작하자 총독이 전송하며 조심해서 가라고 인사했다. 간디가 숙소에 돌아온 것은 새벽 2시였는데, 운영위원회 사람들이 모두 자지 않고 기다리고 있었다.

어윈 총독과 간디, 그리고 각각 관계자들의 모임에서 격론이 전개된 드디어 3월 5일, 어윈의 전기 작자가 '델리 협정'이라 부른 어윈 간디 협정이 아침 식사를 마친 뒤에 조인되었다. 협정이라는 말이 중요하다. 말하자면 두 나라 정치가가 조약이기도 하고 동의서이기도 한 협정에 조인한 것인데, 거기에 나타난 모든 문언이나 약정을 피차간 끈질긴 절충을 거쳐서 돌출해낸 것이었다. 영국의 스포크스맨은 논쟁에서 유리한 입장에 서 결과적으로 승리를 얻은 것은 어윈 총독이라고 주장했다. 그러나 간디가 생각하는 장기적인 안목으로 보아 인도와 영국 사이에 원칙적으로 수립된 평등은 대영제국에서 얻어낼 수 있는 어떤 실질적 양보보다도 더 중요한 것이었다. 하기는 정치가라면 보다 더 실질을 원했겠지만 간디는 본질 즉, 새로운 관계의 기초를 닦는 것으로 만족했다.

인도의 〈관보(官報)〉 1931년 3월 25일자 특별호에 실린 여러 가지 조항, 표제, 부표제 등 수천 어(語)로 된 협정은 인도의 일반민중과 당시의 상황에 있어서는 시민적 불복종의 중지, 투옥자의 석방, 연안 지역에서의 제염허가, 그리고 국민회의파가 런던에서의 다음 원탁회의에 참석한다는 것을 의미했다. 독립도 약속되어 있지 않고, 자치령 지위도 약속되어 있지 않았다.

그 날, 간디는 아메리카 인과 인도인 기자들과 만나서 얘기한 가운데 어윈 총독에 대한 경의를 표명했다. "나는 어쩌면 무의식 중에 총독에게 불쾌한 느낌을 준 경우가 있었을 것이며 총독은 아마 마음이 괴로웠을 것입니다. 하지만 불쾌감이나 초초한 기분을 나에게 표시한 일은 한 번도 없었습니다." 하고 말했다. 그리고 간디는 "이번 협정에서 정해진 내용은 '잠정적', '가정적'인 일종의 휴전"이라고 말했다. 목표지점은 아직도 멀었다.

"완전독립……인도는 그 이하의 것으로는 만족하지 않는다. 국민회의파는 인도는 남의 간호나 원조나 부축을 필요로 하는 병약한 어린이는 아니라고 생각한다."

1930년 당시 간디의 교섭을 돌이켜보면 그는 그때 벌써 수십 년 앞을 내다보고 있었다는 느낌이 든다. 어투나 제 2 조의 내용도 지금에 와서 보면 별로 중대한 것이 아니다. 인도는 델리 협정으로부터 17년 후에야 완전한 독립국이 되었는데, 인도처럼 요원한 역사를 지닌 나라에 있어서 17년은 지극히 짧은 기간이다.

마하트마의 비판자인 스파쉬 찬드라 보스는 협정 조인 후 간디와 같이 여행을 했을 때, 민중의 반응을 보고서 다음과 같이 쓰고 있다. "여태까지 이처럼 자연스러운 대환영 인파를 받은 지도자는 없었던 것으로 생각한다." 그리고 보스는 어윈 총독이 "보수당의 유력한 한 사람이었으나 인도에 호의를 가지고 있었다는 것이 증명되었다."고 말했다. 이 점이 그의 정치활동에 있어서 흔히 인물에 대한 감정에 의해서 움직이기도 한 간디로 하여금 협정 조인을 당연한 것으로 받아들이게 했던 것이다.

협정이 조인된 순간에 충족되지 않은 몇 가지 점에 대한 불만이 정부에 대한 비판으로 나타나게 되었다. 얼마 후 간디는 다시 또 회담을 했는데 이 법에는 새 부왕(副王 : 總督) 위린돈이 상대였다. 몇 가지 점이 조정되었다. 그리고 보스에 의하면 '마하트마의 인기와 위신의 극점(極點)'이었던 카라치에서 열린 국민회의파 대회에서 간디가 제2차 원닥회의에 출식했다. 하나의 내표로 선출되었나.

8월 29일 정오, 간디는 라지푸타나 호로 봄베이를 떠났다. 간디와 함께 각각 자격을 정하여 판디트 마라비아, 나이두 여사, 넷째 아들 데바다스 간디, 간디가 보즈웰을 능가하는 보즈웰(새뮤엘 존슨 전기를 쓴 영국문인)이라고 부른 마하데브 데사이, 비서이자 제자인 피야레랄 나얄, 인도를 영주(永住)의 땅으로 정하고, 간디를 정신상의 아버지로 삼은 스레이드 양, 그리고 인도인 대실업가 G. D. 비랄 등이 동행했다. 간디는 출발하기 전에 "맨손으로 돌아올 가능성도 있다."고 말했다.

일행이 모두 최하등 객차를 타고 여행했다. 간디는 하물(荷物)이 적지않은 것을 알고는 슈트케이스와 트렁크 7개를 아덴에서 되돌려 보냈다. 그는 낮의 대부분과 밤중에 갑판에서 물레돌리기, 집필, 수면, 식사, 기도, 담화 등으로 시간을 보냈으며 여객의 어린이들과 놀기도

했다. 그리고 기선을 타고 여행하는 사람이 흔히 그렇게 하는 것처럼 브리지에서 선장의 안내로 육분의(六分儀)를 들여다보기도 하고 잠깐 키를 잡아보기도 했다.

런던에 도착한 것은 9월 12일이며, 12월 5일까지 영국에 체재했는데, 지난 1926년에 그는 방문한 일이 있는 뮈리엘 레스터의 빈객으로서 킹스레 홀이라 부르는 이스트 앤드(런던 시내 하류 주민의 구역)에 있는 인보관(隣保館)에서 숙박했다. 킹스레 홀은 시의 중심가나 원탁회의 장소인 세인트 제임스 팔레스에서 5마일 떨어진 곳에 있었다.

친구들은 호텔에 투숙하면 일이나 수면을 위해서 상당한 시간을 절약할 수 있다고 권했으나 간디는 돈을 쓰고 싶지 않았다. 그리고 런던의 중심지에서 가까운 곳에 큰 저택을 가지고 있는 인도인이나 영국인의 호의를 사양하고 매일 저녁 나절이 되어 때로는 밤이 깊어서 킹스레 홀에 돌아왔다. 그는 나의 친근자, 즉 가난한 사람들 속에서 지내는 것이 마음이 편하다고 설명했다. 그러나 그를 찾아오는 면회자가 일부러 이스트 앤드까지 오지 않아도 되도록 편의를 고려해야 하지 않느냐는 강력한 권고에 따라 나이트브리지 88번지에 조그만 사무소를 두자는 데 동의했다(이 건물은 제 2 차 대전 때 파괴되었다).

아침에는 킹스레 홀 주위 슬럼가[貧民街]를 산책했다. 출근하는 남녀가 간디에게 정다운 웃음을 지으며 인사했다. 그중에는 말을 거는 사람도 있었다. 간디는 그들 이웃의 가난한 가장을 몇 집 방문하기로 했다. 어린이들은 인도에서 온 이 위대한 탁발승의 손에 매달리면서 ‘간디 아저씨’라고 불렀다. 한 장난꾸러기 소년은 “간디 아저씨, 바지를 어디에 벗어놓으셨어요 ?” 하고 놀렸다. 간디는 명랑하게 껄껄 웃었다.

어떤 탐방 기자가 그의 복장에 관해서 질문을 하자, 간디는 ‘당신들은 플러스 포어즈(골프용 바지)를 입지만, 내 복장은 마이너스 포어즈입니다.”라고 대답했다. 간디는 매우 흥미로운 신문 기사거리였으므로 기자들이 그의 일거일동을 쫓아다녔다. 유럽이나 아메리카의 일간지, 주간지는 그에 관한 특종 기사거리를 찾기 위해 열심히 취재했다. 조지 스로콤은 간디의 관대한 마음에 관해서 감탄하는 글을 썼는데, 영국 황태자가 인도를 방문했을 때 마하트마가 바닥에 엎드려 절을 했다는 것을 하나의 예로 들었다. 그 후, 스로콤 기자가 간디를 만났을 때 간디는 웃으면서 말했다. "스로콤 씨, 그 일화는 당신의 공상력에 별로 명예로운 일이 되지는 않습니다. 나는 인도의 가장 가난한 불가촉천민을 몇 세기 동안이나 괴롭혀 온 상태에 가담한 까닭에 그들 앞에 엎드리기도 하고 그들의 발에 묻는 먼지를 털어주기도 하겠습니다. 그러나 나는 영국의 황제나 황태자 앞에 다시 말하면 오만한 힘을 대표한다는 이유만으로는 결코 허리를 조아리지는 않습니다." 간디는 버킹검 궁전에 초대되어 조지 5세와 메리 황후의 다회(茶會)에 참석했는데, 그날 저녁에는 간디가 무슨 옷차림을 하고 가느냐에 관해서 영국 전체가 야단법석이었다. 간디는 요포를 두르고 맨발에 샌들을 신고 숄을 어깨에 걸쳤으며, 회중시계를 늘어뜨리고 있었다. 어떤 사람이 "그때는 당신도 충분한 옷차림을 하고 갔습니까?" 하고 묻자, 간디는 "나 대신 황제께서 두 사람 몫의 옷차림을 하고 계시더군요."라고 대답했다.

영국의 전시수상(戰時首相 : 제1차 대전 당시) 데이빗 로이드 조지가 새리의 차트에 있는 그의 농장으로 간디를 초대했다. 두 사람은 3시간 동안 회담했다. 훗날(1938년), 필자가 차트에 로이드 조지를 방문했을 때 그 얘기가 나왔다. 간디가 왔을 때 그의 농장 사람들은 어떤 빈객을 맞이했을 때보다도 열광하여 전원이 성자를 환영했다는 것이었다.

다시 4년 후, 필자가 간디에게 로이드 조지를 만나 그때 얘기를 들었다고 하니까, 간디는 "그래, 뭐라고 하던가요?"라고 물었다.

"당신이 긴 의자에 앉자마자, 어디서 나타났는지 여태까지 한 번도 본 일이 없는 까만 고양이가 와서 당신 무릎 위에 앉았다면서요?"

"음, 그랬던 것 같소." 간디도 생각이 나는 모양이었다.

"당신이 간 뒤에는 그 고양이도 어디로 갔는지 다시 안 보이더랍니다."

"허, 그건 몰랐는데요."

"그런데 스레이드 양이 차트를 방문했을 때 그 고양이가 또 나타났다는 겁니다."

"그것도 모르고 있었어요."

간디는 영국에 도착하자 곧, 지난 1924년에 충수염 수술을 해준 마독 대령을 방문했다. 그 후에도 잠시 시간이 났을 때 리딩 근처에 있는 마독 대령 댁에 가서 몇 시간을 보냈다. 두 사람은 아름다운 정원에 걸터앉아 옛날을 회고하면서 서로 "나이는 먹지 않은 것 같군요."라고 말했다.

그 무렵, 찰리 채플린이 간디에게 회견을 청한 일이 있었다. 간디는 그때까지 채플린이라는 희극배우의 이름을 한번도 들은 일이 없었으며, 배우에 대해서는 특별한 관심이 없었으므로 일단 거절했다. 그러다가 채플린이 런던 이스트 앤드의 가난한 가정에서 태어난 사람이라는 얘기를 듣고는 카티알 박사 집에서 만나게 되었다. 두 사람의 대면은 웃음이 만발하고 채플린이 던진 의문, 즉 간디의 기계에 관한 태도에 대해서 의논이 벌어졌다. 이때 주고받은 얘기가 채플린의 그 후의 영화작품에 영감을 주었을지도 모른다.

조지 버나드 쇼도 간디에게 경의를 표했다. 이 괴팍스러운 아이러니스트인 쇼도, 간디에 대해서는 정중하게 승리를 양보하여 자기를 '작은(小) 마하트마'라고 불렀다. 그는 "당신과 나는 이 지상에서 대단히 조그마한 공동체에 속해 있다."고 말했다. 두 사람 사이에는 화제가 만발했다. '대(大) 마하트마'는 쇼의 유머를 만끽했겠지만, 이 희극작가의 너무 익살스럽고 자극적인 말투가 썩 마음에 들지는 않았을지도 모른다. 이 점은 톨스토이도 마찬가지였다.

간디는 전 총독 어윈, 남아메리카에서의 투쟁의 상대였던 스마츠 장군, 캔터베리의 대승정과 사제장, 정치학자 해롤드 러스키 교수, 전 〈맨체스터 가디안〉지 편집장 C. P. 스코트, 아더 헨더슨, 기타 수백 명을 만났다. 스마츠는 남아프리카 당시를 회상하여, "나는 당신에게 혼이 난 것 만큼 당신을 혼내드리지 못했습니다."하고 말했다. 간디는

“내가 그렇게 심했던가요?” 하고 사과했다. 그러나 끝까지 간디를 만나려 하지 않은 사람으로 윈스턴 처칠이 있다.

간디는 몬테소리 사범학교를 방문하여 건강하고 행복해보이는 어린이들의 아름다운 리듬체조에 감동했다. 간디를 그것을 보면서 반기아상태에 허덕이는 인도 농촌의 무수한 어린이들이 생각나서 슬펐다. 마리아 몬테소리 여사는 간디를 어린이들에게 ‘숭고한 스승’이라고 소개했다. 그리고 간디에게는 “세계 문명과 어린이에 대한 사려가 우리를 결합하고 있습니다.”라고 말했다. 간디는 강연에서 다음과 같이 말했다. “나는 세상 어린이들이 선천적으로 나쁜 의미에서 장난꾸러기라고는 생각하지 않습니다. 어린이가 자라는 과정에서 양친이 훌륭한 모범을 보이기만 하면 어린이들은 본능적으로 진리와 사랑의 법칙에 따를 것입니다. 내가 본 수백 명——아니 수천 명의 어린이의 경험에서 어린이는 모두 세상 어른들이나 나보다 월등한 염치심(廉恥心)을 가지고 있다는 것을 알고 있습니다. 지혜는 이런 어린이의 입에서 나온다고 한 예수의 말처럼 진실되고 고매한 진리를 지적한 말은 없습니다. 나는 그것을 확신합니다.”

가장 아메리카다운 기업인 콜롬비아 방송회사(C. B. S.)는 간디가 영국에 도착한 이튿날, 아메리카로 향한 라디오 강연의 프로를 마련했다. 간디는 원고를 미리 준비하겠느냐는 요청을 거부하고 즉석 연설을 했다. 스튜디오에서 마이크로폰을 보고 “이걸 향해서 말을 하는 겁니까?” 하고 물었다. 그 말은 이미 전파를 타고 바다를 건너가 아메리카 사람들 귀에 들렸다.

간디는 다음과 같이 말했다.

“인도의 투쟁이 세계의 주목을 끌고 있는 것은 단순히 인도가 독립을 위해 싸우고 있기 때문이 아니라 우리가 자유를 획득하기 위해 채용한 수단이 특이한 것이며 역사에 비추어보는 한 다른 어떤 민족도 채용한 일이 없는 것이기 때문입니다. 지금까지 세계 여러 나라는 야수처럼 싸워왔습니다. 그리고 적국(敵國)에 대해서는 원한을 품어 복수를 하는

것이 상례였습니다. 우리는 인도에서 그 과정을 거꾸로 세우려 노력해
왔습니다. 우리는 야수의 세계를 지배하는 법칙은 인간의 존엄에 모
순되는 것이라고 생각합니다. 나는 개인적으로 우리 나라의 독립을
달성하기 위해 유혈의 수단을 채용하기보다는 차라리 꾸준히 기다리
겠다는 생각입니다. 오늘날 세계는 너무 많은 피를 흘려 빈사 상태에
있으며 그 해결책을 찾고 있습니다. 나는 세계가 갈망하는 그 해결책을
제시하는 것은 오랜 역사를 지닌 나라——인도의 특권이라고 확신하고
있습니다. 현재 인도는 분열되어 있으며 힌두교도와 이슬람교도가 서로
다투고 있는 현실은 말씀드리기에도 부끄러운 일입니다. 또 더욱이
우리 힌두교도에 있어서 수백 만 동포를 불가촉천민이라 하여 접촉을
피하고 있는 것은 더욱 부끄러운 일입니다.

이어서 그는 음주와 마약의 해독과 동인도회사가 영국 공장주들의
이익을 위해 인도의 농촌사업을 파괴한 상황에 대해서 자상하게 얘
기했다. 이때 간디는 시간이 얼마 남지 않았으며 뉴욕에서는 3분 후에
스위치를 끊는다고 쓴 쪽지를 받았다. 간디는 침착하게 영국 지배 밑에
놓인 인도의 경제에 화제를 옮겨 다음과 같이 끝맺었다. "나는 반기
아상태에 허덕이는 무수한 인도 민중을 대표하여 그 자유를 되찾으려고
애쓰는 사람들을 원조해줄 것을 전세계의 양심에 호소합니다."

C. B. S의 프로듀서가 얘기를 끝내라는 신호를 보내자 간디는 "다
끝났습니다."라고 말했다. 이 말도 전파를 타고 미국 전역으로 퍼졌다.
간디의 목소리를 매우 명료하여 정확하게 청취할 수 있었다.

영국에서 보낸 84일 동안에 간디는 이튼이나 케임브리지 같은 학
교도시를 방문했다. 케임브리지에서는 감상에 젖어 자와하르라르 네
루나 C. F. 앤드루즈가 공부한 트리니티 칼리지에 안내해달라고 청했다.
또 옥스퍼드도 방문했다. 그 밖에 부인단체, 퀘이커교도, 인도인 학생,
인도인 상인, 영국인 학생, 영국 국회의원, 런던 경제학원, 아메리카
인 기자협회(이 협회에서는 간디에게 경의를 표하여 사보이 호텔에서 다회를
베풀었다), 인도 우호회 금주협회, 채식주의자 등 여러 단체의 모임에서

강연을 했다.

간디는 특히 기념할 만한 주말을 두 번 옥스퍼드에서 보냈다. 한 번은, 훗날 린디 오브 버커라는 귀족이 된 베이리얄 학료장 린디 박사 댁에 숙박했다. 린디는 1948년에 다음과 같은 글을 썼다. "아내와 나는 간디를 우리 집에 영접하는 것을 성자를 영접하는 것이라고 생각했다. 간디는 위대하면서도 허식이 없는 인품을 지녔다. 상대가 유명한 정치가이거나 무명의 학생이거나 누구에 대해서도 정중하게 접했다. 무슨 의문에 대한 해답을 성심으로 원하는 사람은 진실한 대답을 얻을 수 있었다."

간디의 옥스퍼드에서의 또 하나의 모습은 애드워드 톰프슨 박사가 묘사하고 있다. 간디는 두 번째 옥스퍼드에서의 주말을 톰프슨 박사 댁에서 묵었는데 베이리얄 학료장, 길버트 마리, S. 쿠프랜드 교수, 서어 마이켈 새들러, P. C. 리욘, 기타 모두 원숙한 사람들과 만나서 얘기했다. 간디가 방문한 뒤에 톰프슨 교수는 "그는 간혹 남의 기분을 초조하게 하는 경우도 있다."는 소견(所見)을 말한 바 있다고 말하고 있다.

그 지적인 기마창시합(騎馬槍試合)을 톰프슨은 이렇게 말한다. "디는 세 시간에 걸쳐서 일종의 정밀검사와도 같은 질문을 받았다. 그것은 매우 엄격한 시련이었으나 단 한 순간도 그는 당황하거나 망설이거나 하지 않았다. 소크라테스 이후, 그처럼 완벽한 자제와 침착성을 지닌 인물은 나타나지 않았다고 나는 확신한다. 그리고 나 자신도 한두 번 그의 냉정하고 침착한 태도에 도전을 시도하여, 옛날 아테나이(고대 그리스의 도시. 소크라테스의 나라) 사람들이 왜 순교의 철학자에게 독약을 먹였는지 까닭을 알 만하다는 생각이 들었다. 소크라테스와 마찬가지로 간디에게도 수호신이 붙어 있었다. 수호신이 말을 할 때 그는 어떤 의논이나 위험성에도 동요되지 않았다."

물론, 그 자리에 나온 사람들은 모두가 소크라테스처럼 침착할 수는 없었다. 톰프슨 교수는 이렇게 말하고 있다. "지금도 린디 교수의 절망적인 투의 말이 기억에 남아 있다. 린디 교수는 크롬웰(영국의 정치가, 명예혁명의 지도자)이

장로교회파의 대신에게 호소한 말을 인용하여 '제발 부탁입니다. 당신이 틀리는 경우도 있을지 모른다고 생각해보시기 바랍니다.' 하며 '간디 씨, 당신이 틀리는 경우도 있을 수 있다고 생각해 주십시오.'라고 덧붙였다. 그러나 간디는 결코 그런 일이 있을 수 있다고는 생각하지 않았다."

그러나 그 자리에서 언제나처럼 메모를 하고 있던 마하데브 데사이는 간디가 '착오를 범하는 자유'에 관해서 설명한 말을 기록하고 있다. 한편, 간디는 확고부동하게 시민적 불복종을 옹호했다. 간디는 어떤 비판 앞에서도 그 주장을 철회하려고 하지 않았다. 그는 "나는 비폭력을 대가로 인도의 자유를 구입하려는 것은 아닙니다."라고 말하며 틀리는 경우는 있을 수 없다고 생각하고 있던 교수들에게 말했다. "내가 보다 더 신중해야 한다고 말한다면 당신들 말이 옳을지도 모릅니다마는, 원칙을 공격하시려면 당신들은 나를 납득시키지 않으면 안 됩니다." 교수들은 결국 실패했다.

84일간에 걸친 영국 체재 중에 한 발언을 통하여 간디는 공적, 사적, 공식, 비공식을 가리지 않고 무엇보다도 인도의 독립에 의해 그가 의도하는 게 무엇인지를 명확하게 밝히려고 노력했다.

로터리 클럽에서 청중 한 사람이 "당신은 인도를 대영제국으로부터 어디까지 분리시키려고 생각합니까?" 하고 질문했다.

"인도가 진보하고 고난에서 벗어나기 위해 대영제국과 완전히 분리해야 하지만 영국 국민과 아주 관계를 끊자는 것은 아닙니다. 황제의 권위는 없어져야 합니다. 그리하여 영국과 대등한 친구로서 기쁨과 슬픔을 서로 나누고 다른 자치령과도 대등해지기를 바랍니다. 어디까지나 대등한 조건 밑에서 이루어지는 협력이라야 합니다." 이것이 간디의 대답이었다.

간디는 명예로운 협력을 주장했다. "영국과 인도 사이에는 협력관계가 성립될 수 있습니다. 나는 지금도 협력이 가능하다면 제국이 아니고 공화국의 시민이 되었으면 합니다. 신께서 허용하신다면 한 나라로부터 다른 나라에 강요된 협력이 아니고 혼연일체가 된 협력을. 국민회의파는 자칫하면 세계의 위협이 되기 쉬운 고립된 독립을 위해서 투쟁하고 있는 것은 아닙니다. 나는 야수적인 힘에 의거하는 게 아닌 동양과 서양의 결합을 진심으로 환영합니다. 영국과 인도는 사랑의 비단줄로 연결되어야 합니다. 인도는 독립한 협력자로서, 전쟁과 유혈에 싫증이 날 만큼 시달리고 있는 세계에 특별한 공헌을 하게 될 것입니다. 만약 전쟁이 일어날 경우에는 무력에 의해서가 아니라 결점이 없는 모범의 위력으로 전쟁을 방지하기 위해 노력하게 될 것입니다."

간디의 이러한 발언은, 훗날 1948년에 독립국으로서의 인도가 자발적으로 영연방(英聯邦)에 가입하게 된 사정을 예견하고 있다고 볼 수 있다. 실제 그 방침을 주장한 사람들은 간디의 논법——간디가 17년 전에 런던에서 사용한 말——을 그대로 사용했던 것이다. 간디는 오로지 상호 유대로 이끌어가는 길에 은혜를 초래하는 독립이 있다고 생각했다. 고립된 독립은 인도의 목표가 아니었다. 자발적인 상호 유대가 목표였다. 그는 국제주의라든가 세계정부라든가 하는 복잡한 이론에 의해서가 아니라 심징에 의해서 이 결론에 도딜했다. 그는 사랑을 존중하여 그것을 모든 인간관계의 기본으로 삼았다. 사랑이란 바꿔 말하면 창조적인 상호의존이다. 간디는 국가를 추상적인 법적 존재로서가 아닌 이름, 이목구비, 고통, 웃음을 지닌 인간의 집합체로 보았으므로 국제관계도 상호의존과 사랑에 토대를 두고 있는 것으로 생각했다.

간디는 1931년 3월 5일 어윈 총독과 맺은 델리 협정의 제2조는 묵종(默從)이 아니냐는 비판을 받고 있었다. 즉, 그 조항에는 앞으로 예정된 인도 헌법에서 국방, 외교, 소수 민족문제 및 외국 채권자에 대한 재정상의 책무를 영국이 계속 장악한다고 규정되어 있었다. 그것은 자주독립에 대해서는 중대한 제한이었다. 간디는 이 점에 대한 비판을 깊이 명심하고 있었다. 실제로 1931년 3월 말 카라치에서 열린 회의파 대회에서 간디는 이 중요문제에 대한 그의 입장을 바꿔야 한다는 지시를 받았다. 그런 경위를 배경으로 간디는 영국 청중 앞에서 말했다. "나는 국민회의파로부터 재정, 국방 및 외교를 완전히 장악하지 않는 한 완전독립은 달성되지 않는다는 훈령을 받았다." 간디의 태도가 이렇게 역전된 것을 보고 영국측은 당황했다. 이것은 조인을 취소하는 말이다. 간디는 기술적으로는 자기 위에 있는 회의파의 훈령임을 내세워서 정당화했으나 실제는 델리 협정의 약정에 정치적 중요성을 두지 않고, 오히려 런던에서 그 반대를 변호하기 위해 선전적인 중요성을 인정하고 있었을 뿐이었다. 영국은 아직도 인도에서의 권력을 내놓으려고 하지 않았다. 이것이 중대한 사실이다. 따라서 누가 무엇을 장악하느냐를 세분화해도 실질적으로는 무의미한 노릇이다.

간디는 이렇게 생각하고 있었으므로 원탁회의에서 영국정부와 토의하는 일보다, 영국국민을 납득시키는 데에 더 중점을 두었다. 그는 어떤 자리에서 "내가 하는 일은 오히려 회의 바깥에 있습니다."라고 말한 일도 있었다. "인도를 영국에 설명하는 자기 노력에 언급하여 나로서는 이것이 진정한 원탁회의입니다. 지금 뿌린 씨앗은 영국의 감정을 부드럽게 하고……인간이 야수화하는 것을 방지하게 되겠지요." 간디는 그 매력, 솔직성, 인간미, 친밀성으로 많은 사람을 친구로 만들었다. 영국 크리스트 교도의 마음을 끌어 간디라는 인물은 위대한 형제이며 맹우(盟友)라고 생각했다. 다시 말하면 모든 영국인이 지니고 있는 크리스트 교도로서의 금선(琴線)을 울려 그들의 상식에 반향을 일으킨 것이다. 간디가 영국을 방문한 뒤에는 누가 그것을 생각하기 전에, 처칠이 그것을 바라게 되기 전에, 언젠가는 인도가 완전한 독립을 달성하리라는 것이 이미 명백한 장래의 사실로 느껴졌다. 어떤 사람들은 간디를 '괴팍스럽다'고 생각했다. 사실 그런 말도 있었다. 하지만 간디는 가장 고집불통의 적대자의 마음도 부드럽게 하고, 사자굴 속에도 서슴없이 들어갔다. 그는 자기가 전개한 박래 의류 반대와 카아디 보급 운동 때문에 실업과 불경기에 빠져 있는 랭카셔 지방에 갔다.

어떤 집회에서 한 사나이가 말했다. "나도 실업자입니다마는 내가 인도에 있었다면, 간디 씨와 같은 주장을 하겠지요." 랭카셔의 다윈에 있는 그린필드 공장 옥외(屋外)에서 찍은 사진이 그 사정을 잘 보여 준다. 간디는 목에서 무릎까지 하얀 무명을 두르고서 면공장 노동자에게 둘러싸여 있다. 태반이 여성이고 그 중 한 사람이 간디의 손을 붙잡고 있으며, 늙은이나 젊은이나 남자나 여자나 모두가 웃음이 활짝 핀 얼굴로 간디에게 박수를 보내고 있다. 간디는 자기가 피해를 끼친 사람들에게서 이해를 얻는 데 성공했던 것이다.

영국정부는 런던 경찰국의 에반스 경감과 로저스 경감으로 하여금 간디의 신변을 호위시켰다. 황족의 호위를 맡는 특별임무의 경관이 었는데 간디는 호위하는 동안에 이 왜소한 인물에게 홀딱 반했다. 간디는 그런 경우 유명인이 흔히 그렇게 하는 것처럼 두 사람을 무시하거나 서먹하게 하지 않고, 자주 얘기도 하고 두 사람의 집을 방문하기도 했다. 영국을 떠날 때 간디는 그 두 사람의 영국 경관과 이탈리아의 브린디지까지 동행하는 허가를 요청했다. 당국이 그 기묘한 요청의 이유를 물으니까, 간디는 "두 사람은 내 식구니까요."라고 대답했다.

간디는 나중에 또 인도에서 그 두 사람에게 "나의 진심의 표시로 M. K. 간디라고 새긴 시계를 보냈다.

강연, 연설, 좌담회, 기자회견, 여러 곳의 방문여행, 무수한 개인적인 약속, 그리고 산더미 같은 편지에 회답을 쓰는 한편——오로지 영국의 이해를 얻어야겠다는 생각으로——런던에 온 공적인 용무 즉, 제2차 원탁회의에 출석했다. 공식, 비공식의 활동을 통해서 하루에 21시간을 분주하게 활동했다. 보존된 일기에 의하면, 때로는 새벽 2시에 취침하여 3시 45분에 일어나 기도를 올리고 5시부터 6시까지 다시 쉬었다가 이튿날 새벽 1시나 2시까지 전혀 휴식을 취할 겨를이 없는 날도 있었다. 피곤한 일정의 연속이었다. 그러나 간디는 육체를 인내의 극한(極限) 혹은 그 이상으로 혹사하는 것을 오히려 기쁨으로 여겼다. 그 결과 원탁회의에 참석했을 때는 건강이나 기력이 최상의 상태는 아니었으나, 그 자리에 나온 사람들은 간디의 입에서 대단히 중요한 약간의 발언을 들었다. 간디는 본회의나 위원회의 자리는 대개 지리한 느낌을 주었지만 빠짐없이 출석했다. 회의의 분위기는 너무 정치적이었기 때문에 현실성의 감각이 마비될 정도였다. 간디는 가끔 눈을 감고 앉아 있었는데 때로는 앉아서 졸기도 했을지 모른다.

원탁회의의 목적은 인도의 헌법을 만드는 일이었다. 영국 대표단의 한 사람인 리딩은 영국의 의도를 요약해서 이렇게 말했다. "내가 믿는 바로서는 영국과 인도 사이의 진정한 길은 우리가 포기해서는 안 되고, 또 포기할 수도 없는 입장을 견지하면서 동시에 인도가 생각하는 바를 실행하기 위해 우리에게 가능한 일을 하는 데 있다."

영국은 계속 인도의 주인으로 있으면서 어떻게 인도의 생각을 실행할 수 있을까.

원탁회의는 실패라기보다도 더 심한 것이었다. 그것은 인도의 종교적 분열을 더 격화시켜 장래에 대하여 불결하고 비극적인 영향을 미치게 되었다.

회의에 참석한 대표는 112명이었다. 영국정부 대표 20명, 인도 각 번 왕국(藩王國) 대표 23명――라쟈, 마하라쟈, 나와브, 그들의 휘하(麾下)――그리고 영령(英領) 인도에서 64명. 총독은 번 왕들을 지명했을 뿐 아니라 간디, 나이두 여사 및 기타 약간의 예외를 제외하고는 영령 인도의 대표도 모두 그가 지명했다.

총독은 매우 조심스럽게 작위적인 인선을 했다. 영국정부는 대체적으로 인도의 3분의 1을 차지하는 번 왕령과 영령(英領)을 합친 인도의 연방을 제창했다. 이는 모두가 영국의 괴뢰(傀儡)나 다름없는 독재적 번 왕들에게 인도, 정부조직 속에서 중요성을 주려는 속셈이었다. 그렇게 하면 표면상 통합된 인도는 봉건적, 중세적 반동(反動)을 강화하여 따라서 영국의 지배를 강화하게 된다.

영령(英領) 인도의 대표단에는 아가 칸과 그의 동류들이 들어 있으며 거기에는 영국 상인, 앵글로 인디언, 크리스트 교도, 힌두교도, 이슬람교도, 지주, 노동자, 불가촉천민, 배화교도가 포함되어 있었다(농민은 단 1명도 없다). 이들 각 집단은 모두 독자의 선거구제를 요구했다. 다시 말하면 입법부의 다수 의석이 인도에 거주하는 영국인, 지주, 이슬람교도에 유보됨을 의미한다. 그리고 영국인은 인도에 거주하는 영국인들만의 투표로 선출되며, 기타는 이 투표에 관여하지 않는다. 또 지주는 지주들에 의해서 뽑히고, 이슬람교도는 이슬람교도 후보자에게만 투표한다는 식이었다. 결국 인도의 모든 분열적 경향은 더욱 강화되었다.

원탁회의에는 따로 소수민위원회가 설치되었다. 그것은 영국에 거주하는 영국인 6명, 이슬람교도 13명, 힌두교도 10명, 불가촉천민 2명, 노동자 2명, 시크교도 2명, 배화교도 1명, 인도인 크리스트 교도 2명, 앵글로 인디언(영국인 남성과 인도인 여성의 통혼에 의한 혼혈인) 1명, 인도에 거주하는 영국인 2명, 여성 4명으로 구성되어 있었다. 분리선거구제를 요구하지 않은 것은 여성뿐이었다. 위원회에 나온 13명의 이슬람교도 중에 단 하나만이 정치적으로 인도인이며 종교적으로 예언자의 신도인, 민족적인 이슬람교도였다. 나머지 12명은 종교와 정치를 혼동하여 그를 종교상 커뮤니티의 정치적 이해를 인도 전체의 복리보다 우월화하고 있었다.

이슬람교도인 파즈르르 파크 씨는 1931년 11월 28일의 본회의 연설에서 다음과 같이 말했다. "나는 서어 오스틴 쳄벌린 씨가 문제의 박사(회의의 힌두교도 대표)와 나처럼 각각 별개의 종교를 신봉하여 별개의 신을 예배하는 이처럼 판이한 두 사람을 만난 일이 과연 있었을까 생각합니다."

"같은 신이오!" 대표의 한 사람이 외쳤다.

파즈르르 파크 씨가 다시 주장했다. "아니, 그렇지 않소. 같은 신일 수 없소. 나의 신은 분리선거구제를 지지하고 그의 신은 합동선거구제를 지지합니다."

이슬람교도 대표의 신은 분할의 신이었다. 그러나 간디는 신이나 인도나 분할을 원하지 않았다. 그는 회의에서 모든 분리선거구제를 거부한다고 말하고 독립 인도에서는 인도인은 인도인으로서 인도인에게 투표할 것이라고 말했다. 인도 민족주의의 의도와 그 호소는 그렇잖아도 너무 많은 민족적인 장애를 새로 더 만들어내는 일이 아니고, 영국과 전세계에서 제국주의라는 악령을 몰아내고 인도에 있어서는 종교를 정치와 혼동시키지 않고 그 순수성을 지키게 하자는 데에 있었다. 그런데 영국의 조종 밑에 있는 원탁회의는 오히려 낡은 요소를 강화하고 거기에다 또 분열을 더욱 증식시키는 새로운 요소를 끌어들이려 했다. 소위 분할통치는 제국의 법률이며 그의 지배가 위험에 직면하면 더욱더 간교하게 이를 적용하려고 했다.

인도의 입장에서 해결법은 정치에서 종교적 배려를 배제하는 데 있다. 20세기의 온갖 활력소가 소용돌이를 치는 가운데 인도의 민족주의는 지금도 아직 종교, 향토애, 경제적 차등(次等)으로 분리된 각 계각층을 결합하는 힘을 결여하고 있었다. 말하자면 인도의 민족운동은 인도인이 하나의 국민으로 용해(熔解) 단합되기 전에 압제로부터 내 몸을 해방시켜야 하는 과제에 직면하고 있는 것이었다.

카스트 제도는 특히 인도 민족주의를 약화시키는 분열적 요소였다. 하리잔 즉 불가촉천민은 그들을 너무도 가혹하게 차별해온 힌두교도를 두려워하며 때로는 미워했다. 그러한 역사적 배경에서 불가촉천민도 역시 바로다의 가애크왈 마하리쟈의 장학금으로 뉴욕의 콜롬비아 대학에서 공부한 변호사 비무라오 라무지 암베드칼이라는 천부(天賦)의 재능을 지니고도, 야심적인 인물을 대표로 뽑아서 회의에 파견하여 분리선거구제나 아니면 적어도 입법부에 있어서 힌두교도의석 가운데 특정수를 획득할 권리를 요구했다.

어디까지나 경건한 힌두교도인 마하트마 간디는 종교, 인종, 카스트, 피부색, 기타 무슨 특징에 의해서도 인간을 차별할 수는 없었다. 불가촉천민의 평등과 힌두교, 이슬람교, 배화교 혹은 크리스트 교를 넘어서 그것을 총괄한 인도의 신세대 교육에 대한 간디의 공헌은 세계적인 의의를 지닌 것이었다. 1931년의 원탁회의 당시에는 영국정부가 반대방향으로 끌고 가려는 때였으므로 간디의 팔에는 아직 힌두교도, 이슬람교도, 하리잔 등 여러 커뮤니티를 영국의 지배를 배제할 수 있는 단결——인도의 통합적 단결로 끌어당기기에는 힘이 부족했다.

1931년 12월 1일, 원탁회의의 마지막 본회의에서 의장인 제임스 람제이 맥도날드 수상(首相)은 간디를 힌두교도라고 언급했다. 맥도 날드는 그 해 10월 27일의 총선거 이후는, 노동당 정부가 아니라 그 자신이나 J. M. 토마스를 포로로 한 보수당(保守黨) 정권의 수상이 되어 있었다.

그러자 간디는 "나는 여기서는 힌두교도가 아니오!"라고 외쳤다.

간디는 그가 섬기는 신에 대해서는 힌두교도이지만, 영국 수상에 대해서나 정치의 무대에서는 힌두교도이기 전에 인도인이었다. 그러나 당시의 원탁회의에서는 그렇게 생각하는 인도인은 극히 적었다. 인도 전체를 통해서도 많지 않았다.

그것이 제2차 원탁회의의 결말이었다. 회의는 완전히 실패했으며 인도의 정세를 더욱 악화시켰다. 간디는 가슴에 아픔을 느끼면서 회의장을 나와 영국을 떠났다.

간디는 많은 영국인을 만나 그 인간적 매력으로 감명을 주기도 하고 납득시키기도 했지만 힌두교도와 이슬람교도를 분리시키고 있는 간격을 없애거나 좁히거나 하지는 못 했다. 그리고 영국정부는 여전히 인도 땅에 발을 붙이고 머물러 있었다.

제**18**장
귀　로

간디는 세계 거의 모든 나라의 여러 개인이나 단체에 사과문을 보냈다. 되도록 빨리 인도에 돌아가야 하므로 그들의 초청에 일일이 다 응할 수가 없었기 때문이다. 다만 귀로(歸路)를 이용해서 몇 군데 들르기도 했다. 파리에서는 어느 영화관에서 큰 집회가 열려 간디는 의자 위에 앉아서 강연을 했다. 다음에는 기차를 타고 스위스로 향하여 레만 호(湖) 동단(東端) 뷔르누브에서 로망 롤랑과 함께 5일간을 보냈다.

20세기 문학의 걸작《장 크리스토프》의 작자인 로망 롤랑은 19세기 최고의 작가이며 인도주의자인 레오 톨스토이 옹에게 감화를 받은 사람이었다. 로망 롤랑은 톨스토이와 간디를 교묘하게 비교하여 이미 1924년에 다음과 같이 말한 바 있다. "간디는 모든 일이 자연스러우며——겸허하고 간소하고 순수하다——그의 투쟁은 시종일관 종교적인 조용함으로 정화되어 있다. 이에 비해 톨스토이는 모든 일이 자랑[誇示]에 대한 자랑스러운 반항이고 증오에 대한 증오이고 정열에 대한 정열이다. 톨스토이에게는 모든 것이 다 폭력적이며 그의 비폭력주의조차도 폭력적이다."

톨스토이는 폭풍처럼 요동하고 간디는 침착하며 냉정했다. 간디는 그의 아내로부터도 다른 무엇으로부터도 달아나고 싶어도 달아날 수가 없었다. 간디가 앉아 있는 교차로에는 상품이나 수레나 근심걱정이나 각자의 사상을 지닌 몇억의 사람들이 왕래했지만 그는 조용히 앉아 있었으며, 그 자신의 마음속에도 그의 주위에도 항상 고요만이 있었다. 간디는 상아탑이나 올림포스 산(희랍신화의 제우스 신이 살고 있는 산) 꼭대기에서 숨이 막혀서 견딜 수가 없었을 것이다.

타고르는 그렇지 않았다. 로망 롤랑은 타고르의 말을 인용하고 있다. "그러나 사방팔방에서 압박을 받으면서 나는 대체 이 군중 속에 어떤 위치에 있는가, 내 귀에 들리는 소리를 다른 사람들은 그 누가 알아 듣는가. 노래를 들으면 나의 시탈(현악기의일종)은 그 멜로디를 포착한다. 나는 그 코러스에 참가할 수도 있다. 그러나 군중의 열광적인 소란 속에서 내 목소리는 압도당하고 나는 현기증이 난다."

로망 롤랑과 간디는 그때(1931년)까지는 한 번도 만난 일이 없었다. 그러나 로망 롤랑은 타고르를 만난 일이 있고 또 타고르와 15년이나 같이 지낸 C. F. 앤드루즈를 만나 그들의 얘기를 통해서 간디를 알고 있었다. 간디가 쓴 책도 읽고 있었다. 로망 롤랑은 타고르처럼 가수 (歌手)——정신의 노래를 부르는 사람이었다. 그리고 베토벤, 헨델, 괴테, 미켈란젤로 등 역사상 위대한 정신적 영웅의 생애를 다룬 저작 (著作), 또 힌두교 신비주의자 라마크리쉬나에 관한 저작도 있었다.

로망 롤랑은 간디를 성자로 보았다. 그는 이미 1924년에 쓴 마하트마 간디의 전기에서 "간디는 성자 이상의 인물이다. 그는 순수하며 인간 내부에 잠재하는 동물적인 정욕에서 너무나도 자유롭다."라고 말하고 있다. 로망 롤랑과 타고르는 인간의 선을 신뢰하는 동시에 인간 내부에 잠재하는 악을 두려워했다. 타고르는 간디가 박래품 의류를 쌓아올려 불을 질렀을 때 민중의 마음에도 점화하는 것은 아닌지 염려했다. 로망 롤랑과 앤드루즈도 같은 염려를 했다.

그러나 이 염려는 간디의 신념——인간의 천성이 선량하다는 것과 어떤 과오도 바로잡을 수 있다는 신념을 충분히 믿지 못하는 데서 오는 것이다. 간디는 남 아프리카의 체험에서 광산이나 농장에서 일하는 보통 무학문맹(無學文盲)의 연계노동자들이 사티야그라히에 필요한 순수성과 자제력을 기를 수 있다는 확신을 얻고 있었다. 따라서 간디는 후진지(後進地)인 발도리의 농민들이 자기 마음속에서 일어나는 분노와 폭력을 스스로 억제할 수 있다고 믿었다. 농민은 간디가 자기들을 신뢰하는 것을 알고 의기양양하여 더욱 조심했다. 간디는 사람의 고상한 성품을 위인이나 예술가나 엘리트의 전유물이라고 생각하지 않았다. 특이성은 평범한 사람에 있어서도 찬란한 영혼의 표현을 찾아내는 데에 있었다.

간디가 12월 5일에 도착하기 전에 로망 롤랑은 마하트마 간디에 관한 수백 통의 편지를 받았다. 어떤 이탈리아 사람은 국영(國營) 복권에 몇 번이 당첨할지 간디의 영감으로 알았으면 좋겠다고 했다. 스위스의 어떤 음악 그룹은 매일 밤 창밑에서 간디를 위해 세레나데를 연주하겠다고 제의했다. 레망 유업조합(乳業組合)은 '인도의 임금님'이 체재하는 동안 유제품을 제공하겠다고 자청했다. 보도기관에서는 질문장을 미리 제출하고 로망 롤랑의 별장 근처에 천막을 치고 사진기자들이 별장을 포위했다. 경찰은 이곳에 오는 인도인의 모습을 보려고 여행자가 모여들어 호텔이라는 호텔이 다 만원이었다고 보고했다.

62세의 간디와 65세의 로망 롤랑은 옛친구처럼 만나 서로 존경하고 서로 정답게 대했다. 간디는 차가운 비가 축축하게 내리는 아침 스레이드 양, 마하데브 데사이, 피야레랄 나얄, 그리고 넷째 아들 데바다스와 함께 도착했다. 이튿날은 월요일이며 간디의 침묵의 날이었으므로 로망 롤랑이 20세기——즉 1900년 이후 유럽의 비극적인 정신상황과 사회상태에 관하여 1시간 반 동안 얘기했다. 간디는 조용히 귀를 기울이면서 이따금 몇 가지 질문을 연필로 써서 보였다.

화요일에는 두 사람은 간디의 로마 여행에 대해서 얘기했다. 간디는 무솔리니, 기타 이탈리아의 지도자들을 만날 작정이었다. 로망 롤랑은 파시스트 정권이 간디의 방문을 그들의 음험한 목적에 이용하려 한다고 경고했다. 간디는 그들이 내 주위에 치는 줄은 다 끊어버릴 테니까 염려말라고 말했다. 그래도 미리 무슨 조건이라도 붙이는 게 안전할 거라고 로망 롤랑이 말하자, 간디는 미리 그렇게 하는 것은 자기 신념에 어긋난다고 대답했다. 그러나 로망 롤랑이 다시 주장하였으므로 간디는 "그렇다면 나의 로마 방문계획을 당신은 궁극적으로 어떻게 생각하십니까?” 하고 물었다. 로망 롤랑은 다른 일은 어떻든지, 체류하는 동안 자유로운 입장에 있는 사람들의 집에서 묵는 게 좋다고 권했다. 간디는 약속을 했으며 약속을 지켰다.

로망 롤랑은 간디에게 유럽에 관한 자기 견해에 대한 그의 의견을 말해달라고 요청했다. 간디는 당신의 고민이 얼마나 큰지를 알았다고 말했다. 간디가 영어로 말하고 로망 롤랑의 누이가 불어로 통역했다. 간디는 역사에서 배운 것은 별로 없다고 말했다. “내 방법은 경험주의적입니다. 내 결론은 거의 다 개인적인 경험에서 나온 것입니다.” 간디는 그것이 어떤 위험성——오류를 범할 가능성도 없지 않다는 것을 인정했으나, 그래도 자기 생각을 스스로 신뢰하지 않으면 안 된다고 강조했다. 간디의 모든 신뢰는 비폭력으로 집중되고 있으며 이 원리는 유럽의 위기를 구할 수 있다는 생각이었다. 영국에서 간디의 친구들은 비폭력이라는 수단의 취약성을 그에게 설명하려고 했다. 그러나 간디는 전세계가 의심을 할지라도 자신은 어디까지나 옳다고 생각한다고 주장했던 것이다.

다음 이틀간 간디는 로잔에서 보냈으며 그곳에서 열린 일반집회에서 강연을 했다. 제네바에 가서는 빅토리아 홀에서 강연했다. 로잔에서도 제네바에서도 무신론자나 기타 각계각층 사람들의 질문에 몇 시간이나 시달렸으나 간디는 시종일관 차분하게 응답했다. 로망 롤랑은 그 태도를 “얼굴의 주름하나 움직이지 않았다.”고 말하고 있다.

두 사람은 12월 10일에 다시 만났다. 로망 롤랑은 간디가 제네바에서 진리는 곧 신이라고 한 말을 화제로 삼았다. 로망 롤랑은 우선 자기의 생애를 간략하게 얘기했다. 유아소년 시대에 프랑스의 소도시에서 얼마나 답답한 분위기 속에서 자랐는지, 어떤 길을 거쳐서 작가가 되었으며 예술에 있어서의 진리를 탐구해왔는지에 대한 경로를 얘기했다. 로망 롤랑은 말했다. “가령 ‘진리는 곧 신이다.’라는 정의가 옳다면 나는 거기에 신의 중요한 속성의 한 가지——환희라는 요소가 결여돼 있는 것처럼 보입니다. 왜냐하면——이것이 내가 강조하고 싶은 점입니다마는——나는 환희를 제외하고는 어떤 신도 인정할 수가 없습니다.”

간디는 예술과 진리 사이에 구별을 두지 않는다고 대답했다. “나는 소위 ‘예술을 위한 예술’이라는 공식에는 반대입니다. 내 생각으로는 예술은 무릇 진리에 토대를 두고 있지 않으면 안 됩니다. 나는 비록 아름다워보이는 것일지라도 만약 진리를 나타내지 않고 허위를 나타낸다면 절대로 그것을 거부합니다. 내가 인정하는 공식은 ‘예술은 우리에게 기쁨을 주는 동시에 선(善)’이라는 것입니다. 반드시 지금 말한 조건이 선행되어야 합니다. 예술에 있어서 진리를 관철하기 위해 외적 사물의 완전한 복제는 반드시 필요한 것은 아닙니다. 생명이 이미 예술이니까요. 생명을 지닌 존재는 저절로 마음에 활발한 기쁨을 일으키며 숭고한 차원으로 이끌어가게 마련이니까요.”

로망 롤랑은 의견을 달리하지는 않았으나 사람이 진리와 신을 탐구하는 길에는 고뇌가 있다는 것을 강조했다. 그는 책꽂이에서 괴테의 책을 뽑아 몇 군데 중요한 부분을 낭독했다. 나중에 로망 롤랑은 “간디가 받드는 신은 인간의 슬픔에서도 기쁨을 찾아내는 것처럼 보였다.”고 말했다. 로망 롤랑은 간디의 이 점이 수정할 필요가 있다고 생각했던 것이다.

두 사람은 앞으로 일어날지도 모르는 전쟁의 위험성에 관해서 의견을 교환했다. 간디가 말했다. “가령, 어느 한 나라가 폭력에 대해서 폭력으로 응하지 않고 몸을 내던질 용기를 갖는다면 가장 효과적인 교훈이 되겠지요. 그러기 위해서는 절대적인 신념이 필요합니다마는.”

로망 롤랑은 “좋은 일이나 나쁜 일이나 어중간한 상태여서는 안 됩니다.”라고 말했다. 로망 롤랑의 여동생 마드레느와 러시아 인 비서 쿠다체프 양이 필기를 하고 있었는데, 이 말에 대한 간디의 반응은 둘 다 기록을 못 했다.

마지막 날인 12월 11일, 로망 롤랑은 간디에게 〈프롤레타리아 혁명〉이라는 파리에서 나오는 잡지의 편집자 피엘 모나트가 제출한 몇 가지 질문에 대답해줄 것을 요청했다. 간디는 그 중 하나의 물음에 대답하여 다음과 같이 강조했다. "노동자가 완전히 조직화된다면 사용자측에 대해서 그들이 원하는 조건을 제시할 수 있습니다. 노동자는 세계에 있어서 오직 하나의 힘입니다." 이에 대해서 로망 롤랑이 말을 삽입했다. 자본가가 술수를 써서 노동자를 분열시킬지도 모르고 노동자 내부에서 배반하는 자가 나올지도 모른다. "그러므로 노동자들 가운데 각성한 사람들이 프롤레타리아 독재를 수립하여 근로대중을 자기들 이익을 위해서 단결시키지 않으면 안 됩니다."

간디는 "나는 그런 생각에는 전적으로 반대입니다." 하고 말했다. 로망 롤랑은 화제를 돌려 범죄자에 대한 비폭력의 문제 등 몇 가지 질문을 한 다음 "당신은 무엇을 신이라 부릅니까? 신이란 정신을 지닌 어떤 인격적인 존재입니까? 혹은 세계를 움직이는 어떤 법칙적인 힘입니까?" 하고 물었다.

간디는 이렇게 대답했다. "신은 인격적 존재는 아닙니다. 신은 영원한 원리입니다. 그렇기 때문에 진리는 곧 신이라고 나는 말하고 있습니다. 무신론자도 진리의 필요성을 의심하지는 않습니다."

마지막 날 밤, 간디는 로망 롤랑에게 베토벤의 곡을 하나 들려달라고 부탁했다. 로망 롤랑은 교향곡 제5번의 안단테를 연주한 다음, 앙코르를 자청하여 글루크의 〈낙토(樂土)〉를 연주했다.

교향곡 제5번의 주제는 보통 인간의 운명에 대한 투쟁, 운명과의 조화, 그리고 인류의 동포애로 해석된다. 특히 제2악장의 안단테는 선율이 좋다. 부드러운 서정적인 정감, 차분한 숭고함, 낙천적인 기분으로 충만되어 있다. 로망 롤랑은 간디의 성격에는 이 곡이 가장 적당하다고 생각해서 제5번을 택했던 것이다. 그것은 상냥하고 다정스럽다. 글루크의 곡은 플루트 가락에 맞추어 천사가 노래를 부르는 것 같다. 그것은 천상 음악이며 순수하고도 밝다. 《기타》를 이 곡으로 부를 수 있을지도 모른다.

로망 롤랑은 몸이 늘 허약하여 그때도 기관지염을 앓고 난 뒤였으나 굳이 역에까지 마중가겠다고 고집을 부려 간디 일행을 전송했다. 두 사람은 역에서 처음 만날 때처럼 서로 포옹했다. 롤랑의 말에 의하면 그것은 '성 도미니크와 성 프란시스의 포옹이었다.'

　이탈리아 정부는 간디를 빈객(賓客)으로 맞이할 생각으로 준비하고 있었다. 간디는 정중하게 그것을 사양하고 인도에서도 생활한 일이 있는 로망 롤랑의 친구 모리스 장군의 집에서 묵기로 했다. 마하트마 간디는 도착한 날에 무솔리니를 방문했다. 공식발표에 의하면 20분간 회견했다고 하지만 간디측에 의하면 겨우 10분이었다. 간디는 무솔리니와는 전혀 마음으로 교류시키지 못했다. 훗날 그는 다음과 같이 회고하고 있다. "무솔리니의 눈은 흡사 고양이 눈 같았다. 쉴새없이 회전하여 사방을 노려보았다. 그를 만나러 온 사람은 그 독살스러운 눈초리에 놀라 고양이 앞에 쥐처럼 오싹함을 느꼈을 것이다."
　"나는 그의 눈초리에 현혹되지는 않았다. 그러나 방문자가 공포를 느끼도록 여러 가지 장치를 하고 있는 것을 알았다. 실제로 방문자가 무솔리니의 방에까지 가는 통로의 벽에는 여러 가지 무기가 전시되어 있었다." 무솔리니의 방에 무기가 걸려 있었으나 몸에 지니고 있지는 않았다.
　법왕(法王)은 간디와 만나지 않았다. 간디의 동행자들은 법왕의 행동은 무솔리니에 경의를 표해서 사양한 것이라고 생각했으나 확실하지 않았다. 어떤 사람들은 무솔리니의 바티칸에 대한 관계뿐 아니라 영국과 이탈리아의 관계도 고려해서 구체화되지 않은 것이라고 암시했다. 요컨대 간디는 영국에 대한 모반자라는 것이다.
　간디는 로마와 나폴리의 럭비경기와 청년친위대의 관병식에 초빙되어 예포(禮砲)의 영접을 받았다. 그러나 간디가 보다 더 흥미를 느낀 것은 바티칸의 도서관이었으며, 또 쌍 피에트롤 사원에서 즐거운 2시간을 보냈다. 시스틴 예배당에서는 십자가의 크리스트 상(像) 앞에 서서 눈물을 흘렸다. 그는 "눈물이 저절로 나온다."고 마하데브 데사

74

이에게 말했다. 또 "2~3개월간 박물관에 서성거리면서 매일 조각이나 그림을 본다면 다소는 의견을 가질 수도 있을 것 같다."라고 아쉬람 _(인도에 있는 간디의 수도원)에 써보내기도 했다. 혹은 "나는 미술평론가의 자격은 전혀 없다."고도 말했다.

그러나 로망 롤랑이 간디의 눈을 미술에 향하게 했다. 간디는 "유럽의 미술이 인도의 미술보다 월등하다고는 생각하지 않아요."라고 롤랑에게 자랑했다. 어떤 친구에게는 '양자(兩者)는 각각 독자적인 방향으로 발전했습니다. 인도의 미술은 전적으로 공상에서 나온 것입니다.'라고도 써서 보냈다. 간디는 아마 팔이나 머리가 많이 달린 인도의 조상(彫像)을 생각했던 모양이다. "유럽의 미술은 자연의 모방이므로 이해하기가 쉽기는 하지만 사람의 관심을 지상(地上)에 두게 합니다. 그런데 인도의 미술은 그것을 이해한 사람으로 하여금 천상(天上)을 생각하게 합니다."

요컨대 간디에게 미술은 정신적인 것이 아니면 안 되었다. 자전(自傳)에서도 "진정한 아름다움은 마음의 순수성에 있다."고 말하고 있다. (간디는 〈영 인디아〉 지에 쓰고 있다) '예수는 내가 생각하기에는 최고의 미술가였습니다. 진리를 발견하여 그것을 묘사했으니까 말입니다. 나는 미술가라고 자칭하는 사람들이나 미술가로 널리 인정받는 사람을 많이 알고 있지만, 그들의 작품에는 대개 영혼의 지향이나 긴장의 흔적이 별로 나타나 있지 않습니다. 이런 까닭에 진정한 미술은 영혼의 표현입니다. 진정한 미술은 영혼의 자각을 도와주는 것이 아니면 안 됩니다. 나의 경우 내 영혼을 자각하는 데 외적인 형(形)을 전혀 사용하지 않고서도 할 수 있었습니다. 따라서 당신은 나의 내부에 미술작품이라고 부르는 것을 아무것도 찾아볼 수 없을지 모르지만 내 생활에는 참다운 미술이 있다고 생각합니다. 내 방의 벽엔 아무런 장식이 없어도 좋아요. 또 지붕이 없어도 나는 괜찮습니다. 머리 위에 그 아름다운 하늘――가이없이 넓은 공간에 무수한 별이 전개된 하늘을 볼 수 있으니까요. 얼굴이 잘 생겼다고 해서 그 여성이 반드시 아름다울까요？ 소크라테스는 당시에 가장 성실한 사람이었습니다마는 그의 용모는 그리스에서 가장 못생긴 얼굴이었다고 합니다. 그러나 내 마음에 비치는 소크라테스는 그가 진리를 위해서 싸운 까닭에 아름다운 모습을 하고 있습니다. 우선 제일 먼저 진리를 구해야 하며, 미(美)와 선(善)은 그 다음입니다. 진정한 미술은 사물의 외형뿐 아니라 그것을 통하여 어떤 초월의 존재를 묘사해야 합니다. 미술에는 생명을 돕는 것이 있고, 반대로 해를 끼치는 것이 있습니다. 진정한 미술은 작자의 마음——그 행복과 만족과 순결의 증거가 아니면 안 됩니다.

간디는 로마를 떠나기 전에 그곳에 있는 톨스토이를 방문했다. 간디가 그녀의 아파트 방바닥에 앉아서 물레를 돌리고 있을 때, 이탈리아 국왕의 왕녀 마리아 공주가 시녀를 데리고 무화과를 큰 바구니에 잔뜩 담아 가지고 왔다.

“황후폐하께서 당신을 위해 바구니에 담으셨습니다.” 하고 시녀가 간디에게 설명했다.

아무도 간디를 파시스트의 목적을 위해서 이용하지 않았다. 다만 〈조르나레 디타리아〉 지는 간디가 한 번도 만난 일이 없는 신문기자의 회견기를 실었다. 간디는 이탈리아에서 48시간을 보냈다. 간디는 브린디지에서 런던 경찰국이 보내준 경관 두 사람하고 애석하게 작별을 했다. 그러나 애드몬드 프리버트 교수 부처와는 헤어지지 않았다.

프리버트 교수 부처는 로망 롤랑의 친구이며 뷔르누브에서 이탈리아 국경까지 간디와 동행했는데, 작별할 때가 되어 언제 한번 인도에 가고 싶다고 말했다. 간디가 그럼 왜 우리와 같이 가지 않느냐고 묻자 지금은 여비가 넉넉하지 못하다고 대답했다.

간디가 이렇게 말했다. “당신들은 아마 1등칸이나 2등칸을 생각하는 모양이지만, 우리의 여행은 갑판객으로서 선임(船賃)이 한 사람당 10파운드에 지나지 않습니다. 인도에 가기만 하면 많은 인도 친구들이 당신들을 반갑게 맞아줄 것입니다.”

프리버트 부처는 주머니 사정을 다시 검토해보고서 가기로 결정했다.

로마에서 침구를 준비하여 교편을 잡고 있는 노이샤텔 대학에 전보를 쳐서 계획을 알렸다. 그리하여 12월 14일, 부린디지에서 간디 일행과 함께 필스나 호에 승선했다. 2주 후 일행은 봄베이에 상륙했다.

2월 28일 아침, 많은 군중이 간디의 귀환을 환호로 맞이했다. 간디는 "맨손으로 돌아왔습니다마는 조국의 명예를 위태롭게 하지는 않았습니다."라고 말했다. 이는 인도가 원탁회의에서 취한 태도를 요약한 말이었다. 그러나 사태는 간디가 생각한 이상으로 암담했다.

제**19**장

클라이맥스

갑판객(甲板客)이 이렇게 황제나 다름없는 환영을 받았다는 것은 공전절후의 일이었다. 스파쉬 찬드라 보스는 이것을 비꼬아 말했다. "환영회에서 표시된 많은 사람들의 성실하고 다정스러운 감격으로 보아서는 마하트마가 그 손아귀에 스와라지[自治]를 가지고 돌아온 것 같았다." 간디는 그 본래의 모습으로 돌아왔다. 강대한 대영제국을 상대로 대등하게 토론한 반라(半裸)의 퍼킨[修道者] 모습으로 돌아온 것이다. 모습은 인도의 정신적 해방을 반영하는 것이며, 자유독립의 차선(次善)——거기에 다다르는 중요한 계단이었다. 소금의 행진 이후 특히 어윈 간디 협정 이후, 인도는 자유를 느끼고 있었다. 그 느낌을 길러준 사람은 간디였으며 인도 사람들은 그 은혜에 감사하고 있었다. 그 마하트마 간디가 바다 건너 멀리 추운 유럽에서 무사히 귀국한 것에 감격한 것이다.

인도의 부분적 해방은 간디와 어윈 그리고 영국 노동당 정부의 덕택이며 1930~31년에 시행되었다. 그런데 어윈 총독이 떠나고, 1931년 10월에 람제이 맥도날드의 노동당 정권은 맥도날드가 계속 우두머리이기는 하지만 보수당원이 다수를 차지하는 내각으로 바뀌었다. 간디가 '정직하고 솔직한 마음을 가진 영국인'이라 부른, 정직하고 솔직한 보수당원 서어 새뮤엘 호어가 인도 담당상을 맡고 있었다.

영국의 새 정권은 인도가 각성하기 시작한 자유의 의식에 공격을 가하기 시작했다.

12월 28일, 봄베이 부두에 내려선 순간부터 상세한 보고가 간디의 귀에 들어왔다. 간디는 저녁 나절에는 이미 험악한 정세를 파악했으며 그것을 아자드 마이단($^{자유의}_{광장}$)에서 확성기를 통하여 20명의 청중에게 알렸다.

자와하르라르 네루와 국민회의파의 연합주 지부 의장이며 이슬람 교도인 타사두크 세르와니가 2일 전, 간디를 마중하러 오는 도중에 체포되었다. 연합주나 북서 변경주 그리고 벵갈 주에서는 12월 초, 지대불납운동(地代不納運動)의 확대에 대처하기 위해 비상사태령이 발포되어 있었다. 그리고 법령에 따라 군대에는 다음 조치를 취할 권한이 부여되었다. 이를테면 건물의 접수, 은행 예금의 압수, 재산의 몰수, 영장없는 피의자 체포, 공판중지, 보석 및 인신보호영장에 대한 거부, 보도기관의 우송특권 취소, 정치단체의 해산, 피킷 시위 행위 및 스트라이크 행위의 금지, 인도정부의 내무장관 해리 헤이그는 의회에서 "우리는 인간이 만든 규칙으로 승부하고 있는 것이 아니다. 문제는 국민회의파가 자기 의사를 전국에 강요하려 하느냐 그렇지 않느냐에 달려 있다."고 말했다.

간디는 봄베이의 청중을 향해서 말했다. "상륙한 뒤에 비로소 알았습니다마는 크리스트 교도인 위린돈 부왕(副王)의 크리스마스 선물이 바로 이것입니다. 크리스마스에 축복이나 선물을 교환하는 습관에 따라 나는 무엇인가 받기로 되어 있었는데, 이게 그의 선물이었단 말입니다.(그러나 간디는 아직도 그 선물의 포장을 다 열어본 것은 아니었다.)"

그날 저녁, 간디는 마제스틱 호텔에서 열린 인도 복지연맹의 모임에서 강연했다. "나는 3개월간에 걸친 유럽 여행에서 단 한 번도 동(東)은 동이고, 서(西)는 서라는 느낌을 받은 일은 없었습니다. 오히려 그 반대로 기후 풍토는 다를지라도 인간의 본성은 다 같으며 신뢰와 애정으로 대하기만 하면 열 배의 신뢰, 천 배의 애정이 나에게 돌아온다는 것을 종전보다도 더 확신했습니다."

영국 정부의 각료들은 간디에 대해서 우호적이었다. "(영국을 떠날 때에는) 막역한 친구와 작별하는 것 같았다. 그런데 돌아와보니까 만물의 이법(理法)이 전혀 다르다는 것을 알았습니다." 간디는 이례(異例)의 조령을 다음과 같이 요약했다. "국민회의파는 대등한 정권을 운영하려 한다는 비난을 받고 있습니다. 나는 명예로운 방침에 따라서 협력하지 않고, 정부를 이 조령의 철회나 개정으로 몰아넣어야 할지 어떨지를 알기 위해 가능한 모든 노력을 다할 것을 약속합니다."

그런데 정부는 간디에게 무슨 제의를 허용할 생각이 없었다.

귀국한 이튿날, 간디는 총독에게 조령과 체포를 개탄하면서 회견을 요청하는 전보를 쳤다. 총독의 비서관이 12월 말일에 회답을 보내왔는데, 그 회답은 조령을 회의파의 반정부활동을 이유로 정당화되고 있었다. 총독은 '기꺼이 회견에 응하여 귀하가 가장 효과적으로 영향력을 발휘할 수 있는 방법에 대해서 자기(총독)의 의견을 제시할 것입니다. 그러나 부왕은 정부가 본국 정부의 전폭적인 승인이 필요하다고 인정한 벵갈 주, 연합주 및 북서 변경주에서 취한 조치에 관해서는 귀하와 의논할 생각이 없음을 미리 강조하는 바입니다.'

영국의 지배는 이제야 모반자(謀叛者)와는 담합할 생각이 없다는 것이다.

간디는 이에 대해서 다시 국민회의파를 옹호하는 동시에 시민적 불복종 투쟁을 개시하지 않으면 안 될지도 모른다는 것을 암시했다. 총독 비서관은 즉각 1932년 1월 2일에 회답을 보내왔다. '총독각하 및 정부는 귀하나 혹은 운영위원회[國民會議派 執行委員會]의 시민적 불복종 재개의 협박을 받은 까닭에, 어떤 유리한 입장에 서려는 생각에서 귀하를 회견에 초청할 것이라고는 도저히 상상할 수가 없습니다……그리고 인도 정부는 그 동안에 취한 조치의 필요성에 관해서는 정부측이 귀하의 판단에서 나온 방침을 채택해야 한다는 귀하의 전문에 암시된 견해를 받아들일 수 없습니다.'

위린돈은 자기 소신에 따랐다. 어떤 독재정권도 한 개인이나 사적 기관이 그 행동에 대하여 회의를 품는 것을 허용하지 않는다.

간디는 그날 중에 회답을 보냈다. 간디는 협박을 한 것이 아니라 의견을 말했을 뿐이었다. 그리고 간디는 전에 시민적 불복종이 실제로 집행중인 델리 협정 성립 이전에 어윈 총독과 교섭을 한 일이 있었다. 간디는 정부가 자기 판단에 따라야 한다고 생각한 것은 아니었다. "그러나 나는 감히 어떤 민주정치나 입헌정치도 항상 공공단체나 그 대표가 제시하는 의견을 환영하며 호의로써 검토하는 것임을 말씀드리는 바입니다."

간디는 '정부는 내 얼굴 앞에서 그 철문을 탕 닫았다.'라고 1월 3일, 국민들에게 발표했다. 그러자 바로 이튿날 정부는 또다시 그의 얼굴 앞에서 철문을 탕 닫았다. 간디는 체포되었다. 이번에도 소금의 행진을 한 뒤와 마찬가지로 1827년의 조례 제35항에 의해서였다. 그는 다시 야르바다 교도소에서 영국황제의 빈객(賓客)이 되었다. 불과 몇 주 전에는 버킹검 궁전에서 황제와 황후의 빈객이었는데도 말이다.

정부는 국민회의파를 격렬하게 공격했다. 국민회의파 조직은 폐쇄되고 지도자 거의 모두가 투옥되었다. 1월에는 14,800명이 정치적 이유로 투옥되고, 2월에는 17,800명이 투옥되었다. 윈스턴 처칠은 이번 진압조치는 1857년의 반란 이후 가장 철저하다고 발표했다.

마하트마 간디는 옥에서 특별대우를 즐기고 있었다. 1930년 당시와 마찬가지로 소장(所長)이 와서 외부로부터의 편지를 1주에 몇 통 받을 필요가 있느냐고 물었다.

"한 통도 필요없습니다."

"그럼, 써보내고 싶은 편지는 몇 통입니까?"

"한 통도 쓰고 싶지 않아요."

결과적으로 교신에 있어서는 무제한의 특권을 얻었다.

한편, 소장인 마틴 중령이 간디에게 각종 가구, 식기, 기타 도구를 새로 구입해서 제공하자 간디는 항의했다. "대체 누구를 위해서 이것을 구입했습니까? 도로 가져가시오."

마틴 소장은 중앙당국으로부터 이 중요한 빈객을 위해서는 월액 최저 200루피를 써도 괜찮다는 허가를 받았다고 말했다. "대단히 고마운 일입니다. 하지만 그 비용은 인도의 국고에서 나오는 돈입니다. 나는 국가의 부담을 증대시키고 싶지 않습니다. 내 생활비는 월액 35루피가 넘지 않을 것을 희망합니다." 이렇게 해서 특별한 대우를 위한 설치 기구는 철거되었다.

야르바다 교도소에서 쿠인이라는 직원이 간디에게 구자라트 어를 가르쳐달라고 부탁하여 매일 규칙적으로 가르쳐주고 있었는데, 어느 날 아침 쿠인이 오지 않아 물어보니까 사형집행 때문에 교도소가 분주하다는 것있었다. 간디는 대단히 "기분이 우울했다."고 당시의 심정을 술회하고 있다.

바츠라브바이 파텔도 체포되어 야르바다 교도소에 수감되어 있었다. 3월에는 마하데브 데사이가 다른 교도소에서 야르바다로 옮겨졌다. 간디는 면회허가를 요청했다. 마하데브 데사이는 간디 앞에 와서 무릎을 꿇었다. 간디는 그의 머리와 어깨를 정답게 쓰다듬었다. 세 사람은 자주 대담했으며 때로는 다른 복역자와 영국인 간수나 의사도 참석했다.

간디는 밖에 있을 때보다도 더 조심해서 신문을 읽었다. 옷은 손수 빨고 물레돌리기도 계속했다. 밤에는 별을 바라보기도 하고 독서도 많이 했다. 아프톤 싱클레어의 《웨트 퍼레이드》, 괴테의 《파우스트》, 킹스레의 《웨스트 워드 호오》 등을 애독했다. 그리고 1930년 야르바다에서 거의 다 완성되었던 사바르마티 아쉬람에 보내는 편지 형식으로 된 소책자를 탈고하여 그 표제를 〈아르바다 만딜에서〉라고 붙였다. '만딜'이란 사원을 가리키는 말이며, 교도소가 곧 사원이라는 뜻이다. 그는 거기서 신을 예배하고 있었으므로. 그 소책자에는 때때로 발표한 논설이나 기회있을 때마다 발언한 말이 추가되어 있으며, 신의 본질이나 인간의 이상적 행위에 관한 간디의 생각을 알아보기에 좋은 자료가 되었다.

간디는 '신은 존재한다'고 믿었다.

사티야(Satya)라는 말은 진리를 의미하는데 그것은 원래 존재한다는 뜻을 가진 사트(Sat)에서 파생된 것이다. 사트도 신을 의미하기도 한다. 따라서 신은 곧 존재하는 자이다. 간디에 의하면 "내가 단순히 감각을 통해서 보는 것은 모두 존속을 못 하지만 오로지 신만은 존속한다." 이처럼 간디에게는 다른 것은 모두 환영이며 신이 유일의 진리였다.

간디는 전부터 신의 존재를 증명하려고 꾸준히 노력해왔다. "만물에 편재(偏在)하며 설명할 수 없는 어떤 시비한 힘이 존재한다. 나는 것을 직접 보지는 못 하지만 느끼기는 한다. 그것은 내가 감각을 통해서 감수하는 것과는 다르다. 그것은 감각을 초월한 존재이다."

간디는 낙천적으로 말을 계속한다. "하지만 일정한 범위 안에서 신의 존재를 논증하는 것은 가능하다. 우주에는 기율이 있다. 모든 존재, 모든 생류를 지배하는 불가변의 법칙이 있다. 그것은 맹목적인 것은 아니다. 맹목적인 것이라면 인간의 행위를 지배할 수 있을 리가 없다. 즉, 모든 생명을 지배하는 법칙이 곧 신이다. 내 주위에 있는 삼라만상이 항상 변화하고 생멸(生滅)을 되풀이하고 있는데, 삼라만상의 그 변화와 생멸의 밑바탕에 그 모두를 창조하고, 해소하고, 재생하면서 항상 유지하는 활동적인 힘이 있는 것을 막연하나마 나는 감지한다. 그 고취(鼓吹)하는 힘, 혹은 정신이 곧 신이다. 사멸(死滅) 속에 생명이, 허위 속에 진실이, 암흑 속에 광명이 꾸준히 지속하고 있다. 그러므로 나는 신은 곧 생명이고 진리이고 사랑이라고 추측한다. 신은 사랑이다. 신은 최고의 선(善)이다.

이와 같이 용감하고도 이성적인 노력을 신뢰한 뒤에 간디는 다시 말을 계속한다. "그러나 신은 지성을 만족시키는 자라 하더라도 지성만을 만족시키는 것은 신이 아니다. 참으로 신다운 신은 사람의 마음을 지배하고 개선하는 것이 아니면 안 된다. 신은 그 신도의 사소한 행동에도 항상 자기[神]를 나타내고[顯現] 있어야 한다. 이는 오관이 만들어내는 것 이상으로 현실적이며 명확한 실감을 통해서 수행된다. 감각기관의 감수는 우리가 보기에는 아무리 현실적으로 보일지라도 허위일 수 있으며 실제로 자주 그렇다. 그것에 비하여 감각을 떠난 곳에 실감(實感)이 있으면 그것은 절대적으로 확실하다. 그것은 외적인 증거에 의해 증명되는 것이 아니고 신의 존재를 자기 내부에서 느낀 사람들의 인격이나 행동에 의해서 증명된다.”

이는 더욱 실증을 시도하는 것이며 논리보다 명백한 인간의 행동을 증거로 한다. 그리하여 “신앙은 이성을 초월한다.”고 고백하고 있다. 그 결과 “가장 안전한 길은 세계를 도의(道義)가 지배하는 일, 다시 말하면 진리와 사랑의 법칙인 도의의 우월을 신뢰하는 일이다. 가령, 우리가 우주의 신비를 모조리 해명한다면 신과 동등해질 것이다(하지만 그것은 불가능하다). 대양의 한 방울 한 방울은 그 영광을 나누어 지니고 있으나 대양 그 자체는 아니다. 다시 말하면 세상 모든 사람은 신의 본성을 나누어 지니고 있지만 신은 아니며 신이 뭔지를 알지 못 한다. 힌두교에서 최고의 성현(聖賢)인 샹카라도 신은 ‘이것도 아니고 저것도 아니다.’라는 것 이상으로는 알지 못 한다.”

청년기를 제외하고 간디는 자이나 교도나 불교도처럼 신의 존재를 의심한 일은 한 번도 없었다. “나는 문자 그대로 신이 그것을 원하지 않는다면 풀잎 한 가닥도 성장하거나 흔들리거나 하지 않는다고 믿고 있다. 신은 사람 손가락에 있어 살과 손톱의 관계 이상으로 우리에게 가까운 존재이다. 나는 신의 존재를 당신과 내가 이 방에 앉아 있는 사실 이상으로 확신한다고 말할 수 있다. 당신은 내 눈을 뽑아도 나를 죽이지는 못 한다. 내 코를 잘라도 나를 죽이는 일이 되지는 않는다. 그러나 나의 신에 대한 신뢰를 고갈시킨다면 그것은 나를 죽이는 것이다.”

그리고 간디는 그의 사업에서 신이 밀접하고도 큰 역할을 한 것으로 확신하고 있었다. “내가 생애를 통하여 무슨 두드러진 활동을 했다 하더라도 나는 그것을 이성의 구에 따라서 한 것이 아니고, 본능——신의 지시라는 의미에서——의 구에 따라 실천했던 것입니다. 이를테면 1930년에 단디를 향하여 소금의 행진을 한 것이 그렇습니다. 나는 염세법 위반이 어떤 결말이 될지 전혀 불안하지 않았습니다.

모티랄 네루 지나 그 밖에 여러 친구들은 무척 염려했지만 내가 무엇을 하는지 몰랐지요. 실은 나 자신도 몰랐기 때문에 그들에게 미리 말할 수가 없었던 겁니다. 그런데 섬광처럼 내 생각에 떠올라 아시는 바와 같이 인도 전체를 구석구석까지 흔들 만큼 저항운동이 대규모로 전개되었던 것입니다."

어떤 사람이 간디에게 질문했다. "당신은 그러한 신과의 교감에서 자유를 느낍니까?"

간디는 이 말에 수긍했다. "나는 인간은 그 자유를 사용하는 방법에 관해서 선택의 자유를 가졌다는 의미에서 자기 자신의 운명의 창조자라는《기타》의 가르침을 받아들이고 있습니다. 그러나 인간의 결과를 제마음대로 돌출하지 못합니다. 그것을 생각하면 아무래도 서러운 느낌이 듭니다마는."

"나는 무슨 특별한 신의의 계시를 받고 있지는 않습니다. 그러나 신께서는 매일같이 모든 사람에게 계시를 하고 있는 데도 우리는 그 '소리'에 귀를 막고 있는 겁니다. 신은 인격으로서가 아니라 행동 속에 그 모습을 나타냅니다."

간디의 신에 대한 예배는 어떤 식이었던가. 그는 기도의 효능을 믿고 있었다. "기도는 아침의 열쇠이고, 저녁의 자물쇠입니다. 육체에 음식이 필요한 것처럼 기도는 영혼에 필요합니다. 나는 반드시 기도를 드리고 행동을 합니다. 나는 배우지 못한 사람입니다만 기도하는 사람입니다. 나는 형식에는 그다지 관심이 없습니다. 그 점에 관해서는 누구나 자기 뜻대로 해도 그만입니다. 다만 진심이 깃들지 않은 말보다는, 말은 없더라도 진심이 어려 있는 게 참다운 기도입니다." 사람은 말없이 침묵 속에서 기도할 수 있다.

그러나 역시 신에 도달하는 길은 행동을 통해 나아간다. 간디와 아메리카 인 목사 E. 스탄레 존스는 10일간에 걸쳐 여러 가지 화제, 주로 종교에 관해서 얘기한 일이 있었다. 어느 날 간디는 "구제를 원하는 사람은 바닷가에 앉아서 한 가닥의 지푸라기로 한 방울 한 방울

떠서 바다를 품어내는 것처럼 꾸준한 인내심이 있어야 합니다."라고 말했다. 간디에 의하면 구제는——존스 박사가 이해한 바에 따르면——엄격하고 규율있는 노력, 꾸준한 극기에 의해서 얻어진 것이었다.

이에 대하여 E. 스탄레 존스는 말했다. "그러나 나는 구제는 인간의 노력에 의한 성과가 아니라 자비에 의해 얻어지는 거라고 생각합니다. 나는 나라는 사람의 파탄(破綻) 외에는 아무것도 내놓을 게 없는 막다른 상태에서 신을 찾아갔습니다. 그런데 놀라운 것은 신께서는 나를 받아들여 용서해주셨을 뿐 아니라 그 후로는 내 영혼에 기쁨을 주셨습니다. 요컨대 나는 신의 자비에 의해 신앙을 통해서 구제되었습니다. 다시 말하면 신앙은 나의 노력에 의해서가 아니라 신이 보내주신 것이었습니다." 이것이 크리스트교도와 마하트마 간디의 종교적인 차이점이었다.

존스 박사는 "신의 자비에 의해서 얻어지는 구제는 쉽고 용이해 보이지만 결코 그렇지는 않습니다. 일단 신의 선물을 받으면 사람은 영구히 그 선물을 보내준 주(主)를 따르게 됩니다."라고 덧붙였다.

간디는 험한 길을 택했다. 사람은 자기 행위를 통해서 인식한다는 것이 그의 교의(敎義)였다. 간디의 신은 그로 하여금 인간을 위해서 선을 실천할 것을 요구했다. "가령 히말라야의 동굴에서 신을 탐구해야 한다고 나 자신을 납득시킬 수 있다면 나는 즉각 그곳으로 가겠어요. 그러나 나는 인간을 떠나서는 신을 찾을 수 없다는 것을 알고 있습니다. 나는 일반 대중을 알고 있으며 언제나 그들과 더불어 있습니다. 내가 해야 할 일은 처음부터 끝까지 그들에 관한 일입니다. 왜냐하면 나는 민중의 마음속에서 찾아볼 수 있는 신 외에는 어떤 신도 인정하지 않으니까요."

말하자면 간디와 신과의 관계를 자기와 동류인 인간을 포함한 삼각형의 한 변이었다. 간디는 이 삼각형 위에 윤리와 도덕의 체계를 구축했다.

신을 숭배하는 사람의 첫째 임무는 진리를 탐구하는 일이다. 간디는 늘 이 점을 되풀이하여 강조했다. 간디에게 진리는 곧 신이었다.

간디는 《야르바다 마딜에서》라는 소책자에 이렇게 쓰고 있다. "진리는 사색과 행동에 있다. 진리에 대한 헌신이 우리의 존재를 정당화하는 길이다. 사람이 이기의 사슬을 끊고 인간——인류라는 대양 속에 일체가 된다면 그 사람은 인간으로서의 영광을 나누어 갖는다. (公有한다.) 그러나 자기 이욕(利欲)에 몰두하여 자기가 잘난 사람이라고 생각하는 경우에는 신과 자기 사이에 장해를 두는 것이 된다. 이 경우에는 내가 잘났다는 생각에서 벗어나는 것이 신과 일체가 되는 일이다. 바다의 물 한 방울은 그것을 스스로 의식하고 있지는 않으나 그 근원——바다의 위대함을 공유하고 있다. 그런데 그 한 방울의 물이 바다에서 분리된 존재가 되면 분리되자마자 곧 말라버린다."

진리는 신과 사람과의 합일이며 그 진리에서 비폭력이 나온다. 그런데 진리는 한 사람 한 사람에게 각각 비친다. 《야르바다 마딜에서》에 "자기 빛에 의해 진리에 따른다면 누구에게도 아무 악(惡)이 있을 수 없다."고 말하고 있다. 각자가 자기 진리에 성실하지 않으면 안 된다. 그러나 진리를 추구하는 사람이 독자의 방법으로 진리를 발견한 다른 사람들을 가해하는 경우에는 그 사람은 진리의 길을 벗어나는 것이다. 남을 죽이거나 상처를 주면 어떻게 신을 실감할 수 있겠는가. 비폭력은 평온하고 혹은 평화주의 이상의 이념이다. 비폭력은 사랑이며 사악한 생각이다. 절도를 벗어난 허위와 경솔, 혹은 증오를 배제한다.

따라서 첫째는 진리, 둘째는 비폭력 즉 사랑, 셋째는 순결이다. 한 남자가 한 여자에게, 한 여자가 한 남자에게 사랑을 바친다면 그 이외의 세계에 무엇이 남겠는가? 그러한 사랑은 단순히 두 사람만이 중요하며 나머지는 아무렇게 되거나 상관없다는 태도를 의미할 것이다. 그런 사람은 우주적인 사랑에까지는 오르지 못 한다.

그렇다면 결혼을 한 사람은 그 가능성을 영구히 상실한 것일까? 그렇지는 않다. 가령, 부부가 상호간에 형제자매처럼 생각한다면 보편적인 사랑을 향해서 해방될 수 있다. 이것은 아쉬람 거주자에 대한 가장 중요한 지침이다. "성(性)의 요구는 원래 아름답고 숭고한 것이다. 거기에는 부끄러운 요소는 아무것도 없다. 그러나 그것은 창조행위에 한한다. 그 이외에 사용하는 것은 신과 인간에 대한 죄악이다. 나는 한때 방종 때문에 진리 탐구에 방해를 받은 일이 있었다."고 간디는 말하고 있다.

아쉬람 거주자에 대한 제 2 의 지침은 무소유를 의미하는 '부도(不盜)'이다. 문명은 그 말의 진정한 의미에서 필요의 증가에 있는 것이 아니고 오히려 필요의 자발적 감소에 있다.

"사람이 미래에 대하여 불안을 느끼는 것은 무신론에서 오는 감정이다. 내 자식이 자기보다 더 유능해지지 않는다고 해서 불안을 느끼는 것은 무슨 까닭일까. 더욱이 자식을 위해 돈을 모으는 것은 자식에 대한 신뢰의 부족이며 신에 대한 신뢰의 부족을 의미한다. 돈이나 소유에 대한 집착은 공포의 산물이다. 폭력은 공포의 결과이다. 부정직도 공포에서 온다. 공포를 품지 않는 것이 진리, 신, 사랑의 열쇠이다. 그것은 덕의 왕자이다."라고 친한 친구에게 무소유의 중요성을 설명하고 있다. 간디가 말한 기타의 덕에는 다음과 같은 것이 있다. 불가촉천민제의 철폐도 그 중의 하나이다. 전세계에 대한 사랑과 봉사를 의미한다. 빵을 위한 노동, 즉 급진적이고 생산적인 육체노동, 모든 종교에 대한 관용, 겸허, 그리고 맨 마지막으로 물레돌리기와 기타 국민경제의 장려 등이다.

아쉬람 안팎에서 간디의 엄격한 규정에 따라서 생활한 사람은 거의 없었다. 오직 간디만이 그 이상(理想)에 접근한 인물이었다.

간디가 '사원(寺院—矯導所)'에서 신과 윤리에 관한 이 간결한 서간(書簡)을 쓰고 있을 때, 인도는 근대사를 통하여 가장 긴장된 기간을 향해 나아가고 있었다.

그 상황은 간디의 생명을 구하는 일을 중심으로 전개되었다.

라자고파라차리가 쓴 글에 의하면, "1932년 9월의 고뇌에 비할 만한 상황을 구하기 위해서는 소크라테스의 친구들이 그를 살리기 위해서 애쓴 2300년 전, 그리스의 아테네로 돌아가지 않으면 안 된다. 플라톤이 그 문답을 기록하고 있다. '친구들이 죽음을 모면하는 방법을 강구하자고 권고하니까 소크라테스는 미소를 지으면서 영혼의 불멸을 주장했다.'

1932년 9월의 고뇌는 간디에게는 그 해 초에 이미 발생하고 있었다. 간디는 영국이 추진하고 있는 인도의 새 헌법은 종전과 같이 힌두교도와 이슬람교도에게 각각 구별된 선거구를 인정할 뿐 아니라 불가촉천민, 즉 피압박 계급에도 분리선거구를 인정하려 하고 있는 것을 신문을 보고 알았다. 그래서 간디는 1932년 3월 11일, 인도 담당상 새뮤엘 호서에게 편지를 썼다.

'피압박 계급을 위한 분리선거구 설정은 그들에게도 힌두교도에게도 오히려 해로운 방식입니다. 힌두교에 관한 한 분리선거구는 그들을 더욱 분열시킬 것입니다. 정치적 측면도 중요합니다마는 도의적, 종교적 문제에 비하면 거의 무의미합니다. 그러므로 정부가 불가촉천민의 분리선거구를 설정하기로 결정한다면 나는 죽음에 이르는 단식을 할 것입니다.' 간디는 그것이 자기를 수인(囚人)으로 감금하고 있는 당국을 난처하게 만든다는 것을 알고 있었다. 그래서 "나에게 단식은 수단이 아니고 내 존재의 일부입니다."라고 말했다.

새뮤엘 호서 대신(大臣)은 4월 13일, 간디에게 아직 아무런 결정도 내려지지 않았으며 결정을 하기 전에 당신의 의견이 고려될 것이라는 회답을 써보냈다.

1932년 8월 17일, 람제이 맥도날드 수상이 분리선거구제를 결정했다는 성명을 발표하기까지는 별다른 새로운 진전이 없었다.

그 이튿날 간디는 맥도날드 수상에게 편지를 썼다. '나는 생명을 걸고 귀하의 결정에 저항할 작정입니다. 내가 할 수 있는 유일의 일은 소금물이나 소다수 외에는 모든 음식을 끊고 죽을 때까지 단식을 계속한다고 선언하는 일입니다." 단식은 9월 20일 정오에 시작하기로 되었다.

맥도날드 수상은 1932년 9월 8일, 다우닝 가(街) 10번지(수상의 관저) 발(發)로 된 장문의 회답에서 간디의 편지를 '커다란 놀라움과 매우 유감스러운 마음으로' 받았다고 말했다. 간디가 상황을 오해하고 있다는 것이었다. 영국 정부는 간디의 불가촉천민에 대한 호의와 새뮤엘 호어 인도 담당상에게 보낸 간디의 서간에 배려를 했다. '우리는 입법부를 공정한 비례 대표로 구성함에 있어 피압박계급의 권리라고 생각하는 것을 지키는 것이 우리의 의무라고 생각했다. 그리고 우리는 그들의 커뮤니티를 힌두교 세계에서 분열시키지 않기 위해서도 같은 조심을 했다.'

이어서 맥도날드는 단호하게 정부의 결정을 변호했다. "정부 안(案)에 의하면 피압박계급은 힌두교도 사회의 일부로서 머무르며, 힌두교도의 선거구에서 대등한 입장에서 투표하게 될 것이다." 그것은 간디가 원하는 바였다. "그러나 처음 20년간은 힌두교도 사회의 일부로 머물러 특별선거구에 의하여 그들의 권리와 이익을 옹호하는 수단을 갖게 될 것이다."

다시 말하면, 맥도날드는 불가촉천민은 힌두교도의 선거구에서 한 표를 던지고, 또 불가촉천민의 특별한 선거구에서 다시 두 번째 투표를 하게 된다고 강조했다. 그들은 두 개의 표를 갖게 되는 것이다. 물론 불가촉천민의 옹호자인 간디는 이 제안을 반대할 수 없었다.

그래서 맥도날드는 다음과 같이 말했다. "귀하가 아사(餓死)라는 극단적인 수단에 호소하는 것은 피압박계급이 다른 힌두교도와 공동의 선거구를 갖도록 보증하기 위한 것은 아닙니다. 그 점에 관해서는 이미 규정이 있습니다. 그리고 또 이미 규정되어 있는 힌두교도의 단결을 유지하기 위한 것도 되지 않습니다. 오히려 심각한 차별대우를 받고 있는 피압박계급이 자기들을 위해서 발언하는 일이나 자기들이 선출한 일정수의 대표를 확보하는 일을 방해하게 될 뿐입니다." 이런 입장에서 볼 때 맥도날드 수상으로서는 간디의 단식 제안은 오해에 기인하는 것이라고밖에는 생각되지 않았다. 그리하여 정부는 그 결정을 고수하기로 결정했다.

이에 대하여 간디가 9월 9일 야르바다 중앙교도소에서 다우닝 가 10번지에 보낸 편지는 상징적인 것이었다.

새삼스럽게 따질 것도 없이 이 문제는 나에게 있어 순전히 종교적인 것임을 단언하는 바입니다. 피압박계급이 이중의 투표권을 갖는다는 것만으로는 그들을 보호하고 힌두 사회전체를 분열 상황에서 지키는 일이 되지 않습니다. 기탄없이 말씀드리면 나는 귀하께서 아무리 동정하신다 해도 관계자들에게 있어 사활(死活)의 문제이며, 또한 종교로서 중요한 문제에 관하여 올바른 결정에 다다르지는 못 한다고 말씀드리고 싶습니다.

설사 피압박계급의 대표가 너무 많다 해도 그것은 반대하지 않겠습니다. 내가 반대하는 것은 그들이 힌두교 사회에 소속되는 것을 바라는 한, 비록 한정된 형태이기는 하지만 법령상으로는 거기에서 분리된 상태가 되기 때문입니다. 말일 결정을 그대로 고수하여 헌법이 탄생하는 경우, 귀하는 피압박 동포를 위해 헌신해온 힌두교 개혁자들의 꾸준한 노력의 성장을 제지하는 결과가 되었음을 알게 될 것입니다.

간디는 또, 기타의 분리선거구제에도 반대한다고 덧붙였다. “나는 피압박계급의 문제에 관해서 나의 양심이 나에게 촉구한 만큼의 자기희생을 요구하는 권능을 그러한 분리선거구제가 가지고 있다고는 결코 생각하지 않습니다.”

간디와 런던 사이의 교신은 이것으로 끝났다.

곤란한 처지에 놓인 것은 맥도날드 수상뿐이 아니었다. 많은 인도인과 일부의 힌두교도도 난처해졌다. 자와하르라르 네루는 옥 중에서 간디가 단식할 예정이라는 소식을 들었다. 네루는 그 자전(自傳)에서,

"나는 간디가 정치문제를 종교적, 감정적인 입장에서 다루거나 혹은 신을 인용하곤 했기 때문에 때때로 답답함을 느꼈다."고 쓰고 있다. 네루는 간디가 2 차적인 문제를 위해서 (단식이라는) 최후의 희생(이라는 수단)을 들고 나온 것이 답답했다. 불가촉천민제는 2 차적 문제이고, 독립이 1 차적인 중심문제이다. 네루는 이틀 동안 어둠에 갇혀 다시는 바아푸(간디)를 만나지 못하게 될 것을 슬프게 생각했다.

네루는 계속해서 말하고 있다. "그러다가 이상한 일이 일어났다. 나는 아주 감정적인 실망에 빠져 있었는데, 곧 다시 평정을 되찾았을 뿐 아니라 장래가 그다지 암담하지는 않다는 생각이 들었다. 바아푸(간디) 는 어떤 심리적 위기에 직면했을 때 정확하게 행동하는 묘한 비결을 알고 있다. 그 행동은——내 견지에서는 불가능한 일이었다——제한된 좁은 범위에서 뿐 아니라 우리 민족투쟁의 넓은 국면에 큰 결과를 초래할지 모른다. 다음에는 전국에 큰 변동이 일어났다는 소식이 들려왔다. 나는 과연 간디는 마술사구나, 이 커다란 변동을 야르바다 교도소 안에 앉아 있는 그 빈약한 체구의 인물이 일으켰는가! 민중의 심금을 울리는 방법을 너무 잘 알고 있는 것에 감탄할 따름이었다."

네루도 간디가 처음 단식선언을 했을 때에는 그 마술과 정치적인 기민성을 잘 예측하지 못했던 것이다.

그 무렵, 인도의 불복종운동은 정부의 억압에 좌절하여 상당히 비관적인 상태에 놓여 있었다. 때마침, 간디의 단식이 인도의 민족주의를 침체상태에서 건져냈다. 그러나 이것도 더 큰 결과에 비하면 조그만 부산물이었다.

간디는 성인이 된 후의 전생애를 카스트 힌두와 하리잔 사이에 가로놓인 '장애'를 극복하는 투쟁에 바쳐왔다. 어린 시절에도 불가촉천민에 접촉하면 부정을 탄다는 어머니의 생각에 어이없이 웃었었다. 이제 대영제국이 하리잔을 위해 정치적인 보류를 설정하려 하고 있었다. 간디는 언제나 낙관적으로 생각하려는 타고난 성향에서, 맥도날드 수상이나 호어 인도 담당상 그들 자신이 생각한 것처럼 피압박계급의 이익을 위해 행동하고 있다고 믿고 싶은 생각도 있었다. 그러나 그들보다 간디가 인도를 잘 알고 있었다. 형식주의에는 피가 통하지 않는다. 힌두교도와 하리잔은 합동선거구를 만들지 모르지만 하리잔의 추가 선거구는 합동선거구의 좋은 심리적 영향을 해소해버릴 것이다. 분리선거구를 따로 얻게 되면 하리잔의 입후보자나 선출된 대표자는 자기들과 카스트 힌두의 분리된 면을 강조할 것이다. 그리고 하리잔과 카스트 힌두 사이의 분열을 그대로 두는 데에 어떤 기득권익(旣得權益)이 있으면 거기에 흑막이 나타나게 될 것이다. 힌두교도는 그 부정을 정치적 자본으로 삼을 것이다. 간디는 불가촉천민 제도는 힌두교도의 마음을 해칠 뿐 아니라 하리잔의 마음도 해치는 악이라고 생각하고 있었다. 따라서 맥도날드의 결정은 인도의 가장 중대한 악을 존속시킨다는 위협을 내포하고 있었다.

다양성 속에서 조화를, 차별을 넘어서 사랑을——이것이 간디의 사상과 행동에서 폭력을 배제하는 방법이었다. 분할은 싸움을 일으킨다. 간디는 전에 힌두교도와 이슬람교도의 단결을 위해 단식했었다. 두 개의 인도를 바라지 않은 간디는 이제 세 개의 인도가 될지도 모르는 상황에 직면하고 있었다. 간디의 생각으로는 힌두교도와 이슬람교도의 적대는 정치적 비극이고, 힌두교도와 하리잔의 분할은 정치적 비극인 동시에 종교적인 자살행위였다. 간디는 힌두교도와 하리잔의 불편한 간격을 더욱 확대하는 것을 묵과할 수는 없었다.

간디에 의하면 단식은 "피압박계급의 분리선거제를 실시하려는 법령을 대상으로 하는 것이며, 그 위협이 지금 곧 완전히 제거된다면 단식을 중지한다."는 것이었다. 영국 정부에 대해서 단식하는 것은 아니었다. 정부는 힌두교도와 하리잔이 서로 납득하여 다른 방식의 투표 양식에 동의한다면 그것을 받아들일 용의가 있다고 표명했기 때문이다. 간디는 단식이 "힌두교도의 양심을 올바른 방향으로 나아가게 하는 것을 의도한다."고 말했다.

9월 13일, 간디는 죽음을 각오한 단식을 20일에 개시한다고 선언했다.

그러자 인도는 세계 역사를 통해서 일찍이 본 일이 없는 것을 목격하게 되었다.

13일, 정치 지도자와 종교 지도자들이 부산하게 움직이기 시작했다. 입법참사회의 불가촉천민 대표 M. C. 라저어는 간디의 입장을 지지했다. 위대한 헌정(憲政) 지도자 테지 바하둘 사프루는 간디의 석방을 정부에 탄원했다. 마드래스의 이슬람교도 지도자 야쿠브 후사인은 하리잔에게 분리선거구제를 포기할 것을 요구했다. 라젠드라 프라사드는 힌두교도가 하리잔에게 힌두교 사원, 우물, 학교, 공도(公道)에 출입하는 것을 허용하며 간디 구조에 협력할 것을 권고했다. 판디트 마라비야는 19일 지도자의 모임을 소집했다. 라자고파라차리는 전국민에게 20일에는 기도를 올리고 단식하라고 호소했다.

대표 몇 사람이 옥 중의 간디를 방문했다. 정부는 교도소 문을 무제한으로 허가했다. 데바다스 간디가 중개역을 하기 위해 왔다. 보도 관계자들도 자유롭게 출입할 수 있었다.

한편, 간디는 내외(內外)의 많은 친구들에게 장문의 편지를 썼다. 스레이드 양에게 보낸 편지에서는 '거기에서 벗어나는 길은 없으며, 그것은 특권이기도 하고 의무이기도 합니다. 한 세대 혹은 몇 세대를 통해서도 드물게 있는 기회입니다.'라고 말하고 있다.

간디는 20일 새벽 2시에 일어나 타고르에게 보내는 편지를 써서 자기의 단식을 승인해줄 것을 간청했다. '지금 시간은 화요일 새벽 3시입니다. 정오에는 불(火)의 시련의 문에 들어갈 작정입니다. 아무쪼록 나의 노력을 축복해주시기 바랍니다. 당신은 나의 참다운 벗이고 자기 생각을 큰소리로 말하는 솔직한 벗이니까요. 당신이 내 행동을 비난한다 해도 나는 역시 당신의 비판을 존중할 것입니다. 나는 고백의 대가가 아무려 크더라도 자기가 잘못된 것을 알면서 자기 실책을 고백하지 못할 만큼 오만하지는 않습니다. 그러나 당신이 내 행동을 인정하신다면 축복해주십시오. 내 마음을 지탱하는 기둥이 될 것입니다.'

간디가 이 편지를 발송하자마자 타고르로부터 전보가 왔다.

'인도의 단결과 인도 사회를 보전하기 위해서는 귀중한 생명을 희생으로 바칠 가치가 있습니다. 우리는 민족의 비극을 극한에 이르게 하지는 않을 것이며, 우리 마음이 당신의 숭고한 고행을 경의와 애정으로 이해할 것을 간절히 바라는 바입니다.'

간디는 타고르의 이 감동적인 전보에 감사했다. '당신의 말은 이제부터 들어가려는 폭풍 속에서 나를 지탱해줄 것입니다.'라고 감사의 편지를 썼다.

오전 11시 반, 간디는 마지막 식사를 했다. 식사는 레몬 주스, 벌꿀, 탕(湯)이었다. 전국에서 무수한 인도인이 24시간의 단식을 하고 기도를 했다.

그날, 간디와 모든 인도 사람으로부터 다정하게 '시인'이라 불리는 라빈 드라나드 타고르는 샨티니케탄에 있는 그의 학교에서 강연을 했다. "일식이 던진 그림자처럼 커다란 그림자가 인도를 짙게 덮고 있습니다. 우리 모두가 불안의 고통을 느끼고 있습니다마는 또한 그 보편성 속에는 크고 엄숙한 위안을 수반하고 있습니다. 헌신의 생활을 통하여, 진리 속에서 인도를 자기 것으로 만든 마하트마 간디가 희생의 극치인 고행을 시작했습니다."

타고르는 마하트마의 단식을 설명하여 다음과 같이 말했다.

"모든 나라에는 그 나라의 독특한 내면적 진리가 있습니다. 거기에는 그 나라의 정신이 깃들어 있으며 물리적인 힘은 그 정신적 토지의 단 한 조각도 정복 못 합니다. 외래의 지배자는 그 문 밖에 서 있을 뿐입니다. 그러나 위대한 마음은 육체가 이미 존재하지 않아도 그 지배를 계속합니다. 마하트마 간디가 스스로 부과한 고행은 한갓 제식(祭式)이 아니고 전인도와 전세계에 보내는 메시지입니다. 어떤 문명사회도 인간성이 불구화된 희생자 위에서 그 번영을 계속할 수는 없습니다. 굴욕을 당한 사람들은 반드시 굴욕을 강요한 자들을 끌어내릴 것입니다. 절망에 빠진 사람들이나 자기 일가친척이 아닌 사람들에게 굴욕을 주는 것은 곧 인간성을 더럽히는 짓입니다. 마하트마 간디는 우리 나라에 그런 차별의 위험성이 있는 것을 오래 전부터 거듭거듭 지적해왔습니다. 이제 마하트마 간디는 우리 사회에 뿌리박고 있는 도의적인 약점에 대하여 최후 통고를 한 것입니다. 마하트마 간디가 취한 행동에 대해서 영국은 어떻게 할지 몰라 곤혹에 빠져 있습니다. 그들은 마하트마의 행동을 이해 못 한다는 것을 고백하고 있습니다. 그들이 이해를 못하는 이유는 주로 마하트마의 말이 근본적으로 그들의 말과 다르다는 점에 있다고 나는 생각합니다. 나는 그들에게 아일랜드를 그레이트 브리튼의 다른 부분에서 분리하려는 움직임이 있었을 때, 자기의 발 밑을 피로 물들인 그 잔학한 행위를 자행하던 때를 상기할 것을 요구합니다. 그 분리가 대영제국의 보전을 위해서 불길하다고 생각한 영국 사람들은 서로 죽고 죽이고, 문명의 명예로운 율법인 예의마저도 짓밟는 짓을 주저하지 않았던 것입니다.”

타고르는, 영국 당국이 제국의 해체를 방지하기 위해서 아일랜드에 ‘블럭 앤드 탄’이 만들어내는 피의 목욕을 즐길 각오를 하고 있었다고 설명했다. 그런데 간디는 인도 사회의 해체를 방지하기 위해 자기 한 사람을 희생하려 하고 있다. 이것이 그 비폭력의 언어이다. 그렇기 때문에 서양은 간디의 언어를 해독하지 못할지도 모른다.

타고르는 간디를 단식에 의해서 빼앗기게 될 가능성을 염려했다. 같은 염려 때문에 전국민이 전율을 느꼈다. 간디를 구조하는 방법이 강구되지 않을 경우에는 힌두교도 한 사람 한 사람이 마흐트마 간디의 살해자가 된다.

간디는 교도소의 조용한 마당, 조그만 망고나무 그늘에 놓인 하얀 철제 침대에 누워 있었다. 파텔과 마하데브 데사이가 옆에 앉아 있었다. 나이두 여사가 야르바다 교도소 여자 감방에서 간디를 간호하기 위해 옮겨 와 있었다. 책상에는 책, 편지지, 물, 소금, 중탄산 소다가 든 병이 놓여 있었다.

바깥에서는 죽음과 경쟁하여 교섭이 추진되고 있었다. 힌두교도 지도자들은 협의하기 위해 9월 20일 봄베이의 비르러 씨 저(邸)에 모였다. 그 자리에 나온 사람은 사프루, 첸니랄 메후터, 그 해 회의파 의장 라자고파라차리, 대부호이며 실업가이고 간디의 친구이기도 한 G. D. 비르러, 라젠드라 프라사드, 자야칼, 여러 학교의 후원자이며 부호인 프르쇼타므다스 타쿠루다스, 기타 여러 사람들이었다. 불가촉천민의 대표로는 소란키 박사와 암베드칼 박사가 있었다.

암베드칼은 국제적인 경험이 있는 우수한 변호사로 런던 원탁회의에서도 큰 역할을 했다. 그는 튼튼한 몸과 뛰어난 지력을 지닌 사람이었다. 그의 부친과 조부는 영국군에 근무한 적이 있었다. 과거 몇 세기에 걸쳐 하리잔의 가슴을 괴롭힌 힌두교도에 대하여 누적된 원한이 암베드칼이라는 인물에서 배출구를 얻고 있었다. 암베드칼은 힌두교도의 지배보다는 영국의 지배를 택하고, 힌두교도보다 이슬람교도를 좋아했다. 한번은 불가촉천민 전체를 이슬람교도로 개종시키려고 생각한 일도 있었다. 동포를 억압한 힌두교도의 포학성에 대하여 분노와 적개심과 보복심으로 충만되어 있었다. 만일 인도에서 간디의 죽음을 태연하게 맞이할 수 있는 사람이 있다면 암베드칼 그 사람뿐일 것이다. 그는 간디의 단식을 '정치적 곡예'라고 불렀다. 협의의 자리에서 위대한 힌두교도들과 대면한 암베드칼은 힌두교도 지도자들이 그들이 사랑하는 마하트마의 생명을 구하기 위해 그의 환심을 사려고 애쓰는 태도를 보고서 마음속으로 은근히 기뻐했을 것이다.

간디는 전부터 힌두교도와 하리잔이 공동으로 양자(兩者)가 서로 이론없는 입법원 의원의 한 블록[調整集團]을 선출하는 단일선거구제를 희망하고 있었으며 그 블록 속에서 하리잔을 위해 일정수의 의석을 유보하는 방침에는 반대였다. 그런 방침은 두 커뮤니티 사이의 단절을 더욱 강화하게 된다는 이유 때문이었다. 그러나 19일에는 어떤 대표단에게——주로 안심을 시키려는 목적으로——"유보의석 조치에 타협한다."고 말했다.

그런데 암베드칼은 이에 반대했다. 입법부에서 유보의석을 얻게 될 하리잔 출신 의원은 힌두교도와 하리잔 합동으로 선출되기 때문에, 하리잔의 힌두교도에 대한 어떤 불만스러운 문제를 다룰 때에는 상당한 억제를 느끼게 된다. 가령 하리잔이 힌두교도를 너무 심하게 비난하면 힌두교도는 다음 선거에서는 그 사람에게는 표를 주지 않고, 좀 더 온건한 하리잔을 선출할 것이다.

사프루는 이유있다고 보아야 할 이 반대에 대응하기 위해 교묘한 안을 만들어 9월 20일, 협의회에 제출했다. 그것은 힌두교도와 하리잔 출신 입법부 의원 전원이 힌두교도와 하리잔 유권자 합동으로 선출된다는 것이었다. 힌두교도와 하리잔의 의석 몇 개는 미리 하리잔에게 유보된다. 그 유보된 하리잔 의석 일부의 입후보자는 힌두교도와 하리잔 사이에 상의해서 지명한다. 그러나 유보의석의 나머지에 대해서 사프루는 약간 새로운 방식을 도입했다. 즉, 예선회(豫選會)에서는 하리잔만이 투표하라는 것이다. 그 예선에서는 각 유보의석에 대하여 각각 3명의 하리잔 후보자 명부를 작성한다. 다음에, 최종적으로 2차 선거에서는 하리잔과 힌두교도가 합동으로 그 3명의 하리잔 후보 중 1명에게 투표한다. 힌두교도는 반드시 그중 1명에게 투표하기로 한다. 이렇게 하면 하리잔은 합동선거구제를 유지하면서 자기들의 가장 용감하고 가장 훌륭한 투사를 입법부에 보내게 된다.

힌두교도측은 이 안에 대한 암베드칼의 의견을 궁금하게 기다렸다. 암베드칼은 이 안을 정밀하게 검토하고 친구들에게도 의견을 물었다. 몇 시간이 지났다. 그는 마지막에 수락했는데, 사프루 안에 자기의 제안을 합쳐 일제화하기 위해 독자적인 방식을 만들겠다고 언명했다.

고무되기는 했지만 힌두교도 지도자들은 아직도 암베드칼에 대해 안심할 수가 없었고 한편 간디가 사프루 안을 승인할지 걱정이었다. 사프루, 자야칼, 라자고파라차리, 데바다스, 비르러, 프라사드는 야간열차로 이튿날 푸우나에 도착했다. 일행은 오전 7시 교도소 사무실에 안내되었다. 1일간의 절식(節食)으로 이미 약간 쇠약해진 간디가 웃는 얼굴로 들어와 테이블 중앙에 자리를 잡고 쾌활하게 "내가 사회를 보지요."라고 말했다.

사프루가 예선회안(豫選會案)을 설명하고 다른 사람들이 부연해서 설명했다. 간디는 몇 가지 질문을 했으나 확실한 의견은 말하지 않았다. 반 시간이 흘렀다. 마지막에 간디가 "당신들의 제안을 호의적으로 검토하겠어요. 하지만 전체를 서면으로 알고 싶습니다."라고 말했다. 그리고 암베드칼과 라자아를 만나고 싶다고 말했다.

암베드칼과 라자아에게 급히 연락을 하고 사프루 안을 서면으로 작성했다. 간디의 불가촉천민 제자들을 대표하는 라자아는 이 제안을 곧 수락했다. 암베드칼도 오겠다고 약속했다.

불안한 밤이 새고 22일 아침, 간디는 그 안에 대한 자신의 불만을 표시했다. 유보(留保)된 하리잔 의석의 일부 후보자만이 하리잔의 예선회에서 선출되는 것은 무슨 까닭인가. 왜 전원에 대해서 하지 않는가. 두 가지 하리잔 후보자를 내세워 한편으로는 예선회에서 하리잔에게 뽑히고, 다른 한편에서는 힌두교도와 하리잔 합동으로 뽑히는 것은 무엇 때문인가. 간디는 하리잔들 사이에 구별을 두고 싶지 않았고, 또 하리잔 의원이 힌두교도에 대해서 정치적 책무를 지게 되는 것을 바라지 않았다.

협의자들은 대단히 기뻐했다. 말하자면 간디는 암베드칼에 대하여, 암베드칼이 이미 수락한 이상을 제의하고 있는 것이다.

암베드칼은 그날 오후 늦게 간디가 누워 있는 자리에 나타났다. 주로 암베드칼이 얘기했다. 마하트마의 생명을 구하기 위해 협력을 하고 싶으나 대상(代象)을 얻고 싶다고 말했다.

간디는 이미 몸이 많이 쇠약해져 있었다. 과거의 단식에서는 규칙적으로 물을 먹고 있었는데, 이번에는 그럴 생각이 없어 물을 먹는 것도 불규칙했다. 또 전에는 고통을 덜기 위해 마사지를 받고 있었는데 이번에는 그것도 거부했다. 심한 고통이 쇠약한 몸을 괴롭히고 목욕탕에 갈 때도 들것에 실려가야 했다. 조금만 몸을 움직이고 때로는 말을 하기만 해도 구토가 났다.

암베드칼이 '대상을 바란다.'고 하자, 간디는 몸을 일으켜 장시간 애기했다. 하리잔에 대한 그의 애정을 말하고 사프루 안(案) 하나하나에 관해서 토의했다. 간디는 하리잔은 모두 하리잔이 지명해야 하며, 일부만을 지명해서는 안 된다고 말했다. 그리고 피곤해져서 다시 누웠다.

암베드칼은 죽음에 임한 마하트마 앞에서 양보를 강요당할 것으로 짐작하고 있었는데, 이제야 간디는 암베드칼보다 더 강경한 하리잔이 되어 있다는 것을 깨달았다.

암베드칼은 간디의 수정(修正) 안을 환영했다.

그날, 사바르마티 교도소에서 야르바다로 옮겨진 간디 부인이 도착했다. 부인은 남편 앞으로 천천히 걸어가면서 꾸짖는 것처럼 고개를 흔들고 "또 하시는군요."라고 말했다. 간디는 빙그레 웃었다. 간디는 부인이 와서 기운이 났으며 부인의 마사지를 받았다. 그 후 다시 마사지 전문가에게 받았는데 그것은 자기 희망에서라기보다 부인을 위해서였다.

단식 4일째인 9월 23일 금요일, 간디의 심장 전문의 기르달 박사와 파텔 박사가 봄베이에서 와 교도소 의사와 의논하여 간디의 용태가 위험하다는 진단을 내렸다. 혈압이 대단히 높았다. 죽음이 언제 닥칠지 몰랐다.

그날, 암베드칼은 장시간에 걸쳐 힌두교도 지도자들과 의논하여 새로운 대상을 요구했다. 맥도날드 수상이 재결(裁決)한 안은 주의회에서는 피압박계급에 71석이 제공되고 있었는데 암베드칼은 197석을 요구했다. 사프루는 3명의 하리잔 후보자 명부를 제안하고 있었는데 간디는 5명, 암베드칼은 2명을 제안했다. 또 유보의석을 폐지하여 힌두교도와 하리잔 사이의 정치적 구별을 제거하는 것을 하리잔 유권자가 결정하는 일반투표를 어느 시기에 하느냐 하는 문제도 있었다. 그것은 두 커뮤니티가 생활면에서 융합하는 방향으로 나아가는 커다란 일보(日步)가 되는 것이다. 간디는 예선의 폐지를 5년 후에 하고 싶은 의향이었으나 암베드칼은 15년을 주장했다. 그로서는 불가촉천민제가

5년 내에 타파되리라고는 기대하기 어려웠다.

암베드칼은 그날 늦게 간디를 만나러 왔다. 교도소 안의 망고나무 이파리 하나 움직이지 않는 무더운 밤이었다. 혈압이 높아 중얼거리는 것처럼 간신히 말을 했다. 암베드칼은 강경하게 절충을 했으나 결론을 얻지 못했다.

단식 5일째인 9월 24일 토요일, 암베드칼은 힌두교도 지도자들과 다시 회담을 했다. 오전 중 격론을 벌인 뒤 오후에 간디를 만났다. 암베드칼과 힌두교도 지도자들 사이에서는 맥도날드 수상이 재정한 피압박계급의 71석과 암베드칼이 요구한 197석을 절충하여 147석을 유보한다는 합의에 다다르고 있었다. 간디는 이 타협을 승인했다. 그리고 그때, 암베드칼은 분리예선(分離豫選)의 철폐를 10년 후로 할 생각이 있었는데 간디는 5년을 주장했다. "5년 후로 하느냐, 나의 생명이냐." 하고 간디는 말했으나 암베드칼은 거절했다.

암베드칼은 하리잔 동지들과 다시 의논하여 10년 이하로는 수락할 수 없다는 것을 힌두교도 지도자들에게 연락했다.

여기에서 라자고파라차리의 행동이 간디의 생명을 구했다. 그는 간디에게는 미리 애기를 하지 않고 암베드칼과 절충하여 예선폐지의 시기는 훗날 다시 토의해서 결정하기로 한다고 합의했다. 그렇게 하면 일반투표가 불필요하게 될지도 모른다.

라자고파라차리는 급히 교도소에 돌아와 새로운 협정을 간디에게 설명했다.

"한 번 더 설명해봐요."

라자고파라차리가 설명을 되풀이했다.

간디는 "좋다."고 나직이 말했다. 어쩌면 그는 라자고파라차리의 말을 정확하게 이해하지 못했을지도 모른다. 의식이 몽롱했다. 그러나 묵락(默諾)을 했다. 그 토요일, 인도 역사에서 소위 야르바다 협정이 기초되어 간디를 제외한 힌두교도와 하리잔 교섭자들이 조인했다.

그리고 이튿날 일요일, 봄베이에서 교섭자와 기타 사람들의 전체회의에서 비준(批准)을 받았다.

그러나 이 협정에는 아직도 문제가 남아 있었다. 간디는 이 협정을 영국정부가 맥도날드 재결에 대체할 것을 승인하기 전에는 단식을 중지하지 않을 생각이었다. 협정 초안은 전보로 런던에 날아갔다. 런던에서는 찰스 앤두르즈, 폴락, 기타 간디의 친구들이 정부가 조속히 조치를 취하도록 노력하고 있었다. 그날은 일요일이어서 각료들은 모두 교외에 나가고 맥도날드 수상은 어떤 장례식에 참석하기 위해 서섹스에 가 있었다.

푸우나에서 협정이 성립됐다는 연락을 받은 맥도날드는 급히 다우닝 10번가로 돌아왔다. 맥도날드 재정(裁定)을 기초한 새뮤엘 호어와 로디안도 급히 돌아왔다. 그들은 일요일 밤중까지 걸려 그 협정문을 세밀하게 읽었다.

간디의 생명은 급속히 꺼지려 하고 있었다. 간디는 부인 카스투르바이에게 침대 옆에 있는 약간의 일용품을 기념으로 누구 누구에게 주라는 지시를 했다. 월요일 아침 일찍, 카르카타로부터 타고르가 와서 자기가 만든 노래를 불러 마하트마에게 들려주었다. 간디는 위안을 받았다. 푸우나에 거주하는 친구는 악기연주와 찬가를 불렀다. 간디는 희미한 미소를 지어 감사를 표시했으나 말은 못 했다.

2~3시간 후, 영국정부는 런던과 뉴델리에서 동시에 야르바다 협정을 승인했다는 성명을 발표했다. 간디는 단식을 끝마치게 되었다.

화요일 오후 5시 15분, 타고르, 파텔, 마하데브 데사이, 나이두 여사, 교섭자, 보도 관계자들이 모인 자리에서 간디는 카스투르바이가 차려낸 오렌지 주스를 한 컵 마시며 단식을 끝냈다. 타고르가 벵갈 어 찬가를 불렀다. 많은 사람들이 눈물을 흘렸다.

9월 25일(화요일), 야르바다 협정 즉 푸우나 협정을 비준한 봄베이에서 열린 협의회에서 암베드칼 박사가 한 연설은 매우 흥미로운 것이었다. 그는 간디의 화해적인 태도를 찬양하여 다음과 같이 말했다. "나는 고백합니다마는, 간디 옹을 만나보고 간디 옹과 나 사이에 공통되는 점이 많은 것을 알고 놀랐습니다. 정말 대단히 놀랐습니다. 원탁회의에서는 그렇게도 나하고 의견을 달리하던 분이 반대방향이 아니라 나를 구해주는 방향을 취해주는 것을 깨닫고 매우 감격했습니다. 나는 마하트마 간디가 대단히 곤란한 사태에 이르렀을지도 모르는 문제에서 나를 구해준 것을 깊이 감사하고 있습니다."

이 말은 흥분이 계속된 끝에 긴장이 풀렸다고 해서 인사치레로 하는 정중한 찬사가 아니라 간디의 태도를 정확하게 나타낸 말이었다. 간디는 힌두교도의 입장보다 하리잔의 입장에 더 호의를 보였다. 실제로 간디는 하리잔의 요구에 100퍼센트 응하고 싶은 마음에서 유보의석의 중요문제에 관해서는 자기 주장을 양보하기까지 했다. 암베드칼 박사는 또 그 연설에서, "내가 단 한 가지 유감으로 생각하는 것은 마하트마 간디가 원탁회의에서는 왜 이번 같은 태도를 취하지 않았던가 하는 것입니다. 가령 마하트마 간디가 그때 나와 같은 생각을 표시했더라면 이번에 그런 고행을 시작할 필요는 없었겠지요."라고 말했다. "하지만 그것은 다 지나간 일입니다. 나는 이 자리에 나와서 이 결의(決議)의 비준을 지지하게 된 것을 기쁘게 생각합니다."

간디는 지난 1931년 9월~12월의 원탁회의에서 힌두교도 테두리 안에서의 하리잔의 유보의석을 반대했는데 그 이유는 두 개의 커뮤니티를 분할하기 때문이었다. 1932년 9월 13일~19일에 걸쳐서는 유보의석을 하나의 필요악, 과도적인 필요악으로 인정하여 이를 수락한 것이다.

간디는 이 의석의 유보를 맥도날드가 도입하려 한 분리선거구제에서 오는 격절(隔絶)보다는 훨씬 낫다는 생각에서 이를 받아들였다. 그러나 간디가 원탁회의 때나 혹은 단식하기 몇 달 전에 그렇게 했다면 보수파 힌두교도는 동조하지 않았을지도 모른다. 푸우나 협정의 교섭에 종사했던 한 사람은 훗날 필자에게 나는 간디의 정책에는 반대였지만 간디는 지상에 태어난 신이며, 천국의 문이 그를 맞이하려고 기다리고 있었다고 말했다. 마하트마가 죽을지 모른다는 염려가 힌두교도 지도자들을 간디의 정책에 찬성하도록 한 것이다.

그러나 힌두교도 지도자들이 간디가 단식에 들어가기 전에 의석의 유보를 인정했다고 가정해보자. 그렇다면 간디의 단식은 불필요했을까? 마하트마의 고민은 불필요했을까?

이 의문에 대한 해답은 간디의 인도사에 있어서의 역할을 이해하는 데 중요한 의미가 있다. 단순히 내정한 논리나 형식적인 입장에서 보면 간디는 암베드칼과 동의에 다다르기 위해 단식을 할 필요는 없었을 것이다. 그러나 인도 민중과 간디의 유대는 단순히 논리나 형식에 입각하는 것이 아니라 다분히 정서적인 것이었다. 힌두교도로서는 간디는 마하트마 즉 위대한 영혼이며, 신의 현현(顯現)이었다. 그들은 어쨌든 간디를 죽게 할 수는 없었다. 단식이 시작된 순간에 조문(條文)도 헌장(憲章)도 재정도 선거도 다 의미를 상실했다.

무엇보다도 먼저 간디의 생명을 구하지 않으면 안 되었다.

단식을 하기로 발표한 9월 13일부터 오렌지 주스를 입에 댄 9월 26일 오후까지 간디의 몸에 일어난 모든 변화, 간디를 만난 사람들의 발언 한 마디 한 마디, 교섭원의 동정이 인도의 방방곡곡에서 전달되었다. 고열에 신음하는 어린이의 침대 옆에 선 어머니의 불안도, 점점 쇠약해가는 마하트마의 하얀 침대를 지켜보는 인도의 긴장에는 미치지 못할 것이다. 간디 자신은 신비적이 아니지만 인도 민중을 신비적으로 감동시켰다. 인도 민중은 아기와 어머니처럼 일체가 되었다. 이성은 뒤에 물러나 있었다. 언제 최후의 순간이 올지 모르기 때문에 힌두교도들은 오로지 마하트마를 죽게 해서는 안 된다는 염원에 열광적으로 반응하고 있었다.

간디는 힌두교도 한 사람 한 사람을 그의 생명에 대한 책임자가 되게 했다. 그는 9월 15일, 널리 전달된 성명에서 '카스트 힌두와 그 대립자인 피압박계급 지도자가 일시적이 아닌 협정에 다다르게 되면 다행한 일이다. 다만 협정이 효과적이기 위해서는 실제적이라야 한다. 만약 힌두교도 대중이 불가촉천민제를 근본적으로 없애버릴 각오가

없다면 조금도 주저하지 말고 나를 희생하는 게 좋을 것이다.'

교섭이 계속되는 동안에——2억 5000만 명에 가까운——힌두교도 사회는 종교적·감정적으로 큰 변동을 겪었다. 간디의 단식이 시작되자마자 힌두교 정통파의 본산(本山)인 유명한 카르카타의 카리가트 사원과 바나라스의 라아므 사원은 불가촉천민에게 개방되었다. 델리에서는 카스트 힌두와 하리잔이 시가나 사원에서 공공연히 형제의 의를 맺고, 봄베이에서는 민족주의 부인단체가 일곱 개의 큰 사원 앞에서 투표를 했다. 의용대원이 감시하는 투표함은 문앞에 놓고 참배를 하러오는 사람들에게 불가촉천민의 출입에 관한 의견을 물은 것이다. 결과는 반대 445표, 찬성 2만 4497표였다. 그래서 지금까지 하리잔은 들어가지 못했던 사원이 모든 사람에게 개방되었다.

단식을 시작하기 전날, 아라하바드에서는 12개의 사원이 처음으로 하리잔에게 개방되었다. 단식이 시작된 날에는 전국의 가장 신성한 사원이 불가촉천민에게 문을 열었다. 그로부터 9월 26일까지 매일, 그리고 간디의 생일인 10월 2일까지는 불가촉천민에게 반대 주간의 행사를 벌여 매일같이 여러 신성한 장소에서 하리잔에 대한 제한이 완화되어갔다. 바로다, 카쉬밀, 보올, 그리고 코올하플 등 여러 번 왕국의 모든 사원에서 차별이 철폐되었다. 신문은 간디 단식의 충격으로 금제(禁制)를 철폐한 사원 수백 개의 명단을 발표했다.

대단히 인습적인 부인이던 자와하르라르 네루의 모친 스와루푸라니 네루 부인은 불가촉천민의 손에서 음식을 받은 사실을 밝혔다. 수천 명의 저명한 힌두교도 여성들이 그녀를 본받았다. 엄격한 힌두 비나레스 대학에서는 두르바 학장이 여러 브라만과 함께 가로청소부, 구두장이, 변소청소부들과 회식했다. 다른 여러 곳에서도 그런 회식이 개최되었다.

마을에서도, 읍에서도, 도시에서도 각 단체나 시민조합이나 혹은 임시의 집회를 열어 불가촉천민에 대한 차별을 철폐할 것을 약속하는 결의를 채택했다. 그 결의문의 사본이 간디가 갇혀있는 교도소 마당에 사람의 키만큼이나 높이 쌓였다.

마을에서도, 도시에서도, 천민이 우물물을 같이 사용하는 것이 허용되었다. 힌두교도 학생은 종전에는 불가촉천민과 구별되고 있던 의자를 같이 사용하기도 했다. 하리잔의 출입이 금지되었던 도로나 거리도 개방되었다.

개혁, 참회, 자기 정화의 기운이 전국으로 확대되어 간디가 단식을 계속한 6일간 힌두교도의 태반이 영화관, 극장, 혹은 레스토랑에 가지 않았다. 결혼식을 연기하기도 했다.

단식을 하지 않고 간디와 암베드칼 사이에 냉정한 정치적 협정이 성립되었다면 전국민에게 그런 영향을 끼치지는 않았을 것이다. 하리잔의 고통을 덜어주는 법률은 달성되었다 하더라도, 힌두교도의 불가촉천민에 대한 개인적인 태도는 여전하고 힌두교도의 태반은 그런 협정이 체결됐다는 얘기도 듣지 못했을 것이다. 정치적인 협정은 간디의 단식이 국민에게 끼친 감정의 교반(攪拌)을 전제로 해서 그 효과를 발휘할 수 있었다.

물론, 간디의 단식은 3000년 이상이나 먼 옛날부터 계속되어온 불가촉천민제의 저주를 완전히 끊어버리지는 못 했다. 사원에 접근할 수 있다는 것은 아직 좋은 취직자리에 접근할 수 있는 것을 의미하지는 않으며, 하리잔이 인도 사회의 최하층임에는 변함이 없었다. 그리고 간디가 단식을 끝내고 오렌지 주스를 마셨을 때 모든 차별이 다 사라진 것도 아니었다.

그러나 이제 불가촉천민제는 공적인 승인으로 지지되는 것은 아니었다. 그 신앙은 파괴되었다. 착잡한 종교에 뿌리를 두고 여러 가지 신비적, 부대적 의미를 지니고서 만연되었던 관습은 도의적으로 부조리한 것으로 간주하게 되었다. 여러 가지 풍습, 전통, 의식으로 신성화되어 있던 터부[禁忌]가 효력을 상실했다. 종전과는 반대로 어떤 장소에서는 하리잔과 친밀하게 교제하지 않는 것이 오히려 사회적으로 부당하게 되었다. 불가촉천민제를 계속 따르는 사람은 옹고집, 반동자의 딱지가 붙게 되었다. 장차는 하리잔과 힌두교도 사이에 통혼도 이루어질 것이다. 간디는 몇 군데 결혼식에 참석하겠다고 약속했다.

간디의 '서사시적 단식'은 아득한 태고에 소급하여 무수한 사람을 사로잡고 있었던 사슬을 끊었다. 사슬의 일부는 아직 남아있다. 사슬의 상흔(傷痕)도 남아있다. 하지만 이제는 새로운 사슬 고리를 만드는 사람은 없을 것이다. 아무도 사슬을 다시 연결하려고는 하지 않을 것이다. 미래는 자유를 약속했다.

야르바다 협정에는 '어떤 사람도 그 출생을 이유로 해서 불가촉천민으로 간주되어서는 안 된다.'고 명시되어 있다. 많은 종도(宗徒)를 거느린 정통파 힌두교도가 그 성명서에 서명했다. 그것은 종교의 개조, 심리의 혁명이었다. 힌두교도는 수천 년의 병폐를 추방하고, 민중은 행동으로 자기 몸을 정화했다. 그것은 인도의 정신위생을 위해 가장 중요한 일이었다. 불가촉천민제를 그대로 두는 한 그것이 인도의 경제발전을 저해하는 것처럼 언제까지나 인도의 정신을 속박했을 것이다.

간디가 그 생애에서 다만 불가촉천민제를 분쇄하기만 했다 하더라도 위대한 사회개혁자라고 부를 수 있을 것이다. 돌이켜보면 의석수, 예선회, 일반투표 등의 문제에 관한 암베드칼과의 대립은 이를테면, 히말라야의 그 해에 녹은 눈(雪) 같은 것이었다. 그것은 단순히 정치적인 문제에 국한된 것이 아니라 종교적, 사회적 개혁이었다.

단식을 끝마치고 5일이 지나자 간디의 체중은 99파운드 4분의 3으로 회복되어 몇 시간이나 계속해서 물레를 돌리기도 하고, 여러 가지 일을 할 수도 있었다. 스레이드 양에게 보낸 편지에서 이렇게 말하고 있다. '나의 단식은 불가촉천민이 겪어 온 고난에 비하면 아무것도 아닙니다. 그렇기 때문에 나는 항상 신은 위대하고 자비롭다고 하는 것입니다.'

간디는 아직 감옥에 있었다.

간디의 단식은 힌두교도인 인도의 마음에 호소했다. 간디는 항상 민중의 마음과 교신하고 있었고 민중의 요구를 절실히 느끼고 있었다. 그는 사람의 심금을 흔드는 예술가의 천분을 지니고 있었지만, 인도인의 태반은 문맹(文盲)이고, 겨우 5,000명밖에는 라디오를 가지고 있지 않았는데 어떻게 수억의 인도인하고 교신할 수 있었을까? 단식이 그 교신의 수단이었다. 간디가 단식을 한다는 소식은 모든 신문에 보도되었다. 신문을 본 사람은 보지 않은 사람들에게 마하트마가 단식을 하고 있다고 전했다. 도시가 먼저 알고, 도시에 장을 보러온 농민이 알고, 농민이 마을에 돌아가서 전했다. 여행자들도 그들이 가는 곳마다 이 소식을 전달했다.

"마하트마가 단식하고 있는 것은 무엇 때문인가?"

"힌두교도가 사원을 불가촉천민에게 개방하고 보다 더 훌륭한 태도로 접하게 하기 위해서이지."

인도인의 귀에 뒤이어 소식이 전해졌다.

"마하트마가 점점 쇠약해지고 있다."

"마하트마가 죽어가고 있다."

"우리는 급히 서두르지 않으면 안 된다."

신께서 지상에 보낸 사자(使者)가 죽는 것을 어떻게 보고만 있는가. 모든 인도인은 간디의 고통을 같이 겪었다. 간디의 고통을 오래 끌게 해서는 안 된다. 간디가 '신의 자식들'이라 부른 사람들(불가촉천민)에 대한 차별을 철폐하고, 그들을 올바르게 대우하여 간디의 생명을 구해야 한다. 그렇게 신의 은혜를 빌었다.

제20장
정치 바깥에서

간디는 그 '서사시적 단식'으로 높고 두터운 차별의 벽을 타파하여 방치되어 있던 사회개혁의 넓은 들로 나아가게 했다. 간디의 어떤 친구들은 간디가 하리잔과 농민을 위한 복지사업이라는 정치의 샛길로 빗나간 것을 탄식했다. 정치가들은 간디가 정치의 본도(本道)로 나아가기를 희망했다. 그러나 간디에게는 촌락(村落)에 영양을 주는 게 가장 좋은 정치이고, 하리잔의 행복이 독립으로 통하는 큰 길이었다.

사회개혁은 간디가 항상 관심을 둔 활동뿐이었다. "의회에서 세우는 계획은 국가활동의 최소한의 계획에 불과하다는 것이 나의 견해이다. 가장 중요하고 항구적인 작업은 의회 바깥에서 행해지고 있다." 이것은 간디가 1942년 1월 25일자 〈하리잔〉 지에서 한 말이다. 간디는 항상 국가활동을 적게 하고 개인의 활동을 많이 해야 한다는 생각을 가지고 있었다. 전변(前邊)의 활동이 많으면 많을수록 정상의 명령은 적어진다는 것이었다.

실제에 있어 간디의 통치기관에 대한 반발심은 대단히 강했다. 1940년 4월 27일자 〈하리잔〉 지에서는 독립한 후 인도의 통치기관에 참여하지 않을 것을 서약할 정도였다. 그는 공적 기관 바깥에서 자기 역할을 실천하겠다고 말했다. 그는 너무 종교적이었기 때문에 어떤 통치기관과도 호흡을 맞출 수가 없었다.

간디는 이런 철학을 가지고 있었기 때문에 사회개혁 사업을 수행하기 위해서는 적극적인 사람이 많이 참가한 특정 목적을 위한 자발적인 단체에 의존했다.

1933년 2월, 아직 옥에 있었던 간디는 하리잔 세바크 상구, 즉 하리잔 봉사단을 창설하여 〈하리잔〉이라는 새 주간지를 발행했다. 그것은 정간(停刊)된 〈영 인디아〉 지에 대신하는 것이었다. 그리고 5월 5일에는 자기 정화와 아쉬람의 기율을 바로잡기 위해 다시 3주간의 단식을 시작했다. 그 무렵, 아쉬람은 어떤 매혹적인 아메리카 여성의 방문으로 약간 문란해져 있었다. 단식을 시작한 첫날 정부는 간디를 석방했다. 7일간 '서사시적 단식'의 고통을 겪은 뒤에 21일간이나 단식을 하면 아무래도 죽을 것이 아닌가. 영국 당국은 간디가 교도소 안에서 죽는 것을 바라지 않았다.

그런데 간디는 단식을 무사히 끝마쳤다.

지난 번 단기간의 단식이 거의 치명적이었음에도 불구하고 3배나 되는 장기간의 단식을 어떻게 이겨낼 수 있었을까. 지난 번 단식 때는 긴장된 교섭을 계속하고 불가촉천민제의 오점을 제거하기 위해 노심초사했기 때문에 육체도 같이 연소되었지만, 이번 3주간의 단식에서는 마음이 편했기 때문이었다. 간디의 작은 몸집은 강력한 의지의 덩어리였다.

간디는 석방에 대하여 정부에 우애의 정을 표시하기 위해 1939년 1월에 개시되고 있었던 시민적 불복종투쟁을 6주간 중지했다. 7월 15일 위린돈 총독에게 회견을 요청했으나 총독은 거절했다. 8월 1일 간디는 체재하고 있던 야르바다에서 야아스 촌까지 행진을 기도했다. 그날 밤 34명의 아쉬람 사람들과 함께 체포되었으나 3일 후 석방되어 푸우나 시에 머물러 있으라는 명령을 받았다. 그러나 반 시간 후에 명령을 위반하여 다시 체포되어 1년 형을 언도받았다. 간디는 8월 16일에 단식을 시작하여, 8월 20일에 위독상태로 병원에 옮겨져 23일에는 무조건 석방되었다. 하지만 간디 자신은 1년 형에 복역하고 있는 것으로 생각하여 1934년 8월 3일까지는 시민 불복종운동을 재개하지 않는다고 선언했다.

그 후, 1939년까지 간디는 주로 대중의 복지와 교육을 위해서 자기가 설립한 기관에 전념했다. 사바르마티 아쉬람을 하리잔 단체에 맡기고 중앙주의 소도시 왈더에 본부를 두었다. 그리하여 그곳에서 1939년 11월 7일, 하리잔의 복지를 위해 10개월간의 여행을 떠났다. 그 10개월간에는 한 번도 돌아오지 않고, 휴양을 취하지도 않고 인도 각지를 순방했다.

1934년 1월 15일, 비하르 주 넓은 지역에 큰 지진이 일어나 간디는 여행을 중단, 3월에 피재지(避災地)를 방문했다. 마을에서 마을을 맨발로 걸어가 위로하고 격려했다. 그는 민중에게 "지진은 당신들의 죄, 특히 불가촉천민제의 죄악에 대한 징벌입니다."라고 말했다. 타고르나 기타 인도의 지식인들은 그런 미신에 화를 냈다. 시인(타고르)은 마하트마를 비난했다. 타고르가 간디에게 보낸 편지는 뒤에 보도기관에 발표되었다. '물리적인 이변은 필연적으로 오로지 물리적 사실의 일정한 결합에 의해서 일어납니다. 가령, 윤리의 원칙과 우주의 현상을 관계시킨다면 인간의 본성이 신의 섭리보다 우월하다고 인정해야 할 것입니다. 인간의 죄악이나 과오는 아무리 큰 것도 천지의 구조를 파괴에 끌어넣을 만한 힘을 지니지 못했다고 나는 확신합니다. 우리 동포의 마음에 잠재하는 여러 가지 공포와 취약성을 해방으로 이끌어준 마하트마 간디에게 깊이 감사하고 있습니다마는, 그 마하트마 간디의 입에서 동포의 마음에 부조리를 강조하는 말을 듣는다는 것은 매우 유감으로 생각하는 바입니다.'

그러나 간디는 이런 비난에 개의치 않았다. "물질과 정신 사이에는 불가분의 관계가 있습니다. 우주의 현상과 인간 행동의 관련은 나의 깊은 신앙이며, 더욱 신에게 접근시켜줍니다." 이것이 그의 대답이었다. 간디가 일단 신의 이름을 부르면 이미 의논의 여지가 없었다. 사실 간디는 신에 열중한 나머지 신을 선전(宣傳)의 전차로 내세우고 있었다. 간디는 말하자면 서민을 위한 투쟁에 있어서 크리슈나에게 마부 역할을 시키는 아르쥐나였다.

간디에게는 가난한 사람들을 구원하는 일이 가장 중요한 일이며 자신과 자신이 섬기는 신은 동지였으므로 그는 신으로 하여금 자기 일에 협조하게끔 시킨 것이다. 그는 이렇게도 말했다. "굶주리고 나태한 사람들에게 신께서 그 모습을 나타내게 하고, 또 신의 뜻을 섬기는 유일의 형체는 노동이다. 양식과 노임의 약속이다."

'인도는 도시가 아니고 촌락에 살고 있다. 촌락에서 빈곤을 몰아내는 일에 성공한다면 나는 그것으로 스와라지〔自治〕를 달성한 것이 된다.'

이것은 그가 1936년 8월 26일자 〈하리잔〉 지에 쓴 글이다. 간디가 빈곤을 사랑했다고 보는 것은 근거없는 견해이다. 그는 다만 선발된 이상가들에게 극기에 의해서 민중에게 봉사할 것을 강조했을 뿐이다. 국민 전에 관해서는 적빈(赤貧)이 도의의 타락 이외의 것을 가져온다고는 생각하지 않았으며 그거야말로 간디가 가장 바라지 않는 것이었다. 그는 역설하고 있다. "우리가 지닌 부(富)와 정력을 낭비하지 않는다면 이 나라의 기후와 자원은 우리를 세계에서 가장 부유하게 할 수 있을 것이다." 이것이 간디의 희망이었다.

간디가 비난한 것은 극단적인 부와 빈곤이었다.

1933년부터 39년에 이르는 기간 동안 간디는 복지사업 이외의 문제에 관여하는 일은 거의 없었다. 그것도 안락한 여행은 아니었다. 1934년 6월 25일, 고(故) 틸락의 근거지였던 마라타 지방의 중심에 있는 푸우나에서 하리잔의 평등에 반대하는 것으로 보이는 어떤 힌두교도가 마하트마가 타고 있는 것으로 착각하여 한 대의 자동차에 폭탄을 던졌다. 그리고 얼마 후에는 간디의 지지자가 반(反) 하리잔 파의 인물을 곤봉으로 구타한 사건이 발생했다. 간디는 1934년 7월의 두 가지 죄를 참회하기 위해 7일간의 단식을 실천했다.

1934년 10월 26일, 전인도 농촌산업협회가 간디의 후원으로 그의 친구이며 부호인 실업인들을 찬조자로 해서 발족했다.

다음에 간디는 농촌에서 집회를 열거나 〈하리잔〉 지를 통해서 음식에 관한 기초교육을 농민에게 실시했다. "우유와 바나나로 완전식이 가능하다."고 그는 썼다. 1935년 2월 15일자 〈하리잔〉 지에는 '청채(靑菜)

112

와 그 식품가치'라는 제목을 붙인 기사가 실려 있는데, '약 5개월간 나는 식품을 조리하지 않고 먹고 있다. 농민들은 식사에 청채를 첨가하면 현재 시달리고 있는 여러 가지 병을 고칠 수 있을 것이다.'라고 보고하고 있다. 그 밖에도 간디는 '소젖과 물소젖'에 관한 글이나 인도의 가장 큰 문제 쌀에 관한 글을 기고했다. 《건강의 열쇠》라는 소책자나 기회가 생기면 기계로 찧은 쌀은 몸에 좋지 않다고 경고했다. 그의 설명에 의하면 정백미(精白米)는 비타민, 특히 B_1이 없어진다는 것이다. 이 비타민의 부족 때문에 쌀을 주식으로 하는 인도인의 태반이 여러 가지 쇠약성 질병, 특히 '약하다'는 의미의 베리베리(각기병)에 걸리는 것이다. 그런데 손으로 찧은 쌀에는 비타민을 풍부하게 담은 외피가 남아 있다.

간디는 그 밖에도 망고의 핵(核)이나 낙화생(땅콩)의 영양가에 대해서 장황하게 설명했다. 땅콩은 간디에게 있어서는 하나의 정치, 예선회 문제와 마찬가지로 정치적 문제였다. 동물의 분뇨로 비료를 만드는 방법이나 뱀에 물리거나 말라리아에 걸린 경우의 치료법에 대해서도 몇 번이나 상세하게 설명했다.

간디는 종묘(種苗)의 개량, 비료의 적절한 사용, 가축의 올바른 사육 등에 의해서 기본적인 정치문제가 해결된다고 생각했다. 아시아의 역사에서 일어난 내란은 대개 한 사람당 하루 양식의 배급량이 어느 정도 보장되었더라면 방지할 수 있었을지도 모른다고도 생각했다.

간디는 농촌생활에 있어 농사 이외의 국면에도 관심을 두었다. 1936년 8월 29일자 〈하리잔〉 지에 다음과 같이 쓰고 있다. '우리는 농촌이 필요한 물건을 대개 다 만들어서 자급자족하도록 힘써야 한다. 농촌산업의 이 근본 성격이 유지되기만 한다면 농민이 제조, 사용하는 근대적 기계나 도구를 사용하는 것도 나로서는 이의가 없다. 다만 남을 착취하는 수단으로 사용해서는 안 된다.'

간디는 1943년 7월 26일자 〈하리잔〉 지에서 인도 농촌의 이상상(理想像)을 묘사하고 있다. '그것은 필수품에 관해서는 이웃국가에서 독립한 완전한 공화국이지만, 타자(他者)에 의존하는 기타의 여러 가지 생필품에 관해서는 상호의존의 관계에 있기 때문에 각 촌락은 자기 양식을 위한 오곡(五穀)과 의류를 위한 목화의 재배를 우선해야 한다. 다음에는 가축과 성인이나 어린이의 레크리에이션 유희장으로서의 보류지가 필요하다. 그리고 그 이상의 토지가 있다면 유용한 환금작물(換金作物)을 재배한다. 다만 담배나 아편 같은 것은 제외한다. 각 마을에는 극장과 학교와 공민관을 세운다. 청결한 물을 공급하는 독자적인 상수도 설비를 갖춘다. 이것은 우물과 저수장의 관리에 의해서 가능하다. 교육은 초등(初等)의 최종 학년까지 의무교육으로 한다. 가능한 선에서 모든 활동은 공동작업을 원칙으로 한다.' 이 청사진은 소박한 것이지만 항상 영양부족의 상태에 있는 인도 농민에게는 흡사 천국의 그림처럼 아름답게 여겨졌다. 그리고 간디는 거기에다 농가 집집에 전기를 가설했으면 좋겠다는 꿈을 하나 추가했다.

간디는 토지를 갖지 못한 농민이나 소유지가 너무 적은 농민에게 대지주의 땅을 재분배해서 나누어준다는 토지개혁을 지지했을까?

그는 1937년 1월 2일자 〈하리잔〉 지에 '토지와 모든 자산은 거기서 일하는 사람의 것이다.'라고 말하고 있다. 그러나 간디는 지주계급에는 부재지주(不在支柱), 중개인, 고리대금, 기타 비생산적인 분자가 많이 포함되고 있는 것을 알면서도 지주를 그 범주에 넣고 있다.

그는 "만인이 똑같이 유복한 시대를 상상할 수는 없다. 가장 완전한 세계에서도 어느 정도의 불평등은 피하기 어려울 것이다. 그러나 싸움과 증오는 피하지 않으면 안 된다. 현재에 있어서도 가난한 사람과 부유한 사람이 아주 우호적으로 살고 있는 예는 적지 않다. 우리는 그런 예를 더 확대시키는 방법밖에는 없다."

간디는 가능하면 그것을 신탁(信託)으로 실시하려 했다.

한번은 벵가르 지방에서 어느 지주의 집에 손님이 되었을 때 그 집에서 우유를 금그릇에, 과일을 금쟁반에 담아서 대접했다.

간디는 "이 금그릇과 금쟁반은 어디서 났을까?" 하고 자문하고

114

‘농민의 자산에서 왔다.’고 자답했다. 농민은 평생을 두고 고생을 하는데 지주는 어떻게 이런 사치품을 갖고 싶다는 생각을 할 수 있을까 하는 것이 간디의 생각이었다.

간디는 그 주인을 책망하지 않았으나 1931년 지주들의 어떤 모임에서 그때의 생각을 얘기했다. “지주들은 기회를 포착해서 훌륭한 행동을 할 수 있습니다. 그저 지대(地代)를 걷기만 하는 징수인 노릇은 하지 맙시다. 소작인의 관재인 혹은 신탁을 받은 친구가 되어야 합니다. 농민에게 토지보유권을 고정시켜주고 그 복지에 적극적인 관심을 표시하고 농민의 자제에게는 관리가 충분한 학교를, 성인에게는 야학교를, 병을 앓는 사람에게는 병원이나 시약소(施藥所)를 제공하여 마을의 위생에 유의해야 합니다. 그리하여 기타 여러 가지 방법으로 농민들에게 지주는 자기들의 진실한 벗이며 각종 봉사에 대해서 일정한 수수료를 받을 뿐이라는 느낌을 주도록 해야 합니다.”

간디는 1940년 7월 28일자 〈하리잔〉 지에 ‘빈민에 대한 착취는 소수의 부자를 타도하는 방법이 아니고 가난한 사람들의 무지(無知)를 계몽하고 착취자에 대한 비협력을 지도하는 방법으로 소멸시킬 수 있다. 이 방법은 또 착취자를 스스로 깨닫게 하는 효과도 있다.’고 쓰고 있다.

간디는 농민과 노동자에게 자기 힘을 자각시키려 했다. “영어에는 대단히 강한 말이 있습니다. 프랑스 말에도 있고 세계 모든 나라 말에도 있습니다. 그것은 ‘노!’라는 말입니다. 당신들이 ‘예스’ 하고 싶을 때 ‘예스’, ‘노’ 하고 싶을 때 ‘노’라고 자신있게 말하면 그때에 노동자계급은 자본가계급에서 해방될 것입니다. 자본가는 노동자에게 구애——그들의 호의를 요구해야 합니다.” 노동자는 스트라이크를 할 수 있고 농민은 소작료의 납입을 거부할 수 있다.

1926년 10월 7일자 〈영 인디아〉 지에서는 ‘자본가와 노동자는 서로 대립할 필요는 없다.’고 말하고 있었다.

그러나 시간이 경과하고 그의 계몽과 설득에도 불구하고 신탁 관재인

(管財人)은 전혀 나오지 않았다. 지주나 공장주가 자발적으로 퇴위했다는 보고는 간디가 살아 있는 동안 한 번도 전달된 적이 없었다. 또 농민이 생활의 필수품을 가질 수 있도록 자기 스스로 빈곤을 감수하는 모범적인 지주가 되라고 한, 그의 1929년의 호소에 응한 사람은 하나도 없었다.

이 때문에 간디의 경제관은 차츰차츰 변해갔다. 그는 계급합작의 변호를 계속하기는 했지만 만년에 들어서고 19세기에서 멀어져감에 따라 빈곤을 추방하는 새로운 방법을 추구하게 되었다. 경제문제에 관해서는 국가의 간여를 더 많이 하는 방향으로 타협하고 법률이 평등화의 과정을 조장할 것을 희망했다. 평등의 매력을 점점 더 강하게 느끼게 되었다.

1937년 7월 31일자 〈하리잔〉 지에 '영국에서 소득특별부가세가 70퍼센트 증가했는데 인도에서도 그 이상의 고율(高率)로 해서 안 될 이유는 없다.'고 말하고 있다. 1938년 4월 13일에 발표된 어떤 논설에는 더 나아가 큰 부자의 자산은 사회가 상속해야 할 것이지 본질적인 부를 상속해서 도덕적으로 타락할 뿐인 자식이 상속할 것은 아니라고 말하고 있다.

"인도가 독립하고 제일 먼저 할 일의 하나는 유산계급의 주머니를 풀어 불가촉천민에게 보조금을 주는 일이다. 설사 자산가들이 불평을 한다 해도 그들에게 동정은 하지만 그들을 원조하지는 않을 것이다. 그 과정에서 그들의 협력없이는 가난한 사람들을 그 도탄 속에서 끌어올리는 것은 불가능하므로 그들의 협력을 요구할 것이다."라고 간디는 경제문제에 대한 의견을 제시하고 있다.

1941년과 1945년에 두 번, 간디는 그 '건설적 프로그램[綱領]'에서 인도의 자본가들에게 경고했다. "소수의 부자와 도탄에 허덕이는 무수한 사람들 사이에 큰 간격이 남아 있는 한 비폭력적 통치제도는 명백히 불가능하다. 뉴델리의 큰 저택과 그 근변에 있는 가난한 노동자들의 비참한 집과의 현저한 대조는 빈자와 부자가 같은 힘을 지니는 독립 일도에서는 하루도 존속을 못 할 것이다. 부와 부에서 오는 권력을 자발적으로 포기하고 부를 공공복지를 위해 재분배하지 않는 한, 언젠가는 반드시 비참한 혁명이 일어날 것이다."

아무 응답도 없었다.

간디는 부에 따르는 권력을 해소하는 수단을 꾸준히 모색했다. 1939년 6월 28일에는 주요 산업 즉, 국가가 필요로 하는 산업은 국유화될지도 모른다고 쓰고 있다. 그러나 정부의 손에 경제력이 집중되는 것에는 반대했다. "그래서 가령 제지업을 국가가 관리하여 국유화한다면 나는 농촌에서 만드는 모든 종이를 국가가 보호할 것을 희망한다. 발전소는 촌락이 더 좋기는 하지만 촌락 공동체 혹은 국가의 소유로 해야 한다."

필자는 1942년 간디에게 다음과 같은 질문을 했다.

"독립 인도에 있어서 농민의 처지를 개선하기 위해 어떤 계획을 가지고 있습니까?"

"농민은 토지를 갖게 될 것입니다."

"지주는 보상을 받나요?"

"아니, 그것은 재정적으로 불가능하겠지요."

어떤 사람이 간디에게 "방적(紡績) 공장이 많이 증가하고 있습니다."라고 하자 간디는 "그것은 불행한 일입니다. 피륙은 전국의 농민이 농한기를 이용하여 가정에서 만드는 것이 좋습니다."하고 자기 의견을 말했다.

그는 1939년 1월 28일자 〈하리잔〉 지에서 이렇게 외치고 있다.

'신은 인도에 서양을 모범으로 해서 산업화해서는 안 된다고 명령한다. 오늘날 그 조그만 섬나라인 영국의 경제적 제국주의가 전세계를 사슬로 연결하고 있지만 가령 3억의 국민을 거느린 나라가 같은 방식으로 경제적 착취를 한다면 메뚜기 떼가 휩쓰는 것처럼 전세계를 벌거숭이로 만들어버릴 것이다.'

그리고 간디는 물질적 욕망과 그것을 충족시키는 물량의 증가를 행복이라고 생각하지 않았고 신앙을 돈독하게 하는 길이라고도 생각하지 않았다. 경제와 윤리 사이에 선을 긋지 않은 것이다. 1937년 10월 9일자 〈하리잔〉 지에는 '마몬〔富의 神〕에 대한 숭배를 가르치고 약자의 희생 위에 강자의 축재(蓄財)를 가능하게 하는 경제는 허위의 음산한 과학이다. 그것은 곧 죽음이다. 진정한 경제는 사회적 공정과 윤리 가치를 표상(表象)하는 것이다.'라고 말하고 있다. 그의 생각에 의하면 냉장고가 꽉 차 있어도, 장농에 더 넣을 공간이 없어도, 차고에 자동차가 있어도 혹은 방마다 라디오가 구비되어 있어도, (공정하지 못한 사회에서는) 인간의 심리는 여전히 불안하고 불행할 것이다. 로마는 물질적으로 대단히 풍부해졌을 때 도의적으로는 아주 퇴폐했다. 전세계를 손아귀에 넣는다 해도 마음을 상실한다면 무슨 소용이 있을까. 근대에 있어서의 개성과 한갓 기계의 톱니바퀴 노릇을 하는 것은 인간의 존엄에 어긋나는 것이다. 세상 다른 사람이 한 사람 한 사람 그 인간성을 활발하고 충분하게 발휘하는 사회의 일원이 될 것을 간디는 희망했다. 그에게 있어 신 다음으로 지고(至高)의 존재는 개인으로서의 인간이었다. 그 입장에서 간디는 자신을 '천성적인 민주주의자'라고 생각했다.

간디에 의하면 어떤 사회든 개인의 자유를 부정하고서는 성립되지 않는다. 그것은 인간의 본성에 어긋나는 것이다. 인간에게 뿔이나 꼬리가 없는 것이 선천적인 것처럼 인간은 선천적으로 마음을 지니고 있다. 자기 마음을 지니지 않은 사람은 존재하지 않는다. 그러므로 민주주의라는 것은 인간이 그저 양처럼 순하게 복종하는 것을 의미하는 것은 아니다.

간디는 관용이라는 말을 싫어했으나 그것에 대신하는 말을 찾아내지는 못 했다. "나는 민중의 의견을 무시하는 지배자와 친해질 수 없다. 불관용(不寬容)은 대의에 대한 신뢰의 결여를 폭로하는 것이다. 대립자의 말을 경청하는 것을 거부하거나, 듣기는 하면서도 성실하게 대하지 않는다면 이성의 문을 닫는 일이 된다. 항상 마음의 창을 열어

두어야 한다."

그러나 기율을 수반하지 않는 민주주의란 있을 수 없다. 여기에 대해서 "나는 개인의 자유를 존중하거니와 인간은 본질적으로 사회적 존재임을 잊어서는 안 된다. 인간이 현재의 지위에 다다르게 된 것은 개인주의를 사회발전의 요구에 응한 조정을 습득한 때문이다. 우리는 개인의 자유와 사회 사이의 중용을 나아가는 것을 배우지 않으면 안 된다." 그것은 자제에 의해서 가능한 것이었다. 가령 개인이 스스로 기율을 유지하지 못하는 경우에는 국가가 개인에게 기율을 지키도록 할 것이며, 그 때문에 공적인 기율이 너무 많아지면 민주주의의 파괴를 초래하게 될 위험이 있다.

기율은 강제에 의해서 배우지 못한다는 것을 지적하고 있다. 독재는 복종을 강요할 수 있고 기계적 복종을 길들일 수도 있다. 그것은 또 공포에 의해서 고개를 숙인 위축된 인간으로 만들 수도 있다. 하지만 그것은 기율이 아니다.

간디는 민주주의는 개인의 자유를 희생한 경제적 자유, 혹은 경제적 자유가 없는 정치적 자유라는 개념에는 반대 입장이었다. 1942년 6월 7일자 〈하리잔〉 지에서는 '내가 생각하는 자유의 개념은 좁은 것이 아니다. 그것은 모든 존엄을 포함한 인간의 자유로서의 의미를 지니고 있다.'고 말했다.

개인이 그 존엄을 지니지 못한다면 사회에 남아 있는 것이 없을 것이라고 생각한 간디는, 어떤 사람이 독재적인 방법으로 문맹(文盲)을 없앨 수 있다고 주장한 데 대해서 자유와 학문을 두고 양자 택일을 해야 할 경우, 전자가 후자의 천 배도 더 좋다고 대답하지 않는 사람이 있겠느냐고 반박했다.

간디는 민주주의를 다수자의 지배라고 하는 데에는 동의했다. 그러나 양심에 관해서는 다수자의 원칙이라는 것도 전혀 적용되지 않는다. 무슨 결정에 있어서도 (양심을 떠나서) 다수에 따르는 것은 예종을 의미한다.

간디가 생각하는 최고의 법은 단순한 자유가 아니고 진리에 있었다. "나는 설사 인도의 독립을 희생할지라도 허위에 의지하지는 않을 것이다. 나는 영국의 파멸 위에 인도의 독립을 요구하지는 않는다."

간디는 폭력과 허위를 부인하는 입장에서 이 두 가지 요소를 포함한 소위 전능(全能)의 국가에 반발하는 관점에서 그리고 경제에 관한 그의 독특한 견해에 따라 공산주의를 반대했다.

그는 이미 1921년 11월 24일에 "인도는 공산주의를 필요로 하지 않는다."고 말한 적이 있었다.

1941년 1월 26일에는 다음과 같이 말하고 있다. "회의파 당원이라고 해서 모두가 천사는 아닌 것처럼 공산주의자 모두가 나쁘다고는 할 수 없다. 따라서 나는 공산주의자에 대해서 그런 편견을 가지고 있지는 않으나 그들이 나에게 설명하고 있는 철학에는 찬성하지 않는다."

공산주의자들은 간디를 개종시키려고 대표를 그에게 파견했다. 하지만 간디는 본능적으로 그 교의에 반박했다.

1924년 12월 11일에는 다음과 같이 쓰고 있다. "나는 아직 볼셰비즘을 정확하게 모른다. 그것을 아직 배우지 못했다. 장기간의 전망에서 볼 때 그것이 러시아를 위해서 좋을지 어떨지도 모른다. 그러나 그것이 폭력과 신의 부정에 입각하고 있는 한 나는 반발을 느낀다. 나는 비록 그것이 가장 숭고한 대의명분을 위한 것이라 하더라도 폭력적 수단에는 단호히 반대한다."

1927년, 영국 하원의원이던 인도인 공산주의자 샤프리 사크라트와라가 간디에게 그릇된 길을 버리고 공산주의자가 되라고 호소한 일이 있었다. 간디는 1927년 3월 17일자 〈영 인디아〉 지에서 성급한 공산주의자에게 대답했다. '진심으로 협력했으면 좋겠다는 생각에도 불구하고 나는 출구가 없는 벽을 향해서 서 있는 것 같은 느낌이 든다. 그가 말하는 사실은 조작이며 조작에 의한 추론에는 근거가 없는 것이 당연하다. 유감스럽게도 두 사람은 서로 극단적으로 정반대의 입장에 서 있다."

공산주의자들은 자본가와 교제하고 그들로부터 돈을 받는다고 간디를 비난했다. 간디는 가난한 사람을 돕기 위해 부자에게 돈을 받는 거라고 말했다. 그리고 간디는 그들의 마음을 개종시키기 위해서 자본가와 교제하는 것과 마찬가지로 공산주의자와도 그들이 원하는 대로 교제했다.

간디는 어떤 공산주의자들에게 "당신들은 공산주의자를 자칭하지만 공산주의에 입각한 생활을 하고 있는 것으로 보이지 않는다."라고 말한 일이 있었다. 혹은 의논하다가 그들의 태도에 절도가 없는 것을 지적하여 타이른 일도 있었다. 1930년 12월 10일자 〈하리잔〉 지에는, '공산주의 문헌으로 나돌고 있는 책자를 보면 공산주의를 달성하기 위해 비밀, 위장, 기타 비슷한 수단이 필요한 것으로 규정되어 있는 것을 알았다.'고 썼다. 간디는 그런 방법에 반발을 느꼈던 것이다. 간디는 사회주의자가 아니었던 것이다.

사회주의자라는 말은 다양하게 쓰이고 있다. 공산주의자는 자기를 사회주의라고 부른다. 히틀러의 나치당의 정확한 명칭은 소위 국가 사회주의 노동자당이다. 무솔리니는 그 국가체제를 프롤레타리아적이라고 자칭했다. 프랑스의 급진사회주의자는 실은 온건한 중산계급이다. 사회주의는 이미 오랜 시간이 경과하는 동안에 다양해졌다.

간디는 칼 마르크스의 《자본론(資本論)》을 옥중에서 읽고 "내가 쓰면 더 잘 쓸 수 있었겠지. 하기는 시간이 충분히 있어야 하겠지만."이라고 말했다. 문제를 가리켜서 하는 말이라면 아마 그럴 테지만 그는 마르크시스트도 아니고, 계급투쟁의 방식을 신뢰하고 있지도 않았다.

인도의 저술가이며 훗날 초대 브라질 주재 인도 대사가 된 미이누 마사니가 인도 사회당의 강령에 관해서 간디의 의견을 물은 일이 있었다. 간디는 1934년 6월 14일자 편지에서 그 물음에 답했다. '국민회의파에서 사회당이 나온 것을 나는 환영합니다. 그러나 인쇄된 팜플렛에 제시된 강령에는 얼른 찬성하기가 어렵습니다. 나에게는 그것이 인도의 조건을 무시하고 있는 것처럼 보이기 때문입니다. 상류계급과

하층 사이에 바꿔 말하면, 자본가와 노동자 사이에는 필연적으로 대립이 있으므로 양자는 상호 행복을 위해서 같이 일하지 못한다는 것을 제시하는 그 여러 가지 전제 밑에 놓인 가정이 나는 마음에 들지 않습니다. 나의 다년간에 걸친 경험은 오히려 그것과 정반대입니다. 필요한 것은 노동자가 자기 권리를 아는 동시에 그것을 어떻게 주장할지를 알아야 하는 점입니다. 어떤 권리도 그것에 대응하는 의무를 수반하지 않는 경우는 없으므로, 선언서에 의무를 수행해야 하는 필요성과 그 의무가 뭐라는 것을 밝히고 있지 않은 점에서 불완전하다고 생각합니다.” 간디는 마사니와 기타 친구들에게 토론을 호소했다.

간디는 계급투쟁을 이유로 사회주의자에 반대했으며 그들이 폭력을 사용하는 경우에는 비난했다. 그러나 정세의 혼란을 본 그는 점점 사회주의 · 평등주의 방향으로 기울어져갔다. 1947년 6월 1일에는 다음과 같이 쓰고 있다. ‘오늘날 대단히 큰 경제적 불평등이 있다. 사회주의의 근본은 경제적 평등이다. 소수 사람만이 경기가 좋고, 대중은 배고픈 상태에 있는 현재의 무법(無法)한 불평등의 상황 밑에서는 신의 지배가 전혀 없다. 나는 남아프리카에 있었던 시절에는 사회주의 이론을 받아들이고 있었다.’ 다만 그가 생각하는 것은 도의적 사회주의였다.

만약 인도가 경제에 관한 간디의 여러 가지 규정을 반만이라도 실행했다면, 간디의 사후(死後) 20년이나 30년 이내에 완전고용(完全雇傭)인 농촌에서는 자치가 행해지고 자급성은 최대가 되고 기계에 대한 의존은 최소가 될 것이다. 도시에서는 자본가와 시나 주나 연방의 정부기관이 산업과 상업을 공유하여 노동조합이나 협동조합이 강력해지며, 자본가는 유산을 물려주지 못하기 때문에 일대(一代)에 한하게 되어 부를 사회에 환원하게 될 것이라는 전망이었다.

간디는 진리에 대한 충성심이 정치적 교조(交條)나 정당에 대한 충성심보다 강했다. 그는 지도가 없어도 진리가 바른 길로 이끌어주리라는 것을 믿었다. 진리의 인도를 따라가는 길에서 간혹 지성(知性)

의 부담을 버려야 하거나, 동지들과 헤어져 혼자 나아가야 할 장소에 이르러서도 서슴지 않고 그 길로 나아갔다. 단 한 번도 정지 신호에 걸려 걸음을 멈추는 일이 없었다. 여러 단체나 집단이 간디가 그들에게 속하기를 원했으나 간디는 항상 자유로우며 국민회의파의 점유물이 되지도 않았다. 다년간 12월 봄베이에서 열린 회의파 대회에서는 당시 하리잔과 농민을 구원하는 사업에 몰두하고 있었기 때문에 역원(役員)은 고사하고 회비를 내는 당원의 지위에서도 물러났다. "나는 전념해야 하며 완전한 행동의 자유가 필요하다."고 간디는 말했다.

이러한 행동방식에 있어서 간디의 개인주의는 외부조건의 제약을 받지 않는 자유로운 입장에서 그의 내적소질을 최대로 발전시키는 것을 의미했다. 간디의 영국지배에 대한 적대는 더 큰 여러 가지 종류의 속박에 대한 대항관계의 일부였다. 간디는 종교면에 있어서와 마찬가지로 정치면에 있어서도 《기타》가 가르치는 무집착을 목표로 했다.

간디의 지적인 넓은 도량과 유연성은 힌두교 정신의 특징이다. 힌두교에도 정통파 신앙이 있기는 하지만 원래 그것이 힌두교의 특징은 아니다. 힌두교에 있어서 종교를 구성하는 것은 대상보다는 종교적 정열의 강도(強度)와 성질이다.

1942년, 필자가 간디의 집에서 1주일 유숙했을 때 그 오두막집 흙벽에 단 하나의 장식이 있었는데, 그것은 '나의 평안'이라는 제언(提言)이 붙은 예수 그리스도의 흑백 판화였다. 필자의 질문에 간디는 이렇게 대답했다. "나는 크리스트 교도입니다. 크리스트 교도인 동시에 힌두 교도이고, 이슬람교도이고, 유태교도이기도 합니다."

간디는 《야르바다 만딜에서》에 종교의 관용에 관한 정의라고 볼 수 있는 말을 하고 있다. "모든 신앙은 진리의 계시이다. 하지만 어떤 신앙도 불완전하며 과오가 전혀 없을 수는 없다. 다른 신앙에 경의를 표한다고 해서 그 결함에 눈을 감는 것은 아니다. 우리는 자기 신앙의 결함에도 조심을 해야 하는데 그렇다고 해서 신앙을 포기해서는 안 되며 그 결함을 극복하도록 노력해야 한다. 모든 종교를 같은 눈으로 본다면, 자기 신앙과 다른 종교에서 마음에 드는 여러 가지 특징을 흡수 혼합하는 것을 주저하지 않을 뿐 아니라 그렇게 하는 것을 의무로 생각하게 될 것이다.”

이 구절은 간디의 마음의 초상화라고 볼 수 있다. 간디는 자기 종교를 바꾸려고 하지 않는 보수주의자인 동시에 그것을 바꾸려고 시도한 개혁자이고 또한 모든 신앙을 성스럽게 본 관용의 신앙인이었다. 그는 충실한 동시에 비판적이고 당파인(黨派人)인 동시에 그 마음은 항상 열려 있으며, 경건하면서도 공론적(空論的)은 아니고 내부에 핵심을 두는 동시에 외부상황에도 조심하고 집착적인 동시에 자유로우며 힌두교도인 동시에 크리스트 교이고 이슬람교도이고 유태교도였다.

간디는 힌두교 다음으로는 크리스트 교에 가장 매력을 느꼈다. 크리스트를 좋아했다. 어떤 완고한 힌두교는 간디를 가리켜 힌두교도의 가면을 쓴 크리스트 교도라고 비난하기도 했는데, 간디는 이 비난을 중상인 동시에 찬사라고 생각했다. “내가 무엇을 숨긴다고 하는 점에서 중상이고, 나아가 크리스트 교의 장점을 이해하는 능력을 인정한 의미에서 찬사이다. 나는 감히 이 비난을 받겠다. 가령 내가 《바이블》이나 《코란》을 독자적으로 해석함으로써 크리스트 교도나 이슬람교도를 자칭할 수 있다면 나는 그렇게 자칭하는 것을 주저하지 않는다. 피안(彼岸)에서는 힌두교도도 이슬람교도도 크리스트 교도도 구별이 없다고 확신한다.”

1927년, 세이론 섬 콜롬보의 **Y. M. C. A**에서 한 강연은 보다 더 명확하다. “내가 가령 ‘산상수훈’에 관한 나의 견해를 말한다면 주저없이 ‘나는 크리스트 교도입니다.’라고 말하겠습니다. 그런데 세상에는 크리스트 교를 내세워서 행해지고 있는 일의 태반이 실은 ‘산상 수훈’을 부정하는 것임을 지적할 수 있습니다. 내 말을 조심해서 들어 주십시오. 나는 지금 크리스트 교도의 행동을 말하는 것이 아니라 서양에서 이해되고 있는 크리스트 교 신앙에 대해서 말하는 것입니다.”

많은 크리스트 교 선교사가 간디를 방문했다. 간디는 존 **R.** 모트 박사, 다년간 인도에서 산 피셔 사교(司敎), 기타 여러 사람과 장시간 친밀하게 얘기한 일이 있었다. 그러나 간디는 크리스트 교도이거나 힌두교도이거나 이슬람교도이거나 개종에 관해서는 불만을 표시했다. "나는 개종을 목적으로 해서 자기 신앙을 남에게 주장하는 사람을 신뢰하지 않는다. 신앙이라는 것은 일부러 말을 하지 않아도 된다. 신앙은 사람이 그 속에서 사는 것이며 저절로 확대되는 것이다."

인도의 시리아 파(派) 크리스트 교도이며 카르카타의 비숍 칼리지의 강사를 한 일이 있는 S. K. 조지는 《간디의 크리스트 교에 대한 도전》 이라는 책을 써서 그것을 '예수와 그 복음의 진실성을 나에게 가르쳐준 간디에게' 바쳤다. 인도의 마라발에 있는 시리아 정통교회의 K. 마쉬 사이몬 사(師)는 간디에 대하여 "크리스트 교가 20세기에 있어서도 실제적인 종교임을 무엇보다도 더 잘 나에게 보여준 것은 간디의 생애였다."라고 말했다. 이런 말은 간디가 얼마나 현대의 문제에 관심을 두고 있었는지를 암시하는 것이다.

"간디는 인도의 크리스트 교도에게 어려운 문제를 제기했다. 즉, 그는 전세계에서 크리스트를 가장 닮은 사람인데도 크리스트 교도는 아니었다. 그래서 역사상 가장 크리스트를 닮은 사람들 중 한 사람이 크리스트 교도라고는 전혀 불리지 않는다."고 E. 스탄레 존스는 감동적으로 말했다. 선교사들은 간디를 크리스트 교로 개종시키려고 몇 번이나 시도했다.(간디는 정중하게 얘기하면서 그들에 대하여 같은 시도를 했다.) 그러나 성자를 교회에 등록시키려는 것은 무슨 까닭인가.

간디는 선교사들이 굶주린 사람에게 밥을 주고 앓는 사람을 치료하여 그것을 크리스트 교도로 개종시키는 방법으로 이용한 점을 지적했다. "차라리 우리를 더욱 훌륭한 힌두교도가 되게 하라. 그것이 보다 더 크리스트 교도다운 일이 아닌가."라고 그는 말했다.

크리스트 교는 힌두교에게 좋은 영향을 주었다. 크리스트 교의 간접적인 영향이 힌두교에게 활기를 주었다는 것을 간디도 인정했다. 크리스트 교 선교사들이 가장 성과를 거둔 영역이 비참한 하리잔 사회였다는 사실은 일부의 힌두교도에게 간디의 하리잔 봉사활동을 원조해야겠다는 필요성을 깨닫게 했을지도 모른다. 한편, 간디는 크리스트 교에 좋은 영향을 주었다. E. 스탄레 존스 박사는 "신은 여러 가지 도구를 사용하거니와 형식상으로 크리스트 교에 속하지 않은 영역에서 참다운 크리스트 교 정신의 보급——교화를 위해서 마하트마 간디라는 인물을 사용하고 있는지도 모른다."라고 말했다.

간디는 한 번도 크리스트 교도를 힌두교도로 개종시키려고 하지 않았다.

간디는 힌두교 개혁자로서 외부로부터의 좋은 영향이 힌두교에 미치는 것을 환영했으나 힌두교의 신앙과 풍속에서 멀어지는 것은 좋아하지 않았다. 1927년, 데바다스(간디의 4남)가 라자고파라라차리의 딸 라크쉬미하고 결혼하기를 희망했다. 그런데 라자고파라라차리는 브라만이고 간디는 바이샤 계급이다. 카스트를 달리하는 사이에서 결혼을 해서는 안 되는 관습이 있었고 젊은이는 결혼상대를 직접 선택하는 것이 아니라 부모가 결정하는 것이 당시 관습이었다. 하지만 데바다스와 라크쉬미는 단념하지 않았으므로 유명인인 양쪽 아버지들은 두 사람이 앞으로 5년간 각각 떨어져서 지낸 뒤에도 여전히 서로 좋아한다면 결혼을 인정하기로 동의했다. 그리하여 1900년 출생의 데바다스와 라크쉬미는 5년간 꾸준히 기다려 1933년 6월 16일, 푸우나에서 양가 아버지의 축복을 받으며 성대한 결혼식을 올렸다. 간디는 찬가집(讚歌集)과 손수 만든 실 목걸이를 선물로 주었다.

간디에게는 보수적인 전통주의와 급진적인 우상파괴자가 그때 그때 어떻게 나올른지 짐작 못할 만큼 묘하게 혼합되어 있었다. 이를테면 불가촉천민제에 대한 그의 공격은 성공을 거두어 수천 년이나 뿌리 깊은 풍습에 혁명적인 변화를 초래했다. 불가촉천민제의 폐지는 필연적으로 카스트의 전반적인 폐지를 뒤따른 것처럼 보였다. 불가촉천민과 교제를 하면 상급 카스트와의 장애도 절로 붕괴될 테니까. 그런데 간디는 다년간에 걸쳐 카스트의 구속을 옹호했다.

간디는 1920년, 힌두교의 카스트를 변호하여 "나는 이 네 가지 구별은 기본적이고 자연스럽고 중요하다고 생각한다."라고 말한 적이 있다. 1921년 10월 6일자 〈영 인디아〉 지에는 '힌두교는 카스트 상호간의 회식과 통혼을 금지하는 데 가장 주력한다. 통혼과 회식의 금지는 영혼의 급속한 진화를 위해서 필요하다.'고 쓰고 있다.

그런데 이렇게 말한 사람이 다음과 같이 말하기도 했다. "카스트 상호간 회식이나 통혼에 관한 제한은 힌두교의 기본요소는 아니다. 그것은 역사상 힌두교가 쇠미했을 때에 침투한 것으로 아마 당시는 힌두교 사회의 분열을 막기 위한 응급의 방어책이었을 것이다. 지금에 와서는 이 두 가지 금지가 힌두교 사회를 허약하게 하는 요소가 되어있다." 이렇게 말한 것은 1932년 11월 4일이다.

1921년에는 통혼과 회식의 금지가 힌두교도의 영혼을 위해서 필요했는데, 1932년에는 힌두교 사회를 약하게 하는 원인이라는 것이다.

그런데 이것도 아직 간디의 최종적인 견해는 아니었다. 간디는 정통파의 전통을 타파하면서 거기서부터 대단히 먼 곳으로 향해서 계속 나아갔다. 1946년 1월 5일자 〈힌두스탄 스탠더드〉 지에는 '이런 까닭으로 나는 결혼을 원하는 남녀에게 세바그람 아쉬람에서 어느 한쪽이 하리잔이 아니면 결혼을 못 합니다.' 하고 선언했다. 그 이전부터 간디는 이(異) 카스트 사이 결혼이 아니면 결혼식 참석을 거부하고 있었다.

1921년부터 46년에 걸쳐 간디는 180도로 방향을 바꾸었다. 즉 카스트를 달리하는 계층간의 결혼을 승인하지 않는 입장에서 다른 카스트 사이의 결혼만을 승인하는 입장으로 옮긴 것이다.

간디는 또 이교도 사이 결혼에는 반대였는데 그것도 찬성하게 되었다. 이슬람교도인 저술가 후마윤 카빌 박사가 힌두교 여성과 결혼한 것을 축하하고, B.K. 네루와 헝가리 인 유태교도 여성의 결혼을 축복했다.

카스트는 인도에서 서양에서의 가문(家門)처럼 깊이 침투되어 있다.

그런데도 간디는 그것에 대한 견해를 바꿀 수 있었던 것이다. 만년에는 금욕에 대한 생각도 어느 정도 완화되었다. 1935년, 간디의 제자로서 마하트마를 1915년 샨티니케탄에서 처음 만나고 1917년 참파란에서 다시 만난 일이 있는 J. P. 크리파라니 교수가 벵고르 인(人) 여성과 사랑하는 사이가 되어 결혼하려고 했다. 간디는 스체터라는 그 처녀를 불러 단념시키려고 했다. 크리파라니는 결혼을 하면 좋지 않다, 결혼은 그의 사회문제에 전념하는 태도를 약화시키니까 다른 남성과 결혼하라고 권고했다.

그런데 1년 후에는 다시 스체터를 불러 결혼을 승인하고 두 사람을 위해 기도하겠다고 말했다. 그 후 스체터를 딸처럼 사랑했다.

그는 결혼에 대해서 아쉬람 내부에서도 점점 관대해졌으며, 결혼은 성(性)을 떠난 것이라야 한다는 주장도 하지 않았다.

간디는 정의의 투사로서 자기 의견에 확신을 두어야 하고 또 진리의 신봉자로서 의견을 바꿀 수 있어야 했다. 때로는 너무 심할 만큼 자기 견해를 주장했지만 그러다가도 필요한 경우에는 태도를 바꾸기도 했다. 그 변화는 간혹 갑작스럽고 철저하기 때문에 제자들을 곤란하게 하는 예도 있었으나 간디 자신은 자연스러웠다. 그는 흔히 자기의 초지일관을 증명하려고 노력했으나 때로는 자기 모순을 스스로 인정하기도 했다. 확고부동한 동시에 유순하고 관대해지기도 했다. 국민회의파의 지도자로서도 어느 시기에는 독재적이었으나 또 어느 시기에는 운명에 내맡기기도 했다. 큰 권력을 장악하고 있으면서도 그것을 행사하지 않는 경우가 있었으며, 대단히 중요한 문제에 관하여 쉽게 이길 수 있는 상대의 요구에 응하기도 했다. 독재자의 힘과 민주주의자의 마음을 지니고 있었던 그는 권력에 도취하거나 그 때문에 심리 상태가 변하지는 않았다. 그렇기 때문에 그 마음은 항상 부드럽고 평온했다. 전지, 전능, 절대, 위엄을 내세워 그것을 유지하기 위해 번민한 적은 한 번도 없었다.

보통 지도자에게 있어 벽은 그 장비의 한 가지 요소이다. 그 벽은 흔히 높으며 벽돌담이기도 하고 호위대이기도 하다. 혹은 질문을 무시하거나 수수께끼 같은 미소로 나타나는 경우도 있다. 요컨대 지도자를 둘러싼 그러한 여러 가지 벽은 거리를 두거나 외포(畏怖)의 감정을 일으키기 위한 것이며 혹은 지도자 자신의 어떤 약점이나 비밀을 가리기 위한 것이다. 그러나 간디의 주위에는 그런 벽이 하나도 없었다. 언젠가 그는 "나는 일생을 통해서 부정에 의지한 적은 한 번도 없었다고 자신한다."라고 말했다. 그의 마음은 그의 육체보다도 더 노출되어 있었다.

1936년 12월 26일자 〈하리잔〉 지에 다음과 같은 글을 게재했다. '2~3개월 전 봄베이에 있을 때 나는 암흑을 겪었다. 자다가 갑자기 여성의 얼굴이 보고 싶은 생각이 들었다. 과거 근 40년간이나 항상 본능을 극복하려고 노력해온 사람이 새삼스럽게도 불시에 유혹을 느껴 고민했다. 결국 그 감정을 이기기는 했지만 내 생애에서 가장 암흑적인 전율할 순간이었다. 그때 만약 굴복을 했다면 나는 완전히 파멸되었을 것이다.' 이때의 간디 나이는 67세였다. 보통 그런 노골적인 감상은 오히려 듣기에 민망하고 굳이 얘기할 필요는 없지 않느냐고 생각할 것이다. 그러나 이 고백이야말로 간디가 어떤 '벽'도 두지 않은 적나라한 마음, 적나라한 생활을 한 사람이라는 하나의 발로(發露)라고 보겠다. 간디는 세상 사람이 자기의 전부를 알게 되기를 바랐던 것이다. 그리고 사람들에게 참고(參考)가 되도록 내부의 마음의 투쟁과 외부와의 교섭에 관해서 진실을 얘기한 것이다. "어떤 한 사람에게 가능한 일은 세상 모든 사람에게 가능하다는 것이 나의 소신이었으므로 나는 모든 실험을 비밀리에 하지 않고 공개적으로 해왔다." 이 말은 다소 오만하게도 들리지만 이 역시 사람들을 고무하기 위해서 한 말이다.

간디는 영원불멸의 교사(敎師)——모든 사람에 대한 교사였다. 따라서 누구나 쉽게 자기 자신에게 접근할 수 있도록 했다. 접근하기 쉽다는 점이 완전했을 뿐 아니라 창조적이기도 했다.

1930년대에 아투라난다 차크라바르티라는 한 인도 청년이 점점 더 악화되어가는 힌두교도와 이슬람교도의 관계에 대해서 책자를 간행했다. 그는 물론 간디에게도 한 권을 보냈다. 그런 경우 보통 어느 나라의 유명인이나 으레 그것을 읽는 수고를 아껴 우선 정중하기는 하지만 형식적인 수령서를 보내고 만다. 간디는 그 책을 읽고, 무명의 저자에게 그의 의견이나 제안에 대해서 상세한 비판을 써보냈다. 그 회답은 매우 세밀한 점까지 언급하고 있다. 이를테면 ‘151페이지에 인도는 동서 수천 마일이라고 써있습니다마는 실제는 1500마일 이하입니다. 보유(補遺)의 인용문에는 하나를 제외하고는 날짜가 밝혀져 있지 않습니다. 그리고 철자가 틀린 것이 있습니다. 용납되지 않는 일입니다! 그러나 당신의 책은 부족한 점이 있기는 하지만 당신이 앞으로도 계속 진실로 일관한다면 성공이 있을 것입니다.’ 하고 회답을 보냈다.

이 회답을 받고 용기백배한 아투라난다는 아쉬람에 가서 얼마 동안 있을 수 있느냐고 문의해왔다. 간디는 그를 불렀다. 그는 와서 몇 주간 머물렀다. 두 사람은 친밀한 사이가 되어 그 후로 문통(文通)을 계속했다. 아투라난다는 책을 쓸 때마다 증정하여 간디의 비평을 요청했다. 그가 힌두교도와 이슬람교도를 결합하는 문화연맹을 제안한 데 대해서 간디는 1937년 8월 3일자 회답에서 다음과 같이 말하고 있다.

아투라만다 군(君)

당신의 논설을 잘 읽어보았습니다. 나는 아직도 장래의 전망이 서지 않고 있습니다. 문화연맹은 당신이나 내가 생각하는 목적에는 도움이 되지 않을 것으로 생각됩니다. 그것은 불멸의 신앙을 지니고 전도자다운 정열로 활동하는 사람들이 할 일입니다. 당신이 이 논설에서 생각하고 있는 취지를 내가 잘 이해하지 못하는 것으로 여겨진다면 다시 명확하게 써보내십시오. 나도 좀 유의해서 읽어보겠습니다. 전망이 있으면 도와드리고 싶습니다.

M. K. 간디

이 편지는 조그만 수제(手製) 종이에 잉크 글씨로 씌어 있다.

아투라난다는 계속해서 두 교도 사이에 긴장을 푸는 문제에 마음을 쏟아 책을 하나 쓸 작정이라고 했다.

간디는 1939년 6월 17일자 엽서에서, '지금의 사태는 책으로는 어떻게 할 수가 없을 만큼 악화되고 있습니다. 무슨 대규모의 행동이 필요합니다. 그러나 나는 아직 어떻게 하는 것이 좋을지 모르고 있습니다.'라고 회답했다.

간디는 인도의 내외(內外) 수천 명과 문통을 하고 있었다. 많은 경우 한 통의 편지가 장기에 걸친 사적관계로 발전하는 계기가 되기도 했다. 그는 흔히 교신자(交信者)의 가족을 기억하여 그 이름을 들어서 얘기했다. 처음에는 으레 일반적인 정치문제나 종교문제가 계기이지만 나아가서는 사사(私事)에 관한 의견을 묻는 사람이 많았다. 그는 많은 사람들에게 있어 어머니 같은 아버지였다.

1947년 8월, 간디는 카르카타에서 인도 사(史)에서도 가장 비참한 위기에 직면하고 있었다. 거리에는 힌두교도와 이슬람교도의 피가 흐르고 있었다. 그 무렵 어느 날 아침, 아미야 차크라바르티가 간디를 만나러 왔다. 아미야는 타고르의 문예 관계 비서인데, 최근 의좋은 사촌이 사망하여 마하트마의 위안을 받으러온 것이었다. 그는 간디 방에 들어와 한쪽 구석 벽 가장자리에 서 있었다. 간디가 글씨를 쓰다가 얼굴을 들었으므로 아미야는 앞에 나가서 사촌이 죽었다는 얘기를 했다. 간디는 정답게 인사를 하고 그날 저녁 기도 모임에 오라고 초대했다. 기도 모임에 온 아미야에게 간디는 글씨를 쓴 쪽지를 주었다. 그리고 "생각나는 대로 적어봤는데 혹시 도움이 될까 해서 적은 것"이라고 속삭였다. 거기에는 다음과 같은 글귀가 적혀 있있다.

아미야 군에게

불행을 당하신 것을 안타깝게 생각합니다. 그러나 진실을 말하면 그것은 불행이 아닙니다. 죽음이란 잠과 망각에 지나지 않는다는 말이 있습니다마는 그 잠은 다시 눈을 뜨지 않아도 되는 감미로운 잠입니다. 그리고 기억이라는 부담에서도 해방된 것입니다. 내가 아는 한 다행히도 저승에서는 지금 우리들이 겪고 있는 것 같은 만남〔邂逅〕은 없습니다. 물 한 방울 한 방울은 합쳐서 바다가 되고 그 바다의 존엄을 나누어 지닙니다. 같은 이치로 사람은 개체로서는 사별하지만 그것은 다시 바다에 합치기 위한 것입니다. 이 말이 당신에게 다소나마 위안이 될지는 모르겠습니다.

바아푸로부터

간디가 자기 처지를 생각해줬다는 사실이 우선 아미야로서는 큰 위안이 되었을 것이다. 간디는 인도라는 나라 전체에 관한 근심걱정에 둘러싸여 있으면서도 한 사람 한 사람에 대해서도 염려했다. 원래 그는 사람이 일상생활에 있어서 정치라는 것을 의식하지 않으면 않을수록 더 좋다는 확신을 가지고 있었다. 울타리가 없는 간디의 생활은 농촌 사람들의 식사——청야채, 작고한 일가친척을 애도하는 마음, 처녀의 신랑감 선택, 병든 농민의 치료——그의 독특한 치료법인 흙습포(泥濕布), 남의 편지나 저서에서 발견되는 철자법의 착오 같은 것에 대한 배려를 통해서 인류——세상 모든 사람의 복지에 바쳐지고 있었다. 원래 그러한 잡다한 일이 인간의 생활이다. 무슨 주의나 신학의 원리 같은 희박한 공기 속에서 살고 있는 사람은 없다.

간디는 다년간 때로는 봉서(封書)도 포함해서 하루 평균 약 100통의 편지를 썼는데, 그 중 10통은 자기가 직접 수서(手書)하고 몇 통은 구술하고 나머지는 적절한 회답을 비서에게 지시했다. 편지를 받고서 회답하지 않는 경우는 절대로 없었다. 교신자가 반대를 않는 한, 대개는 〈하리잔〉 지의 지면을 통해서 회답했다. 매주 그 주간지에 기고하는 집필에만 2일은 걸렸다. 이 역시 대개 손으로 썼으며 구술을 하는 예는 드물었다.

집필이나 편지 회답을 하고 난 나머지 시간을 몽땅 면회자를 만나는 데에 할애해야 했다. 아쉬람 거주자들은 모두 각자의 개인문제를 가지고 있는 동시에 일반적인 문제에도 관계를 하고 있었으므로 간디가 이끄는 각 방면의 활동——하리잔과 농민의 복지, 카아디의 보급, 국어의 발전, 그리고 인도인이 경영하는 각종 교육기관에서 일하는 사람들이 때때로 와서 간디의 지도를 받았다. 바깥에서도 줄을 서서 찾아왔다. 내외(內外)의 보도관계자가 면회를 요청하고 외국인들은 각각 그들이 관심을 두는 문제에 관해서 간디의 의견을 물었다. 정치에 참가하던 때는 물론이고 1933년부터 39년에 걸친 시기처럼 공식적으로는 정치에서 떠난 시기에도 인도 민족운동을 위해 동분서주하는 많은 사람들이 그의 충고나 동의나 지시를 받으려고 찾아왔다. 간디는 일생을 통해서 전화로 얘기한 적은 매우 드물었고 대개의 경우 직접 대면하고 얘기했다. 간디와 면담할 약속을 받는 건 별로 어려운 일이 아니었다. 1935년 12월에는 산아제한을 제창한 마가렛 생거 부인, 1936년 1월에는 일본의 시인 요네 노구치가 만나러 왔다. 1938년 1월에는 영국 정치가 로드 로디안이 간디 촌(村)에서 3일을 보냈다. 마하트마를 만나러 온 외국인의 방명록은 국제연맹록이었다. 인도를 여행하는 외국인은 간디를 방문하지 않고서는 인도에 체류할 의미가 없을 정도였다.

그것은 당연한 일이었다. 간디는 한 인물이 그렇게 될 수 있는 최대한으로 인도를 대표하는 존재가 되어 있었다. 간디는 자기를 하리잔, 이슬람교도, 크리스트 교도, 힌두교도, 농민, 직공……등 여러 가지로 자칭하여 인도라는 피류에 자기를 짜넣었다. 대중이나 여러 개인과 자기를 일체화시키는 특이한 재능을 지닌 간디는 인도인의 해방을 매기로 하는 인도의 정치적 해방이라는 어렵기는 하지만 보다 확실하고 보다 영속적인 방법을 택하여 그의 목표로 삼았던 것이다.

그것은 물론 인도를 영국의 굴레에서 해방하는 것보다 훨씬 어려운 일이다. 그 목표는 어떻게 달성되는가. 간디는 1945년에 이렇게 쓰고 있다. '나는 사회혁명을 이끌어나가는 정도는 그것을 우리 생활의

쇄말적(瑣末的)인 여러 가지 일에서 하나하나 실현해가는 길 외에는 없다고 생각한다. 그렇기 때문에 간디의 전장(戰場)은 인간의 마음이었다. 그곳에 몸을 두고 있는 간디는 투쟁이 얼마나 조금밖에는 진척되지 않았고, 전과가 얼마나 적다는 것을 누구보다도 잘 알고 있었다. 그래도 역시 인간의 일상적인 행동에서 사회혁명을 수행하지 않는 한, "인도는 우리가 태어난 때보다 더 행복하게 될 수는 없을 것"이라고 말했다. 다시 말하면 사회혁명에 의해서 새로운 인간을 만들어내는 것이 아니라(자기 마음속에서 먼저 혁명을 달성한) 새로운 타입의 사람이어야 사회혁명을 실천할 수 있을 것이다.

제 21 장
전화(戰火)를 향하여

자와하르라르 네루는 1936년과 37년에 걸쳐 국민회의파 의장을 맡았다. 이는 큰 명예이고 중책이었다. 그러나 네루는 간디를 국민회의파의 종신(終身) 초의장(超議長)이라고 생각하고 있었다. 국민회의파는 간디에게 복종했다. 이를테면 1938년 2월 하리프라 연차대회에 출석한 2만 5천 명은 간디의 제안에 따라 손으로 찧은 쌀, 손으로 빻은 밀가루, 우유(물소의 젓이 아닌), 우유로 만든 버터를 먹었고 말할 것도 없이 전원이 카아디를 입었다. 간디는 정치권 내부에서도 외부에서도 덕으로 민중과 많은 회의파 지도자를 파악하여 행동을 지지하고 그렇게 할 생각이면 회의파의 결정을 거부할 수도 있었다.

국민회의파는 간디의 동의를 얻어 비로소 영국이 제정한 1935년 '인도 통치법'이라는 새 헌법 밑에 1937년 초에 실시된 주(州) 및 중앙입법원의 선거에 참가했다. '입법원에 대한 보이콧은 내가 생각하기에는 진리나 비폭력 같은 불변의 원칙은 아니다.' 간디는 1937년 5월 1일자 〈하리잔〉 지에서 이렇게 말했다.

국민회의파는 인도 11주 중 6주(봄베이 주, 마드래스 주, 연합주, 비하르 주, 중앙주, 오릿서 주)에서 압도적인 승리를 거두었으며 아샘 주, 벵고를 주, 북서변경주에서는 단독으로 최대 당이 되었다. 그러나 신드 주와 편잡 주에서는 많은 표를 얻지 못했다.

국민회의파는 다수를 배제한 주에서 정권을 담당할 것인지. 1937년 3월, 간디는 권고에 따라 정권을 담당하기로 했다. 다만 영국인 지사가 간섭을 하지 않을 것과 독립 방향으로 조직화한다는 것이 전제로 되어 있었다.

국민회의파의 전당원 수는 1938년 초의 310만 2113명에서 1939년 초에는 447만 8720명으로 늘어났다. 그러나 간디는 숫자가 많다고 해서 안심하지 말고 권력과 지위를 얻으려는 사람들에 의해 부패하는 일이 없도록 조심해야 한다고 경고했다. 간디는 타락이 시작되는 것을 보고 "대중에게는 비폭력의 소지가 넉넉하지만 대중을 조직하는 임무를 맡은 사람들에게는 충분하지 못하기 때문에 시민적 불복종을 개시할 수 없다."

이 말은 회의파 지도자에 대한 그의 실망을 반영하고 있다. 그리하여 1939년 대회에서 스파쉬 찬드라 보스가 선출되었을 때——그는 38년 에도 의장을 맡았으며 그 해 대회에는 51두의 소가 끄는 고식(古式) 수레를 타고 나타났다——간디가 개입하여 찬드라 보스를 사임시켰다. 찬드라 보스는 폭력을 주장하여 영국에 대한 무력반항을 구상하고 있었다. 그는 정력적이고 인기가 있었으며 회의파에 대한 통제력을 흑막(黑幕)의 주인공 바츠라브바이 파텔에게서 탈취할 기세를 보였다.

간디는 회의파 정부가 스트라이크나 종교적 폭동이 일어났을 때 실력행사 하는 것을 비난했다. 1930년대가 지나감에 따라 간디의 평화주의는 점점 더 철저해졌다. 그런데 네루도 보스도 또, 유명한 이슬람교도 계열의 회의파 지도자인 마우라나 아브르 카람 아자드도 평화주의자는 아니었다. 인도의 이름난 민족주의자를 통틀어서 간디라는 이름을 칭호로 얻은 인물은 단 하나, '변경의 간디'라 불린 카안 압둘 가팔 카안뿐이었다. 그는 다스리기 어려운 아프리디 족(族), 와질 족, 기타 산악부족들이 사는 황량한 카이말 령(領) 부근의 전설적인 서북 변경 출신의 파탄 인(人)이었다. 영국은 이들 산악부족을 진압했지만 한 번도 정복하지는 못 했었다. 가팔 카안은 키가 6피트 4인치에 얼굴도 잘 생기고 체격은 근육질이었다. 머리카락은 흑회색이고 구레나룻을 기르고 있었다. 1942년 필자가 뉴델리에 있는 데바다스(간디의 4남)의 집에서 그를 만났을 때 가팔 카안은 예순 살이었는데, 그

날카로운 까만 눈은 서른 살 젊은이의 눈이었다. 그의 아버지도 그 자신도 유복했으나 부를 내던지고 마하트마 간디를 추종했다. 그는 (옥에 갇혀 있을 때가 아니면 언제나) 시골 마을에서 촌민 생활을 했다. 기다란 청회색 카아디 상의 밑에 폭넓은 바지를 입었으며 맨발이었다. 발이 썩 훌륭하고 커다란 손이 순백색에 가까웠다. 그는 악수를 한 뒤에 손을 가슴에 얹었다. 간디를 인도의 '흙과 모래'라고 한다면, 가팔카안은 '돈과 바위'이며 쏜살같이 흐르는 '분류'였다. 그의 혈관에는 사격에 능하고 방아쇠를 당기는 데 기쁨을 느끼는 산악인의 뜨거운 피가 흐르고 있었으나 비폭력의 철학을 터득하여 수천 명의 파탄 인 동포를 쿠다이 키드마트갈——즉, 신의 하복(下僕)으로 조직했다.

수없이 많은 사람이 간디를 따르고 그를 존경하고 그의 제자임을 자칭했으나 실제로 간디와 같은 행동을 취한 사람은 그리 많지 않았으며 불과 한 덩어리의 소수뿐이었다. 간디는 그것을 알고 있었지만 그 때문에 폭발적인 힘이 위축되거나 강철 같은 의지가 좌절되거나 하지는 않았다. 오히려 점점 더 강해졌다. 1930년대에 있어 중국대륙, 이디오피아, 스페인, 체코슬로바키아 그리고 독일에 검은 구름이 퍼지는 것을 보고는 그의 순수한 평화주의 정열은 더욱 치열해져갔다. "칠흑 같은 어둠 속에서도 나의 신념은 최고로 밝다." 1939년 2월 6일에 이렇게 말한 간디는 제2차 대전이 다가오는 것을 지켜보고 있었다.

간디는 지난 1921년에는 독립 국가라면 나도 무장한 사람들에게 나라를 위해 싸우라고 권고하는 것을 주저하지 않는다고 쓴 일이 있었다. 또, 1928년 톨스토이의 친구 첼트코프와 기타 유럽의 평화주의자들이 남아프리카에서의 두 차례 전쟁과 제1차 대전을 지지했다고 해서 간디를 비판한 데 대하여 간디는 이렇게 대답했다. "나는 세 번 전쟁에 참가했다. 나는 내가 속해 있는 사회와 단절할 수는 없었다."

간디는 그의 기본적인 태도를 추상적인 사고를 통해서 터득하는 일은 별로 없었다. 1930년대 중간에 다다른 절대적 평화주의도, 부분적으로는 그가 전에 신뢰하던 대영제국과의 관계가 희망을 두기가 어려워진 결과였다. 그러나 역시 간디의 평화주의는 주로 그 자신의 내면의 성장의 결과로 나타난 것임을 알아야 한다.

언젠가 간디가 감옥에 있을 때 한 수인(囚人)이 전갈에 쏘인 일이 있었다. 간디는 물린 자리에 입을 대어 독을 빨아주었다. 산스크리트어 학자인 파르튜우르 샤스트리라는 나병 환자가 세바그람 아쉬람에 입소를 신청했을 때 일부 사람들은 전염을 염려해서 반대했지만, 간디는 그의 입주를 허가했을 뿐 아니라 손수 마사지를 해주었다. 1939년 3월, 간디는 소학생 때 통학한 라지코트 주민의 인권을 위해 결사적인 단식을 했다. 의사들은 심장의 근육이 염증을 일으키거나 경화되는 심근염 징후가 나타나고 있었기 때문에 극구 말렸다.

그러나 육체를 정신에 복종시키는 것이 간디주의의 원칙이었다. 정신적인 동기가 어떤 행동을 명령하는 경우 육체는 거부권이 없었다. 몸이 약하면 고통이 심하고 죽기도 한다. 그래도 육체를 거부하지 못한다.

이것이 간디의 평화주의의 근원이었다.

그리하여 제 2 차대전이 다가올 무렵에는 더욱 완전한 초탈의 경지에 도달해 있었다. 그는 제 2 차대전을 제 1 차대전보다 더 큰 공포라고 생각했다. "이 공포의 중대성을 생각하면 나는 제 1 차대전 때처럼 자임(自任) 징모관 노릇을 하지는 못 할 것이다."

당시의 상황은 남을 설득시켜서 평화를 유지하는 가능성은 전혀 없었다. 그러나 1935년 이디오피아 국민에게 싸우지 말라고 권고했다.

"가령 이디오피아 인민이 확고한 비폭력적인 태도를 취했더라면——그것은 비록 분쇄를 당할지라도 결코 굽히지 않는 비폭력이므로——무솔리니도 이디오피아에 대한 야욕을 포기했을 것이다. 즉, '너희들이 우리를 쑥대밭으로 만들려면 만들어라. 하지만 우리 이디오피아인은 단 한 사람도 너희들에게 협력하지 않겠다.'는 각오가 있었더라면 무솔리니인들 무슨 짓을 할 수가 있었을까. 그는 사막을 원하는 것은 아니었으니까. 가령 이디오피아 사람들이 전장에서 물러나 죽이려면 죽이라고 했더라면 당장 눈에 보이는 것은 아니더라도 한층 더 효과적이었을 것이다. 한편 히틀러나 무솔리니, 혹은 스탈린은 폭력의 효과를 당장에 나타낼 수 있겠지만 그것은 징기스칸의 학살처럼 일시적인 것이다."

체코슬로바키아, 독일에서 유태인이 겪은 비극에 간디는 더욱 심려했다. 그는 다음과 같이 쓰고 있다. "1936년 9월, 쳄벌린과 다라디에(당시 영국 수상과 프랑스 수상)가 체코슬로바키아를 히틀러에게 팔아 넘긴 결과로 뮌헨에서 얻은 평화는 실은 폭력의 승리이며 패배였다. 영국과 프랑스는 독일과 이탈리아 두 나라 공동의 폭력 앞에 질려서 후퇴했다. 그러나 독일과 이탈리아는 과연 무엇을 얻었을까. 두 나라는 인류의 도의적인 부에 무엇을 보탰다고 할 수 있는지." 이 말은 1938년 10월 8일자 〈하리잔〉 지에 발표된 당시보다 요즘의 세태에 더욱 호소하는 의미가 있다. 그는 예언자의 말을 계속한다. "전쟁은 연기되었을 뿐이다. 나는 체코 인이 잠시 숨을 돌리는 동안에 비폭력을 택할 것을 권고한다. 그들은 아직도 어떤 일이 머리 위에 떨어질지 모르고 있다. 그들은 비폭력의 방법을 시도해서 상실하는 것은 아무것도 없다. 공화국 스페인의 운명은 어떻게 될지 불안정한 상태에 있다. 중국도 그렇다. 가령, 일단은 모든 것을 빼앗긴다 하더라도 그것은 그들의 도의가 옳지 않기 때문은 아니다. 실제로 승산은 없지만 싸워서 죽는 것이 용감하다고 한다면 싸움을 거부하고 침략자에 대한 복종을 거부하는 것은 더욱 용감한 일이다."

1938년 10월, 가팔 카안과 함께 변경의 파탄 족 지역을 여행중이던 간디는 〈하리잔〉 지에 '내가 체코인이라면' 이라는 제목의 논설을 썼다. "민주주의는 어쨌든 피를 흘리게 될 상황에 와 있다. 두 독재자가 대표하는 철학은 학살을 두려워하는 것이 아니다. 전쟁의 학문은 인간을 획일적인 독재 상항으로 몰아가지만 비폭력의 학문은 인간을 순수한 민주주의로 이끌어간다. 러시아는 또 다른 특별한 상황에 있다. 러시아는 평화를 기대하고 평화를 사랑한다고 하면서 감히 피바다를 건너가겠다는 독재자가 있다. 이 서두는 체코 인과 체코 인을 통하여 '소수' 혹은 '약소 민족'이라 불리는 모든 사람에게 호소하기 위해 필요한 전제이다. 내가 체코 인에게 말하고 싶은 것은 그들의 고난에서 나의 육체와 정신이 고통을 받을 만큼 감정에 충격을 받았기 때문이다." 또 간디는 이렇게 충고했다. "내가 체코 인의 입장에 서 있다면 히틀러의 의지를 거부함에 있어 무방비 상태로 저항하여 전사하겠다. 그렇게 하면 생명은 빼앗길지라도 영혼은 구제된다. 나에게는 그것이 더 명예로운 일이다."

간디는 보통 평화주의자들은 살인은 악이라고 생각하였고 그 때문에 전쟁을 기피했다. 한편 남에게 맞아죽기보다는 남을 죽이는 것이 낫다고 말하는 사람들이 있다. 이에 대하여 간디는 "아니다. 내가 맞아 죽는 것이 낫다."고 대답한다.

1938년 12월, 마드래스에 가까운 탐바라프에서 열린 국제 전도자 회의를 마친 뒤에 존 R. 모트 박사, 동회의 서기를 본 윌리엄 베이톤 신부, 북아메리카 전도협회 서기 레즐리 B. 모스 신부, 기타 여러 크리스트 교 선교사들이 세바그람에 있는 간디의 아쉬람에 모였다. 피야레얄 나얄이 기록했다. 선교사들은 간디에게 그가 체코 인에게 충고한 말에 대해서 항의했다. 한 사람이 말했다. "당신은 히틀러나 무솔리니가 어떤 사람인지를 모르십니다. 그들은 결코 도의적인 반응을 나타낼 줄 모릅니다. 양심이라고는 한 조각도 없으며 전세계의 의견에 귀를 기울이려고도 하지 않습니다. 가령 당신의 권고에 따라 체코 인이 독재자에게 비폭력으로 저항한다면 오히려 그들의 술책에 넘어가는 것이 아닐까요?"

간디는 이에 반대했다. "당신의 말은 무솔리니나 히틀러가 도저히 구제할 수 없는 독재자라는 가정 위에 서 있습니다."

간디의 유태인에 대한 조언에 관해서도 격렬한 토론이 벌어졌다.

간디는 1938년 11월 11일자 〈하리잔〉 지에 다음과 같이 썼다.

'나는 유태인의 처지를 무척 동정한다. 그들은 크리스트 교의 언터처블〔不可觸賤民〕이 되어 살아오고 있다. 어떤 유태인 친구가 나에게 세실로스의 《문명에 대한 유태인의 공헌》이라는 책을 보내준 일이 있다. 거기에는 세계의 문학, 예술, 음악, 연극, 과학, 의학, 농업, 각 방면에 걸친 유태인의 공헌이 상세히 기록되어 있다. 독일인의 유태인 박해는 세계에 그 유례가 없는 참혹한 것이다. 고대의 폭군들도 히틀러처럼 광적인 짓은 하지 않았다. 가령, 인류를 위해 인류의 이름으로 정당화되는 전쟁이 있다고 하면 유태 민족에 대한 분별없는 박해를 방지하기 위해 독일에 대해서 벌이는 전쟁일 것이다. 그러나 나는 어떤 전쟁에도 반대한다. 유태인은 이 조직적이고 파렴치한 박해에 저항할 수 있을까? 가령 내가 유태인이고 독일에서 태어나 살고 있다면 다른 이교도 독일인과 마찬가지로 독일이 내 고향이라고 주장하겠다. 그리하여 그 사람에게 나를 총으로 쏘아죽이거나 지하옥에 가두거나 하고 싶은 대로 하라고 저항하겠다. 그때 나는 다른 유태인 동포가 나와 함께 시민적 불복종에 참가하는 것을 기대하지 않으나 마지막에는 나를 본받게 되리라고 확신한다. 가령 어느 한 사람의 유태인이나 혹은 유태인 전체가 지금 내가 말한 방법에 따른다면 그 사람과 그들 전체는 지금보다 더 비참한 꼴을 당하지는 않을 것이다. 그러한 저항의사의 표명에 대한 최초의 반응으로 히틀러의 계획적 폭력은 유태인의 대학살이라는 사태를 초래할지도 모른다. 그러나 유태인이 자발적인 희생을 각오하는 경우에는 그 학살도 언젠가는 여호와가 폭군의 지배 밑에 시달리는 유태민족을 해방한 그 옛날과 같은 감사의 날로 변하게 할 것이다. 신을 공경하는 사람은 죽음을 두려워하지 않는다.

독일에 살고 있는 유태인은 남아프리카에서의 인도인보다 훨씬 유리한 조건으로 사티야그라하를 실천할 수 있다. 독일에서 살고 있는 유태인은 긴밀하고 동질적인 공동체를 구성하고 있다. 그들의 재능은 남아프리카의 인도인보다 월등하게 개명되어 있으며 세계적 규모로 세론(世論)을 조직화하고 있다. 용기와 예지를 지닌 사람이 나와서 비폭력 활동을 지도한다면 절망의 겨울은 희망의 여름으로 변할 수 있을 것이다. 그리하여 독일인으로 하여금 인간의 존엄을 깨닫게 한다는 의미에서 그들에 대하여 영구적인 승리를 거두게 될 것이다.'

나치(독일의 집권당)의 언론은 간디의 이 말에 격분하여 인도에 보복하겠다고 위협했다. 그러나 간디는 이 위협에 대하여 다시 "만약 내가 인도와 독일의 관계를 염려해서 옳다고 생각하는 충고를 말하는 것을 주저한다면 나는 비겁한 사람이 된다."고 대답했다.

그때 간디의 아쉬람에 모인 선교사들은 유태인의 태도에 관한 간디의 발언에 대해서 좀더 추궁하는 질문이 나왔다. 그러자 간디는 "비폭력에 철저하기 위해서는 가령 내가 구타를 당할 때에도 적을 사랑하고, 적을 위해서 기도를 해야 한다."고 말했다. 같은 이치로 유태인은 히틀러를 위해 기도해야 한다. "유태인이 누구 한 사람이라도 먼저 그렇게 행동한다면 자기 명예를 지키고 모범을 제시하게 된다. 그것이 사람들에게 널리 전달되면 유태민족 전체를 구할 뿐 아니라 인류를 위해 큰 유산을 남기는 덤이 붙는다."

그 당시 헬만 카렌바하는 세바그람 아쉬람에 살고 있었다. 간디의 말에 의하면 "카렌바하는 머릿속에서는 비폭력을 확신하고 있으나 히틀러를 위해서는 도저히 기도를 못 하겠다고 했다. 나는 그의 분노를 문제삼아 토론하지는 않았다. 그는 비폭력의 태도를 완전히 관철하고 싶은 생각을 갖고 있으면서도 유태인 동포의 고통이 너무 크기 때문에 참을 수가 없는 것이다. 카렌바하의 진실은 '적을 사랑한다.'는 것은 생각할 수도 없고 이것은 많은 유태인의 진실이기도 하다. 그들에게 있어 또 많은 유태인에게 있어 '복수는 감미롭고 관용은 숭고하다.'" 그러나 숭고한 사람은 유태교도에도 크리스트 교도에도 힌두교도에도 거의 없었다. 단 한 사람, 왜소한 체격의 힌두교도와 그 주변에 있는 극히 소수의 친구들만이 숭고한 관용을 체득하고 있었다.

뉴욕에서 발행되는 〈쥬이쉬 프론티어〉지는 1939년 3월, 간디의 제안에 일제사격을 퍼부었다. 그 잡지 한 권은 간디에게로 발송되었다. 간디는 그 공격문에 장문의 회답을 했다. "나는 유태인이 한꺼번에 내 의견에 찬성하리라는 희망은 품고 있지 않았다. 단 한 사람이라도 완전히 납득해준다면 나는 그것으로 만족했을 것이다. 필자(《쥬이쉬 프론디어》)가 말한 바와 같이 '독일에 유태인 간디가 나온다 하더라도 5분간은 활동할 수 있겠지만 당장 단두대에 끌려갈 것이다'라는 일은 충분히 있을 수 있다. 하지만 그것은 비폭력의 효용에 대한 나의 신뢰감을 동요시키거나 내 주장에 대한 반증이 되는 것은 아니다. 나는 수천 명은 아니라도 독재자의 기갈을 만족시키기 위해 수백 명의 희생이 필요한 경우를 상상할 수 있다. 수난자는 자기 존명(存命) 중에 그 결과를 볼 필요는 없다. 폭력수단은 비폭력수단 이상으로 오래 가지는 않는다." 전쟁에 있어서는 그 결과로 세계가 더 나아진다든가, 반드시 적을 굴복시킨다든가 하는 보장은 아무것도 없는데도 무수한 사람이 자기를 희생하고 있다. 그런데 신중한 비폭력을 위한 희생으로 죽어야한다는 제안에 대해서는 사람들이 모두 분격한다.

필자는 히틀러가 죽고 만 1946년에 이 화제를 간디에게 내놓았다. 간디는 다음과 같이 대답했다. "히틀러가 600만 명의 유태인을 학살한 것은 우리 시대에 있어 가장 큰 범죄입니다. 하지만 역시 유태인은 도살자의 칼 앞에 몸을 내놓아야 했습니다. 그렇게 했더라면 더 빨리 전세계와 독일 사람들을 각성시켰겠지요. 어차피 몇백만의 사람이 죽었으니까요."

간디는 1938년과 39년에 다가오는 전쟁에 대신할 도의의 자각을 탐구하고 있었다. 자기 이념이 받아들여지지 않는다는 것을 알고 있으면서도 그것을 주장하지 않을 수 없었다.

1939년 12월, 다카오카(高岡)라는 일본 국회의원이 세바그람에 간디를 방문한 일이 있었다. 다카오카는 중일전쟁에 관해서는 교묘하게 회피하면서 어떻게 하면 인도와 일본의 우호(友好)가 이루어지겠느냐고 물었다.

간디는 담담하게 "일본이 인도를 탐욕스러운 눈으로 보지 않으면 가능하겠지요."라고 대답했다.

다카오카가 아시아 인을 위한 아시아를 표방하는 일본 정계에 보내는 메시지를 청하자 간디는 분명하게 말했다. "아시아주의라는 것이 반유럽 연맹을 기도하는 것이라면 나는 그것에 동조하지 않겠다. 아시아 인이 우물 안 개구리 노릇을 해서야 어떻게 아시아 인을 위한 아시아를 구축할 수 있겠는가." (피야레갈은 이 일본 정치가와의 회견 내용을 1938년 12월 24일자 〈하리잔〉 지에 기고했다.)

독·소 불가침 조약이 조인된 이튿날 즉, 8월 24일 런던에서 한 여성이 간디에게 전보를 보내왔다. '행동할 때입니다. 세계는 당신을 기다리고 있습니다.' 전쟁은 1주일 후로 절박하게 다가오고 있었다. 영국에서 또 다른 여성이 전보를 보내왔다. '이성에 대한 당신의 확고한 신념을 즉시, 지배자와 모든 사람에게 호소하시기 바랍니다.' 그 밖에도 같은 내용을 담은 지급전(支給電)이 세바그람에 쇄도했다.

그러나 때는 이미 늦었다. 1939년 9월 1일, 나치 군대가 폴란드에 침입했다.

1939년 9월 3일(일요일) 오전 11시, 영국 교회에는 많은 사람이 모여들었다. 영국 정부는 드디어 독일에 선전포고를 했다. 필자는 그날 오후 파리 교외에 있었는데, 오후 5시 비행기 한 대가 머리 위로 날아갔다. 라디오는 프랑스가 전쟁에 돌입한 것을 알렸다. 그로부터 1945년 전쟁이 끝날 때까지 3000만 명 이상의 사람이 전쟁으로 죽어갔다. 성인과 어린이를 합쳐서 3000만 명 이상이 죽고, 1억 이상의 사람이 부상을 당하거나 불구가 되었다. 수없이 많은 가옥이 파괴되고 원자폭탄이 두 도시에 투하되었다. 희망은 분쇄되고 이상은 근절되고 도의적 가치에 대한 의문이 꼬리를 물었다.

1948년 11월 10일, 미국 육군참모총장 오말 N. 블래드리 장군은 보스턴에서 다음과 같은 발언을 했다. "과학자는 많이 있지만 성자는 너무 귀하다. 원자의 비밀을 알아냈지만 산상수훈을 거부하고 말았다. 세계는 지혜없는 빛, 양심없는 힘을 손에 쥐게 되었다. 오늘날의 세계는 원자력 사용 면에서는 유아 단계이다. 우리는 평화보다 전쟁에 대해서,

생존보다 살육에 대해서 더 많이 알고 있다.”

간디는 원자력을 거부하고 산상수훈을 지켰다. 그는 원자력에는 문외한이었지만 윤리적으로는 거인이었다. 그는 살육에 대해서는 아는 바 없고, 20세기라는 시대에 있어 생존에 대해서는 많이 알고 있었다.

간디를 거부하는 사람이 있다면 그는 의문을 감싸안을 줄 모르는 사람이다.

제22장
처칠과 간디

제2차대전이 시작된 날, 영국은 단 한 사람의 인도인에게도 상의하지 않고, 인도를 전쟁으로 끌어넣었다. 인도는 이런 식으로 외국지배의 증명이 추가된 것에 대해 분개했다. 그 이튿날 간디는 델리에서 시믈러로 향하는 1번 열차를 탔다. 그것은 하계수도(夏季首都)인 시믈러에 와서 만났으면 좋겠다는 리스고우 총독의 초청에 응한 여행이었다. 마하트마가 기차에 다가갈 때 역에 전송나온 사람들은 "우리는 어떤 협정도 원하지 않는다."고 말했다. 그날은 '침묵의 날'이었으므로 간디는 말없이 미소를 지어 작별을 했다.

총독과 마하트마는 앞으로 있을 전쟁행위의 성격에 관해서 얘기했다. "그러다가 나는 총독 앞에서 영국의 의사당이나 웨스트민스터 사원 같은 유서 깊은 건물이 파괴되는 광경을 상상하는 동안에 그만 울음이 터져나오고 말았다. 슬퍼서 견딜 수가 없었다. 나는 그런 일을 용인하는 신과 마음속에서 매일 다투고 있었다."

간디는 신과 매일 다투고 있었다. 비폭력이 실패했다——신이 실패했다. 그러나 간디는 그러한 신과의 다툼 끝에는 언제나 신과 비폭력은 결코 무능하지 않다. 무능한 것은 인간이므로 신념을 잃지 말고 꾸준히 노력하지 않으면 안 된다고 결심했다.

간디는 총독과 만난 자리에서 센티멘탈에 젖은 말을 했다고 해서 비판을 받았는데, 간디는 이에 대하여 "영국이나 프랑스에 대한 나의 동정은 일시적인 감정——히스테리에서 나온 것은 아니다."라고 대답했다. 그리고 "나는 자유를 위해 불리한 싸움을 하고 있는 폴란드 국민들을 진심으로 동정하고 있다.”고 말했다.

간디는 ‘히틀러주의라는 것은 전적으로 과학에 압축되고, 과학적인 정밀성으로 만들어진 노골적이고 무자비한 힘’이라고 단언했는데 간디에게는 이것이야말로 추악한 것이었다.

그런데 간디는 무슨 일을 할 수 있을지. 그는 매일같이 신과 의논하는 한편, 가장 이론정연한 인도인의 견해를 반영한다고 인정하는 국민회의파와의 의논에 끌려들었다. 비폭력은 간디에게 있어서 신조이지만 국민회의파로서는 정책이었다. 회의파는 어떤 이익을 위해서 비폭력을 허용했고 간디는 결과의 가부를 떠나서 비폭력을 원했다.

개전(開戰) 이튿날 간디는 영국의 통치를 방해하지 않는다는 성명을 발표했다. 영국과 그 연합국측에 도의적인 지지를 해야겠다는 생각이며, 또 전쟁을 부인하는 사람의 입장에서도 침략자와 방위자를 구별할 필요가 있었다. 하지만 간디는 거기서 더 나아갈 수는 없었다. 전쟁 수행에 참가하지도 못 하고 또 침략자에 대해서 인도를 방위하는 행동도 못 했다. 인도가 군대를 갖게 되는 것도 힌두교도가 이슬람교도 폭동자에 대해서 경찰력을 사용하는 것도 바라지 않는 간디로서는, 도직단이나 직업적인 폭력단에 대해서 경찰이 조심스럽게 대처하는 것이 그가 우선 용납할 수 있는 최대한의 비폭력이었다.

이에 대하여 국민회의파는 일정한 조건이 충족되는 경우에는 전쟁 수행을 지지할 태도를 취했다.

간디와 회의파 사이에는 이러한 태도가 있었기 때문에 양자는 서로 우호적이면서도 의견을 달리했다.

1939년 9월 14일, 국민회의파 운영위원회, 즉 집행위원회는 선언서를 발표하여 나치(독일)의 폴란드 침략을 비난하는 동시에 서구 민주주의 국가들이 만주, 이디오피아, 스페인, 체코슬로바키아에서 일어난 같은 사태를 모른척하거나 반대하지 않은 것을 상기시켰다. 그리고 그 선언서는 서구 민주주의의 국가들이 싸우는 상대가 단순히 적(敵)이 아니라고 제국주의임을 신뢰할 수 있도록 우선 자기 자신의 제국주의와 절연해야 한다는 점을 지적하고 있었다. 그리하여 간디는 "독립한 민주주의 국가로서의 인도는 침략에 대한 방위나 경제의 상호협력을 위해 다른 자유국가들과 기꺼이 협력할 것이다."라고 말했다.

간디는 이 선언서를 작성한 4일간의 토의에 내빈(來賓)으로 출석하고 있었다. 선언서가 채택된 후, 그는 자와하르라르 네루가 선언서를 기초(起草)한 것을 밝혔다. 간디는 "영국에 대하여 어떤 지원을 하든지 무조건적이고 또한 비폭력적이 아니면 안 된다고 생각한 것이 나 하나뿐인 것을 알고 유감스럽게 생각했다."고 논평했다. 인도를 독립시켜 주면 같이 싸워야 한다는 조건부가 마음에 들지 않았던 것이다. 하지만 국민대중에게는 "나는 이 선언이 회의파 당원 각파로부터 이론(異論) 없이 지지받을 것을 희망한다."고 하며 그 선언서를 추천했다.

비판자들은 간디는 어떻게 자기가 반대하는 것을 남에게는 지지하도록 요청할 수 있는지 의문을 제기했다. 간디는 대답했다. "가령 비폭력을 확대해서 응용하려는 경우, 자기 생각에 따르지 않는다는 이유로 가장 좋은 동지들을 저버린다면 비폭력이라는 대의(大義)에 봉사하는 것이 아니다. 그러므로 나는 그들이 비폭력에서 빗나가는 극히 좁은 범위에 한정되어 있으며 또한 일시적이라고 믿기 때문에 그들 옆에서 떠나지 않는다."라고 말했다.

어떤 사람들은 당신의 마음은 1918년 이후 전혀 변하지 않았느냐고 묻기도 했다.

이에 대하여 간디는 "나는 글을 쓸 때에는 과거의 발언을 일체 염두에 두지 않는다. 나는 앞에 놓인 문제에 관해서 전에 한 말과 모순되지 않는 것보다 진리와 모순되지 않을 것을 목표로 삼는다. 진리는 일정한 순간에 그 모습을 나에게 보여줄지도 모르기 때문이다. 그런 식으로 나는 진리에서 진리로 성장해왔다."라고 응답했다.

간디는 자기 의견과 일치되지 않은 선언서를 지지하도록 요청했을 뿐 아니라 9월 26일, 총독과 회견할 때 자진해서 스포크스맨 역할을 맡았다. 린리스고우 총독은 10월 17일에 회답을 했으나 영국은 그 전쟁목적을 아직도 명확하게 하지 못했다. 총독은 인도가 자치를 향해 너무 급히 서두르는 것을 경고하여 전쟁이 끝난 뒤에 자치령 지위로 향하는 변화가 있을 것이라고 말했다.

그래서 5일 후 영국에 대한 지원 반대를 결정한 회의파 운영위원회는 주(州)의 회의파 내각에 사임(辭任)을 지시했다. 간디는 회의파가 자기 쪽으로 접근해오는 것을 알았다.

히틀러는 노르웨이, 덴마크, 네덜란드, 벨기에를 차례로 짓밟았다. 다음은 프랑스가 당할 차례였다. 인도에서는 영국의 주식이 급락했다. 많은 인도인이 독립하기에 더없이 좋은 기회가 왔다고 주장했다.

간디는 1940년 6월 1일자 〈하리잔〉 지에서 응답했다. '나는 연합국 중심지역의 전화(戰火)가 가라앉아 장래의 전망이 좀더 명확해질 때까지 기다려야 한다고 생각한다. 우리는 영국의 파멸 위에 독립을 달성하려고 해서는 안 된다. 그것은 비폭력의 길이 아니다.'

시운(時運)은 인도의 독립을 위해 유리하게 전개되고 있었다. 간디는 "우리는 총 한 방 쏘지 않고 목표에 접근해 있다."라고 말하면서 오로지 비폭력을 주장하는 권리만을 요구했다.

결국 프랑스도 히틀러에게 굴복했다. 인도는 공황(恐慌)──곳에 따라서는 기대──에 빠졌다. 은행은 환불 소동이 일어났다. 간디는 질서를 호소하여 침착하게 예언했다. "영국은 쉽게 굴복하지 않는다. 설사 굴복할 수밖에 없는 경우에도 용자(勇者)답게 행동할 것이다. 패배 소식이 들리는 일이 있을지라도 사기가 저하되었다는 말은 들리지 않을 것이다."

간디는 회의파가 그의 평화주의를 거부하여 영국에 대한 지원을 하자고 했을 때에는 간섭을 하지 않았으나 회의파가 그에게 전쟁수행을 방해하려고 하자 이번에는 반대했다.

운영위원회는 전쟁의 위기를 검토하기 위해 왈더에 모였다. 1940년 6월 21일, 동 위원회는 비폭력에 관하여 '간디와 전면적으로 동조할 수 없다.'고만 발표했다. 네루는 간디와 회의파는 처음으로 각각 다른 길을 나아갔다고 자서전에서 말하고 있다.

간디는 다음과 같이 말했다. "나는 이렇게 된 것이 기쁘기도 하고 유감스럽기도 하다. 기쁘게 생각하는 까닭은 내가 이별의 긴장을 견딜 수 있었던 것과 자립하는 힘이 부여되었기 때문이다. 유감으로 생각하는 까닭은 내 말이 그 동안 같이 일하던 사람들과 동행하는 힘을 잃은 것처럼 여겨졌기 때문이다."

린리스고우 총독은 6월 29일, 다시 마하트마를 회견에 초청했다. 총독은 간디의 영향력은 여전히 불멸인 것으로 믿고, 영국은 인도 정치의 권한을 인도인에게 넘길 용의가 있음을 암시했다.

운영위원회는 이 제안을 검토하기 위해 7월 초순 델리에서 회합했다. 간디는 그것을 상대도 하지 않았으며 이 점에 관해서 친구인 라자고파라차리에게 몹시 비판을 받았다. 라자고파라차리는 마하트마의 충실한 부관인 사르달 바츠라브바이 파텔을 자기 편으로 끌어들였다. 간디를 옹호한 사람은 '변경의 간디' 즉 압둘 가팔 카안뿐이었다.

간디는 그 경과보고를 인쇄해서 발표했다. '라자고파라차리의 견해에 의하면 나는 너무 지나치게 비폭력을 고집하고 있으며 나의 장래에 대한 전망도 막연하다고 한다. 농담투이기는 했지만 나의 답변은 소용이 없었다. 가령 내 주장이 인정을 받지 못할 경우에 그것에 대신하는 것으로는 라자지(라자고파라차리를 줄여 부름)의 주장이 있을 뿐이라는 것을 나는 곧 명백하게 이해했다. 그래서 그가 틀렸다는 생각은 변함이 없었지만 나는 그의 노력을 수행하라고 격려했다.' 라자지는 압도적인 승리를 거두었다. 5명이 기권표를 던졌다.

간디는 전쟁의 소용돌이 속에서 순수한 평화주의의 지혜를 회의파로 하여금 믿게 하는 데 실패했다. 그러나 간디가 강경하게 요청했더라면 라자지는 그의 방침을 철회했을 것이며, 그 결의안은 성립되지 않았으리라는 것은 누구나 다 알고 있었다. 하지만 그것은 명령이다. 간디는 개인의 자유를 신봉하는 사람이므로 본인의 의사에 어긋나는 투표를 시키거나 무슨 행동을 시키기 위해 자기 영향력을 행사할 수는 없었다.

결국 간디는 회의파 지도자들을 타파하기보다는 일단 결별하는 쪽을 택한 것이다.

간디의 반대를 밀어젖히고 7월 7일 채택된 라자지의 결의안은 인도가 완전독립과 중앙정권을 얻게 된다면 국민회의파는 국토방위를 위한 효과적인 조직에 전력을 기울일 것이며 독립 인도는 연합국의 일원으로 전쟁에 참가할 것이라고 선언하고 있었다.

그런데 영국에서는 수상 윈스턴 처칠이 강경한 입장을 취하고 있었다. 그는 전부터 인도의 독립을 반대하는 뜻을 몇 번이나 발표한 일이 있었던 사람인데, 이제야 인도의 독립을 방지하는 권력을 장악하고 있었다. 8월 8일, 린리스고우 총독은 총독의 행정참사회에 인도인 몇 사람을 참가시켜 정기적으로 회합하는 국방참사회를 설립한다는 취지를 발표했는데, 1945년에 인도 담당상이 된 로드 페식로렌스의 주석(註釋)에 의하면 '영국은 인도와의 오랜 관계에서 오는 책임을 면할 수 없었다.'고 한다. 어쨌든 총독이 발표한 방침은 처칠이 "나는 대영제국의 파산 정리를 맡아보기 위해 수상이 된 것은 아니다."라고 한 1942년 11월 10일의 그 유명한 단언을 예고한 것이었다.

그리고 린리스고우 총독은 또 '영국 정부로서는 현재 맡고 있는 책임을 인구의 유력한 상당수 구성원에 의해서 그 권위가 부정되는 인도의 어떤 정권에도 양도를 고려할 수 없다.'고 말했다. 이는 구체적으로 말하면 영국으로서는 이슬람교도의 동의가 없으면 회의파에게 인도 통치권을 넘겨주지 않겠다는 의사표시였다. 영국이 이슬람교도 커뮤니티에 인도의 정치적 장래에 관해서 거부권을 준 것은 이것이 처음이었다.

이 발표에 분격한 회의파 운영위원회의 결의를 페식로렌스가 요약한 바에 의하면, 영국정부는 그들[會議派]의 우호적인 애국적인 협력 제의를 거부하고, 소수민 문제를 인도의 발전에 있어 넘어가기 어려운 장애물로 인식하고 있다고 비난했다. 결국, 처칠 수상 덕택에 회의파는 간디에게로 다시 돌아온 것이다.

간디는 1940년 9월 15일 봄베이에서 열린 전인도 회의파 위원회에서 새로운 입장을 설명했다. "나는 영국이 패배하거나 명예롭지 못한 꼴을 당하게 되는 것을 원하지 않는다. 파괴된 센트 폴 대성당을 보게 된다는 건 매우 슬픈 일이다. 그것은 내가 영국을 좋아하고 독일을 싫어하기 때문은 아니다. 나는 독일인이 영국인이나 이탈리아아 인에 비하여 국민으로서 열등하다고는 생각하지 않는다. 우리는 모두 동류로서 커다란 인간가족의 일원이다. 나는 어떤 차별도 두지 않는다. 인도인의 우월을 주장하는 것도 아니다. 나는 인도라는 지구의 부분에서 살고 있는 인간가족일 뿐 아니라, 인간가족 전체에 선의(善意)를 가져야만 인도와 인도의 독립을 완전한 것으로 할 수 있다고 생각한다."

그리고 간디는 총독에게 회견을 요구했다. "나는 총독에게 우리가 불가피하게 놓여 있는 입장을 설명하겠다. 우리는 총독을 난처하게 하거나 전쟁수행에 관한 총독의 목적이 빗나가는 것을 원하지는 않는다. 다만 우리는 우리 길을 가고 총독은 총독의 길을 간다. 그러나 회의파는 그 생각을 발표하는 자유를 갖지 않으면 안 된다. 가령 우리가 민중을 우리 편으로 끌어들이면 민중측에서의 전쟁수행은 없을 것이다. 한편, 도의적인 압력 외에는 아무런 영향력도 사용하지 않는데 민중이 스스로 전쟁수행에 협력한다면 우리로서 불평할 이유는 아무것도 없다. 가령 총독이 번왕이나 지주나 신분의 상하를 막론하고 누구에게서 협력을 얻을 수 있다면 그것은 상관없다. 그러나 우리가 하는 말도 들리도록 해두기를 바란다. 가령 총독이 나의 제안을 받아들인다면 그것은 틀림없이 총독의 명예가 될 것이다. 총독은 생사를 거는 전쟁에 종사하고 있거니와 우리에게 이 자유를 보장해준다면 그것은 총독의 명예가 될 것이다."

간디는 또 앞을 내다보고 말했다. "총독은 나를 공상가라고 부를지도 모르며 나는 사명에 실패할지도 모른다. 그러나 우리는 싸우지는 않는다. 총독이 어떻게 할 도리가 없다고 말하더라도 나는 결코 그렇게 생각하지 않는다."

152

총독은 간디의 이 제안에 대해 구두(口頭)로 거부하고, 그 거부를 다시 서간(書簡)으로 확인했다.

거부를 당한 간디는 전쟁과 인도의 무력함에 항의하기 위해 단식을 생각했으나 마하데브 데사이의 설득을 받아들여 그 대신 시민적 불복종을 택했다. 그러나 대중적 사티야그라하 투쟁은 개시하지 않고 전쟁수행을 방해하지 않는 한도에서 상징적인 방법을 채용하여 그가 지명한 개인으로 하여금 반전선전(反戰宣傳)에 대한 공식금지를 위반하게 했다. 간디는 제일 먼저 온순하고 학자다운 기질의 간디주의자 비노바 바베를 지명했다. 바베는 반전선전에 참가해서 체포되어 재판에서 3개월 형을 언도받았다.

다음에는 네루를 지명했다. 네루도 체포되어 재판에서 4년 형을 언도받았다. 그 의도를 정부에 통고하여 연설을 하기 전에 체포되었다.

그러다가 크리스마스 인사로 영국인 관리들이 휴일을 마음놓고 즐기게 하려는 배려에서 1940년 12월 25일부터 1월 4일까지는 시민적 불복종운동을 중지했다. 그러나 정부는 그 동안에도 회의파 의장 마우라나 아브르 카람 아자드를 체포했다.

이윽고 각 주나 지방의 회의파위원회는 유력한 불복종 운동자의 명부(名簿)를 간디에게 제출하기 시작했다. 합계 2만 3223명이 체포되었는데 그 태반은 네루의 구역인 연합주에서 체포된 사람들이었다. 간디는 회의파에 자기는 입옥하지 않을 것을 약속했다.

이와 같은 개인에 의한 시민적 불복종은 1941년 말까지 약 1년간 계속되었으나 민중을 열광시키지는 못 했다. 민중은 이미 감옥에 너무 시달려 싫증이 나 있었다.

1941년 12월 영국 정부는 투옥되었던 운영위원회 멤버를 석방했다. 제2차대전의 형세는 위험한 고비에 접어들고 있었다.

12월 7일 일본이 진주만을 공격했다. 그 이튿날 일본군은 상하이와 태국을 점령하고 영령(英領) 말레이 반도에 상륙했다. 그 24시간 후, 일본 해군은 영국 전함 2척 프린스 오브 웨일즈 호와 리퍼루스 호를 격침시켰다. 영국의 태평양 해군력은 전투불능이 되었다.

전화(戰火)는 장차 인도로 점화될 것처럼 보였다. 이러한 정세에 따라 회의파 내부에서도 간디주의의 비폭력·비협력 파와 전쟁수행의 지원과 인도 민족정권을 교환하려는 사이의 종전부터 잠재하는 분열이 드러났다. 여기에 이르러 간디는 다시 회의파 지도부에서 물러났다.

1941년 12월 하순 홍콩이 일본군에 함락되고, 42년 2월에는 싱가포르에 있는 영국군 대기지(大基地)도 공략되었다. 일본군은 3월에 접어들면서는 자바, 수마트라 등 네덜란드 령(領) 동인도 제도의 태반을 점령했다. 3월 9일, 일본은 인도의 이웃나라인 버마의 수도 랑군을 점령했다고 발표했다.

아프리카 북부에서는 나치의 롬멜 장군이 이집트로 향해 동진(東進)하고 있으며, 팔레스티나의 아라비아 인들은 우호적인 환영준비를 하고 있었다. 일부에서는 독일과 일본이 인도에서 악수를 하게 될 가능성을 예측하는 말이 나오기도 했다. 카이로에서 캘커타까지 전투 중인 연합국의 운명 위에 암운이 떠돌고 있었다.

미국의 세론(世論)은 인도인의 전의가 저조한 것을 염려했다. 과거에 영국의 식민지였던 미국은 인도의 독립의 염원을 이해하고 있었다. 루즈벨트 대통령은 루이스 존슨 대령을 대통령 특사로 인도에 파견했다. 주권국가가 아닌 인도에 대해서 이례적인 행동이었다. 한편 런던에서는 미국의 존 G. 위넌트 대사가 대서양 헌장의 자치 조항이 인도에 적용되지 않음을 공표하지 않도록 처칠을 설득했으나 실패했다. 루즈벨트는 처칠과 백악관에서 무릎을 맞대고 얘기하기도 하고, 대서양 횡단 전화로 통화하여 인도 인민이 받아들일 수 있는 제안을 하도록 충고했다. 그러나 처칠은 이 조언의 가치를 전혀 인정하려고 하지 않았다.

당시 전황(戰況) 속에서 중요한 지위에 있었던 장개석은 인도의 독립운동을 지지하여 루즈벨트 대통령과 영국정부에 대하여 직접 자기 견해를 피력했다.

영국에서도 노동당이 전시 연합내각에 참가하고 있었는데 노동당원의 대다수는 인도 독립을 지지하여 노동당 출신 각료는 각의(閣議)에서 이 태도를 반영했다.

사방팔방에서 압력을 받은 처칠은 서어 스태포드 클립스에게 제안을 주어 뉴델리에 파견할 것을 동의했다. 영국은 귀중한 전초지점을 빼앗기고 있었으나 낙관적이고 쾌활한 영국 수상은 이제 소비에트 공화국과 미국이 연합국으로 참가했다는 강력한 이유로 궁극적인 군사상의 승리를 종전보다도 더 확신하고 있었다.

키가 크고 날씬한 체격의 스태포드 클립스는 근엄한 채식주의자였다. 그의 아버지는 노동당 상원의원을 지낸 사람으로 유명한 페비언 파(派) 사회주의자이며 저술가인 베아트리스 웨브의 조카뻘이었다. 귀족학교를 나왔지만 출신으로 보아서는 이단(異端)인 노동당 좌파(左派) 의원이 되었다. 우수한 변호사이기도 하며 그 활동에서 생기는 거액의 수입을 정치활동에 투입하고 있었다.

제2차대전이 발발하자 그는 수입이 좋은 변호사업을 팽개치고 1939년 11월, 세상 사람들의 생각을 살피기 위해 세계일주 여행을 했다. 인도에서는 18일 동안 체재하여 진너, 린리스고우 총독, 타고르, 암베드칼, 자와하르라르 네루 그리고 마하트마를 만났다.(그는 네루와 같은 나이이고 간디보다 스무 살 연하였다.) 마하트마는 마침 병이 나서 그의 오두막집에 누워 있었는데, 영국인의 체구에 양보하여 클립스에게 의자를 내주었다.

클립스는 인도 헌정(憲政)의 변혁에 관한 계획을 기초하여 전에 인도 총독을 지낸 어윈, 당시 외상(外相)인 해리팩스에게 제출한 일이 있었는데 해리팩스 외상은 이 계획서를 서류철에 꽂아버리고 말았다. 그러다가 위기의 암운이 아시아의 지평선을 덮은 1942년 겨울 클립스의 관심이 다시 눈을 뜨게 된 것이다. 한편 히틀러가 소비에트 광화국을 침공했을 때 모스크바 주재 영국대사로 있었던 그는 대단히 중요한 인물이 되었다. 그리고 전시 소내각의 일원으로 임명된 그는 이따금 처칠의 후계자로 지목되고 있었다.

클립스는 1942년 3월 22일, 뉴델리에 도착하여 바로 그날부터 영국측 당국자들과 의논을 시작했다. 25일에는 마우라나 아브르 카람 아자드가 클립스가 묵고 있는 퀸 빅토리아 가(街) 3번지에 초대되었으며 이로부터 인도인 요인(要人)들과 교섭이 시작되었다.

간디는 클립스로부터 델리에 와달라는 정중한 전보를 받았다. 간디는 1942년 6월 세바그람에서 필자와 만났을 때 "가고 싶지는 않았으나 무슨 좋은 일이 있을까 해서 갔다."고 말했었다.

간디는 오후 2시 15분 퀸 빅토리아 가 3번지에 가서 오후 4시 25분까지 클립스와 회담했다. 클립스는 미발표된 영국정부의 제안을 간디에게 내놓았다. "나는 대충 읽어보고서 클립스에게 '이런 제안을 하기 위해 일부러 오셨습니까? 이것이 인도에 대한 제안의 전부라면 나는 당신에게 다음 비행기 편으로 귀국하시는 게 좋다고 권고하는 바입니다.'라고 했지요." 간디는 세바그람에서 필자에게 이렇게 말했다.

클립스는 "생각해보겠습니다."라고 대답했다.

클립스는 인도 지도자들과 회담을 계속했다. 간디는 처음 한 번 만났을 뿐 그 후는 클립스와 접촉하지 않았다.

토의는 4월 9일까지 계속되었으나 국민회의파는 결국 클립스 제안을 거부했다. 뒤이어 무슬림 리그(이슬람교도연맹), 시크교도, 힌두 마하사바, 하리잔 그리고 개진주의자 등이 거부했다. 어느 파에게도 수락을 받지 못하고 클립스 사절단은 실패한 것이다.

4월 12일에 클립스는 귀국했다.

클립스가 가지고 온 영국정부의 초안은 전후의 문제를 다룬 A, B, C, D 4개 조항과 인도의 전쟁수행 문제에 관한 E 조항으로 구성되어 있었다. 처음 4개 조항은 클립스가 기자회견에서 밝힌 바와 같이 인도가 영연방(英聯邦)에서 이탈하는 것도 스스로 결정할 수 있는 완전한 자치령 지위를 규정하고 있었다.

그뿐이라면 회의파도 간디도 수락했을 것이다. 그러나 전원이 인도인인 의회가 전후에 구성될 것이며, 그 의회가 인도의 헌법을 만들기로 한다. 그런데 영령(英領)인 인도에서 나오는 대표는 선거로 뽑히는데 헌법제정의회의 3분의 1은 영국이 상당한 영향력을 가지고 있는 인도의 여러 번 왕들이 지명하기로 되어 있었다.

영국이 독재적인 마하라쟈를 조종해서 인도에서의 권력을 계속 유지할 것을 염려하는 인도인으로서는 이 조목이 마음에 들지 않았다.

거기에다 또 각 주(州)는 앞으로 제정될 헌법에 찬동하지 않을 경우에는 인도 연방에의 가맹(加盟)을 거부할 수 있도록 되어 있었다. 즉 그 초안에는 가맹을 원하지 않는 주에 대해서는 영국정부는 인도 연방과 완전히 대등한 지위를 주는 새 헌법에 동의할 용의가 있었다.

이는 여러 갈래의 인도, 즉 힌두교도의 인도, 이슬람교도의 인도, 번 왕령의 인도, 혹은 또 시크교도의 인도를 발족시킬 수 있는 것이었다. 그러나 인도의 분단은 죄악이라고 간디는 늘 말하지 않았던가.

클립스가 내놓은 앞으로 있을 전후의 방침은 회의파와 간디의 기본원칙에 어긋나는 것이었다. 그럼에도 불구하고 아자드, 네루, 라자고파라라차리 등 회의파 대표가 클립스와 교섭한 것은 당시에 얼마나 열심히 합의에 다다르기를 원했는지를 말해준다.

당면한 전시 중 조치에 관한 E 조항은 다음과 같았다. '영국정부는 당연히 전쟁 전체를 수행하는 일환으로 인도를 방위하는 책임을 지며, 그 통제와 지도를 맡지 않으면 안 된다.' 그리고 인도의 지도자들에게도 참가를 호소했다.

간디는 이 전쟁에 참가하고 싶지 않았기 때문에 E 조항을 승낙할 수 없었다. 국민회의파는 전쟁수행에 기여하고 싶은 생각이었으나 E 조항은 애매하고 구속적이라는 판단을 내렸다. 모든 기록으로 보아 아자드, 네루, 라자고파라차리는 그 비공식 회담을 통해서 전쟁수행에 있어서의 인도인의 활동과 책임을 확대할 방침이었던 것이 명백하다. 영국측은 그것을 제한하려고 했다. 이 점을 에워싸고서 결렬되고 말왔던 것이다.

영국의 공식 소식통은, 클립스 사절 실패의 원인은 간디의 평화주의 때문이었다고 비난했으나 클립스와 처칠을 비난하는 사람도 있었다. 네루는 "우리는 델리에 다녀간 후에는 간디 옹과 전혀 상의하지 않았으므로 회의파의 거절이 간디 옹의 압력 때문이라는 말은 틀린 생각이다."라고 말했다. 네루는 이 견해를 클립스 논쟁의 열기가 식은 1946년에 출판된 그의 책 《인도의 발견》에서 거듭 말하고 있다.

간디도 1946년에 "내가 델리를 떠난 후 교섭자들에게 압력을 주었다는 말이 있지만 그렇지 않다."고 필자에게 강조했다.

언젠가는 클립스 사절에 관한 영국이나 미국의 공식기록이 공표될 것이다. 이미 흥미있는 몇 가지 자료가 공표되어 있다.

3월 10일, 즉 처칠이 클립스의 인도 방문을 발표하기 10일 전 루즈벨트는 처칠에게 인도문제에 관한 장문의 전보를 쳤다. 1783년부터 89년에 걸친 아메리카의 역사를 대충 유추한 루즈벨트 대통령은 5, 6년간의 과도기적인 기능을 지닌 임시적인 정권을 제안했다. 그리하여 "아마도 그 방법이 인도 민중으로 하여금 악감정을 씻게 하여 대영제국에게 한층 더 충성을 바치게 할 것입니다."라고 말했다.

그리고 루즈벨트 대통령은 처칠 수상에게 보낸 전보에 '인도는 나와 아무 관계도 없습니다. 도움이 됐으면 좋겠다고 생각합니다마는 아무쪼록 내가 말려들지 않게 해주시기 바랍니다.'라고 덧붙이고 있다.

로버트 E. 샤워드는 그의 저서 《루즈벨트와 홉킨스》에서 이 전보를 인용하여 다음과 같이 말하고 있다. "이 전문(電文)에 대해서 처칠이 동의한 단 하나의 부분은 루즈벨트가 인도는 '나와 아무 관계도 없다.'고 말한 점이라는 것은 있을 수 있는 일이다. 홉킨스는 시간이 많이 지난 뒤에 전쟁을 통하여 루즈벨트 대통령이 처칠 수상에게 보낸 제안 중에 인도문제에 관한 것처럼 그를 분격시킨 것은 없다고 생각한다고 말했다. 처칠과 친한 사이였던 어떤 사람은 '인도문제는 처칠이 절대로 1야드도 양보하지 않는 문제라는 것을 루즈벨트 대통령도 알았을지 모른다.'고 나에게 말했다." 1인치라고 하는 것이 더 적절한 말일 것이다.

1946년 4월 일요일, 수상관저에 있던 해리 홉킨스는 대통령으로부터 클립스 교섭의 결렬을 방지하기 위해 최대의 노력을 하라는 의뢰 전보를 받았다. 동시에 루즈벨트는 처칠에 전보를 쳤다.

귀하는 나에게 보낸 친서에 아메리카의 세론(世論)은 교섭이 일반적인 기본조건에서 이미 결렬된 것으로 생각하고 있다는 말씀을 하고 있습니다마는 유감스럽게도 나는 그 의견에 동의하지 못하는 바입니다. 이곳에서 일반의 인상은 오히려 그 반대입니다. 인도측에서는 육해군의 기술적인 방위 조치를 유능한 영국측에 기꺼이 위임하려 하는데 귀정부가 인도 인민에게 자치권을 양보할 생각이 없는 것이 원인이 되어 결렬하게 되었다는 것이 일반적인 인상입니다. 아메리카의 세론은 전후에 가서는 인도의 구성분자가 영국에서 이탈하는 것을 인정할 용의가 있는 영국정부가 전시 중에 자치와 동등한 것을 왜 허가하지 않는지를 이해 못 하고 있습니다.

루즈벨트는 거기에다 "나는 이번 목요일(4월 9일) 밤에는 거의 합의에 다다르고 있었던 것으로 추측하고 있습니다."라고 덧붙이고 있다.

합의에 다다르려고 열심히 애썼던 클립스는 영국정부의 초안이 거절당하자 회의파에 대하여 새로운 제안을 했다. 처칠은 홉킨스에게 "클립스는 현지에서 총독에게 상의하지 않고 네루에게 새로운 제안을 했다."고 말했다.

새 제안은 어느 정도까지 피차의 요해(了解)를 접근시켰다. 홉킨스는 총독은 사태의 진행을 초초하게 느끼고 있는 것이 명백하다고 보고하였다. 총독은 처칠에게 전보를 쳤으며 처칠은 클립스에게 본국정부의 승인이 없는 새 제안을 철회하여 귀국하라고 지시했다.

처칠은 1935년에 "간디주의와 그것이 대표하는 모든 것을 궁극적으로 파악해서 없애버리지 않으면 안 된다.”고 말한 적이 있었다. 간디주의란 결국 인도 독립의 주장이다. ‘우리는 우리 것을 보호하고 유지해야 한다.’ 이것이 처칠의 인도정책이었다. 인도를 영국의 재산으로 생각하는 처칠이 그것을 인도인에게 돌려주는 권한을 클립스에게 위임할 리가 없었다. 인도는 처칠이 클립스의 노동당으로 교체되었을 때에 가서야 드디어 독립을 획득했다.

윈스턴 처칠과 마하트마 간디는 생애를 하나의 목적에 바쳤다는 점에서는 서로 닮았다고도 할 수 있다. 처칠이 몰두한 목적은 영국을 제 1 급의 세력자로 유지하는 것이었다. 전시 중의 그는 평화목적에는 거의 관심을 보이지 않았다. 과거에서 벗어나지 못한 처칠은 19세기의 산물이며 그 자신이 19세기를 사랑했다. 그는 ‘제국과 제국에 대한 충성’ 그리고 계급제도를 사랑했다. 로이드 조지는 영국의 상류계급, 장군, 귀족들을 경멸하여 그들과 싸웠으나 처칠은 그들을 보호하려고 했다. 하기는 그들보다 그들을 낳은 19세기라는 시대에 강한 애착을 느꼈다. 19세기는 영국의 세기였던 것이다. 나폴레옹의 프랑스의 패배로부터 카이젤의 독일이 일어나기까지 영국 제압 밑에 있는 평화의 세기이며, 빅토리아 여왕의 통치 밑에서의 대영제국의 융성 시대였다. 그 과거의 영광이 곧 처칠이 신봉하는 신이며 상류계급은 곧 영국의 위대성과 동의어였다. 영국의 의회와 인도도 그러했다.

처칠이 제 2 차대전에서 싸운 목적은 그러한 영국의 유산을 지키는 데에 있었다. 따라서 반라의 퍼킨〔修道僧〕에게 그 유산을 빼앗기는 것을 허용할 리가 없었다. 처칠이 그것을 막을 수 있었다면 간디는 교섭이나 담합을 하기 위해 부왕국의 계단을 딛고 올라가지 않았을 것이다.

처칠은 1940년에 황제의 수상이 되고서부터 1945년 그의 당과 함께 정권에서 떠날 때까지 간디와 싸웠다. 그 싸움은 영국의 과거와 인도의 미래와의 경쟁이었다.

언젠가 영국의 만화가가 요포를 두른 처칠 그림과 실크해트를 쓰고 프록코트 밑에 줄무늬 바지를 입고 잎담배를 피우며 손에는 단장과 서류가방을 든 간디 모습을 그린 일이 있었다. 두 사람이 각각 내면이 얼마나 크게 다른지를 암시한다는 것이 그 만화가 추구하는 목적이었다.

처칠은 바이런 식 나폴레옹이라고 할지 말하자면 정치권력이 그의 시였다. 한편 간디는 그런 권력을 부인하는 냉철한 성자였다. 영국의 귀족과 갈색의 평민은 둘 다 보수주의자였으나 다만 간디는 비국교도(非國敎徒) 보수주의자였다. 그리하여 처칠은 늙어가면서 점점 더 보수주의자가 되고 간디는 점점 더 혁명가가 되어갔다. 간디에게는 가장 미천한 인도인도 '신의 아들 딸'이었으나 처칠에게는 인도인 모두가 영국 황제의 옥좌를 받드는 대좌였다. 그는 영국의 자유를 수호하기 위해서 생명을 내던졌지만 인도의 자유를 추구하는 사람들은 적대시했다.

제**23**장

간디와 같이 지낸 1주일

어쩌면 이렇게도 불행한 나라일까 하는 것이 1942년 5월에 필자가 인도에서 느낀 첫인상이었다. 이 인상은 2개월간 머무르는 동안에 더욱 짙어졌다. 유복한 인도인도 가난한 인도인도, 그리고 영국인도 다 불행했다.

인도의 민중이 얼마나 혹독한 가난에 허덕이고 있는가는 2~3일 머무르면 충분히 알 수 있었다. 아메리카나 유럽의 농민은 필자가 봄베이에서 암베드칼 박사와 같이 방문한 연립주택처럼 비위생적인 건물을 축사로 쓰는 것도 영업에 좋지 않다고 생각할 것이다. 십만 명의 많은 사람이 그런 집에서 살고 있었다. 간디의 반나체의 옷차림도 농촌에서 보는 농민들에 비하면 넉넉하게 입은 편이었다. 인도의 압도적 다수는 항상 문자 그대로 기아상태에 놓여 있었다.

1931년 영국이 실시한 인도 국세조사의 공식보고에 의하면 평균수명이 여성 26세, 남성 27세로 기록되어 있다. 인도에 태어난 사람은 평균 27년의 수명밖에 살지 못하는 형편이었다.

영국의 통계에 의하면 매년 1억 2500만 명의 인도인이 말라리아에 걸렸는데, 키니네를 사먹을 수 있는 환자는 극히 소수였다. 폐결핵에 의한 사망자도 매년 50만 명에 다다르고 있었다.

기후 조건은 그 이유의 한 부분에 지나지 않는다. 인도인 사회의 사망률은 가까운 다른 영국 식민지와 비교할 때 5배나 높은 것이었다.

그런데 질병과 사망에도 불구하고 인도의 인구는 매년 500만 명이나 증가하고 있었다. 이것이 인도의 가장 큰 사회문제였다. 1921년에는

3억 400만 명이었는데, 1931년에는 3억 3800만 명이 되고, 1941년에는 3억 8800만 명이 되었다. 그 20년 동안에 경지면적은 실질적 변동이 없었으며 산업도 별로 발전하지 않았다. 가난하면 가난할수록 그 나라의 출생률은 높아지며, 출생률이 높으면 높을수록 그 나라는 더 가난해지는 것은 자명한 이치이다.

인도에 와 있는 영국인은 자기들의 업적을 강조했으나, 가난이라는 인도 사회의 궤양(潰瘍)을 부인하지는 않았다. 그리고 동시에 힌두교도와 이슬람교도의 후진성을 비난했다. 인도인은 영국인을 비난했다. 요컨대 인도는 영국인으로서는 사업이나 생활이 점점 더 불만스러운 것이 되어가는 분위기였다. 한 가족 전체로 1세기 이상을 인도에서 살아온 영국인들도 인도에는 이미 자기들의 장래가 없다는 것을 알고 있었다. 원하지 않는 인도를 지배한다는 것은 이제 장난으로 생각할 일이 아니었다. 영국인 관료는 인도가 그들에게 시달리고 있는 것처럼 인도에 시달리고 있었다. 마하트마 간디의 20년간에 걸친 비폭력운동이 그들의 제국〔帝國－英國〕에 대한 신뢰를 이미 타파하고 있었다. 인도에 살고 있는 영국인 통치자들은 런던의 정치가들보다 먼저 깨닫고 있었다.

“우리는 전쟁이 끝나고 2년이면 이곳에 있지 않을 것이다.” 충독 행정참사회의 내무 담당인 레디날드 맥스웰은 자택의 저녁 식탁에서 필자에게 이렇게 말했다.

“우리는 인도에 계속 머무를 생각은 없다. 우리는 떠날 준비를 하고 있다.” 이것은 총독이 필자에게 한 말이다.

나는 이런 말을 인도인에게 전달했으나 그들은 믿지 않았으며, 처칠과 뉴델리(인도 중앙정부)와 각 주에 있는 여러 소(小) 처칠들은 독립을 방해하거나 혹은 인도를 분단해서 독립을 무효로 하려고 획책하고 있다고 필자에게 의논을 제기했다.

네루가 필자에게 한 말을 인용하면 “간디가 인도의 자세를 바로잡고 등뼈에 철근을 넣어주었다.”고 한 것처럼 꼿꼿한 등에 지배자가 올라탈

수는 없다.

그러나 독립이 눈앞에 와있는데도 현재 너무 암담하기 때문에 앞을 내다볼 수 있는 사람은 많지 않았다. 인도는 역사가 길고 오래 정체했기 때문에 그것이 갑자기 움직이기 시작하리라고는 아무도 짐작하지 못했다.

필자는 봄베이에서 철강, 화학, 항공, 직물, 호텔 등 대기업 합동의 총수인 J. R. 타파와 만나 얘기한 일이 있다. 그의 아버지는 배화교도이고 어머니는 프랑스 인이며, 영어와 프랑스 어를 유창하게 하는 총명한 교양인이었다. 그는 "조국이 외국인의 지배를 받고 있는 것이 서럽다."고 말했다. 그의 책상 위에는 타파 공장이 영국을 위해 만들고 있는 대전차 2인치 포탄의 반짝거리는 모형이 있고 그것과 나란히 마하트마 간디의 초상이 놓여 있었다.

인도에 주재하는 아메리카의 한 장군은 "영국인은 양동이에 뜬 한 방울의 기름과 같다."고 말했다.

린리스고우 총독의 간디에 대한 평은 다음과 같았다. "그 노인은 인도에서 제일 큰 보스입니다. 그는 나에게는 항상 친절했어요. 그가 가령 남아프리카에서 돌아와 그대로 성자로 있었다면 인도를 훨씬 더 멀리 이끌어갔을지도 모릅니다. 그런데 정치에 발을 들여놓았어요. 아니, 내 말을 오해하지 마십시오. 어쨌든 그의 영향력은 대단히 큽니다."

총독은 간디가 지금 일종의 시민적 불복종을 구상하고 있다고 말했다. "나는 인도에서 6년을 보냈는데 그 동안에 자제를 배웠습니다. 이 자리에 밤늦게까지 앉아서 보고서를 검토하여 곰곰이 따져봅니다. 경솔하게는 행동하지 않아요. 그러나 간디가 전쟁수행을 방해하고 있는 것이 확실해질 경우에는 그를 억제하지 않으면 안 될 것입니다." 린리스고우 총독은 이렇게 단언했다. 그가 책상을 탕 치자 4개의 수화기가 덜그럭 소리를 냈다.

필자는 만약 간디가 옥사(獄死)를 하는 경우에는 큰일이 아니겠느냐고 말해보았다.

"그건 알고 있지요." 하고 총독은 수긍했다. 그런 일이 없기를 바라고 있지만 나에게는 중대한 책임이 있기 때문에 그 노인이 전쟁수행에 간섭하는 것은 용납할 수 없습니다."

그 무렵 네루는 예정된 시민적 불복종 행동에 관해서 마하트마와 의논하기 위해 세바그람에 가려하고 있었다.

필자가 마하트마에게 면회를 요청했더니 얼마 후 '환영, 마하데브 데사이'라는 전보를 받았다.

소읍(小邑) 왈더 역에서 내리자 간디가 보낸 사람이 나를 기다리고 있었다. 나는 그날 밤, 국민회의파 숙사 옥상에서 잤다. 3색(오렌지, 흰색, 純色)의 회의파 기가 밤새도록 산들바람에 나부끼고 있었다. 이튿날 아침 일찍 탕가(탕가는 말 한 마리가 끄는 이륜마차이며, 승객은 마부 뒤에 등을 향하고 앉게 되어 있다.)를 타고 간디의 치과 의사와 함께 세바그람으로 향했다. 필자는 치과의사에게서 간디의 치아에 관한 얘기를 꺼내려고 했으나 그는 영국의 정치에 관해서 얘기했다.

마차는 마을 어귀에 정지했다. 거기에 간디가 서 있었다. "피셔어 씨지요?" 하고 말을 걸면서 악수를 청했다. 간디는 치과의사와 서로 인사를 하고는 돌아서서 걸어갔다. 필자는 그 뒤에 벤치 쪽으로 따라갔다. 간디는 먼저 벤치에 걸터앉고서 나에게도 앉으라고 손짓하면서 말했다. 그 태도는 '우리 집이니까, 편하게 하시오.'라고 말하는 것 같았다. 필자는 곧 편안한 기분이 되었다.

필자는 매일 1시간씩 간디와 회견했다. 식사 때도 얘기할 기회가 있었고 하루 한두 번 산책에 따라가기도 했다. 대개는 그가 아직 호외(戶外)에서 침대 위에 앉아 망고열매를 먹고 있는 상쾌한 아침시간에 만나러 갔다. 열매를 한입 먹는 사이 사이에 중요한 화제에 들어갔다. 아침 식사를 마치면 부인 카스투르바이가 내주는 수건과 조그만 주둥이를 코르크로 막은 커다란 각병을 받아 손을 씻고서 가까운 들에 산책을 갔다. 카스투르바이의 얼굴은 수척했다. 입술을 꼭 다물자 턱이 뾰족해보였다. 카스투르바이는 조심해서 듣고 있는 것 같기는 했으나,

1주간 머무르는 동안 그녀가 남편에게 무슨 말을 하는 것을 듣지도 보지도 못 했다. 간디가 아내에게 말을 거는 것도 역시 보지 못 했다. 카스투르바이는 식사때와 기도 시간에는 남편의 왼편 조금 뒤에 앉아 부채질을 해주고 있었다. 항상 남편을 조심스럽게 대하고 있었다. 간디는 아내에게 전혀 신경을 쓰지 않았다. 하지만 아내가 늘 가까이 있는 것을 바란다는 것은 분명했다. 두 사람 사이에는 모든 점에서 완전한 이해가 성립되어 있는 것처럼 보였다.

산책을 할 때 간디는 양팔을 두 소년이나 소녀의 어깨에 걸치고 성큼성큼 걸었는데 숨이 헐떡거리나 피로해보이지는 않았으며 걸으면서 얘기를 계속했다. 그 산책은 반 시간 이상 걸렸다. 산책에서 돌아온 필자는 휴식하고 싶어서 기둥에 등을 의지했는데 간디는 여전히 얘기를 계속했다.

간디는 체격이 튼튼해보였다. 가슴이 딱 벌어져 남성적이었으며 허리가 가늘고 다리도 가늘고 길었으나 힘이 있었다. 샌들과 요포 사이는 알몸이었다. 무릎이 눈에 띄게 쑥 나오고 폭이 있는 골격은 튼튼했다. 손이 크고 손가락이 굵고 단단했다. 초콜릿색 피부는 부드럽고 건강했다. 그는 당년 73세였다. 수족이나 손톱은 깨끗했다. 요포와 외출할 때 몸에 걸치는 한냉사(寒冷紗)의 케이프(소매없는 외투), 그리고 접어서 냉수에 적셔 머리에 얹는 손수건은 모두 순백색이었다.

간디의 몸은 노인의 몸같지 않고 인상도 노인의 느낌을 주지 않았다. 그러나 두부(頭部)는 역시 나이를 나타내고 있었다. 그 커다란 머리는 위에서 폭이 넓고 밑으로 향해서 좁아져 얼굴은 그 때문에 작아보였다. 큼직한 귀가 양쪽으로 나 있었다. 텁수룩한 반백의 수염이 난 코 밑이 너무 짧아 윗입술이 뭉툭하게 늘어진 코에 닿을 것 같았다. 부드럽고 정다운 눈, 자제와 힘이 결합된 고뇌를 나타내는 민감한 아랫입술, 그리고 잇몸을 가리지 않고 솔직하게 표시되는 항상 사라지지 않는 미소——그런 것이 얼굴 표정을 형성하고 있었다. 간디는 의치를 식사때만 사용했다. 금테안경은 이중초점으로 되어 있었다. 매일 아침

면도를 했으며 간혹 남자나 여자나 누구 하나 제자를 불러서 깎아 달라고 할 때도 있었다.

간디의 용모는 부드럽고 자신에 넘치는 눈을 제외하면 못생긴 얼굴이었다. 그러나 정지 상태에서는 추해보이겠지만 거의 정지하는 때가 없었다. 자기가 애기를 할 때도 상대의 말을 듣고 있을 때에도 그 얼굴은 항상 활발한 표정을 짓고 있었다. 소리가 낮고 어투가 단조롭기 때문에 말이 명료하지 않았다.(인도인은 대개 영어는 말할 때에는 어투가 단로조워진다.) 늘 그렇지는 않았으나 애기를 할 때는 한 손의 손가락을 자꾸 움직였다. 그 손은 아름다웠다.

로이드 조지는 과연 위인답게 보였다. 처칠이나 프랭클린 D. 루즈벨트가 위엄을 지니고 있었다는 것은 누구나 인정할 것이다. 간디에게는 그런 위엄이 없었다.(레닌도 없었다.) 외양으로 보아서는 그런 특징이 아무것도 없었다. 있다고 하면 아랫입술일 것이다. 간디의 인격은 그 존재, 그 행동, 그리고 그가 한 말에 있었다. 필자는 간디 앞에서 전혀 두려움을 느끼지 않았다. 대단히 순한 사람, 행복하고 현명하고 세련되었으며, 상대에게 거북한 느낌을 주지 않는 원만한 사람을 대하는 지극히 편안한 기분이었다. 그러나 '인격의 경이(驚異)'를 느꼈다. 마하트마 간디는 오직 그 인격의 힘으로 조직——국민회의파는 충분히 뭉쳐진 조직은 아니다——이나 정부를 뒷받침으로 하지 않고서도 교통이나 통신이 발달되지 않은 인도의 먼 변경(邊境)까지, 아니 오늘날 문자 그대로 분열된 전세계의 구석구석까지 영향력을 미친 인물이다. 그 활동은 저작(著作)을 통한 것도 아니었다. 그의 책을 읽은 사람은 영향의 크기에 비하면 매우 적었다. 그의 논설은 외국에도 알려지고 인도에서도 널리 발행되었으나 민중을 파악하는 근원은 아니었다. 간디는 직접적인 접촉, 행동, 모범, 그리고 일반적으로 업신여기기 쉬운 몇 가지 간단한 원칙——즉 비폭력, 진리, 목적보다 수단을 중요시하는 태도를 통해서 민중에게 접근했다.

근대사에 등장한 여러 거인(巨人)들 처칠, 루즈벨트, 로이드 조지,

스탈린, 레닌, 히틀러, 우드로우 윌슨, 카이젤, 링컨, 나폴레옹, 메텔니히, 타레랑 같은 인물들은 모두 국가권력을 손에 쥐고 있었다. 민심에 끼친 영향이라는 점에서 간디에 비견할 수 있는 유일의 민간인은 칼 마르크스밖에 없다. 하지만 마르크스의 교의(敎義)는 주로 사회제도의 규정에 관한 것이었다. 간디처럼 개인의 양심에 강력한 호소를 한 인물을 찾기 위해서는 몇 세기나 옛날로 거슬러 올라가야 한다. 그들은 시대를 달리하는 종교계 사람들이었다. 간디는 크리스트와 약간의 크리스트교 전도사, 붓다, 유태교 예언자 혹은 고대 그리스 철인들의 정신이 현대 정치에 응용될 수 있음을 보여주었다. 그는 신이나 종교에 관해서 설명을 했다기보다는 교훈의 산 모범이었다. 권력, 부, 허영에 초탈한 사람이 거의 없는 현대세계에 있어서 하나의 '선인(善人)'이었다. 그 사람이 지금 여기에 있다. 몸의 5분의 4는 나체이고, 전기도 라디오도 수도설비도 전화도 없는 인도 조그만 마을의 벽에 흙을 바른 오두막집 바닥에 앉아 있다. 그는 위압과 권세와는 가장 동떨어진 사람이었다. 그는 모든 점에서 철두철미하며 인생은 생활의 세부항목들로 이루어진다는 것을 알고 있었다.

"자, 모자를 쓰고 구두를 신으시오." 간디는 나에게 말했다. "여기서는 모자와 구두 둘 다 없어서는 안 됩니다." 기온은 화씨 110도(섭씨 약 43도)였으며 불 땐 가마솥 같은 오두막 안 외에는 그늘이 없었다. "자, 갑시다." 그가 먼저 일어났다. 필자는 뒤를 따라 공동식당으로 갔다. 식당은 기다란 짚멍석을 둘러 사람이 출입하는 곳만 열려 있었다.

간디는 입구에서 가까운 자리에 앉았다. 그의 왼편에는 카스투르바이, 오른편에는 인도의 사회주의 지도자 나렌드라 데브가 앉았다. 간디는 그 무렵 나렌드라 데브의 천식을 치료해주려고 애쓰고 있었다. 필자는 나렌드라 데브 옆에 앉았다. 식사를 하러온 사람은 모두 30명 정도였으며 여성은 따로 자리잡고 있었다. 3세부터 8세쯤 되는 눈이 말똥말똥한 아이들 예닐곱이 필자 맞은쪽에 앉아 있었다. 모두가 짚으로 만든 엷은 자리 위에 앉았으며 각자 앞에 놋쇠 쟁반이 놓여 있었다.

급사는 아쉬람 멤버의 한 사람이며 맨발로 다니면서 조용히 각자의 쟁반 위에 식사를 배급하고 있었다. 간디 옆에는 여러 가지 냄비가 놓여 있었다. 간디가 야채를 담을 청동(靑銅) 주발을 손수 나에게 주었다. 시금치와 호박을 잘게 썰어서 삶은 요리였다. 한 여성이 내 쟁반에 소금을 조금 덜어주었다. 다른 한 여성이 더운 물이 든 커다란 금속제 컵과 데운 우유를 담은 커다란 컵을 주었다. 다음에는 껍데기를 벗기지 않은 채로 찐 조그만 감자 2개와 누렇게 불에 그슬린 부드럽고 납작한 빵을 몇 조각 담아주었다. 간디는 뻣뻣한 종이처럼 얇은 빵 한 조각을 자기 앞에 놓여 있는 그릇에서 꺼내어 필자에게 주었다.

종소리가 났다. 흰 셔츠를 입은 체격이 우람한 한 남자가 일어나 똑바로 서서──장님처럼──눈을 스르르 감고, 높은 소리로 영창을 시작했다. 모두가──간디도 같이──따라서 불렀다. 기도는 '샨티 샨티 샨티'라는 말로 끝났다. 나렌드라 데브가 샨티는 '평안'이라는 뜻이라고 가르쳐주었다.

사람들은 모두 빵에 야채를 얹어서 먹기 시작했다. 나는 스푼과 빵에 바를 버터를 조금 청했다. 간디는 부인과 나렌드라 데브와 나에게 이것저것 권하면서 왕성한 식욕으로 식사를 했다.

"당신은 러시아에서 14년간이나 있었다고 들었는데 스탈린을 어떻게 생각합니까?" 이것이 간디가 필자에게 정치에 관해서 한 최초의 질문이었다.

필자는 너무 덥고 손이 끈적끈적하고 바닥에 주저앉아 복사뼈와 다리가 아프기 시작했으므로 "대단히 유능하고 대단히 무자비합니다."라고 간단하게 대답했다.

조금 있다가 그는 다시 필자를 향하여 "총독을 만나봤습니까?"하고 물었다. 총독을 만나서 한 얘기를 그대로 대답했다. 간디는 화제를 바꾸었다.

"물은 많이 마셔도 괜찮아요. 충분히 끓였으니까. 자, 이 망고열매를 하나 먹어보십시오." 필자가 망고 껍질을 벗기려고 하자 몇 사람이 간디와 같이 웃었다. 간디가 우리는 보통 손으로 주물러 말랑말랑하게 해서 한쪽에서부터 빨아서 먹는다고 설명했다. 그리고 하지만 껍질을 벗기는 것도 알맹이가 성한지 어떤지를 보기 위해서는 좋은 일이라고 덧붙였다.

점심은 오후 1시, 저녁은 일몰 직후에 했다. 아쉬람의 일원이고, 다다바이 나오로지의 손녀인 쿠르세드 나오로지가 필자의 아침 식사——홍차, 비스킷, 꿀이나 버터를 바른 빵, 망고——를 필자의 숙소, 흙벽 위에 대(竹)로 지붕을 인 오두막으로 날라다주었다.

이튿날 점심때 간디는 야채요리를 먹기 쉽도록 큰 숟가락을 필자에게 주면서 그것이 내 체격에 맞는다고 말했다. 그는 냄비에서 삶은 양파를 덜어주었는데 필자는 날것을 청했다. 그것이 단조로운 메뉴에 약간 보탬이 되었다. 사흘 후의 점심때에는 간디가 "피셔어 씨, 주발을 이리줘요. 야채를 담아드리겠소."라고 했으나, 필자는 시금치와 호박을 이틀 동안 네 번이나 먹었기 때문에 그건 더 먹고 싶지 않아서 정중하게 사양했다.

"당신은 야채를 싫어합니까?"

"사흘 동안 같은 야채를 계속해서 먹었더니 그렇습니다."

"아, 그럼 소금과 레몬을 많이 쳐서 먹어요."

"맛을 없애라는 말씀인가요?"

"아니 아니. 맛이 더 좋아요."

"당신은 음식의 맛도 죽이지 않는 비폭력주의자이시군요."

"사람이 죽이는 것이 그뿐이라면 나도 아무 염려하지 않겠지요." 필자는 얼굴과 목에 흐르는 땀을 훔치며 말했다. "다음에 제가 올 때에는." 그러나 필자는 간디가 듣고 있지 않는 것 같아서 말을 끊었다.

"그래, 다음에 당신이 올 때에는……뭡니까?" 간디가 말했다.

"세바그람에 냉방장치를 해주시든지 아니면 당신이 부왕의 궁전에서 사시든지 해주셔야겠습니다."

"그렇게 하지요." 간디는 여유롭게 자신에 찬 목소리로 말했다.

간디는 농담도 잘 했다. 어느날 오후 필자는 전날처럼 간디를 만나러 그의 오두막에 갔다. 그러나 간디는 없었다. 그러자 밖에서 방에 들어오더니 침대에 누워 필자의 질문을 기다리면서 "이렇게 벌렁 누워 있는 자세로 주먹으로 한 대 갈겨주시오."라고 말했다. 이슬람교도의 한 여성이 그의 복부에 흙습포를 했다. 간디가 "이게 나와 미래와의 연락계입니다."라고 말했으나 필자는 무슨 뜻인지 금방 깨닫지 못했다.

"무슨 말인지 못 알아 들은 모양이군요."

필자는 그것이 아니고 "흙으로 돌아가시기에는 아직은 너무 이르다고 생각합니다."라고 대답했다.

"글쎄요. 당신도 나도 사람은 다 이르거나 늦거나 그렇게 되는 법이지요. 하기야 그중에는 100년을 사는 사람도 있겠지만." 간디는 말에 힘을 주었다.

언젠가 또 간디는 런던에서 로드 샌키에게 한 말을 인용해서 말했다. "당신은 내가 몸을 소중하게 다루지 않고서도 이렇게 원기왕성한 노령에 다다를 수 있었다고 생각합니까. 내 결점의 하나입니다."

필자는 이렇게 말해보았다. "당신을 완전무결한 사람이라고 생각하고 있었습니다마는."

이 말에 간디는 웃었다. 회견 때 늘 동석하고 있는 약 10명의 아쉬람 사람들도 같이 웃었다(간디는 필자에게 다른 사람들이 같이 참석하고 있는 것이 싫지는 않느냐고 묻기도 했다). 그는 이렇게 말했다. "천만에요. 나는 도저히 그렇지 못합니다. 당신은 이곳을 떠나기 전에 내 결점을 산더미만큼이나 발견할 거요. 만약 발견을 못하는 경우에는 발견을 하도록 내가 도와드리지요."

간디는 필자와 1시간의 회견을 시작할 때에는 언제나 그 오두막 안에서 가장 시원한 자리를 필자를 위해서 찾아주었다. 그리고서 미소를 지으며 "그럼 당신이 먼저."라고 말했다. 약속 시간이 끝날 때가 되면 정확한 시간감각으로 큼직한 1달러짜리 회중시계를 들여다보고는 "당신 시간은 다 됐습니다."라고 말했다. 시간관념이 퍽 정확한 사람이었다.

하루 중에 가장 고된 일은 간디와 다른 아쉬람 사람들 그리고 내가 머무르는 1주간 동안에 두 번 온 네루와의 대화를 타이프라이터로 기록하는 일이었다. 5분만 하면 벌써 땀이 나고 기운이 빠졌다.

한번은 필자가 간디에게 같이 사진을 찍게 해달라고 부탁하자 "혹시 가까운 곳에 사진사가 있으면 같이 찍어도 괜찮아요."라고 말했다.

"그 말씀은 당신에게 얻은 최대의 찬사입니다."라고 내가 말하자 간디는,

"당신은 찬사를 바랍니까?" 하고 물었다.

"사람은 누구나 다 그렇지 않을까요?" 내 말에 간디는 고개를 끄덕거리면서 말했다. "하기는 그런 모양이지만 그 때문에 때로는 대단히 비싼 대가를 치러야 하는 경우가 있어요."

그 일주일 동안에 간디는 필자에게 아프톤 신크레어^(미국의 작가)나 미시간 주 바틀그리이크의 식생활 전문가 케로그 박사, 그리고 애리노어 루즈벨트 부인을 아느냐고 물었다. 그러나 대체로 보아 간디는 일반적인 호기심은 별로 나타내지 않았다. 그는 자기가 힘을 미칠 수 있는 문제점이나 직접 질문을 받은 문제에만 관심을 집중했다.

필자는 국민회의파는 대기업의 손에 장악되고 있으며 간디 자신도 봄베이 실업가들로부터 원조를 받고 있다는 소문을 들었다는 얘기를 하고 "그런 소문에 진실성이 있습니까?" 하고 은근히 물어보았다.

"유감스럽지만 그런 사실입니다. 국민회의파는 활동을 계속할 만한 자금을 가지고 있지 않아요. 처음에는 당원 한 사람당 4안나씩 걷어서 그것을 자금으로 쓸 생각이었는데 뜻대로 되지 않았어요."

"국민회의파 예산의 어느 정도를 부유한 인도인이 부담하고 있습니까?"

"실제로 그 전액입니다. 이를테면 이 아쉬람에서는 지금보다 더 검소한 생활을 할 수가 있고 지출비용도 절약할 수 있지 않습니까? 하지만 그렇게까지는 하지 않고 있어요. 돈은 유복한 친구들에게서

받고 있습니다."(나이두 여사가 말했다는 유명한 말이 있다. 간디에게 가난한 생활을 시키기 위해서는 무척 많은 돈이 든다는 것인데, 이 말은 간디 자신도 썩 마음에 들었다고 한다.)

"회의파가 재계에서 자금을 얻어 쓰면 그 정책에 영향이 있지 않을까요? 아무래도 심리적인 부담을 느끼게 되지 않겠습니까?"

"무언의 부담이 되기는 합니다. 하지만 실제로 우리가 부자들 생각에 영향을 받는 일은 전혀 없습니다. 그들은 간혹 우리의 완전독립의 요구를 두려워합니다. 회의파가 부유한 후원자에 의존하고 있는 것은 불행한 일입니다. 그렇습니다. 나는 '불행'이라는 말을 사용합니다. 하지만 그것이 우리 정책을 어긋나게 하는 일은 없습니다."

"사회문제나 경제문제를 거의 제외하고 주로 민족주의에 전념하고 있는 것은 그 결과의 하나가 아닐까요?" 하고 필자가 물었다.

간디는 그것을 부정했다. "회의파는 그 동안 특히 판디트 네루(^{자와}^{하르랄}_{네루})의 주로 밑에 경제계획에 있어 진보된 사회정책이나 설계를 채용해오고 있습니다. 당신이 참고할 수 있도록 그 자료를 준비시키지요."

간디의 아쉬람, 하리잔에 대한 봉사, 그리고 농민 생활수준의 향상이나 국어교육 등, 여러 가지 기관의 유지비는 그 태반이 방식공장 주인인 대부호 G. D. 비르러의 주머니에서 나오고 있었다. 간디는 가끔 뉴델리에 있는 비르러 저(邸)에서 얼마 동안 유숙하기도 했다. 비르러가 간디를 처음 만난 것은 1920년이며 장소는 캘커타였다. 간디가 역에 도착했을 때, 당시 청년 브로커였던 비르러는 친구 몇 사람과 함께 간디가 탄 마차에서 말을 풀고 그들이 대신 수레를 끌고 대로로 나아갔다. 비르러는 간디의 신도가 되었다. 마하트마의 몇 가지 방침에 대해서는 의견을 달리했으나 그것은 문제가 아니었다. 그는 간디를 '나의 아버지'라고 불렀으나, 물레를 신뢰한다면 자기 공장문을 닫아야 했을 것이지만 그렇게는 하지 않았다. 상처한 뒤에는 재혼하지 않고 브라흐마차리가 되었다. 아마도 그것이 그와 간디가 유대를 맺게 된 큰 이유가 되었을 것이다. 1933년에 처음으로 10일 동안 비르러 저(邸)

를 방문했으며, 그 후로는 자주 단기간 혹은 장기간 가서 머물렀다. 간디는 이따금 델리의 킹스웨이에서 가까운 하리잔 마을을 거점으로 삼았는데 비르러는 그곳 유지비로 1일 50루피를 부담했다. 그는 또 병원과 낙농장을 포함한 아쉬람의 유지비로 연액(年額) 추정 5만 루피를 내고 있었다. 그것은 1935년 이후의 일인데 기부금액을 기록하지는 않았다. 그러나 간디는 자기가 직접 지출비의 모든 항목을 비르러에게 제출했다. 비르러는 그것을 보지도 않고 간디 앞에서 찢어 버렸다. 그 밖에도 비르러는 간디가 관심을 두는 여러 가지 복지단체를 후원했다. 간디의 사업에 대한 비르러의 자금제공은 수백 만 루피에 이르렀을 것이다. 비르러는 간디의 그에 대한 우정에서 명예와 만족을 얻었으며 어쩌면 사업면에서도 이익이 되었을지 모른다. 마하트마로부터 정치면의 여러 가지 움직임을 알 수 있었기 때문이다. 그러나 간디는 그렇게 해야 할 때에는 친구이며 후원자였던 아후마다바드의 암바랄 사라바이에게 한 것처럼 비르러 공장 노동자의 파업을 지도했을 것이다. 다만 간디는 자본가의 착취에 반대하는 동시에 그들에 대해서 너그러웠다. 마찬가지로 대영제국에 반대하는 동시에 영국인에 대해서 너그러웠다. 가령 그럴 기회가 생겼다면 처칠의 집에서도 유숙했을 것이다. 간디는 자기의 목적과 순수성에 확신을 가지고 있었기 때문에 자기에게 때가 묻는 경우를 생각할 수 없었다. 간디에게는 비르러나 공산주의자나 그 누구도 결코 불가촉천민은 아니었다. 간디는 누구에 있어서나 덕의 표시를 발견하면 그것을 조장했다. 다시 말하면 사람의 본성은 같아도 그것이 여러모로 나타나기도 한다는 것과 목적의 다양성을 이해하고 있었던 것이다.

필자가 1942년 6월, 그의 아쉬람에 체류한 주초에 간디가 영국을 인도에서 축출하기 위한 시민적 불복종투쟁을 결사한 것이 명백해졌다.

간디는 영국이 인도를 떠나 그 몸을 정화하지 않는 한 전쟁에 이기지도 못 하고 평화를 달성하지도 못 한다고 생각했다.

어느 날 오후, 간디는 영국의 지배에 대한 시민적 불복종투쟁의 개시로 이끌어가는 이유를 자상하게 얘기했다. 얘기를 듣고 나서 필자는 다음과 같이 질문했다. "영국이 인도에서 당장 떠날 가능성은 없을 것으로 보입니다. 가령 영국이 떠나면 그 결과는 인도를 일본에 선사하는 것이 될 것입니다. 영국은 결코 그것을 동의하지 않을 것이며 아메리카도 받아들이지 않을 것입니다. 당신이 영국이 짐을 꾸려 떠날 것을 요구한다면 그것은 불가능한 일을 요구하는 것입니다. 당신은 무엇인가 잘못 생각하고 계신 겁니다. 당신은 영국이 그 군대와 함께 철수하라고 요구하는 겁니까?"

간디는 내 말에 약 2분 동안 침묵했다. 방 안이 조용했다.

그러다가 "그렇습니다."라고 말했다. "하지만 군대를 철수시키라는 것은 아닙니다. 영국이나 아메리카 혹은 기타 어느 나라나 인도에 군대를 주류(駐留)시키고 인도를 군사기지로 사용하는 것은 괜찮아요. 나는 이 전쟁에서 일본이 이기는 건 바라지 않습니다. 다만 나는 영국이 인도 민중이 자유를 얻지 않고서는 전쟁에 이기지 못한다는 것을 확신하고 있습니다. 영국은 인도에 대한 지배를 계속하는 한 약점이 있으며, 도의적으로 방위를 못 합니다. 나는 영국을 모욕하고 싶지는 않아요."

"그러나 인도가 민주주의 국가의 군사기지로 사용되는 경우에는 그 밖에 여러 가지 문제가 얽히게 됩니다. 군대는 진공상태 속에 있는 것이 아니니까요. 이를테면 연합군은 더 좋은 철도시설을 필요로 할 것입니다."

"철도를 사용하는 건 좋아요. 보급을 받는 항만에서는 치안이 요구될 것이며 봄베이나 캘커타에서 폭동을 일으킬 수는 없겠지요. 그런 일에는 협력이나 공동작업이 요구될 것입니다."

"그런 협력의 조건을 동맹조약에 포함시킬 수 있겠습니까?"

"그거야, 서면으로 협정할 수 있겠지……."

"그렇다면 왜 그 말씀을 하지 않았습니까. 실은 당신이 시민적 불복종운동을 계획하고 있다는 얘기를 들었을 때 나는 반대로 생각했습니다. 전쟁수행을 방해하는 것이라고 생각했습니다. 나는 전쟁을 하지 않을 수 없으며 또 반드시 이겨야 한다고 생각합니다. 만일 추축국(樞軸國)이 이기는 경우에는 세계가 온통 암흑이 되겠지만, 우리가 이기면 세상이 나아질 기회가 있다고 생각합니다."

"그 점은 그렇게 간단하지 않아요. 영국은 가끔 위선의 탈을 쓰고서 훗날의 실행이 따르지 않는 면을 보이고 있습니다. 그러나 민주주의 국가측이 이기면 보다 좋은 기회가 있으리라는 가정은 인정합니다."

"그것은 우리가 만들어내는 평화의 성격에 의해 다르기도 할 것입니다."

"그것은 당신들이 전시 중에 하는 행동에 달려 있습니다. 나는 미래의 약속에는 그다지 흥미를 가지고 있지 않으며 전후의 독립에도 흥미를 두고 있지 않습니다. 지금 당장 독립을 해야겠다는 것입니다. 그것이 영국의 승리를 지원하게 된다는 것이 내 생각입니다."

필자는 다시 한 번 질문했다. "당신은 왜 이 계획을 총독에게 전달하지 않습니까? 당신이 인도를 연합국의 군사행동 기지로 사용하는 일에 아무 반대도 하지 않는다는 것을 알려줘야하지 않을까요?"

"아무도 나에게 그것을 요구하지 않았어요."라고 간디는 대답했다.

간디의 가장 측근 제자들 몇 사람은 간디가 영국이나 기타 나라의 군대를 인도에서 너그럽게 보려는 태도를 유감스럽게 생각했다. 따라서 그들은 간디가 필자에게 한 발언은 중대한 실책이라고 생각했다. 하지만 간디는 자기 생각을 바꾼 것을 공적으로 시인했다. 필자와 만나서 얘기한 지 얼마 후 그는 '분명히 내가 처음에 한 말에는 결함이 있다.'고 〈하리잔〉지에 발표했다. '나는 회견자 한 사람에게 지적받고 그 결점을 바로잡았다. 비폭력에는 어떤 대가를 치르게 되더라도 최고로 엄밀한 성실성이 요구된다. 나는 착실하게 패배를 초래하게 될 조치를 연합국측이 취하게 하는 과오를 범할 수는 없다. 연합국이 갑자기 철퇴하는 경우에는 일본의 인도 점령과 중국의 패배를 확실히 초래할 것이다. 나는 내 행동이 파국을 초래하게 되리라고는 전혀 생각해보지도 않

았다.'

필자가 아쉬람을 떠나기 전에 마하데브 데사이는 간디가 총독을 만날 생각이 있다는 것을 총독에게 전해주도록 부탁했다. 마하트마는 아마 총독과 타협하여 예정하고 있었던 시민적 불복종운동을 포기할 생각이었던 것 같았다.

그러나 간디는 인도의 자치는 전시 중에 미리 허용되어야 하며, 반추축(反樞軸) 세력이 이 점을 이해하지 않는다면 시민적 불복종운동에 의해서 이 점에 주의를 향하게 해야 한다는 강한 신념을 가지고 있었다. 어느날 오후 간디는 "당신 나라 대통령은 네 가지 자유—— 루즈벨트 대통령이 1941년 의회에 보내 말한 언론의 자유, 신앙의 자유, 결핍으로부터의 자유, 공포로부터의 자유를 주장하고 있는데, 거기에는 자유를 주장하는 자유도 포함되어 있겠지."라고 말했다.

필자는 6월 10일 아자드와 네루가 왈더에 있는 회의파 숙소로 향하는 차에 동승해서 아쉬람을 떠났다. 우리가 타고 간 자동차는 회의파의 두 지도자와 회담을 계속할 간디를 모셔오기 위해 몇 시간 후 세바그람으로 돌아갔다. 간디는 오후 3시에 혼자서 숙소에 들어왔다. 왈더에 오는 도중 4분의 3마일 거리에서 차가 고장이 나 6월의 염천(炎天) 더위를 무릅쓰고 걸어서 온 것이다. 숙소에 도착한 간디는 쾌활했다. 피곤했을지 모르지만 외양으로는 알 수 없었다. 아마 산업시대의 이 신기한 기술적인 물건이 별로 쓸모없다는 것을 논평할 수 있는 재료가 생겼다는 기쁨으로 피로도 느끼지 않는 모양이었다.

마하트마 간디는 대단한 매력이 있는 인물이었다. 인품은 조용하고 저절로 사람을 압도하는 하나의 위대한 자연현상 같았다. 그와 지적인 접촉을 하는 것은 기쁨을 느끼게 했다. 자기 마음의 창을 활짝 열어 그 구조가 어떻게 되어 있는지를 보여주었기 때문이다. 자기 생각을 굳이 완성된 모습으로 표시하려고는 하지 않았다. 그는 흔히 독백으로 하여 사고과정의 한 단계 한 단계를 명백하게 했다. 말뿐 아니라 사색이 귀에 들리는 것 같았다. 그렇기 때문에 그가 결론에 다다르기까지 그 뒤에 따라갈 수 있었다. 선전가의 말투가 아니라 친구의 말투였다. 의견을 교환한다는 데에 그치지 않고 같이 생각해본다는 방식이었다.

보통 노인은 옛날 얘기를 하고 싶어한다. 로이드 조지는 시사에 관해서 얘기를 할 때에는 으레 제1차대전 당시나 혹은 금세기 초의 사회개혁을 위한 투쟁에서 자기가 한 역할을 말하는 버릇이 있었다. 그러나 간디는 일흔 살이나 되는 고령임에도 한 번도 옛날 얘기를 하지 않았다. 그의 마음은 항상 미래로 향해 있었다. 몇 해라는 것은 문제가 아니었다. 끝없는 미래를 생각하고 있었기 때문이다. 다만 시간이 문제였는데 시간은 미래에 대해서 자기가 기여할 수 있는 일의 척도가 되기 때문이다.

간디는 영향력 이상의 것 즉, 권위를 지니고 있었다. 권위라는 것은 권력처럼 강력한 것은 아닐지 모르나 보다 더 월등한 것이다. 권력은 기구의 속성이지 인격의 속성은 아니다. 이에 관하여 정치가라는 것은 이 두 가지 요소의 다양한 결합이다. 독재자는 권력을 남용하며 권력이 증대함에 따라 권위는 손상된다. 간디는 권력을 부정하고 권위를 높였다. 권력은 희생자의 피와 눈물을 양식으로 하지만, 권위는 봉사와 동정과 애정에 의해서 배양된다.

어느날 저녁 마하데브 데사이가 물레를 돌리고 있을 때 필자는 이런 얘기를 그에게 했다. "나는 간디의 말을 조심해서 듣고 메모를 다시 검토해보고 그가 민중을 파악하는 근원이 뭔지를 생각해본 끝에 그것은 그의 정열에 있는 것을 알았습니다."

"그렇습니다."

"그 정열은 어디서 오는 것입니까?"

"그것은 인간의 육체에 담긴 정념(情念)을 승화시킨 데서 옵니다."

"정념이란 구체적으로 무엇입니까?"

"성(性)과 분노와 야심 그것을 이겨낸 간디의 자제는 완전합니다. 거기에서 강렬한 에네르기와 정열이 나오고 있습니다."

그것은 억제된 동시에 충족된 정열이었다. 간디에게는 기묘한 양면——부드러움과 격렬함, 유연성과 견고함, 인내와 성급한 태도가 혼합되어 있었다. 그 때문에 그의 동료나 영국인들은 때로는 그의 고집이나 성급한 태도에 시달리기도 했지만 동시에 그의 부드럽고 착하고 인내력에 고무되었다. 간디가 얻은 존경과 애정은 거기에서 오는 것이었다.

간디도 남의 승인을 원했다. 위대한 타고르의 동의를 얻었을 때에는 대단히 기뻐했다. 그러면서도 전세계와 가장 친근한 정치상의 동료에 대해서 자기를 주장할 수 있었다.

간디의 개성은 강렬했다. 그의 힘은 양적인 능력이 아니고 개성의 풍부성에 있었다. 그의 목표는 무엇을 소유하는 데 있지 않고, 무엇이 된다는 데 있었다. 그는 자아실현에 의해서 행복을 달성했다. 진리를 추구한 까닭에 아무것도 두려워하지 않아도 되었으며, 세속적인 재화없이도 신념의 대가를 지불할 수 있었다.

그리고 마하트마 간디는 개인윤리와 공공활동을 합치시킨 하나의 상징이기도 했다. 인간의 양심이 개인과 가정에만 있고 공장이나 관청이나 교실이나 시장에 없으면 부패, 광기, 독재의 길이 열리게 된다.

간디는 윤리로서 정치를 풍부하게 하고 그때 그때 현실의 문제를 영원의 보편적인 빛으로 비추었다. 언제나 일시적인 것에서 영구적인 요소를 증류시켰다. 그런 방식으로 인간의 행동을 제한하는 보통 테두리를 타파했다. 간디는 행동의 새로운 차원을 발견했다. 개인적인 성공이나 안락을 고려하는 입장을 넘어서 사회적 원자를 폭발시켜 새로운 에네르기 근원을 발견했다. 그리고 거기에서 방어의 방법이 없고 새로운 공격용 무기(비폭력이라는 무기)를 만들어냈다. 그 위대성은 만인이 다 가능하지만 아무도 하지 않는 일을 했다는 점에 있다.

타고르는 간디가 살아있을 때 이렇게 말한 일이 있다. "붓다나 크리스트가 인간으로 하여금 악을 완전히 버리게 하는 일에 실패한 것처럼 간디 그 역시 실패를 하겠지만, 그 생애를 후세에 대한 교훈으로 한 인물의 하나로 영구히 기억될 것이다."

제 **24** 장

의 지 력

　1942년 5~7월에 걸쳐 인도의 공기는 질식할 것처럼 무거웠다. 인도인은 어떻게 할지를 몰랐다. 우세한 일본군에 쫓긴 영국군 장군이나 아메리카 군의 조셉 W. 스티웰 대장, 패잔(敗殘)의 소부대들, 그리고 많은 인도인 피난민이 버마에서 맥없이 몰려들고 있었다. 일본군은 이미 인도 앞에 와 있는데 영국은 인도를 보호할 힘이 없는 것 같았다. 인도인은 자기들의 무력함이 안타깝고 초조했다. 비상사태에 직면하여 긴장은 고조되고 위기는 점점 절박해졌다. 호기라면 호기이지만 인도인은 행동의 선택권도 힘도 가지고 있지 않았다.

　클립스 사절(제22장 참고)은 인도가 스스로 운명을 개척하는 권리를 얻게 될지도 모른다는 기대를 품게 했으나 지금은 그 희망도 일단 좌절된 형편이었다. 인도인은 이 긴급한 결단의 시기에 수수방관하는 구경꾼의 위치에 있을 것인가. 분노가 온나라를 휩쓸었다.

　그 후의 사태 진전에 비추어보면 1942년이나 43년, 혹은 44년의 인도에 독립을 허가하기 위해 절호의 시기였음을 알 수 있다. 왜냐하면 당시에 있어서는 영국이나 기타 연합국이 전쟁이 끝날 때까지 군대를 주둔시키게 되기 때문에 인도 잠정정부(暫定政府)에 권력을 넘겨주는 과정을 원활하게 진행하고 폭력과 무질서 혹은 일본과 단독강화를 시도하는 가능성을 억제하는 상태에서 실시할 수 있었기 때문이다. 그렇게 하면 사실상의 권력은 영국이 쥐고 있으므로 1947년 인도의 해방에 따라서 발생한 몇십만 몇백만 명의 고통과 비극을 회피할 수 없었을 것이다.

간디는 그런 사태를 미리 내다본 것은 아니지만 시급히 개변(改變)할 필요성을 느꼈다. 민족권을 빨리 수립하기 위해 영국에 대한 압력을 최고로 높여야겠다고 결심했다.

간디가 취할 공식 입장은 영국군을 방해하는 일도 아니고, 영국측을 적극적으로 지원하는 일도 아니며, 일본이 침입해오는 경우 완전한 소극적 저항을 하는 것이었다.

인도인은 그것이 궁금했다. 일본인이 들어오는 경우 어떻게 비폭력적 저항을 실천할 것인가가 문제였다.

간디는 1942년 6월 14일자 〈하리잔〉 지에 그 질문에 대답했다. '식량을 제공하지 말자. 비호(庇護)하지 말자. 어떤 형식의 교섭에도 응하지 말자. 자기들이 환영받고 있지 않다는 것을 깨닫게 하자. 사태는 물론 질문이 의미하고 있는 바와 같이 원활하게 진행되지 않을 것이다. 그들이 우리들에게 호의를 갖고 있다고 생각하는 것은 터무니없는 생각이다. 민중이 상대의 맹렬한 공격에 대해서 저항이 불가능하고, 죽음을 두려워하는 경우에는 적의 강제하는 봉사를 거부하기 위해 적의 세력이 미친 지역에서 철퇴해야 한다.'

간디는 7월 26일자 〈하리잔〉 지에서도 같은 질문에 또 대답했다. '나는 상대가 일본인이거나 다른 누구이거나 어떤 권력에 대해서도 항복하느니 차라리 사살당하는 것을 택하겠다.' 간디는 또한 친구들에게도 그렇게 할 것을 권했다.

철저한 평화주의자인 간디는 인도가 비폭력이라는 방법으로 침략자를 이긴다는 역사상 유례가 없는 일을 예시하고 싶었던 것이다. 그러나 국가와 국가 사이에 맹렬한 사투가 벌어지고 있는 것을 망각할 만큼 현실감각이 없지는 않았다. 1942년 6월 14일자 〈하리잔〉 지에는 다음과 같은 말을 하고 있다. '민족정권이 수립되는 것으로 가정하고 또 그것이 내 기대에 응하는 것이라면 우리 정부는 우선 제일 먼저 침략세력에 대한 방위활동을 위해 연합국과 조약을 맺을 것이다. 인도는 파시스트와는 인연이 없으며 도의적으로 연합국을 지원하는 의

무를 질 것이다. 그것이 공통의 대의이기 때문이다.'

런던의 로이터 통신으로부터 이 격려선언을 좀더 상세하게 말해달라는 요청을받고 간디는 다음과 같이 전보로 대답했다. '독립 인도가 우호적으로 할 수 있는 일은 얼마든지 있다. 나는 인도가 중국을 일본의 침략으로부터 막기 위해 연합국과 조약을 맺을 것을 구상하고 있다.'

그렇다면 간디는 전쟁수행을 지원한다는 것일까. 그렇지는 않다. 연합국 군대는 인도에 주둔할 수 있으며 인도인이 영국군에 입대하거나 다른 방법으로 원조할 수도 있다. 그러나 인도 입장은, 인도군은 해산하고 인도의 새로운 민족정권은 세계평화를 위해서 그 권한과 자원을 사용하는 것이 보다 더 바람직스럽다는 생각이었다.

그렇다면 간디는 과연 그렇게 되리라고 예측했던 것일까? 역시 그렇지 않다. 민족정권이 수립된 후에는 간디가 하는 말은 외로운 소리가 되고 민족주의적 인도는 전쟁에 열을 올리게 될 것이다.

사실 민족주의적 인도는 그 좌절감에서 벗어나 기운을 내기 위해서라도 전쟁에 열을 올렸을지도 모른다. 네루, 아자르, 라자고파라라차리 같은 사람들은 우선 그 자체를 위해서 민족정권을 수립하려고 애쓴 것은 물론이지만, 그것은 또한 싸우는 데에도 목적이 있었다. 그들은 모두 열렬한 반파시스트였다. 네루는 "우리는 폭력에 의해서 혹은 손에 무기를 들고서 온갖 가능한 방법으로 싸울 것이다. 인도인 군대를 조직하고 인도의 생산력을 증가시킬 것이다."라고 말했다. 그러므로 영국이 그런 행동을 허용하지 않는다면 그들은 우선 독립을 위한 투쟁을 계속하지 않으면 안 된다. 네루는 단호하게 말했다. "이 시점에서 우리가 수동적인 자세를 취하는 것은 자멸을 의미한다. 그것은 우리를 파멸시키고 거세하는 결과가 된다." 인도의 근대사에는 거세라는 공포가 늘 동인(動因)이 되어 있었다. 간디도 그런 의미의 말을 한 적이 있다. "오늘날 인도 전체가 불능자가 되어 있다." 방법은 다르지만 네루도 간디도 인도 민족을 남성화하는 일에 힘썼다. 간디는 민족의 자신감을 통해서 내적인 힘을 길러야 한다고 생각하여 인도인뿐 아니라 외국의 방문자에게도 그 자신감——인도의 신념을 고취했다.

1942년의 여름이 지나감에 따라 런던은 거절당한 클립스 제안을 극복하기 위해 더 나아갈 생각이 없다는 것이 분명해졌다. 네루는 루즈벨트가 인도에 대해서 새로운 방침을 취하도록 처칠을 설득할 것으로 기대했으나 아무런 신호도 없었다. 회의파 당원의 일부는 인도가 과연 시민적 불복종의 호소에 응할지 의문시하고 있었고, 또 다른 일부는 맹렬한 반응이 일어나는 것이 아닌가 염려하고 있었다. 그러나 간디에게는 아무 의념(疑念)이 없었다. 그는 인도인의 열렬한 자기 주장의 충동을 믿고 있었다.

간디는 영국의 지배를 전복시키는 것을 직접 목적으로 의도하지는 않았다. "비폭력 혁명은 권력을 획득하려는 계획이 아니라 권력의 평화적 이양을 초래하기 위해 관계를 변혁하려는 계획이다. 영국의 인도 지배는 즉시 종결되어야 한다."고 회의파 운영위원회는 7월 14일 왈더에서 이렇게 결의했다. '외국이 지배를 하는 것은 설사 그것이 최상의 것이라 하더라도 악이며 위법행위를 계속하는 것이다. 클립스 사절의 실패가 남긴 좌절감은 영국에 대한 악감정을 급격히 또 광범하게 증가시키고, 일본군의 승리에 대한 만족감을 고취시켰다. 그러므로 운영위원회는 이 움직임을 억제하지 않으면 필연적으로 침략에 대하여 수동적인 태도를 초래하게 될 것을 깊이 우려하고 있었다. 위원회는 모든 침략에 저항해야 한다고 생각한다. 국민회의파는 현재의 영국에 대한 악감정을 호의로 바꾸고 인도를 공동사업의 자발적인 협조자로 이끌어나가기를 원하거니와 그것은 인도가 자유독립의 기쁨을 누리게 됨으로써 비로소 가능해진다.'

결의문은 다시 이어진다. '국민회의파는 연합국측을 방해하려고는 생각하지 않으며 연합군의 인도 주둔에 동의한다.

그리고 만약 이 호소가 받아들여지지 않을 경우에는 국민회의파는 필연적으로 마하트마 간디의 지도 밑에 본의는 아닐지라도 시민적 불복종투쟁을 개시하지 않으면 안 되게 될 것이다.'

이 결의문은 8월 상순에 개최될 예정인 전인도 회의파위원회의 승인을 거쳐야 했다. 한편 간디는 세바그람에서 모든 인도인에게 호소했는데 그 글은 다음과 같이 시작하고 있다. "나는 당신들에게 아무런 악의도 품고 있지 않습니다. 그러나 당신들의 중국에 대한 침략은 심히 증오합니다. 당신들은 제국주의적 야심으로 가득 차 있습니다. 당신들은 그 야심을 달성하지 못할 것이며 아시아 분열의 장본인이 될 것입니다. 그리하여 인류의 희망에 없어서는 안 될 세계연방과 동포애를 무의식중에 방해하게 될 것입니다."

간디는 일본에 정세를 이용해서 인도에 침입하지 말라고 경구했다. "만약 당신들이 인도에서 진실한 환영을 받을 거라고 생각한다면 참혹한 환멸을 느끼게 될 것입니다. 우리는 우리 나라의 동원할 수 있는 한 전력을 다하여 당신들에게 단호히 저항할 것입니다."

그 후 간디는 봄베이에 갔다. 그는 〈뉴욕 해럴드 트리뷴〉 지의 A. T. 스틸 기자에게 "전쟁 중에 영국정부가 인도 독립을 선언하면 반드시 전쟁수행을 위기에 몰아놓게 된다고 나에게 납득시킬 수 있는 사람이 있다면 나는 그 사람의 의견을 듣고 싶다."고 말했다.

"만약 납득이 되면 투쟁을 중지하겠습니까?"라고 스틸 기자가 물었다.

"물론이지요." 하고 간디는 대답했다. "내가 불만으로 여기는 것은 그 선량한 사람들이 나를 비방하기는 하지만 그 지위에서 내려와 직접 의논하려고는 하지 않는다는 것입니다."

린리스고우 총독은 1939년과 40년에 간디와 의논했으나 그 후로는 만나서 얘기하자는 요청이 없었다.

8월 7일, 수백 명의 회의파 지도자들이 전인도 회의파위원회에 모였다. 7일, 8일 양일 간의 심의를 거듭한 끝에 왈더 결의안을 조금 수정해서 채택했다. 그것은 다음과 같은 성명이었다. '인도 정부는 회의파의 지휘에 따라 모든 군사적 및 비폭력적 세력으로 침략에 저항한다——이것은 네루 아자드 일파가 삽입한 반(反) 간디 색(色)이었다——그리고 만약 회의파 지도자가 미리 체포되어 지시를 내리지 못하게 되는 경우에는 이 운동은 비폭력을 기본으로 한다는 일반적 지시에 따르도록 한다.'고 회의파전체에 경고하고 있었다.

간디는 8월 8일 밤에 전인도 회의파 위원회 대표 앞에서 연설을 했다. "실제의 투쟁은 지금부터 시작되는 것은 아닙니다. 여러분은 어떤 권한을 나에게 위임했습니다. 나는 우선 총독을 방문하여 국민회의파의 요구를 수락해주도록 부탁하겠습니다. 그러기 위해 2~3일이 걸리겠지요. 여러분께서 당장 무슨 일을 해야 할지는 내가 일러드리겠습니다. 물레를 돌리는 일입니다. 그리고 그 외에도 여러분께서 할 일이 있습니다. 여러분 한 사람 한 사람이 지금 이 순간부터 자기를 자유로운 남자, 자유로운 여자라고 생각하여 자유로운 인간, 즉 제국주의에 짓밟히고 있지 않은 인간으로서 행동해야 합니다." 그는 조건이 심리를 결정한다는 유물론적인 논리를 역전시키려고 했다. 거꾸로 심리가 조건을 만들어낼 수도 있다는 것이다. 언젠가 간디는 "사람은 자기가 생각하는 사람이 된다."고 말한 적이 있었다.

대표들은 숙사에 돌아와 취침했다. 2~3시간 후 해뜨기 전에 경찰이 와서 간디와 네루를 비롯하여 기타 수십 명을 교도소로 연행했다. 간디는 따로 푸우나에 가까운 얄바다에 있는 아가 카안의 큰 저택으로 연행되었다. 같이 체포된 나이두 여사, 미라벤, 마하데브 데사이, 피아야레 나얄은 간디와 같은 곳에 수용되었다. 이튿날 카스투르바이는 간디가 연설하기로 예정한 봄베이에서의 집회에 나가서 연설한다고 선언하여 일부러 체포되었다. 카스투르바이와 그녀의 치료를 맡고 있던 수시라 나얄 박사는 간디와 같은 교도소에 들어갔다. 이런 식으로 영국측은 매우 친절하게 대했다.

필자는 간디의 세바그람 아쉬람에서 1주일을 보낸 후 린리스고우 총독을 만나 부탁받은 친서를 전달했다. 간디는 총독과 만나 얘기할 것을 희망했다. 총독은 "이것은 고도의 정책문제이므로 결과를 미리 검토해야 한다."고 대답했다. 1942년은 처칠이 정권을 잡고 인도의 시민적 불복종에 대처하는 최초의 기회였다. 영국정부는 담합보다 탄압을 택했다.

간디가 교도소에 들어가고 그 문이 닫힌 순간 폭력의 문이 열렸다. 경찰서나 정부건물에 방화하고, 전화선을 끊고, 철도의 침목을 뽑아 내고, 영국인 관리가 습격을 당하는 사태가 벌어졌다. 살해당한 사람도 있었다. 파괴활동을 꾸미는 개인이나 단체가 각 지방에 나타났다. 이윽고 강렬한 지하운동세력이 조직되었다. 그것은 대개 회의파의 분파인 사회당 사람들이 지도하고 있었다. 사회당 지도자 자이프라카쉬 나라얀, 알나 아사프 알리 여사, 기타 정치적으로 간디의 자손으로 태어나 최근에 와서 칼 마르크스의 제자가 된 사람들이 반란을 유발하고 있는 지방을 왕래하면서 영웅의 빛에 싸여 있었다. 침착한 주민들은 영국 관헌에게 쫓기는 그들을 숨겨주기도 하고 자금을 제공하기도 했다. 영국 황제의 조령은 이미 통하지 않았으며 인도인이 마을이나 도시나 지구 별로 정청(政聽)의 독립을 수립한 곳에는 영국측 관리들은 나타나지 않았다. 그것은 대개 실질적인 행정을 장악했다기보다는 선전 효과가 더 크다고 할 정도의 것이었으나, 일부 지역 특히 종전부터 전투적이었던 틸락의 고향 마하라쉬트라에서는 영국 당국은 1944년까지는 복귀해서 통치를 맡지 못했다.

간디도 호전적인 기분이 되었다. 마하트마의 인격은 언제나 무대의 중심을 파악하는 그 특이한 능력을 발휘하여 아가 카안 저택의 벽을 돌파하여 우선 제일 먼저 영국 정권의 마음을 다음에 인도 국민의 마음에 대해서 공세를 취했다.

간디는 투옥되자 즉시 봄베이 주지사 서어 로저 램리이에 편지를 써, 기차에서 내려 교도소로 갈 때 다른 사람들은 트럭으로 실려가고 자기는 승용차로 실려간 것을 항의했다. 그는 특별식을 제외하고는 아무런 특권도 요구하지 않았다. 그는 이 저택은 넓다고 하면서 병을 앓고 있는 사르달 파텔과 그를 간호하는 파텔의 딸을 이곳으로 옮겨줄 수 없느냐고도 말했다. 그리고 마지막에 다음과 같이 지적했다. 차

안에서 정부가 그 정책의 정당성을 주장한 글을 읽었는데 거기에는 대단히 부정확한 언설이 포함되어 있었으므로 "나는 그것을 정정(訂正)해드리고 싶으며, 이를 허가받아야 하겠습니다. 그런데 이 일은 옥외의 진행상황을 알지 않고서는 할 수 없는 일입니다." 그러나 간디는 계속 신문 열록이 금지되었다.

램리 지사의 비서는 간디에게 신문을 받아보는 것도 파텔을 그곳에 불러오는 것도 허가하지 않는다는 회답을 보내왔다. 가족에게 보내는 사신(私信)은 괜찮다고 했다.

이에 대해서 간디는 자신이 과거 35년 동안 가정생활이 아니라 아쉬람에서 생활하고 있는 것을 정부는 모르느냐고 물었다. 간디는 하리잔 구제, 카아디, 국어의 발전을 위해서 자기가 설립한 여러 단체와 접촉하고 싶다는 희망을 표시했다. 정부는 이 요구는 양보하여 아쉬람 멤버에게 단체에 관해서는 말을 못 하지만 개인적인 문제에 관해서는 편지를 써도 괜찮다고 허락했다. 그러나 간디는 이 제한된 특전의 이용을 거부했다.

다음에는 총독을 상대로 했다. 루즈벨트 대통령이 인도의 위기에 대한 관심을 표시한 후 영국의 인도 정책에 관하여 아메리카의 이해를 얻기 위한 대규모의 선전이 진행되고 있었다. 간디는 그 사정을 알고 있었으므로 8월 14일, 옥중에서 총독에게 보낸 첫번째 장문의 편지에 정부의 곡해와 오전(誤傳)을 비난했다. 린리스고우 총독은 '친애하는 간디 씨에게'라고 부른 회답의 한 구절에서 귀하의 비판을 인정하는 것도 정책을 바꾸는 것도 할 수 없다고 대답했다.

간디는 몇 달을 기다렸다가 1942년 섣달 그믐날 다시 편지를 썼다.

친애하는 린리스고우 각하, 이 편지는 전적으로 사적인 것입니다. 새해를 맞이함에 있어 나는 귀하에 대해서 끊임없이 내 가슴을 괴롭히고 있는 것을 쫓아내지 않으면 안 되겠습니다. 나는 귀하와 내가 우호관계에 있는 줄로 믿어왔습니다. 그런데 8월 9일 이후의 사태를

검토해볼 때, 귀하가 지금도 여전히 나를 친구로 보고 있는지 어떤지
의문을 느낍니다. 나는 여태까지 귀하의 전임자들에겐 귀하를 대하는
것처럼 밀접하게 접촉한 일은 없었습니다. 귀하는 그런 단호한 행
동을 취하기 위해 전에 나를 불러서 귀하의 의념(疑念)을 말하여
확인하지 않았습니까? 나는 타인처럼 나 자신을 객관적으로 볼
수 있습니다.

　정부는 간디에게 전국적으로 퍼진 폭력행위에 관해서 그에게 책
임이 있는 것처럼 뒤집어씌워 간디 자신의 입에서 폭력행위를 비
난하는 말이 나올 것을 은근히 기대했다. 그러나 정부측 설명밖에는
듣지 못하고 있는 간디가 어떻게 그렇게 할 수 있었겠는가. 정부는
대답할 수 있는 자유를 빼앗은 채 비난했으며 서 비난하며, 간디와
그의 제자들을 그들의 선의를 무시하고 투옥함으로써 무고한 사람
들을 학대했다고 비난했다.

　그런 까닭에 간디는 '단식에 의해 육체를 희생할 결심을 했다.'고
편지를 끝맺었다. 단식은 최후의 수단이며 일부러 하고 싶지는 않
았다.

　'내 생각이 틀렸다면 나를 설득해주시기 바랍니다. 그러면 나는
얼마든지 방침을 바꿀 것입니다. 나를 불러주셔도 좋습니다. 귀하
에게 그렇게 할 생각만 있다면 방법은 그 외에도 산더미처럼 많을
것입니다. 새해가 우리 모두에게 좋은 해가 되기를 바랍니다.'

M. K. 간디

　총독이 이 편지를 받은 것은 2일 후였다. 부하 직원들이 지체시킨
것이다. 총독은 간디의 사신(私信)에 대해서 편지지 두 장의 답서를
보내왔다. 처음에는 신문을 못 보게 했지만 그 후 보게 하여 간디는
방화나 살인행위가 발생하고 있는 사태를 알고 있었으므로 린리스고우
총독은 이렇게 말했다. '나는 귀하의 입에서 폭력행위나 범죄행위를
비난하는 말을 한 마디도 듣지 못하여 매우 실망했습니다.'

간디는 이에 곧 답서를 썼다. '물론 나는 8월 9일 이후의 사태를 개탄하고 있습니다. 그러나 나는 내가 조종도 통제도 못 하는 사건이나 일방적인 평가만 받는 사건에 관해서는 의견을 말씀드릴 수 없습니다. 가령 귀하가 우리를 체포하지 않고 8월 8일 밤에 내가 성명을 통해서 요청한 회견에 응했더라면 모든 일이 다 잘 되었으리라고 생각합니다. 내 생각이 틀렸다면 아무쪼록 나를 납득시켜주시기 바랍니다. 나는 얼마든지 개선하겠습니다.'

린리스고우 총독은 곧 회답하여 '국민회의파의 운동과 국민회의파 조직의 권위있는 대표자이며 완전한 권능이 부여되고 있는 대표로서의 귀하에게 이 유감스러운 폭력투쟁과 범죄행위의 책임이 있는 것으로 간주하지 않을 수 없다.'고 거듭 말했다. 그리고 총독은 정부측이 과오를 범했다는 간디의 비난을 거부하여 마하트마에게 '8월 8일의 결의 및 결의의 기초가 되어 있는 정책과 당신과의 관계를 거절하든가 부인하든가 해서 장래에 대한 적절한 보증을 보여달라.'고 요청했다. 그러면서 총독은 봄베이 주지사에게 간디의 편지를 지체없이 전송하라고 지시했다.

산디는 이에 대한 회답에서 '민중을 광기로 몰고 간 것은 정부'라고 거듭 말했다. 8월 8일의 회의파 결의는 연합국 및 영국에 대해서 우호적이었다. 그런데 정부의 폭력은 격렬했다. 회의파 지도자들을 체포한 까닭에 사태가 어려워진 것인데, 총독은 전생애를 비폭력에 바쳐온 사람에게 폭력의 책임을 전가한 것이다. 간디는 편지에 또 말했다. '그러나 나의 고통을 더는 진정제를 얻지 못한다면 사티야그라하에 규정된 방법, 즉 능력에 따른 단식에 의지할 수밖에 없습니다. 3주 예정의 단식은 2월 9일 금요일에 개시될 것이며, 단식중 보통은 물에 소금을 타서 마십니다마는 요즈음은 몸이 물을 받지 않기 때문에 이번에는 물을 마시기 위해 과즙을 섞기로 하겠습니다. 결사적으로 단식을 할 생각은 없으며 하느님의 뜻이라면 고난을 극복하여 더 살게 되기를 원하고 있습니다. 정부측에서 필요한 조치를 취한다면 단식을

빨리 종결할 수 있을 것입니다.'

총독은 2월 5일 급히 장문의 회답을 냈다. 총독은 아직도 개탄할 만한 무질서의 책임이 국민회의파에 있다는 생각을 바꾸지 않고 있었다. 린리스고우의 행정참사회 내무상 리디날드 맥스웰은 입법참사회에서 이 문책을 진술했으며 그것을 수형자에게 전달하기로 되어 있었는데, 총독의 편지에는 그 문책을 되풀이하여 상세하게 덧붙이고 있었다. '마지막으로 당신의 건강과 연령을 염려하여 단식을 결정하시는 것을 내가 얼마나 깊이 유감스럽게 생각하고 있는지를 말씀드립니다.' 총독은 간디가 단식을 하지 않을 것을 희망했으며 그것은 간디의 책임이라고 생각했다. '나는 단식을 정치목적에 사용하는 것은 도의적으로 정당화할 수 없는 일종의 정치적 협박행위라고 생각합니다. 그리고 여태까지 당신이 쓴 글로 미루어 당신도 같은 의견을 가지고 있는 것으로 이해하고 있습니다.'

이와는 달리 간디는 단식은 폭군에 대해서가 아니라 사랑해주는 자에 대해서 행할 수 있다고 쓴 적이 있었다.

간디는 총독에게 보낸 회답에서 단식 결정은 자기가 종전에 쓴 글에 어긋나는 게 아니라고 말했다. '귀하께서 제 편지를 직접 읽어보셨는지 어떤지 불확실하다고 생각합니다. 귀하는 단식을 일종의 정치적 협박행위라고 말했습니다. 그것은 귀하가 지키지 못한 정의를 위해서 최고재판소에 상소하는 행위입니다. 가령 고행을 견디지 못하여 생명을 부지못하는 경우에 나는 나의 무죄에 대한 전폭적인 신뢰를 갖고 최후의 법정에 출두할 따름입니다. 후세가 모든 권력을 구비한 정권을 대표하는 귀하와 단식을 통해서 모국과 인류에의 봉사를 신뢰한 미약한 한 인물에 대해서 재정(裁定)을 내리게 될 것입니다.'

단식 개시 2일 전 정부는 간디가 단식하는 동안은 석방하겠다고 제의했다. 간디는 이 제의를 거부했으며 석방이 되면 단식하지 않겠다고 말했다. 그래서 정부는 어떤 결과가 생기더라도 간디 자신의 책임이며 다만 그 동안 간디가 원하는 의사나 친구를 옥내(獄內)로 불러들여도 괜찮다고 발표했다.

1943년 2월 10일 예정보다 하루 늦어서 단식이 시작되었다. 간디는 제 1 일은 매우 쾌활했다. 2일간은 예에 따라 아침 저녁 반 시간씩 산보를 했다. 그러나 용태면에서는 곧 불안을 나타내기 시작했다. 6일째, 영국인 공의(公醫)를 포함한 6명의 의사가 간디의 용태가 더욱 악화되었다고 발표했다. 그 이튿날 아침, 서어 호미 모디, M. R. 사르칼, 아네 이 3명의 총독 행정참사회의 멤버가——그 멤버라는 사실 자체가 친정부적, 반회의파적 태도를 의미하는 것이지만——간디로 하여금 단식을 하게 한 정부의 문책에 항의해서 사임했다. 중앙입법참사회는 간디의 단식에 관해서 토의했다. 정부에는 마하트마의 석방 요구가 전국에서 쇄도했다. 단식이 시작된 지 11일째 린리스고우 총독은 간디 석방의 모든 제안을 거절했다.

B. C. 로이 박사가 캘커타에서 간디를 간호하러 왔다. 영국인 의사들은 마하트마의 생명을 구하기 위해 정맥주사를 주장했으나 인도인 의사들은 그것은 오히려 간디를 죽이게 된다고 반대했다. 간디 자신은 원래 주사를 반대했다. 육체는 복약(服藥)을 자기 의사에 따라 거부할 수 있지만, 주사에 대해서는 거부할 수가 없으므로 그것은 일종의 폭력이라는 생각이었다.

군중들이 얄바다에 모여들기 시작했다. 정부는 일반 민중이 저택 안에 들어가 간디 방 앞으로 나란히 지나가는 것을 허락했다. 셋째 아들 라무다스와 넷째 아들 데바다스도 왔다.

간디는 물에 소금이나 오렌지 주스를 타지 않고 마시고 있었다. 가슴이 답답하고 신장이 약해지기 시작했으며 피가 탁해졌다. 13일째에는 맥박이 약해졌다. 카스트루바이는 성목(聖木) 앞에 무릎을 꿇고 기도했다. 간디의 죽음이 다가오는 것 같은 생각이 들었다.

마하트마는 드디어 주위의 설득을 받아들여 모산비의 신선한 즙을 서너 방울 타게 했다. 구역질이 그치고 약간 기운이 났다.

3월 2일, 카스투르바이는 물을 탄 오렌지 주스 한 컵을 주었다. 간디는

20분 동안 그것을 천천히 마셨다. 의사들에게 감사를 표하고 한참 울었다. 4일간은 오렌지 주스를 먹고, 그런 뒤에 양유, 과즙, 과육의 평상시 식사로 돌아갔다. 건강은 차츰차츰 회복되었다.

국민회의파 이외의 저명한 인도 지도자들이 간디의 석방과 정부의 새로운 화해적인 정책을 모색하여 움직이기 시작했다. 테지 바하둘 사프루 등 기타 사람들이 간디와의 면회를 신청했으나 린리스고우 총독은 거절했다.

4월 25일, 루즈벨트 대통령이 인도에 보낸 개인사절인, 전에 국무 차관을 지낸 윌리엄 필립이 귀국하기 전 외국 기자단에게 "간디 씨를 만나 얘기하고 싶어서 당국에 요청했으나 허가할 수 없다는 통지를 받았다."고 말했다.

린리스고우 총독의 행동은 간디에게 종전에 없었던 불만을 느끼게 했다. 전쟁에 따른 비상사태 때문에 통상의 5개년인 임기가 연장되었던 총독이 드디어 귀국하게 된 1943년 9월 27일, 간디는 총독에게 다음과 같은 편지를 썼다.

귀하가 인도를 떠나게 된 것에 대하여 한 마디 작별 인사를 하고 싶습니다. 내가 여태까지 가까이 할 수 있었던 고관들 중에서 귀 하만큼 나에게 슬픔을 끼친 사람은 없었습니다. 귀하가 허위를 묵 인하고 있다는 사실, 그것도 전에는 자기 친구라고 생각했던 사람에 대해서 그랬다는 사실을 생각한다는 것은 나로서는 뼈저린 고통입 니다. 어느 날엔가, 하느님께서 당신의 가슴에 대국(大國)의 대표로 있으면서 개탄할 만한 과오에 빠져 있었다는 것을 감지시켜주실 것을 희망하면서 기도를 드리는 바입니다.

안녕히 계십시오.

지금도 당신의 친구인 M. K. 간디

린리스고우는 10월 7일에 회답을 보내왔다.

9월 27일자 귀하의 편지를 잘 받았습니다. 당신이 나에 대하여 편지에서 말씀하신 것처럼 생각하고 계신 것은 대단히 유감스럽습니다. 그러나 나는 그 점에 관해서 당신의 해석을 수긍할 수 없음을 정중하게 말씀드리고 싶습니다.

시간과 반성이 과거의 잘못을 바로잡아주는 효능은 항상 편재적(偏在的)이며 누구에게도 거절당하지 않는다는 것은 명백합니다.

경구(敬具)
린리스고우

실제로 간디는 시민적불복종 운동을 전혀 개시하지 않았다. 국민회의파는 그것을 개시하는 권한을 간디에게 주었으나 간디가 명령을 내리기 전에는 개시되지 않는다는 것을 명백히 하고 있었다. 간디는 우선 총독을 만나서 의논할 생각이었다. 또 운동을 개시했다 하더라도 긴장된 기운이 떠돌고 있는 당시의 상황을 알고 있는 간디는 지난 '소금의 행진' 때처럼, 대중의 폭력을 야기하지 않는 시민적 불복종의 어떤 방식을 택했을 것으로 상상된다. 간디가 속박되지 않았더라면 그의 부하들이 사회시설을 파괴하거나 사람을 가해하는 사태가 발생하지는 않았을 것이다. 만약 발생했다면 간디의 단식은 오히려 그들에 대한 것이었을지도 모른다. 어쨌든 간디는 폭력을 억제할 수 있었을 것이며 적어도 그 이상 더 나아가게 하지는 않았을 것이다. 영국측이 간디의 체포에 의해서 얻은 것은 그를 잡아 가두었다는 만족감뿐이며 그 만족은 여러 가지 곤란한 사정이 뒤따랐기 때문에 오히려 골치아픈 일이 되고 말았다. 간디를 자유롭게 두었더라면 많은 인도인을 무마하는 효과가 있었을 것이다. 간디 체포는 인도인을 분격시키고 영국이 인도에 권력을 넘겨주려 하지 않는다는 널리 유포된 인상을 더욱 강화하여 그 때문에 반항을 초래하게 되었던 것이다. 그 반항은 또 영국측 공식숫자에 의하면 150만 명이 굶어죽었다는 1943년의 벵고르 지방

기근 때문에 더욱 격화되었다. 인도인은 당시 정부는 기근을 방지할 수도 있었을 것이며 적어도 최저한의 식량공급을 긴급히 조처할 수 있었을 것이라고 생각했다. 그 식량공급은 1943년 10월 차기 총독으로 취임한 웨벨이 제일 먼저 강구한 조치의 하나였다.

이번 옥중생활이 간디에게는 매우 슬프고 답답한 일이었다. 바깥에서 폭력이 만연하고 있는데 그것을 진정시키지 못하는 무력한 처지가 슬펐다. 그의 비폭력 신념이나 또 실제로 아직 불복종운동을 개시하지 않았다는 것을 알면서 정부가 그에게 소란의 책임이 있다고 한 것이 분하고 원통했다. 간디가 단식한 것은 당국에게 석방을 요구하려는 것이 아니고 그 부당한 문책에 항의하기 위한 것이었다. 완전한 요기(^{요가}_{수행자})라면 남이 뭐라고 하거나 무관했을지 모르지만 간디는 완전히 탈속한 사람은 아니었다.

그 비극은 일신상의 불행으로 더 큰 타격을 받았다. 간디가 아가 카안 저(邸)에 들어간 지 6일 후 그와 함께 체포된 마하데브 데사이가 갑작스러운 심장 발작으로 의식을 잃었던 것이다. 간디는 "마하데브, 마하데브." 하고 슬프게 불렀다.

"눈을 뜨고 나를 보기만 하면 죽지는 않을 텐데."라고 말하기도 했다.

"마하데브 봐요, 바아푸가 부르고 있어요." 하고 카스투르바이도 외쳤다.

하지만 마하데브 데사이는 다시는 눈을 뜨지 않았다.

쉰 살을 막 지난 마하데브 데사이는 과거 24년간 비서, 고문, 연대기 작가겸 친구이자 아들처럼 헌신적으로 간디를 섬겨왔다. 마하트마는 그의 죽음에 망연자실했다. 매일 그의 유골을 묻은 저택의 마당 한 구석에 가서 서성거렸다.

그 후 얼마 안 가서 간디는 그 이상의 일신상의 불행을 당하게 되었다.

옥중의 간디는 아내에게 인도의 지리나 기타 필요한 지식을 가르치는 데 상당히 많은 시간을 할애하고 있었는데 카스투르바이는 편잡 지방 하천의 이름을 잘 기억하지 못했다. 어느 날 시험을 해보니까 편잡의 수도 라홀을 벵고르 주의 수도인 캘커타라고 대답하기도 했다. 또 구자라어 어의 읽기, 쓰기를 가르치려고 끈질기게 애썼지만 역시 성과가 나지 않았다. 카스투르바이는 그때 일흔네 살이었다.

'바아' 즉 '어머니'라는 호칭은 간디 부인을 가리켜서 부른 이름인데, 카스투르바이는 지금도 여전히 가장 높은 카스트인 브라만을 존경하여 그들을 특별한 자질을 지닌 사람이라고 생각하고 있었다. 교도소 안에서 일하고 있는 한 브라만에게 "우리는 언제 석방되느냐."고 물은 일도 있었다. 하지만 불가촉천민에 대한 편견에는 벗어나 있었으며 물레돌리기도 열심히 했다. 그러나 맹신적인 간디주의자는 아니었다. 어느 날은 남편을 향하여 이렇게 말했다. "정부하고 싸우지 말라고 내가 말하지 않았습니까. 당신이 내 말을 듣지 않았기 때문에 우리 모두가 벌을 받는 거예요. 정부는 너무 힘이 크니까 민중을 억압할 수 있어요."

"그래서 어떻게 하라는 말이지? 정부에 사과 편지를 써보내란 말이오?"

카스투르바이가 남편에게 요구한 것은 그게 아니었다. "왜 영국인들에게 인도에서 나가라고 하는 겁니까. 인도는 땅이 넓으니까 다같이 살 수 있어요. 영국인이 여기서 살고 싶다면 형제로서 살게 해주면 되잖아요?"

"나도 그 이상을 주장하고 있는 건 아니오. 지배자로서의 영국인을 거부할 뿐이니까요. 지배자 노릇만 하지 않는다면 우리하고 싸울 까닭이 없지."

"아, 그렇다면 좋아요." 하고 카스투르바이는 동의했다. 그녀는 남편을 충분히 이해하지는 못 했으나 변함없이 숭배하고 있었다.

카스투르바이는 전부터 건강이 좋지 않았는데, 1943년 12월 만성 기관지염이 악화해서 중태에 빠졌다. 기르달 박사와 나얄 박사가 간호를 맡고 있었는데, 그녀는 간디를 치료한 일이 있는 자연요법의 전문가이며 인도 의술의 의사인 딘샤 메흐터 박사의 치료를 받고 싶다고 했다. 그녀의 의사를 존중한 간디는 그 소원을 들어줄 것을 요청했다. 이 인도 의술 의사는 근대의학 의사라면 주저할 시기에 여러 날을 두고 온갖 시료를 해보았으나 결국은 손을 들고 말았다. 그래서 기르달 박사, 나얄 박사 그리고 지바라지 메흐터 박사가 다시 애써 보았으나 역시 효험이 없었다. 정부는 아들과 손자들의 문병을 허가했다. 카스투르바이는 특히 행실이 좋지 못하여 양친과 소원해진 맏아들 하리랄을 만나고 싶어했다.

간디는 아내의 병상에 몇 시간이나 꼬박 붙어 있었다. 벌꿀과 물만 주게 하고 다른 약이나 음식은 다 금했다. 신과의 화합이 더 중요하다는 생각이었다. 신의 뜻이 있으면 살아날 것이고 그렇지 않다면 죽음에 이를지라도 약은 더 주고 싶지 않다는 것이 간디의 소신이었다.

당시의 인도에서는 매우 구하기 어려운 신약(新藥) 페니실린이 캘커타에서 비행기로 급송되었다. 데바다스는 페니실린을 쓰자고 주장했으나 간디는 "왜 하느님을 믿지 않느냐. 너는 어머니의 임종에까지 약을 쓰고 싶으냐."하고 말했다.

간디는 처음에 페니실린이 주사약이라는 것을 몰랐는데 그것을 알고는 절대 금지했다. 그는 하루종일 병상 옆에 앉아 아내의 손을 잡고 있었다. 수인(囚人)들은 힌두교 찬가를 불렀다. 2월 21일, 하리랄이 정부의 급한 연락을 받고 오기는 왔지만 술에 취해 있어서 병실에서 데리고 나가야 했다. 카스투르바이는 서럽게 울면서 슬퍼했다. (하리랄은 그 후, 아버지 마하트마의 장례식에는 남의 눈에 띄지 않게 참석했으며, 그날 밤은 아우 데바다스와 같이 잤다. 그리고 사회의 낙오자로서 1948년 6월 19일 봄베이의 한 병원에서 폐결핵으로 사망했다.)

카스투르바이는 그 이튿날 간디의 무릎에 머리를 얹고서 숨을 거두었다. 간디는 장사를 지낼 때 힌두교, 배화교, 이슬람교 그리고 크리스트교 성전에서 택한 기도를 했다. 데바다스가 불을 붙였다. 유골은 교도소 마당, 마하데브 데사이가 먼저 누운 옆에 묻혔다.

화장을 마치고 돌아온 간디는 침대 위에서 한참 말없이 앉아 있다가

이윽고, 복받쳐 오르는 슬픔을 억누르지 못하고 혼자서 중얼거렸다.
"바아(어머니의 뜻, 카스투르바이를 가리킴)가 없는 생활은 생각할 수 없다. 바아가 떠나서 생긴 공간은 무엇으로도 채워지지 않을 것이다. 62년간이나 같이 살아왔는데 페니실린을 써도 살릴 수는 없었을 거야. 내 무릎 위에서 운명했다. 그 이상 무엇을 바랄까. 그렇게 작별한 것만도 다행이다."

간디는 신임 총독 웨벨과 정치문제에 관해서 편지를 주고받고 있었는데 카스투르바이가 작고한 직후, 총독이 간디에게 보낸 편지에는 다음과 같이 써 있었다. '부인의 서거에 대하여 형처(荊妻)와 함께 충심으로 애도합니다. 그처럼 오래 같이 살아오신 반려를 잃으신 귀하의 심정이 얼마나 슬플지 충분히 동감하는 바입니다.'

간디는 이 편지를 고맙게 생각했다. 회답에서 그는 '아내를 위해 고통에서 해방되는 죽음을 환영했습니다마는 막상 떠나고 나니 짐작했던 이상으로 괴롭습니다.' 그리고 아직 한 번도 만난 일이 없는 웨벨 총독에게 부부간의 친밀한 관계를 이렇게 설명했다. '우리 부부 사이는 보통 사람들과는 달랐습니다. 서른일곱 살 이후는 금욕 생활에 의해서 그때까지보다 더욱 긴밀하게 맺어져 두 사람은 별개의 존재가 아니게 되었으며, 아내는 문자 그대로 나의 반려자가 되었습니다.'

카스투르바이가 세상을 떠난 지 6주일 후, 간디는 격일성(隔日性) 말라리아에 걸려 고열로 고생했다. 열이 40도를 넘어 헛소리를 했다. 혈액에서는 다량의 병균이 발견되었다. 처음에 그는 과즙과 단식으로 치료할 수 있으리라고 생각하여 키니네 복용을 거부했으나, 이틀 후 생각을 고쳐 2일간에 33그램의 키니네를 복용했다. 그랬더니 열이 내리고 혈액검사를 다시 해본 결과 병균이 없어졌다. 그 후로는 말라리아는 다시 걸리지 않았다.

5월 3일, 간디의 의사단(醫師團)은 간디의 용태에 관하여 빈혈이 심하고 혈압이 낮아졌다고 진단 결과를 발표했다. '전반적으로 매우 걱정될 정도로 상태가 나빠지고 있다.' 이런 발표가 나가자 인도 전역에 간디를 석방하라는 운동이 일어났다. 교도소 주위는 엄중히 경비되고 있었으나 드디어 5월 6일 오전 8시, 간디와 그의 동지들은 석방되었다. 그 후 간디의 신체를 검사한 결과 십이지장충이 있고 아메바 적리균이 발견되었다.

간디의 수형 생활은 이것이 마지막이었다. 일생 동안 인도에서 2089일, 남아프리카에서 249일을 교도소에서 보낸 셈이다.

간디는 봄베이에서 가까운 쥬후에 있는 샨티크말 모랄디의 집에서 묵었다. 모랄디의 부친은 간디의 출생지인 포르반다르 사람이었다. 나이두 여사와 자와하르라르 네루의 여동생 판디트 부인도 때를 같이 하여 그곳에 와 있었다.

모랄디 부인은 간디에게 영화감상을 권했다. 그는 아직 무성영화로 토키 영화를 한 번도 본 일이 없었으나 주위에서 설득하자 간신히 동의했다. 가까운 극장에서 〈모스크바에 가는 사절〉이라는 영화가 상영되고 있었는데 그 필름과 영사기가 모랄디 댁에 실려왔다. 간디는 약 100명쯤 되는 사람들과 함께 영화를 감상했다.

모랄디 부인이 "어떻습니까 ?" 하고 묻자, "뭐, 신통한 게 없다."라고 대답했다. 무도회와 여성의 옷차림이 천해보여 마음에 들지 않는 모양이었다.

사람들이 인도 영화는 보지 않고 외국영화만 봤다고 불평을 했으므로, 다음에는 고대의 덕 높은 이상적인 왕의 전설을 담은 〈라므라아쟈〉라는 영화를 감상했다.

어떤 사람이 간디를 위로하기 위해 펄 벅의 《이웃에 사는 중국 어린이들》이라는 유쾌하고 한가로운 아동 독서를 낭독해주기도 했다.

간디는 의사들의 치료를 받고 있었지만 그 자신은 침묵의 의료라는 방법으로 자가 치료를 했다. 처음에는 완전히 무언을 지키다가 2~3주일 지난 뒤에는 오후 4시부터 8시까지 기도의 모임에서만 얘기를 했다. 그러다가 또 몇 주일이 지난 뒤에는 다시 평상시 활동으로 돌입했다.

제25장
진나와 간디

간디의 대등자임을 자처한 무하마드 알리 진나는 초승달 같은 윤곽으로 된 큰 대리석 저택에 살고 있었다. 그 저택은 우아한 대리석 계단과 테라스를 통하여 봄베이의 해안에 접해 있었다. 그는 이 저택을 제2차대전 중에 지었는데, 1942년 필자가 그를 만났을 때는 아직 다 완성되지 않았다고 말했지만 마라발 힐에 서 있는 그 대저택의 서재는 세련된 화려함을 느끼게 했다.

진나는 키가 6피트를 넘었고 체중은 약 125파운드였다. 대단히 몸이 가늘고 잘 생긴 두부(頭部)를 덮은 기다란 은회색 머리카락을 올백으로 빗어넘기고 있었다. 수염을 깎은 얼굴은 갸름하고, 코는 긴 매부리코였다. 관자놀이기 오목하고 볼이 쑥 빠져서 광대뼈가 수평으로 돋아나보였다. 치아는 고르지 않았다. 말을 안 할 때에는 턱을 당기고 입술을 꼭 다물어 눈썹을 약간 찌푸렸는데 그 때문에 접근하기 어려운 진지한 표정이 되었다. 그는 여간해서는 웃지 않았다.

무릎까지 닿는 밀빛 상의 밑에 가는 다리에 꼭 맞는 하얀 인도식 바지를 입고 있었다. 구두는 까만 파텐트 가죽 펌프스였다. 단안경(單眼鏡)에는 검은 끈이 달려 있었고 때로는 양복을 입기도 했다. 조지 E. 존스는 1946년 5월 5일자 〈뉴욕 타임즈〉 지에 진나는 '확실히 대영제국을 통해서도 가장 옷맵시가 좋은 사람이다.'라고 쓰고 있다.

진나는 1876년——간디보다 7년 후——크리스마스 날에——간디의 출생지인 카티야왈 반도에서——피혁과 아라비아 풀〔糊〕을 거래하는 부유한 사업가의 맏아들로 태어났다. 모어(母語)는 구자라트였다. 진나는 힌두명(名)이며 일가가 이슬람교로 개종한 것은 그리 오래되지 않았다. 그는 코쟈아라 부르는 이슬람교도에 속하는데, 코쟈아는 대개 힌두명을 가지고 있으며 또 힌두교도의 대가족제도를 유지하고 있었다. 18~19세기에 코쟈아들은 힌두교도에 복귀하려 했으나 거부당했다.

힌두교와 이슬람교는 종교는 다르지만 힌두교도와 이슬람교도 사이에는 큰 차이가 없다. 인도의 이슬람교의 태반은 힌두교도로부터 개종한 사람들이며, 8세기에 인도에 침입하기 시작한 아라비아 인, 혹은 페르시아 인의 압력 밑에서 개종당했다. 진나는 이슬람교도의 57퍼센트가 힌두교도가 개종한 사람들이라고 보았으나, 네루는 그 수를 95퍼센트로 보았다. 인도의 일부에서는 이슬람교도가 힌두교 사원에 참배하고, 또 이슬람교도 일부에는 카스트가 그대로 유지되고 있었다. 많은 지역에서 힌두교도와 이슬람교도를 용모, 복장, 관습, 언어로도 구별하지 못했다. 두 교도의 중심 언어인 힌두 어와 울두 어는 각각 다른 글씨로 표기되며, 전자는 산스크리트 어에서 온 차용어가 많은 데 비해서 후자는 페르시아 어에서 온 차용어가 많다. 그러나 힌두교도도 울두 어를 이해하고 이슬람교도도 힌두어를 이해한다. 힌두교는 감정에 뿌리박은 잠행성(潛行性)인 인도 토착이므로, 칼의 위압에 의해 '코란'으로 개종당한 사람들의 자손에도 꾸준히 달라붙어 있다. 종교 지도자들은 양자의 사이를 벌여놓고 관계를 악화시키는 데 성공했으나 양자의 유대는 여전히 남아 있었다. 진나, 간디, 네루, 웨벨 총독, 기타 필자가 인도에서 만난 모든 영국인 관리, 힌두교도, 이슬람교도가 인도의 농촌에서는 양교도가 서로 인접하여 평화롭게 살고 있는 것을 많이 보았다. 인도의 8할은 농촌이다. 그리고 인도인의 군대에서는 힌두교도, 이슬람교도, 시크교도, 크리스트 교도 등 사실상 여러 가지 종교와 인종에 속하는 사람들이 아무 마찰도 없이 침식을 같이하고 같이 훈련하고 같이 싸우고 있었다.

필자는 진나에게 종교적 증오, 민족주의, 국경 등이 인류에 병을 주어 전쟁을 일으켜왔다는 점을 지적하여, 오늘 세계는 불화가 아니라 조화가 필요하다고 말했다.

"당신은 이상주의자이군요. 나는 현실주의자입니다. 나는 실제로 존재하는 것을 문제삼습니다. 이를테면 프랑스와 이탈리아를 생각해 보십시오. 두 나라 국민의 풍속이나 습관은 거의 비슷하며 말도 닮았습니다. 하지만 양자는 따로 덜어져 있어요." 이것이 진나의 대답이었다.

"당신은 유럽의 혼란을 인도에 옮겨놓을 작정입니까?"

"나는 현존하는 분열을 문제삼지 않으면 안 됩니다."

진나는 경건한 이슬람교도는 아니었으며 술을 마시고 돼지고기를 먹었다. 그것은 반이슬람적인 것으로 간주되는 행위이다. 그는 이슬람교도 모스크〔寺院〕에 자주 가지는 않았으며 아라비아 어는 전혀 모르고 울두 어도 조금밖에 몰랐다. 그는 40대에 열여덟 살의 배화교도 처녀와 결혼했는데 그 사이에 태어난 미모의 딸이 배화교도와 결혼한 뒤에 크리스트 교도가 되자 딸과 의절했다. 아내도 그에게서 떠나 얼마 후 1929년에 사망했다. 그 후는 자기를 닮은 여동생, 치과의인 파티마가 그의 시중을 들면서 조언자가 되어 왔다. 그녀는 '이슬람교도 여성은 남성 뒤에 숨어 있는 진짜 힘'이라고 말했다.

진나는 활동 초기에는 힌두교도와 이슬람교도를 단결시키려고 노력했다. 런던의 린컨즈 인에서 법률을 공부하고 돌아와 봄베이에서 개업하여 변호사로서 성공한 뒤에 정계에 투신했다. 1917년, 무슬림 리그〔聯盟〕에서 소위 힌두 지배의 위협에 대해서 이렇게 말한 적이 있다. "두려워해서는 안 됩니다. 그것은 당신들을 위협해서 인도의 자치에 불가결한 단결을 멀리하게 하기 위해 들고 나온 괴물입니다."

진나는 전에는 국민회의파 지도자의 한 사람이었다. "나는 그 운동에 35년간이나 종사했습니다." 그의 자택에서 두 번째 회견 첫날 그는 필자에게 이렇게 말했다. "네루는 자치연맹에서는 내 밑에서 일했고 간디도 내 밑에 있었지요. 나는 국민회의파 중에서는 적극적인 편이었습니다. 무슬림 리그가 결성되었을 때 나는 국민회의파에게 인도 독립의 일보(日步)로서 무슬림 리그를 축복하도록 설득했습니다. 1915년에는 무슬림 리그와 국민회의파 사이에 단결의 분위기를 조성하기 위해 같은 시기에 봄베이에서 화합할 것을 권고했습니다. 나는 힌두교도와 이슬람교도의 단결을 목표로 하고 있었던 것입니다. 영국 당국은 그런 단결에 위험을 느껴 공개집회를 중지시켰습니다마는 비공개 회합은 계속되었습니다. 1916년에는 다시 두 단체가 라크노우에서 동시에 집회를 열기로 설득하여 선거와 소수민가중대의제에 관해 양자의 합의를 본 라크노우 협정을 성립시키는 데 진력했습니다. 그러다가 1920년까지 간디가 사회의 주목을 끌게 되었습니다. 그리고 힌두교도와 이슬람교도의 관계가 악화되기 시작했습니다. 나는 1931년의 원탁회의에서 두 교도의 단결은 기대할 수 없으며 간디는 그것을 바라지 않는다는 것을 명확하게 느꼈습니다. 그래서 나는 실망해서 영국에 머무를 결심을 했어요. 자산을 처분하는 대로 인도에 돌아가고 싶지 않아서 남에게 부탁하여 팔아치웠지요. 그래서 1935년까지 영국에 있었습니다. 추밀원 앞에서 개업했더니 예상외로 성공했습니다. 귀국할 생각은 없었지만 해마다 친구들이 인도에서 찾아와 정세를 얘기하면서 내가 얼마나 큰 일을 할 수 있는데 외면을 하느냐고 꾸짖었습니다. 결국 나는 동의하고 귀국하기로 결심했지요.”

진나는 흥분하여 줄기차게 얘기하다가 잠깐 사이를 두어 담배를 피고는 다시 얘기를 시작했다. “이런 얘기를 다 털어놓는 것은 간디가 독립을 추구하고 있지 않다는 것을 표시하기 위한 얘기입니다. 그는 영국인의 철수를 원하지 않으며 무엇보다도 먼저 힌두교도입니다. 네루도 영국인의 철수를 바라지 않습니다. 그들은 힌두교도의 지배를 바라고 있을 따름입니다.”

진나를 잘 아는 어떤 기자가 1949년 9월 7일자 〈런던 이코노미스트〉지에 ‘진나의 추억’이라는 기사를 썼는데 거기에 다음과 같은 얘기가 씌어져 있다. ‘진나가 런던에서 개업했었던 시절, 그가 경멸하고 미워하던 네루가 어떤 사적인 만찬회에서 진나는 이제 끝났다고 경솔하게 말한 것을 누군가가 진나에게 고자질을 했다. 역사를 움직이는 요인으로 클레오파트라의 코를 들지만, 아마 진나의 자존심도 들어야 할 것이다.'

진나를 여러 번 만난 일이 있는 〈뉴욕 타임즈〉의 조지 E. 존스 기자는 《인도의 소란》이라는 책에서 다음과 같이 말하고 있다. "진나는 매우 독특한 정치가이며, 도덕과는 무관계한 일종의 마키아벨리이다. 그의 인격적인 결함은 적대적인 자부심과 전망이 좁은 점에 있다. 그는 극도로 시기심이 강하여 자기 일생을 통해서 몇 번이나 부당한 대우를 받은 줄로 생각하고 있었다. 그의 억압된 정신의 강렬함은 거의 정신병에 가까울 정도였다. 내향적이고 고독한 진나는 예의에 어긋날 정도로 오만했다."

진나는 간디가 대중의 지지를 받고 부유한 변호사들에 대한 지배권을 장악했을 때 국민회의파에서 탈퇴했다. 그는 간디를 대단히 싫어했다. 당시 공공 모임에서 간디를 가리켜 마하트마라고도, 간디지이(간디 님)라고도 부르지 않고 보통 그보다 경의가 낮은 것으로 생각되는 '미스터 간디'라는 호칭을 사용했나. 청중이 항의해도 고집을 꺾지 않았다. 훗날 다시 인도에 돌아와 반회의파인 무슬림 리그의 의젓한 지도자가 된 뒤에도 극단적으로 자기 명예를 지켰다. 1939년, 제 2 차대전이 발발했을 때, 총독이 간디와 진나를 같이 총독관저에 초대한 일이 있었다. 간디는 같이 가기 위해 진나의 집에 들르겠다고 먼저 제의했다. 진나는 간디의 경의를 기뻐했으나 간디의 차에 타는 것은 거부했다. 두 사람은 진나의 차에 동승했다. 그 후 또 두 사람이 만나서 상의할 때 진나는 자기 집에서 만나자고 주장했다. 그런 고려에는 전혀 무관심한 간디는 기꺼이 응했다.

정치의 영역에서 허영이나 질투나 혐오가 상당한 역할을 하고 있는 것은 의심의 여지가 없다. 역사상 커다란 정치적 분규의 몇 가지는 정치적인 것이기 이전에 먼저 개인적인 것이었다. 힌두교도와 이슬람교도의 문제는 확실히 진나의 강렬한 개성이 기름에 불을 붙여서 타오른 것이었다.

진나를 제외하면 무슬림 리그의 지도적 인물은 모두가 대지주나 많은 땅을 가진 귀족이었다. 농민의 불만이 점점 커지는 것을 본 그들은 불안하고 초조해졌다. 변경(邊境)의 간디 카안 압둘 가팔 카안이 이끄는 북서변경주의 국민회의파는 이슬람교도 지주에 대한 이슬람교도 농민의 민중운동의 핵심이었다. 연합주에서는 힌두교도 농민과 이슬람교도 농민이 힌두교도 지주와 이슬람교도 지주에 대해서 공동전선을 폈다.

무슬림 리그를 지원한 지주들은 양교도의 농민을 분열시키기 위해 종교를 이용했다.

이슬람교의 계율에 따라 이슬람교도의 부의 태반은 상업이나 산업에는 투자하지 않고 토지에 투자되고 있었다. 힌두교도와 배화교도의 실업가는 대개 동종자(同宗者)를 고용하는 경향이 있었다. 거기에다 이슬람교도는 관계(官界)에 들어가는 데도 곤란했다. 대체로 그들의 교육은 힌두교도, 배화교도, 크리스트 교도에 비해서 뒤떨어져 있었다. 20세기에 와서 향상된 이슬람교도의 도시중산계급은 진나가 영국의 지배체제 밑에서의 관직을 획득해줄 것을 기대했다. 진나는 당국과 절충하여 자격은 따지지 않고 일정한 비율의 이슬람교도 몫을 얻어내어 그 기대에 부응했다.

이슬람교도의 상류계급과 중산계급은 진나를 필요로 했다. 그들은 또 세(勢)를 확장하기 위해 농민계층도 필요로 했다. 이윽고 그들은 종교적 정열을 환기함으로써 농민을 그들 편에 끌어들이는 방법을 발견했다. 그 공식은 파키스탄——즉 하나의 독자적인 이슬람교 국가였다. 그 국가는 이슬람교도가 관리하며 거기서는 힌두교도나 배화교도의 기업은 어려울 것이다. 다만 지주들로서는 자기들의 토지를 빼앗는 농지개혁이 최초의 입법의 하나로 예상되기는 하지만, 그래도 자유독립의 세속국가로서의 인도보다는 자기들이 관리하는 것이 불안이 적다고 생각했다.

3억의 힌두교도에 대하여 1억의 이슬람교도는, 종교적 의도가 정치를 지배하는 것을 중단하지 않는 한 정치상의 다수파가 된다는 것은 전혀 기대할 수 없었다. 종교분리선거구제는 1909년에 민토오가 도입한 것이며 그 목적의 달성을 방해했다. 그러나 어떤 지역——북서변경주, 펀잡 주, 신드 주, 파키스탄, 카시미르, 벵고르에서는 이슬람교도가 다수파였다. 진나가 상정한 파키스탄 국가는 그러한 이슬람교도가 다수파를 차지하는 주(州)에 밀집해 살고 있는 6000만 이슬람교를 포함하기로 되어 있으며 거기에서는 힌두교도의 지배에서 오는 불안이 없을 것이다. 그러나 파키스탄을 완성하기 위해서는 이슬람교도의 종교적 민족주의적 감정을 선동하고, 한편으로는 힌두교도가 다수파를 차지하는 주에 산재(散在)하는 400만 명의 이슬람교도를 희생하면서 힌두교도에도 같은 감정을 고취하는 결과가 된다는 도박을 하지 않으면 안 되었다.

진나는 단호히 이 방침을 취할 각오였다.

신심이 없는 진나는 종교국가를 건설할 작정이고 종교적인 간디는 세속국가를 원했다.

인도에 있어서 종교적 평화의 희망은 간디, 네루, 아자드, 라자고 파라차리의 기치에 표시된 통일 민족주의에 달려 있었다. 물론 힌두 교도와 이슬람교도의 관계는 조정이나 상호의 양보가 필요하며 또 관직의 경쟁을 감소하고 취직의 기회를 증가시키는 경제발전에도 크게 의존하는 것이었다. 간디는 그것은 인내에 의해 달성된다고 생각했으며 인간의 선의를 신뢰했다.

진나는 이와는 달리 즉각 양단(兩斷)을 주장했다. 〈뉴욕 타임즈〉 지의 베테랑 외신기자 하버트 L. 마슈우즈는 주(州) 수상이며 이슬람교도인 시칸달 하이야트 카안의 "그는 벵고르의 이슬람교도를 중국인만큼이나 인연이 없는 것으로 생각했다."는 솔직한 고백을 인용하고 있다. 그래도 진나는 펀잡과 벵고르는 파키스탄에 참가하고 싶은 생각을 가졌으리라고 믿었다.

충분한 전달기관이 없는 후진국 인도는 중세의 유럽처럼 지방주의 감정에 매어 있는 것이 현실이었다. 간디가 하나의 인도를 달성하기 위해 민족주의의 시멘트를 사용할 생각인 데 비하여 진나는 인도를 둘로 나누기 위해 종교라는 다이나마이트를 사용할 생각이었다.

그런데 인도의 분단은 외과의(外科醫)의 메스처럼 요령있게 할 수 있는 일은 아니다. 그것은 둔한 칼을 사용하여 뼈를 잘라내고 근육을 가르고 신경을 끊고, 뇌수를 상하고 사고능력을 빼앗는 희생이 많은 방법으로 간신히 할 수 있는 일이다. 미국이나 프랑스의 분할도 인도의 경우처럼 고통스럽지는 않을 것이다.

분할의 비극은 그가 1944년 석방된 때부터 1948년 암살을 당하여 세상을 떠날 때까지 늘 간디의 머리를 압박하고 있었다.

1944년 6월, 간디는 아직 건강이 충분히 회복되지는 않았으나 정치 무대에 다시 등장했다. 간디가 웨벨 총독에게 회견을 요청한 데 대하여 웨벨은 '피차의 견해가 근본적으로 다르기 때문에 지금은 만나도 소용이 없을 것' 같다는 회답을 보냈다.

그래서 간디는 관심을 진나에게 집중했다. 간디는 항상 국민회의파와 무슬림 리그가 합의에 다다르면 영국이 인도의 독립을 인정하지 않을 수 없다고 생각하고 있었다.

회의파와 무슬림 리그의 협정이라는 방식을 고안해낸 라자고파라 차리의 권고를 받은 간디는 1944년 7월 17일 진나에게 회견을 요청하는 편지를 썼다. 간디는 진나를 '진나 형이라 부르고 '제(弟) 간디'라고 서명했다. 진나의 답서에는 '친애하는 간디 씨'라 부르고 M. A. 진나라고 서명되어 있었다. 그 후에 낸 편지에 간디는 진나를 '카애데 아자므', 즉 '위대한 지도자'라고 부른 데 대하여 진나는 역시 '친애하는 간디 씨'라고 쓰고 있었다. 두 사람 사이에는 많은 편지가 오고 갔다.

간디는 제 1 회 회견을 하기 위해 9월 9일 오후 3시 35분에 봄베이에 있는 진나의 집을 방문하여 오후 7시까지 얘기했다. 11일에는 오후 5시 반에 가서 2시간 동안 얘기했다. 12일에는 세 번째 회담을 2시간 반에 걸쳐 하고, 13일에는 하루에 두 번 합계 3시간 반 동안 회담했다. 회담은 14일, 15일에도 계속되었다. 회담이 끝난 뒤에는 으레 두 사람 사이의 구두(口頭)의 의논을 확인하고 의논을 계속하기 위해 장문의 편지를 썼다. 회담의 어느 단계에서 간디는 무슬림 리그 집행위원회에서 얘기를 하고 싶다는 의향을 표시하고 위원회가 거절하는 경우에는 무슬림 리그의 공개대회에 참석하고 싶다고 제의했다. 진나는 이 제의를 '매우 이상스러운 전례가 없는 일'이라며 거부했다.

9월 26일, 회담은 드디어 결렬되고 말았다. 그 후 양자간의 교신 전체가 신문에 발표되었다.

간디와 진나 사이에 놓인 장벽은 두 국민의 이론이었다. "우리는 모든 국제법규에 비추어 다른 하나의 국민이다."라고 진나는 쓰고 있다. "우리는 다른 한 국민이며 문화, 문명, 언어, 문학, 미술, 건축, 이름, 명명법(命名法), 가치의식, 조화감, 일반법, 도덕규범, 관습, 역법, 역사전통, 소질, 포부 등에 관해서 독자적인 내용을 가지고 있다."

간디는 이 거창한 설명을 논파(論破)하려고는 하지 않았으며 다만 다음과 같이 말했다. "나는 개종자의 일단(一團)과 자손이 그 선조의 혈통을 벗어나 별개의 국민이 된다고 주장하는 예를 들어본 적이 없다." 인간은 종교를 바꾸면 그 특질도 변하는 것일까. 가령 수백만 명이 크리스트 교를 믿으면 인도에 제3의 국민이 나타나고 혹은 또 수백만 명의 사람이 유태교도가 되면 제4의 국민이 나타난다는 말인가.

이 기본문제에 관해서 분열이 있다는 것은 전부터 명백했다. 그렇다면 무엇을 위한 토의인가.

"두 국민 문제에 관해서 의견을 달리하면서도 자결이라는 원칙에 서서 문제를 해결할 수 없을까." 간디는 이렇게 주장했다.

간디는 이슬람교도가 다수파를 차지하는 바르티스탄, 신드, 북서변경주, 그리고 벵고르, 아샘, 편잡에서 이슬람교도가 다수인 지역은 과연 인도에서 분리할지 어떨지를 투표해보자는 제안을 했다. "가령 투표 결과 분리가 지지되는 경우에는 그 지역은 인도가 독립한 후 되도록 빨리 따로 하나의 국가를 형성하기로 한다. 그리고 이 두 나라는 하나로 통합된 외교, 방위, 국내 전달기관, 관세, 상업 등의 행정기관을 설치하기로 한다." 간디는 이렇게 역설했다.

그러나 진나는 세 번이나 이 제안을 거절했다. 그는 인도가 독립한 후가 아니라 영국인이 인도에 있는 동안에 분할할 것을 요구했다. 그리고 행정기관이 통합되지 않은 완전한 분리를 요구하고 독자적인 특이한 국민투표 계획을 구상하고 있었다.

진나의 계획에 의하면 이슬람교도만으로 국민투표를 한다. 즉, 유권자인 이슬람교도의 과반수가 분리에 찬성하면 그 지역 전체가 파키스탄에 들어간다.

그런데 영국의 국세조사에 의하면 아삼 주의 이슬람교도 344만 2479명에 비해 비(非) 이슬람교도는 676만 2254명이었다. 말하자면 진나는 이 344만 2479명 가운데 다수파가 주 전체의 운명을 결정할 것을 요구하는 것이었다.

편잡 주는 이슬람교도 1621만 7242명에 비해 비이슬람교도는 1220만 1577명이므로 이슬람교도는 총인구의 56퍼센트를 넘지 않으며 실제는 고작 2~300만 명의 이슬람교도가 투표권을 얻게 될 것이다. 그리하여 이 2~300만 명 가운데 과반수가 파키스탄 지지에 투표하면 도합 2899만 명을 넘는 주 전체가 파키스탄에 들어간다는 것이다.

벵고르에서는 이슬람교도가 인구의 52퍼센트이지만 그 과반수가 분리를 지지한다 해도 총인구에 대해서는 소수자에 지나지 않는다.

간디는 당연히 그런 제의에 동의할 수 없었다. 진나도 그것을 억지로 실행할 권력을 갖고 있지는 않았다. 그것을 그에게 줄 수 있는 것은 영국뿐이었다.

워싱턴 주재 영국 대사(당시 로오드 해리팩스 대사)가 편찬한 《간디·진나 회담에 관한 주석》에는 다음과 같이 말하고 있다. "진나 씨의 입장에 유리하다.

진나 씨는 간디 씨가 당장에 얻고 싶어 하는 것을 가지고 있다. 즉, 실질적인 권력의 일부를 즉각 넘겨달라고 영국정부에 압력을 가하는 경우의 이슬람교도의 협력이다. 한편 간디 씨는 상대에게 줄 수 있는 것을 아무것도 가지고 있지 않을 뿐 아니라 진나 씨는 아무것도 기대할 생각이 없다. 진나 씨로서는 독립이 1~2년 빨라지고 늦어지고 하는 것은 이슬람교도의 안전에 비하면 중요하지 않다. 간디 씨가 자기 주장에 얼마나 접근해오는지를 진나 씨가 만족스러운 기분으로 지켜보고 있는 것이 명백하다.”

이것은 노회한 매도자(賣渡者)가 두 사람의 절충을 노회하게 분석한 말이라고 하겠다. 진나는 독립을 좀더 기다릴 수 있었다. 간디는 지금이 절호의 기회라고 생각했다.

그때 역사는 진나의 계산을 뒤덮으려고 개입했으나 기민한 진나는 거꾸로 역사를 뒤엎었다.

제 3 부

두 국가의 탄생

제1장
독립전야(獨立前夜)

1944년 8월 30일, 웨델 윌키(미국정치가. 1940년 공화당 대통령후보. 1892~1944년)는 뉴욕 항구를 내려다보는 그의 법률사무소에서 필자를 만났다. 훌륭한 인물이었는데 44년 9월에 사망했다. 미국을 위해 힘썼던 아까운 사람이었다. 동양을 여행하여 유럽과 아시아, 백인과 유색인, 자유인과 식민지 노예 사이의 오랜 알력이 계속되고 있는 것을 살펴본 그는 "전쟁은 이미 7할은 이겼지만 평화는 9할을 잃었다."고 말했다. 그는 새로운 세계가 되든지, 아니면 다시 또 세계대전이 일어날 것으로 내다보고 있었다.

다른 사람들도 독재주의에 대한 민주주의의 투쟁은 자유의 영역을 확대하는 도의적 책무를 부과하게 된다는 것을 이해하기 시작했다.

영국이 승리로 다가가면 다가갈수록 인도에서의 정치개혁을 연기할 수 없다는 것이 명백해졌다.

1945년까지에 인도는 너무 부담이 커서 감당할 수가 없었다. 그리고 영국이 전쟁에서 받은 타격이 너무 컸기 때문에 간디의 새로운 비폭력 항쟁이나 간디의 통제적 항쟁을 억압하는 데 필요한 막대한 인적 및 물질적 지출은 생각해볼 수도 없었다. 전쟁 후 그리스, 터키, 아랍 제국 기타 전략적 지역에서의 공 을 축소하지 않으면 안 되었던 영국의 궁핍은 전쟁 중에 이미 드러나 있었다.

그 사정은 웨벨 총독에게는 특히 명료했다. 1945년 6월 14일, 영국 하원에서 인도 담당상 레오폴드 S. 애머리는 "인도 통치는 일본에 대한 전쟁수행과 전쟁 후의 계획에 관련해서 큰 부담이 되고 있으며, 현재도 정치적 긴장 때문에 여러 가지 무리가 있다."고 말했다. 그도 통치의 실무를 지휘하고 있는 것은 웨벨이었다.

웨벨은 장군인 동시에 시인인 특이한 인물이었다. 필자가 1942년 뉴델리에서 처음 만났을 때 그는 어쩐지 피곤해보였다. "3년간의 군사정세, 패배에서 승세로 역전하는 동안 상당히 지쳤어요."라고 그는 수긍했다. 그리고 영국군을 패배시킨 나치의 롬멜 장군을 칭찬했다. 그 후 만날 때마다 롬멜 장군을 화제로 삼아 그의 재능을 칭찬했다.

웨벨은 몸집이 굵고 단단한 나무기둥 같고 굵직한 다리가 약간 게다리처럼 구부러져 있었다. 머리카락은 숱이 많고 흑회색이며 햇빛에 그을리고 주름이 깊이 박힌 얼굴인데 그 주름이나 근육은 모두 실명한 왼쪽 눈으로 집중하고 있는 것 같았다. 다섯 줄의 훈장 리본이 군복 왼편 가슴에서 빛나고 있었다.

웨벨 총독은 철학을 논하기를 좋아하고 마슈 아놀드(영국
문인)의 시를 인용하기도 했다. 뉴델리에 있는 총독관저 뒤쪽 넓은 정원을 필자와 함께 산책하다가 제 1 차 세계대전 당시 카흐카스에서 종군하던 일을 회상하며 그루지아 지방에서 부르는 술노래〔酒歌〕 '아라베르디'의 한 구절을 읊조리기도 했다. 격식에 구애받지 않고 상냥한 성품이었던 그는 최고사령관이라든가 제국의 통치자라는 냄새가 풍기는 짓은 하지 않았다.

웨벨이 숭상하는 영웅은 그가 제 1 차 대전 때 그 지휘 밑에서 싸운 아렌비 장군이었다. 그는 아렌비의 전기를 집필 중이었으며 빨간 리본끈으로 묶은 깨끗한 타이프 원고의 한 부분을 필자에게 읽어주었다. 문장이 썩 훌륭했으며 그 중에서 가장 극적인 에피소드는 이집트의 정치적 지위 문제에 관해서 아렌비가 영국정부와 격론한 부분이었다. 아렌비는 제 1 차 대전 후 이집트 주재 고등판무관을 지내고 있었는데 그 자리에 있으면서 영국은 이집트에 대한 보호정치를 지양하고 독립을 승인해야 한다는 확신을 갖게 되었다. 그러나 카이로에서 청원해서 화이트 홀 사람들을 움직일 수 없었으므로 드디어 런던에 나타나 로이드 조지, 카아존, 미르너, 윈스턴 처칠 같은 거물들이 모인 내각을 움직이려고 시도했다. 그들은 모두 이집트 독립에 반대하고 있었다. "가장 고집이 센 것은 윈스턴 처칠이었다."고 웨벨은 아렌비 전기에 쓰고 있었다. 아렌비는 자기 주장이 대신(大臣)들을 움직이지 못하게 되자 사임할 눈치를 보였다. 예루살렘의 정복자이며 1차 대전에서 터키를 격파한 아렌비는 영국국민의 충성심과 공상심에 영웅으로 비치고 있었으므로 로이드 조지는 아렌비와의 대립이 표면화되는 것을 피하여 결국 항복했다.

필자는 웨벨에게 보내는 편지에 다음과 같이 썼다. "아렌비는 자기 입장을 주장하여 승리를 거두었습니다. 귀하께서도 아렌비가 옳고 내각이 잘못이었다는 것을 확신하고 계십니다. 정부라는 것은 흔히 과오를 범합니다. 1919년부터 1937년에 이르는 유럽의 역사 전체가 실정(失政)의 기록입니다. 영국정부의 최근 행동으로, 런던의 인도에 대한 태도가 분별의 주석(柱石)임을 보여주는 것은 거의 아무것도 없습니다."

당시 웨벨은 최고사령관으로서 군사문제에 전념하고 있었는데 1944년 처칠은 그를 부왕으로 임명했다.

웨벨은 1945년 3월에 런던으로 갔다.

1945년 3월 20일자 〈타임즈〉지 사설은 투서란에 들어온 많은 투서와 편집자의 독자적 견해를 요약한 것인데, 그것은 다음과 같다. '정치상의 주도권을 회복하는 것이 우리 나라가 할 일이라고 일반적으로 믿고 있다. 최선으로 제의되고 있는 것은 인도인에게 권력을 완전히 이양하는 준비로서 통치기구의 구조, 진용(陣容) 및 절차를 지금 당장 단계적으로 시작하는 일이다. 둘째는 현재 인도의 정당이나 각계(各界)를 분열시키고 있는 대립을 더 계속하는 것은 비단 인도의 정치수완뿐 아니라 영국의 정치수완으로서도 부끄럽다는 점이다."

영국의 여론은 보수적이면서도 처칠의 인도에 대한 비타 적 태도를 벗어나려 하고 있었다.

웨벨은 런던에 약 2개월간 머물렀다. 관측자들은 다가오는 총선거에서 노동당이 승리할 것으로 예측하고 있었다. 일반적으로 대외정책은 국내정치를 반영한다. 웨벨의 총독 임기는 앞으로 4년이었다.

1945년 4월 국제연합 헌장을 기초(起草)하기 위한 샌프란시스코 회의 직전에 내외(內外)의 보도관계자들이 간디에게 성명을 요청했다. 간디는 '인도의 민족주의는 국제주의와 불가분의 관계'임을 강조했다.

"전쟁의 효능에 대한 신뢰와 거기에 따르는 온갖 사기나 기만을 버리고 모든 민족과 국가의 자유 및 평등에 입각한 진정한 평화를 수립할 결심을 하지 않는 한 연합국에도 세계에도 평화는 오지 않을 것이다. 인도의 독립은 지구의 모든 피착취 민족에게 그들의 해방이 가까우며 또한 앞으로는 그런 일이 없음을 보여주게 될 것이다."

"평화는 정의에 입각해야 한다. 거기에는 징벌이나 보복이 있어서는 안 된다. 독일과 일본을 모욕해서도 안 된다. 강자는 결코 보복하지 않는다. 따라서 평화의 수확은 균등하게 분배되지 않으면 안 된다. 그렇게 하면 노력한 결과로 그들은 친구로 변할 수 있을 것이다. 연합국이 민족주의를 증명하는 방법은 그 외에는 없다."

이렇게 말하면서 간디는 샌프란시스코 회의 배후에 전쟁을 배양하는 불신과 공포가 잠복하고 있는 것을 염려했다.

간디는 자유는 평화의 반신(半身)이며, 용기는 그 두 요소의 양친(兩親)이라고 생각했다. 1960년까지는 인도가 독립하고 또 동남아시아의 대부분이 독립하게 되리라는 것을 누가 생각이나 했을까. 그 나라들은 해방 이전 서양의 압제 밑에서 지낸 과거를 악몽으로 불식하고 유럽이 다시는 세력을 휘두르지 못하게 하리라는 것을 누가 생각이나 했을까. 그리고 다음 전쟁을 방지하기 위해서 승리자들은 샘너 웰스가 말한 대로 '세계를 부패시키는 질병'을 없애야 할 것이다.

이런 생각이 바야흐로 영국의 인도에 대한 태도를 형성하기 시작하고 있었다.

정부의 정책은 주식 시세 표시기의 자동테이프 같은 것이다. 먼저 나온 말이 보이는 동안에 다음 말 첫글자가 나오기 시작한다. 국가는 서로 대립하는 두 가지 정책 중 하나를 혹은 양자의 각 일부를 채용할 수 있다. 실제로 단일한 정책이라는 것은 없다. 하나의 정부 속에는 많은 사람이 있어서 어떤 사람들이 한쪽을 잡아당기면 다른 사람들은 그 반대쪽을 잡아당기는 식으로 움직인다.

웨벨 총독은 인도에 관한 새 계획을 정부의 승인을 받아서 뉴델리에 돌아와 6월 14일에 발표했다. 그리고 같은 날 국민회의파 의장 마우라나 아부르 카라므 아자드, 자와하르라르 네루, 기타 1942년 8월 9일 아침부터 옥에 갇혀 있던 지도자들을 석방했다. 총독은 또 인도의 유력한 정치가들을 6월 25일 하기수도(夏期首都) 시므라에 초청했다.

국민회의파 지도자들은 재판도 받지 않고 그렇게 장기간 투옥되어 있었던 것을 별로 원통스럽게 생각하지 않는다는 표정으로 초청에 응했다. 진나는 무슬림 리그의 의장으로, 리야 카트 아리 카안은 서기장으로 출석했다. 키주르 하이야트 카안과 쿠와자나 사아 나지뭇딘은 전 수상의 자격으로 초대되었다. 그 밖에 마스터 타라신이 시크교도 대표로, 시바라지는 하리잔의 대표로 나왔다. 간디는 무엇을 대표하는 입장은 아니지만 시므라에 가서 회의가 열리는 동안 그곳에 머물렀다.

웨벨의 계획에 의하면 행정참사회의 영국인은 부왕과 최고사령관뿐이고 그 둘을 제외한 나머지 전원은 인도인이 차지하며 인도인이 외교, 재정, 경찰 등을 담당하게 된다는 것이었다.

그 행정참사회의 인도인 멤버는 총독이 임명하지만 각 정당으로부터 제출된 명부에 의해서 한다. 그리고 총독은 행정참사회의 결정을 거부하는 권한을 보유하지만 그 거부권은 물론 부당하게 행사되는 일은 없다고 공약했다. 인도인 정치가들의 태반은 그 말을 믿었다. 왜냐하면 가령 총독이 거부권을 행사하는 경우에는 인도인은 행정참사회에서 철수하여 각 당파의 후임자를 금하여 멤버가 구성되지 않기 때문이다. 그렇게 하면 민중의 지지를 얻어서 웨벨의 계획과 정부 기능을 종결시킬 수도 있기 때문이다.

그러나 시므라 회담은 실패로 끝났다. 웨벨 총독은 그 책임이 진나에게 있는 것으로 판단했다.

웨벨 계획은 총독의 행정참사회를 구성하는 이슬람교도와 카스트 힌두(카스트內 힌두교도)의 평등한 비율이 규정되어 있었다. 처음에 국민회의파는 이에 반대했다. 국민회의파는 무슬림 리그보다 훨씬 큰 조직이며 또한 카스트 힌두와 아우트 카스트 힌두(카스트외의 힌두교도)의 차별을 꾸준히 극복하려고 애써왔다. 하지만 회의파는 결국 협정을 열망하는 마음에서 그 방식을 수락했다.

시므라에서 끈질긴 노력을 계속한 웨벨 총독은 다음에 각 당파에게 그 명부를 제출할 것을 요구했다. 그런데 진나만이 이에 응하지 않았다. 웨벨은 다음과 같은 공식성명을 발표했다. '나는 잠정적인 선발을 하여 진나 씨에게 나의 해결방식을 전달했으나 그는 무슬림 리그는 그것을 수락할 수 없다고 말했다. 나는 이 이상 회의를 계속해도 무익하다고 판단했다.'

진나는 가히 짐작할 수 있는 하나의 이유 때문에 시므라 회담을 수포로 돌아가게 했던 것이다. 즉 그는 총독의 행정참사회에 들어갈 이슬람교도 멤버 전원을 인도의 이슬람교도 지도자인 자기가 지명해야 한다고 고집한 것이다.

무슬림 리그는 제 2 차 대전 중에 세력을 증대하여 선거에서는 무슬림 리그에 속하지 않는 다른 이슬람교도 후보자에 대하여 거의 다 승리를 얻고 있었다. 그러나 웨벨 총독도 그렇고 시므라의 무대 뒤에서 국민회의파의 방침을 결정한 간디도 그렇고, 진나가 인도의 이슬람교도를 대표한다는 주장을 인정할 수 없었다. 국민회의파 의장 아자드는 이슬람교도이며 국민회의파는 그를 행정참사회에 보낼 생각이었다. 편잡주의 전 수상 키즈르 하이야트 카안은 반 진나, 반 파키스탄 인이었다. 그 밖에도 저명한 이슬람교도로서 같은 입장에 서 있는 사람들이 있었다.

그리고 국민회의파가 순전한 힌두교도 조직으로서의 역할을 맡는 경우에는 그 세속적 성격과 간디의 원칙에 어긋난다. 국민회의파는 종교적 단체가 아닌 국민적인 단체이기를 원하고 있었으므로 종교적 커뮤니티와 동일시되는 입장에 설 수는 없었다.

시므라 회담은 이런 암초에 부딪쳐서 침몰했다. 영국 본국에서는 진나의 협력없이 그대로 움직이려고 하지 않았다.

시므라 회담이 진행되는 도중에 제2차 대전은 유럽에서 막을 내렸다. 7월 26일 영국 노동당은 보수당을 결정적으로 타도하여 크레멘트 R. 애트리가 처칠을 대신하여 수상이 되었다.

뒤이어 8월 14일에는 일본의 항복이 연합국측에 수락되었다.

영국 노동당 정부는 곧 인도의 자치를 빨리 실현하기 위해 웨벨을 화이트 홀에 소환했다. 그 결론은 1945년 9월 19일 런던과 델리에서 각각 애트리 수상과 웨벨 총독이 발표했다.

그 제일보는 중앙과 각 주(州)의 입법부 선거였다. 다음에 웨벨 총독은 인도의 주요 정당의 지원을 받은 행정참사회를 조직하고 각 주에서 민주정치를 부활하는 노력을 다시 실시한다. 그리고 투표결과를 지침으로 삼아 통일 인도의 헌법을 기초(起草)하기 위한 회의를 개최한다는 계획을 세웠다.

습관적으로 의심이 많은 전 인도 국민회의파위원회는 그 제안을 애매하고 불충분하며 불만스러운 것이라고 생각했다. 그러나 이제 정부의 태도는 화해적이었다. 남아 있던 국민회의파 수형자들이 석방되었다. 말레이 반도나 버마에서 군무를 이탈하여 일본군에 참가한 인도 국민군의 고급장교 3명의 재판이 델리 포트에서 열렸을 때에는 네루와 기타 변호사들이 변호를 맡았으며 종신형 판결이 내렸지만 나중에 석방되었다.

각 정당이 선거에 응했다.

회의파는 의회의 비이슬람교도 의석에서 압도적 다수를 차지하고, 무슬림 리그는 이슬람교도 의석에서 압도적 다수를 차지했다.

장애는 타파되지 않은 채 그대로 남아 있었다.

  1945년 12월, 웨벨은 캘커타에서 정치에 있어서도 경제에 있어서도 좋은 기회가 다가오고 있으므로 분쟁이나 폭력을 삼가도록 인도 인민에게 호소했다.

  간디도 캘커타에 있었다. 간디는 벵고르 주지사로 있는 오스트리아 출신 리차드 케이시와 장시간 회담했다. 총독과도 1시간 회견했다. 총독의 숙사에서 나와 돌아갈 때, 군중이 길을 막고 간디가 얘기를 할 때까지 차를 통과시키지 않았다. 간디는 차에서 몸을 일으켜 인도는 "그 평화의 메시지로 동양에서 높은 지위를 얻었다."고 말했다. 그제서야 군중은 길을 터서 시에서 8마일 떨어진 아쉬람에 가게 했다. 그리고 그 도중 길가에 나온 사람들이 간디가 지나간 도로의 흙에 손을 댔다.

  같은 날 진나는 봄베이에서 성명을 발표했다. "우리는 인도의 문제를 10분간에 낙착시킬 수 있다. 가령 간디 씨가 인도의 4분의 1 즉 신드, 발티스탄, 편잡, 북서변경주, 벵고르, 아샘, 이 여섯 주가——현재의 경계선을 그대로 유지하여——파키스탄 나라를 구성하는 데 동의한다고 말하기만 하면."

  그러나 간디는 그렇게 말할 수도 없었으며 그렇게 말하지도 않았다. 그것은 인도의 생체해부이며 모독이라고 생각했다.

제 **2** 장
허공에 뜬 인도

간디는 평소에 125세까지 살고 싶다고 말했었다. 다만 산송장처럼 되어 가족이나 사회의 부담이 되지 않는 조건이었다. 그러기 위해 육체를 어떻게 적응시킬 것인가. 그는 우선 자기가 그 동안 어떤 방법으로 육체를 적응시켜 왔는지를 설명했다. 간디는 1901년에 약을 일단 제쳐놓고, 자연요법을 존중하는 동시에 식사와 수면의 규칙적 습관을 길렀다. 그리고 중요한 기본원리로서 장수의 비결이라 할 무집착을 훈련했다. "모든 사람은 결과를 생각하지 않는 봉사를 하면서 125세까지 살 권리를 가지고 있으며 마땅히 그것을 희망해야 한다. 따라서 봉사에의 헌신과 결과를 무시하는 태도는 순수한 기쁨이며 장수를 시키는 감로수이다. 거기에는 고뇌와 초조한 기분이 끼어들 여지가 없다. 다시 말하면 이기주의는 살인자이고, 이타주의는 생명의 보호자이다."

간디는 다음에 자연요법이라는 또 하나의 포괄적인 기본원리를 세워 그것을 '막내'라고 불렀다. 그보다 먼저 나온 연장(年長)의 어린이들, (간디가 시작한 여러 가지 활동) 카아디, 농촌산업, 국어의 발전, 식량생산, 인도의 독립, 인도인의 자유, 세계의 평화는 모두 계속해서 그의 정력적인 육성을 받고 있었다. 신생아 자연요법을 위해서는 간디를 신탁자의 한 사람으로 한 신탁회사가 설립되었다. 간디의 시의(侍醫) 딘샤 메프터 박사는 푸우나 시에 자연요법의 진료소를 개설했었는데 신탁회사의 첫 사업으로 그 진료소를 자연요법대학으로 확대하는 방침을 정했다.

그러다가 어느 침묵의 월요일에 간디는 이 계획을 포기하기로 했다. "나는 어리석게도 빈자를 위한 기관을 도시에 설립하려고 했다." 자연요법을 가난한 사람들에게 가르쳐야 하는데 그들이 자기를 찾아올 것을 기대해서는 안 된다는 것을 깨달은 것이다. 이 실패는 하나의 교훈을 주었다. 설사 마하트마의 입에서 나온 말이라 하더라도, 머리〔理知〕와 가슴〔心胸〕 양쪽에 호소하지 않고서는 복음이 되지 않는다." 간디는 기계적인 추종을 싫어했다.

자연요법의 계몽을 농촌에서 하기로 했다. "농촌이야말로 참다운 인도이며 내가 사는 보람을 느끼는 곳이다." 간디는 곧 실행으로 옮겨 단기간이지만 우루리라는 마을에 정착했다. 우루리 마을은 푸우나 쇼라플 철도 중간에 있는 인구 3000명의 읍으로, 물이 풍부하고 기후가 좋으며 과수원이 있었다. 우체국은 있지만 전화는 통하지 않았다.

첫날 30명의 농민이 자연요법센터를 찾아왔다. 간디 자신도 6명을 진찰했다. 그들 모두에게 같은 처방을 지시했다. 즉 하느님을 꾸준히 부르고 일광욕, 마사지, 욕탕(浴湯)을 하며 우유 우락(牛酪), 과즙, 다량의 물을 섭취한다. 특히 하느님을 복창하는 방법은 한갓 입술의 운동에 그쳐서는 안 되고 전신전력으로 몰입시켜야 한다. 정신과 육체의 질병은 다 같은 원인에서 온다. 따라서 당연히 공통의 치료법이 있을 이치라는 것이었다. 간디는 또한 이렇게 간단하게 설명했다. 그리고 거의 모든 사람이 몸과 마음을 앓고 있다고 말했다. 신심(信心), 경신(敬神), 봉사, 몰아에 의식을 집중시키면서 "라마, 라마, 라마, 라마, 라마." 하고 하느님 이름을 복창하는 것은 흙습포나 욕탕 마사지의 치료기능을 더욱 촉진한다.

간디는 마음과 기분이 물질을 지배하는 힘을 지니고 있다는 것을 그 자신이 실증했다.

간디는 성인이 된 이후, 실제는 아버지가 돌아가실 때 간호해본 이후 항상 자기 건강에 유념했을 뿐 아니라 가능한 한에서 남을 치료하기도 했다. 간디에 있어서 타인의 고통은 곧 자신의 고통이었다. 그의 동정심은 끝이 없었다.

어머니가 아기 대신 자기가 병을 앓을 수 있다면 차라리 그렇게 되기를 바라는 것처럼, 간디의 단식은 불가촉천민이나 파업자나 힌두교도나 이슬람교도의 고통을 덜기 위해 스스로 부과한 고통이었다. 다시 말하면 자기에게 고통을 부과한 사람들을 위한 고행이었다.

고난에 처한 사람을 돕고 고통에 신음하는 사람을 간호해주고 싶은 마음은 간디 인격의 가장 깊은 충동과 가까운 것이다. 그것은 비폭력의 근원이고 봉사의 박차(拍車)이고 사랑의 형제이다. 간디는 앓는 사람을 치료해주는 것이 천직이라고 생각했다. 자진해서 인도의 시의(侍醫)가 된 간디에게 그 생애의 마지막 2년간에 산더미처럼 많은 일거리가 밀려왔다.

커다란 결핍이 인도를 엄습했다. 식량과 의류의 결핍이 가장 심했다. "양곡이나 의류를 은닉하거나 투기해서는 안 된다."라고 간디는 1946년 2월 17일에 인도 전역에 호소했다. 또 "물이 있는 곳이나 물을 끌 수 있는 가경지는 모두 식량을 생산해야 한다. 모든 축전(祝典)은 중지해야 한다."고 역설했다.

간디는 벵고르, 아샘, 마드래스 각지를 도보로 순회하고 있었는데 어떤 곳에서는 60만 명이 집회에 모였다. 식량증산이 그의 구호였다. 그는 또 물레를 돌릴 것을 주장하고 도시 사람에게는 목욕이나 부엌에서 사용한 물 한 방울도 마구 버리지 말고 뒷마당 채소밭에 주라고 말했다. 야채는 토기나 버려진 석유통 속에서도 재배할 수 있다는 것이 그의 말이었다.

기아(饑餓)는 인도의 높은 출생률을 절실한 문제로 제기했다. "쥐가 늘어나는 것처럼 팽창하는 인구의 증가를 제지해야 하는 것은 물론이지만 그 때문에 더 큰 악을 도입해서는 안 된다. 민족을 향상시키는 어떤 방법을 써야 한다. 단순히 산아제한만을 유일의 방법으로 알아서도 안 된다." 하고 간디는 역설했다.

결핍 때문에 상점을 약탈하거나 기타 폭력사건이 여기 저기에서 폭발했다. 봄베이에서는 큰 폭동이 발생했다. 캘커타, 델리, 기타 도시에서는 폭도가 방화하고, 통행인에게 구호를 외치게 하고, 영국인에게 탈모를 강요하기도 했다. 간디는 그러한 행동을 엄하게 질책했다. 영국군의 인도인 수병이 반란을 일으켰으나 국민회의파 지도자의 설득으로 간신히 진압되었다.

간디는 1946년 2월 10일에 다음과 같은 글을 썼다. "이제 우리는 정당한 명예를 누릴 때가 왔으므로 점점 더 증대되고 있는 무질서와 난폭한 행위를 하지 말아야 한다. 냉정한 태도, 엄격한 규율, 협력, 선의(善意)가 그것에 대신해서 표시되어야 한다. 나는 민중이 진실을 존중하고, 외국군대 주둔의 부담이 없어지기만 하면 우리는 본래의 모습으로 돌아가 위엄을 지키고, 자제를 하게 되리라는 희망에 기대를 건다."

3월에는 "다시 말하지만 나는 인도 동포와 함께 영국인도 사랑하고 있다는 것을 밝히는 바이다."

애트리 수상은 인도 담당상 페식 로렌스, 상무상 스태포드 클립스 및 해군본부 제 1 위원 알버트 알렉산더로 구성된 내각 사절단이 인도 해방의 절차를 협의하기 위해 방문한다고 발표했다. 이에 대하여 간디는 단호하게 말했다. "영국의 발표를 믿지 않고 분쟁을 일으키는 것은 선견지명이 없음을 폭로하는 짓이다. 공식 사절단이 대국(大國) 자신을 기만하러 오겠는가. 그렇게 생각하는 것은 남자답지도 않고 여자답지도 않다."

영국을 떠난 내각사절단은 3월 23일 뉴델리에 도착하여 곧 인도 지도자들을 만나기 시작했다. 간디도 영국의 각료를 만나기 위해 뉴델리에 갔다. 페식 로렌스에 의하면 "3월부터 수개월간 델리의 가혹한 기후에도 불구하고 간디는 나의 요청에 따라 회담 기간 중 우리들이나 국민회의파 운영위원회와 접촉했다."고 한다. 간디는 불가촉천민의 빈민가에 숙소를 정하고 있었는데 많은 인도인에 섞여 클립스도 페식 로렌스도 알렉산더도 찾아왔다. 간디도 가끔 사절단의 숙사가 있는 위린돈 크레센트 2번지를 방문했다. 한번은 그의 일거일동을 따라다니는 시선을 피하기 위해 미리 연락해서 저녁 산책 시간에 페식 로렌스를 만나러 간 일도 있었다.

확실한 결론에 다다르지 못한 채로 몇 주가 지난 뒤에 내각사절단은 국민회의파와 무슬림 리그의 대표 각각 4명을 시므라에서 열릴 예정인 회담에 파견할 것을 요청했다. 간디는 대표는 아니지만 같이 의논하기 위해 여름철 수도인 시므라에 갔다. 그 다음 단계에서 네루와 진나는 양파 사이에 가로놓인 쟁점에 관해서 비밀접촉을 했지만 아무런 합의에 다다르지 못했다. 그리고 이 두 파는 계획 입안의 책임도 합의를 달성할 책임도 맡으려 하지 않았다.

마지막에 간디는 내각사절단이 구상하는 계획안을 인도측에 제시해 줄 것을 요청했다.

내각사절단의 계획안은 1946년 5월 16일에 발표되었으며 인도에 있어서의 영국 권력을 청산하는 절차에 관한 영국측 제안을 내놓았다. "내각사절단의 제안을 환영하느냐 안 하느냐를 떠나 인도의 운명에 관한 가장 중요한 일이므로 신중하게 검토하지 않으면 안 된다."고 간디는 그날의 기도 모임에서 이렇게 말했다.

간디는 영국측 제안을 4일간에 걸쳐 검토한 뒤에 "이것은 현재 영국 정부가 작성할 수 있는 최선의 것이라고 확신한다."는 견해를 발표했다.

간디는 경솔하고 통속적인 인도측 비난을 비판하여 1946년 5월 26일자 〈하리잔〉 지에 다음과 같이 썼다. '국민회의파와 무슬림 리그는 어떤 합의에도 다다르지 못했다. 이 시점에서 어리석게도 불화는 영국이 만들어낸 것이라고해서 만족한다면 우리는 중대한 과오를 범하게 될 것이다.'

"영국 정부의 유일의 목적은 되도록 조속한 시일에 인도의 지배를 종결시키는 데 있다."고 간디는 말했다.

내각사절단은 '무슬림 리그의 지지자를 제외하면 거의 모두가 인도의 통일을 바라고 있음을 나타내는 많은 증거가 돌출되고 있다.'는 성명을 발표했다.

 '그러나 우리는 한편으로는 힌두교 다수파의 영속적인 지배 밑에 예종을 당하게 되지 않을까 하는 이슬람교도의 절실한 염려에 강한 인상을 받았다. 이 염려는 이슬람교도 사이에 강하게, 광범하게 확산되어 있기 때문에 단순히 서면상(書面上)의 보호수단으로 제거될 수 있는 것이 아니다. 인도의 국내 평화를 유지하기 위해서는 이슬람교도의 문화적, 사회적, 경제적 및 기타 이익의 핵심을 이루는 전반적인 통제력을 이슬람교도에 보장하는 수단으로써 확보하지 않으면 안 된다.'

 그것을 위해 사절단은 인도 분할의 가능성을 엄밀하고 또한 공정하게 검토했다.

 그 결과는 어떻게 되었을까.

 내각사절단은 이 성명서에 제시된 통계를 기초로 하여 파키스탄의 북서 지역에서는 비 이슬람 소수파가 38퍼센트, 북동 지역에서는 48퍼센트에 달하며 한편 2000만 명의 이슬람교도가 인도의 기타 지역에서의 소수자로 남겨진다는 것을 밝혔다. 성명서에는 다음과 같이 기술되어 있다. '무슬림 리그가 요구하는 선(線)에 따라 파키스탄이라는 별개의 주권국가를 건설하더라도 소수파 문제의 해결책이 되지는 않는다는 것을 숫자가 나타내고 있다.'

 다음에 사절단은 비 이슬람교도 지역을 제외한 소(小) 파키스탄의 실현 가능의 여부를 고찰했다. '무슬림 리그는 그러한 파키스탄을 전혀 비현실적인 것으로 간주하고 있다.' 그러자면 편잡, 벵고르, 아샘, 새로운 두 나라로 분할하지 않으면 안 되는데 진나는 이 3주를 몽땅 요구하고 있었다. "편잡 주 및 벵고르를 억지로 분할하는 해결책은 그 주에 거주하는 주민 상당수의 원망(願望)에 어긋난다는 것을 우리도 마찬가지로 확신한다. 벵고르와 편잡 주는 각각 공통의 언어와 오랜 역사, 전통이 있다. 편잡을 분할하는 것은 필연적으로 시크교도를 분할하여 상당수의 시크교도를 국경 양쪽으로 가르게 될 것이다." 사절단은 이렇게 강조했다.

사절단은 인도의 분할은 이 나라의 방위를 약화시키고 운수, 통신 기관을 불편하게 떼어놓게 된다는 점을 지적했다. '마지막에 예정된 파키스탄 국가의 양반(兩半)은 약 700마일이나 떨어져 있으므로 평시나 전시나 양자(兩者)의 운수, 통신 기관은 인도의 호의에 의존하지 않으면 안 된다는 지리적 사실이 있다. 결국 우리는 현재 영국이 장악하고 있는 권력을 각각 별개의 두 주권국가에 이양하는 방침을 영국정부에 권고할 수는 없다.'

사절단은 그 대안으로 영령(英領) 인도와 번왕국을 합쳐서 외교, 무역, 전달기관을 처리하는 하나의 연방정부를 가진 통일 인도를 권고했다. 그 통일 인도의 입법부에서는 무슨 공동체적인 문제 혹은 종교적인 문제를 결정할 때에는 전체의 과반수가 필요하며 힌두교도 및 이슬람교도 양자(兩者)의 과반수가 찬성하는 것으로 한다는 것이었다.

새로 선출된 주입법부가 국민헌법제정의회의 대표를 선출하여 인도의 헌법을 거기에서 기초(起草)한다.

그리고 내각사절단은 중간기, 그 과도기에 우선 웨벨 총독이 잠정정부를 계승한다는 조건을 제시했다.

사절단의 성명서는 결론적으로 인도는 이제 가장 가까운 장래에 국내의 혼란과 분쟁의 위험성을 최소한으로 억제하여 완전독립의 기회를 얻게 된다고 말했다.

그날, 즉 1946년 5월 16일, 클립스, 페식 로렌스 및 웨벨 총독은 라디오를 통해서 그 계획안을 설명하는 동시에 스스로 찬양했다. 클립스는 특히 전국적인 기근과 행정기관의 파탄을 방지해야 할 필요성에 주의를 환기하여 "누구 한 사람, 단 한 순간도 우리 의도를 의심하지 말기를 바란다."고 요구했다. 페식 로렌스는 인도를 가리켜 '위대한 국민'이라고 불렀는데 이 말투에는 정치적 배려가 있었다. 이슬람교도 지도자들은 언제나 '제국민(諸國民－Peoples)'이라고 복수로 부르고 있었기 때문이다. 그는 이슬람교도에게 이 안을 수락할 것을 요청했다. 그것은 이슬람교도에게 파키스탄에 의한 이익을 초래하는 동시에 그 불이익을 제거하는 것이었기 때문이다. 웨벨 총독은 인도가 단결을 유지해야 할 필요성을 강조하여 다음과 같은 롱펠로우의 시를 인용했다.

각 주의 배여
너도 달려라
강하고 위대한 연방이여
출범하여라
미래에는 온갖 불안과 기대가 있으니
사람들은 그대의 운명을
열심히 지켜보리라

진나는 5월 21일에 내각사절단의 일을 비판하며 파키스탄만이 유일의 해결책임을 강조했다. 그는 진부한 말투를 개탄한다고 하면서 "페식 로렌스와 클립스 그리고 웨벨 총독이 파키스탄에 관해서 전개한 이론은 터무니없는 것이고 사절단이 이런 방침을 취한 것은 단순히 회의파를 무마하기 위한 것 같다."고 비난하는 한편 연방입법부를 두지 않는 연방 이슬람교도와 힌두교도가 대등한 수를 차지하는 집행부를 둔 연방이라면 괜찮다고 말했다. 그리고 그는 한 나라의 입법부가 구성되는 경우에는 거기에서도 역시 파키스탄과 인도 대표의 수는 같아야 한다고 생각했다. 또 의논할 문제는 어떤 것이나 행정부문에서도 입법부문에서도 4분의 3 이상의 찬성을 필요로 한다고 생각했다. 그래서 진나는 사절단의 안은 이런 점을 무시했다고 불평했다. 진나의 비판은 불가사의한 것이 아니라 정부의 설립을 불가능하게 하려는 것이었다.

그런데 무슬림 리그는 6월 4일에 내각사절단 안을 수락했다.

이제 모든 일은 회의파의 동향에 달려 있었다.

회의파는 델리의 무더운 열기와 숨막히는 모래바람을 피하여 간디를 동행하여 산간의 피서지인 마스리로 옮겼다.

인도는 마스리의 동향을 주시했다. 회의파 운영위원회는 간디와 함께 사절단 안을 검토했다.

외신기자들은 간디의 뒤를 쫓아 마스리에 왔다. 한 기자가 질문했다. "가령 하룻동안 인도의 독재자가 된다면 무슨 일을 하시겠습니까?"

그 기자는 아마 지연되고 있는 회의파의 결정에 관해서 무슨 암시가 있을까 기대했던 모양이지만 대답은 그를 실망시켰다. 간디는 이렇게 대답했다. "나는 그런 역할을 맡지 않는다. 가령 맡는다 하더라도 나는 그날 하루는 뉴델리에 있는 하리잔 빈민굴을 청소하는 일과 총독관사를 병원으로 개장하는 일에 바칠 것이다. 총독이 무엇 때문에 그렇게 굉장한 집이 필요하겠는가." 간디는 큰소리로 이렇게 말했다.

기자는 다시 "그럼 이튿날도 독재자 지위가 연장된다면 어떻게 하시겠습니까?" 하고 물었다.

간디는 웃으면서 "제 2 일은 제 1 일의 연장이지요." 하고 대답했다. 그 자리에 있었던 인도인들이 다같이 웃었다.

내각사절단의 제안에 대하여 국민회의파는 아직 한 마디도 회답하지 않고 있었다.

7월 8일 나무가 무성한 시원한 산비탈에서 불어내리는 소나무 향기로 기운을 회복한 간디는 다시 토의를 계속하기로 한 뉴델리에 돌아왔다. 라자고파라차리는 지금은 운영위원회 위원이 아니었지만(간디도 마찬가지이다) 영국측 안 수락을 권하기 위해 마드래스에서 델리에 왔다.

1주가 지났으나 국민회의파는 아직 사절단 제안을 수락한다고도 거절한다고도 단 한 마디의 발언도 없었다.

6월 16일, 웨벨 총독은 기다리다 못하여 국민회의파와 무슬림 리그는 잠정정부의 구성에 관해서 합의에 도달하지 못했으므로 자기가 우선 14명의 인도인을 잠정정부의 임원으로 지명하겠다는 성명을 발표했다

 여기에 이르러 국민회의파는 두 가지 문제, 즉 잠정정부에 참가하
느냐 참가하지 않느냐 하는 문제와 헌법제정회의에 참가해서 통일독립
인도의 새 헌법을 기초하는 작업에 참가하느냐 하지 않느냐 하는 문
제에 대답하지 않으면 안 되는 처지에 놓였다.

제**3**장

다시 간디를 방문하다

1946년 6월 25일, 필자는 뉴델리 공항에 내려 우선 임페리얼 호텔로 갔다. 카이로를 떠나 먼 공로(空路)의 여행으로 피곤하여 목욕도 하고 싶고 수염도 깎아야 했으나 당장 간디를 만나고 싶은 마음을 억제할 수 없었다. 인도에서 제일 먼저 할 일은 간디와 얘기하는 일이라고 생각했다. 그래서 숙소를 정하지도 않고 짐을 로비에 두고 택시를 불러 하리잔 부락에 있는 간디의 조그만 석조 오두막집으로 향했다.

간디는 마당에서 저녁 기도회를 하고 있었다. 약 1000명쯤 되는 사람들이 모여서 다같이 기도를 드리고 있었다. 요포를 두르고 머리에 하얀 물수건을 얹은 간디가 제자들을 거느리고 커다란 목조 대좌 가운데에 가부좌를 하고 앉아 있었다. 눈을 감았다 떴다 하면서 손으로 박자를 맞추고 있었다. 대좌 앞 땅바닥에 여성들이 앉아 있고 그 뒤에 남자들이 있으며 구경꾼들이 회중을 둘러싸고 서 있었다. 내외(內外)의 신문기자들이 와 있고 무리두츠라 사라바이, 네루, 그리고 클립스 부인의 모습도 보였다.

필자는 간디가 기도를 마치고 내려오는 사닥다리 밑에 서서 기다리고 있었다. "아, 당신이군요. 나는 지난 4년 동안 별로 변하지 않았어요." 하고 간디가 말을 걸었다.

필자가 "저도 굳이 이론을 내세우지는 않겠습니다."라고 하니까 간디는 머리를 뒤로 젖히면서 껄껄 웃었다. 그는 내 팔꿈치를 잡고 집을 향해 걸어가면서 나의 여행, 건강, 가족에 대해서 물었다. 그리고 필자가 얘기하고 싶어하는 걸 짐작했는지, "클립스 부인이 나를 만나러

와 있기 때문에 지금은 시간이 없어요. 내일 아침에 같이 산책을 합시다." 하고 말했다.

그날 저녁 늦게 필자는 회의파 의장 아브르 카라므 아자드의 집에 가서 아자드, 네루, 아사흐 알리, 기타 회의파 운영위원회 위원들과 저녁 식사를 같이 했다. 그들은 긴장된 얼굴로 정부의 뉴스 방송을 조심스럽게 듣고 있었다. 그날 일찍 국민회의파는 그 결정을 내각사절단과 웨벨 총독에게 전달했는데 아직 공표되지는 않고 있었다. 필자는 운영위원회가 장래의 인도헌법에 관한 영국 안(案)을 수락하지만 잠정정부에는 참가하지 않기로 결정한 것을 알았다.

이튿날 아침 필자는 일찍 일어나 미지근한 홍차와 바나나로 식사한 다음 택시를 타고 간디의 오두막에 갔다. 5시 반이었다. 약 30분 정도 산책했다. 간디는 그 반 시간의 태반을 내각사절단과의 회담에 관해서 얘기했다.

이튿날 6월 27일에도 아침 5시 반에 다시 간디를 방문하여 반 시간 같이 산책했다. 그리고 서어 스태포드 클립스와 클립스 부인은 9시 반에 만나달라는 요청에 호의적으로 응해주었다. 10시 반에는 진나를 만날 약속이 되어 있었으므로 택시를 대기시키고 있었다.

택시는 조금 달리다가 덜그럭 덜그럭 소리를 내더니 드디어 주저앉고 말았다. 시크교도인 운전수는 본네트 밑을 살폈으나 쉬 움직일 것 같지 않았다. 어쩔 수 없이 이륜마차를 불렀다. 말도 허기져서 채찍과 호통소리에도 불구하고 빨리 가질 못했다. 35분이나 늦어서 진나 저(邸)에 도착했다. 잠깐 기다린 뒤에 서재에 안내되었다. 필자는 택시가 고장난 사실과 다른 택시도 없었고, 이륜마차도 속력을 내지 못한 사정을 설명하며 사과했다. 나는 시간을 지키지 않는 것을 원래 싫어한다는 말도 덧붙여서 변명했다. 진나는 "다치지는 않았습니까?" 하고 물었다. 필자는 그런 사고는 아니고 택시가 주저앉았을 뿐이라고 말했다. 그는 내가 당한 사고를 동정하면서 형식적으로 사고 얘기를 계속했다.

택시와 이륜마차 얘기를 간신히 끝내고 "이제 곧 인도가 독립할 때가 왔습니다."라고 말했다.

진나는 대답하지 않았다. 한 마디도 하지 않았다. 턱을 당기고 엄숙하게 일어나 "그만 실례하겠습니다."라고 말하면서 악수를 청했다.

필자는 지각한 것을 다시 한 번 사과했다. 택시잡기가 어려운 사정을 고려하지 않은 것이 필자의 불찰이었던 것이다. 이튿날도 그를 만날 수 없었다. 그는 일정이 바쁘고 봄베이에 갈 예정이었다. 필자도 근일 중 봄베이에 갈 작정이지만 거기에서도 만날 수 있을 것 같지 않았다. 그는 더욱 바쁘겠지——이렇게 생각했을 때는 그의 전송을 받으며 벌써 현관에 나와 있었다. 진나가 화가 난 까닭이 내가 약속시간에 늦은 때문인지, 인도의 독립이 절박해지고 있는 때문인지 필자는 끝내 모르고 마는 게 아닌가 하는 생각이 들었다.

7월 5일, 필자는 간디와 함께 봄베이에 가서 6, 7일 이틀 동안 전 인도 국민회의파 위원회의 모임에 참관했다. 위원회는 사절단의 계획안에 관한 운영위원회의 결정을 토의하고 간디의 연설을 들었다.

그 후 필자는 사회주의 지도자 자이프라카쉬 나라얀과 함께 마하라쉬트라를 여행하여 7월 16일 비에 젖은 구릉지에 있는 판티가니에 도착했다. 거기에서 2일 동안 간디를 만나는 것이 목적이었다.

간디는 1942년 이후 별로 늙지 않은 것 같았다. 걸음걸이는 크게 내딛지도 않고, 기운이 왕성해보이지는 않았으나 그렇다고 해서 산책이나 면회 때문에 피곤해하지도 않았다. 그리고 항상 명랑했다.

뉴델리에서 아침 산책을 같이 했을 때 간디는 나에게 러시아와 전쟁이 일어날지도 모른다는 풍문에 관해서 물었다. 필자는 "그런 풍문이 있기는 하지만 아마 풍문에 지나지 않겠지요."라고 대답하고 "당신은 서양에 주목해야 합니다."라고 덧붙였다.

간디는 이렇게 대답했다. "나는 인도를 납득시키지도 못했어요. 내가 가는 곳마다 폭력이 눈에 뜨입니다. 나는 이미 쓰고 난 탄알입니다."

필자는 내나름의 생각을 얘기해보았다. 제 2 차 대전이 끝나면서부터 많은 서구인들이 정신적 공백을 느끼고 있는데 그 공백의 어떤 부분을

간디가 채워줄 수 있다는 점과 인도는 물질적 부를 필요로 하며, 그것이
행복을 초래한다는 환영(幻影)을 품고 있다는 점, 유럽과 미국은 물질적
부는 가지고 있지만 그것이 행복을 초래하지 않는다는 것이 판명되
었다는 점, 그리고 서양은 새로운 해결을 모색하고 있다는 점을 조
목조목 설명했다.

간디는 내 말을 듣고 "나는 아시아 사람입니다. 단순한 아시아 사
람이지요. 그리고 예수도 아시아 사람이었어요." 하고 웃으며 말했다.
필자는 이 말과 그후에 한 회화에서 간디의 낙관주의 바탕 위에 일말의
실망을 발견한 듯한 느낌이 들었다. 그가 125세까지 산다면 사업을
완수할 시간이 넉넉하겠지마는.

필자가 푸우나에 있는 자연요법진료소 석조건물에 도착한 것은 밤
8시 반이었다. 안내를 받아 간디 방에 들어가자 그는 지푸라기로 된
담요 위에 앉아 목에서 발목까지 하얀 솔을 두르고 고개를 숙여 편지를
쓰고 있었다. 엽서를 다 쓰고 나서 고개를 들어 "아, 오셨어요." 하고
말했다. 필자는 간디 앞에 다가가서 무릎을 꿇고 악수를 했다.

얼마 후 간디는 내가 화제를 꺼내기 전에 폭력에 관해서 얘기를
시작했다. "우선 남아프리카 사정이 그렇지만 최근의 소란으로 사람이
하나 죽었어요. 아무 죄도 없었는데……. 또 인도인들이 나무에 결박
당하여 매를 맞았습니다. 이건 린치입니다. 그리고 아후마다바드에서
힌두교도와 이슬람교도 사이에 폭동이 발생했습니다. 곤란한 것은 한
쪽이 찌르고 죽이고 하면 다른 쪽에서도 같은 방법으로 대응한다는
것이 문제입니다. 희생자가 복수를 하지 않으면 그것으로 끝나버리는
일입니다마는. 팔레스티나도 마찬가지입니다. 유태인에게는 충분히
주장할 만한 근거가 있습니다. 나는 영국 국회의원 시드니 실버만에게
유태인 주장에 근거가 있다고 말했습니다. 유태인은 원래 그곳에서
살고 있었으니까. 아라비아 사람이 팔레스티나에서 어떤 권리를 가지고
있다면 차라리 유태인에게 우선권이 있다고 보아야 합니다. 예수는
유태인이었습니다. 유태교의 가장 아름다운 꽃이었습니다. 그 꽃은 네

232

(四) 사도의 네 가지 얘기에서 볼 수 있습니다. 그들은 허식이 없는 사람들이었으며 예수에 관해서 진실을 말하고 있어요. 바울은 유태인이 아니라, 그리스 사람이었습니다. 그는 수사적인 마음 변증적인 마음을 가지고 있었으며, 예수를 곡해했습니다. 예수는 위대한 사랑의 힘을 지니고 있었는데, 크리스트 교가 서양으로 전파되자 추악해졌어요. 왕후의 종교가 되었다는 말입니다.”

간디는 다음에 독일에서 유태인이 겪은 고난으로 화제를 옮겼다. “하지만 오늘 저녁은 그만 얘기합시다. 당신은 아직 저녁 식사도 하기 전이니까.”

내가 일어나자 “그럼 편히 쉬시오.”라고 말했다.

나는 저녁을 먹은 뒤에 호외의 석조 테라스에 옮겨진 간디의 침대 옆으로 지나갔다. 두 여자 문하생이 간디의 다리를 마사지하고 있었다. 그 침대는 두꺼운 판자에다 매트리스를 깐 것으로, 머리 쪽을 높이기 위해 벽돌을 두 개 고이고 침대 위에 모기장이 쳐 있었다. 젊은 여자 몇 사람이 매트리스 위에 걸터앉아 간디 옆에서 웃고 있었다. 간디가 큰소리로 필자에게 말했다. “아침 식사를 나와 같이 할 수 있도록 일찍 일어나시오.” 제 1 회의 아침 식사는 새벽 4시라고 한다.

“그건 사양하겠습니다.”

“그럼 5시의 제 2 회 아침은？”

내가 얼굴을 찌푸리자 사람들이 모두 웃었다.

“그럼 제 3 회 9시의 아침을 같이 합시다. 6시에 일어나시오.”

이튿날 아침 필자는 6시 반에 일어나서 안마당에 나갔다. 간디가 어떤 인도인과 얘기하고 있다가 필자를 보더니 같이 아침 산책을 하자면서 걸어갔다.

“어제 저녁에 바울이 예수의 가르침을 변모시켰다고 말씀하셨습니다마는 당신 주위에 있는 사람들도 혹시 그렇게 할까요？” 하고 필자가 물었다.

“당신보다 먼저 그 가능성을 말한 사람이 있어요. 나는 어떻게 될지 짐작을 합니다. 그렇지요. 그들도 아마 그렇게 할 것 같습니다. 인도는 과연 내 편이 돼 줄지. 나는 비폭력의 철학을 인도인에게 충분히 납득시키지 못했습니다.”

그리고서 간디는 또 남아프리카에서 벌어지고 있는 유색인에 대한 박해에 관해서 얘기한 다음 미국에서는 흑인을 어떻게 대우하고 있느냐고 나에게 물었다. 간디는 이렇게 말했다. “그렇습니까. 소수민을 어떻게 대우하고 있느냐 하는 것은 곧 그 문명을 판단하는 척도가 됩니다.”

산책에서 돌아와 세이론 사람이 해주는 마사지를 받았더니 기분이 상쾌해졌다. 필자는 다시 간디의 방으로 갔다. 방에는 문이 없고 커튼이 걸려 있을 뿐이었다. 커튼을 잡아당기자 간디가 나를 보고 “어서 오시오. 언제든지 환영합니다.”라고 말했다. 간디는 〈하리잔〉 지에 발표할 논설을 쓰고 있었다. 그리고 간디의 영어 비서인 암리트 카울 여사가 로이터 발 뉴스를 낭독해주었다. 간디는 가끔 수긍을 하면서 듣고 있었는데 남아프리카 소식에 관해서는 침통한 얼굴로 고개를 흔들었다. 그중에 ‘트루만 대통령이 어제 인도인 이민 귀화법에 서명했다.’는 짧은 지급전(至急電)이 있었다. 간디는 이 법에 관하여 얼마나 이민이 허용되고 얼마나 시민권이 부여되느냐 또 중국인이나 일본인도 이민이 허용되느냐고 물었다.

필자는 간디에게 말했다. “이 법안을 통과시키는 데 누구보다도 진력한 사람은 미국의 인도인 연맹 회장 J. J. 신입니다. 그에게 편지를 쓰시겠습니까?” 간디는 약속을 하고 2~3일 후 편지를 써서 나에게 전달을 부탁했다.

케임브리지 대학을 나온 스딜 고오쉬라는 청년이 간디에게 작별하러 왔다. 간디는 영국에 가는 그에게 애트리 수상 앞으로 소개장을 써주었다. 고오쉬는 최근 간디와 내각사절단 사이의 중개자로서의 미묘한 역할을 현명하고도 품위있게 처리하여 훌륭한 활약을 했으므로 간디는 그가 런던에 가서도 자기와 애트리, 클립스, 페식 로렌스, 기타 여러 사람들 사이에서 연락을 취하는 일을 맡아달라고 부탁했다.

이튿날 아침 필자는 상쾌한 기분으로 일어나 간디 방으로 갔다. 간디는 산책을 하자고 했다. 필자가 인도 정치정세의 다음 단계에 대한 의견을 묻자 그는 간단명료하게 대답했다. "영국은 국민회의파에게 연립내각을 구성하도록 요청해야 합니다. 소수민 모두가 협력할 것입니다."

"무슬림 리그 사람들도 거기에 넣습니까?"

"물론이지요. 진나 씨에게는 대단히 중요한 자리를 맡깁니다."

간디는 한참 동안 필자를 기다리게 하고서 젊은 인도인 여성과 얘기를 했다. 나는 전날에도 간디가 그 여성과 흥분된 투로 얘기하면서 테라스를 서성거리는 모습을 보았었다. 그 여성이 물러가자 뒤이어 한 청년이 다가왔다. 두 사람은 다시 약 15분간 얘기했다. 피야레랄이 사정을 설명해주었다. 그 여성은 불가촉천민으로 무슨 사고로 절름발이가 되었다. 그 청년은 그녀의 남편이며 역시 하리잔이며 한쪽 팔이 없는 불구였다. 요즈음 내외 사이가 나빠져서 간디가 화해를 시키려고 애쓰고 있다는 것이었다.

우리는 다시 걷기 시작했다. 간디는 유럽과 러시아를 화제로 삼았다. 모스크바는 세계에 공헌하는 것이 아무것도 없고 국가주의적, 제국주의적, 전슬라브주의적인 성격을 띠고 있으며 서양을 만족시키지 못한다고 설명했다. 그리고 민주주의 국가들은 세계평화를 달성하기 위해서는 국제주의와 정신적인 개혁이 필요함을 이해하기 시작했다고 말했다.

간디가 나에게 물었다. "당신은 왜 내가 서양에 가야 한다고 생각합니까?"

필자가 대답했다. "서양에 가시라는 게 아니고 서양을 향해서 말씀을 해주셔야 한다는 말입니다."

"2 곱하기 2는 4가 된다는 이치를 서양이 내 입을 통해서 들을 필요가 있을까? 서양이 폭력과 전쟁이 악이라는 것을 깨달았다면 뻔한 이치를 새삼스럽게 지적해줄 필요는 없겠지요. 그리고 내가 인도에서 할 일이 아직 끝나지 않았어요.”

“하지만 서양은 당신을 필요로 하고 있습니다. 당신은 유물주의에 대한 안티테제〔反定立〕이며 따라서 스탈린주의와 국가주권주의에 대한 교정 수단이니까요.” 간디는 1942년 이후 인도에도 폭력적인 정신이 더 커졌다고 말했다.

필자는 내가 쓴《간디와 같이 지낸 1주일》을 읽어보았느냐고 물었다. 간디는 내 책을 읽었으며 두세 가지 사소한 착오(이를테면 카스투르바이의 나이가 틀린 점)를 제외하면 대체로 잘 썼다고 말했다. 간디는 또 역시 내가 쓴《인물과 정치》도 읽었다고 했다.

그날 낮에 네루가 크리쉬나 메논——훗날 런던 주재 인도 고등판무관이 된 사람——과 같이 진료소에 왔다.

간디는 “네루는 수사적인 마음을 가진 사람”이라고 필자에게 말했다. 필자는 네루, 메논, 기타 여러 사람들과 함께 커다란 공동식당에서 점심을 먹었다. 내 앞에는 마튼 춥이 따로 나왔는데 네루가 달라고 해서 나누어주었다.

간디는 네루가 육식도 하고 긱연도 하는 것을 알고 있었지만 반대하지는 않았다. 그러나 네루는 간디 앞에서는 한 번도 담배를 피지 않았다.(오직 마우라나 아브르 카람 아자드만이 간디가 있는 자리에서 담배를 피웠는데, 간디는 언제나 소녀를 시켜서 재떨이를 가져오라고 미리 지시했다.). 네루는 우아하고 고상하며 한없는 매력이 있었다. 자기 생각을 적절한 말로 표현하는 재능도 있었다. 간디는 그를 예술가라고 불렀다. 하로우〔中學〕과 케임브리지의 생활에서 영국 스타일이 몸에 배었으며 거기에 다년간의 옥중생활로 엄숙한 인상이 가미되었다. 특히 1942년부터 45년에 이르는 장기간의 옥고로 많이 늙어 이마도 훌렁 벗어졌으나 단정한 용모는 변함이 없었다. 사생활에서도 공공생활에서도 많은 고난을 겪어왔다. 그의 미소는 쾌활하면서도 어느 순간 저절로 나타나는 슬픔으로 사람의 마음에 감동을 주었다.

간디는 네루를 아들처럼 사랑하고 네루는 간디를 아버지처럼 사랑했다. 네루는 간디와 견해를 달리하는 경우 한 번도 숨기지 않았으며 때때로 그것을 공식적으로도 표명했다. 간디는 그 솔직한 태도를 좋아했다.

네루의 심리 깊은 속에는 때로는 저항감이 있었다. 그는 인도인 지도자들 태반이 간디에 바치고 있는 절대적 복종에 반감을 느꼈다. 그는 간디에 대해서도 의문을 가지고 의논을 해보고 반항도 하고 그런 다음에야 향복했다. 네루는 인격의 독립을 중심으로 삼았다.

네루의 저서에는 그 마음의 아름다움, 그 이념의 고매함과 함께 자기중심적인 사고가 배어 있다. 네루가 보기에 간디는 전적으로 외향적인 사람으로 보였다. 간디는 '자기'가 부담이 되지 않았다. 그러나 네루는 항상 자기를 중심에 두고 나아가지 않으면 안 되는 인물이었다.

그날 오후 네루는 간디와 단 둘이서 몇 시간을 보냈다. 아무도 두 사람을 방해하지 않았다.

오후 늦게 필자가 간디 방에 가 보자 간디는 물레를 돌리고 있었다. 필자가 "물레돌리기는 이제 그만두셨는 줄 알았는데요."라고 하자 "내가 어떻게 이 일을 그만둡니까. 인도에는 4억이라는 식구가 있습니다. 어린이나 떠돌이를 제외하고서 3억인이 날마다 1시간 씩만 물레를 돌리면 그것으로 스와라지를 획득할 수 있어요." 하고 대답했다.

"경제적인 효과입니까? 정신적인 효과입니까?"

"두 가지 의미에서 그렇지요. 가령 3억 명이 히틀러의 명령 같은 강제에 의해서가 아니고 공동의 이념으로 고취되어 매일 한 번씩 같은 일을 한다면 목표가 통일되고 따라서 독립을 달성할 수 있을 것입니다."

"그렇다면 저와 얘기하시느라고 잠시나마 중단이 되면 스와라지가 그만큼 늦어지는 셈이군요."

"그렇습니다. 당신은 인도의 스와라지는 6야드쯤 지연시켰습니다." 하고 말하며 껄껄 웃었다.

봄베이 주 켈 수상과 내무상 모랄디 데사이가 간디를 찾아와서 아후마다바드에서 계속 발생하고 있는 폭동에 관해서 보고했다. 밤 9시 필자는 네루, 메논과 함께 푸우나에 있는 데사이 댁(宅)에 갔다. 데사이는 혼란의 책임이 이슬람교도측에 있다고 비난했다. 자정 조금 전에 네루와 메논은 열차로 봄베이에 향했다.

이튿날 아침 간디와 10명 쯤 되는 그의 일행과 필자는 푸우나 역까지 걸어가 거기서 봄베이 행 급행열차를 탔다. 일행은 3등 특별차를 이용했다. 그 차칸은 창가와 중앙에 나무 벤치가 있었다. 도중에 폭우가 쏟아져 천장과 창틀 사이로 비가 스며들어 바닥에 물구덩이가 생겼다. 몇 정차역에서 지방의 회의파 지도자들이 올라와 간디와 상의했다. 간디는 그 사이 사이에 〈하리잔〉 지에 발표할 글을 쓰기도 하고 다른 글을 정정하기도 했다. 원고를 다 쓰고 나서 나무 벤치 위에 누워 곧 잠이 들어 약 15분간 수면을 취했다.

간디 좌석은 창가에 있었다. 억수같이 비가 내리는 데도 역마다 많은 사람이 모여 있었다. 어떤 역에서는 14~5세쯤 된 두 소년이 흠뻑 비에 젖어 머리에서 물방울을 떨어뜨리며 간디가 있는 창가에 뛰어올라 "간디 지, 간디 지."라고 부르면서 손을 흔들었다. 간디는 활짝 웃었다.

필자가 "당신은 저 아이들에게 무엇을 의미하나요?" 하고 묻자 간디는 양손을 머리에 얹고 엄지손가락을 세워 "뿔이 난 사람 구경거리겠지요."라고 대답했다.

간디는 봄베이 종착역의 군중을 피하기 위해 교외(郊外) 역에서 하차했다. 간디를 비롯하여 회의파 지도자들이 모두 전 인도 회의파 위원회 모임을 열기 위해 봄베이에 모여들었다. 그 모임에서는 내각 사절단의 헌법에 관한 장기계획은 수락하지만 잠정정부에는 참가하지 않기로 한 운영위원회의 결정을 토의하기로 되어 있었다.

대회는 극장처럼 넓은 홀에서 열렸다. 연단 마룻바닥에는 하얀 수직 면포가 깔려 있었다. 흰 호움스판 옷을 입은 지도자들이 연단 마루 바닥에 앉아 회의 순서를 적은 계시판 앞에 놓인 기다란 횃대같은 것에 의지하고 있었다. 연단 뒤쪽에 흰 호움스판을 걸친 긴 의자가 있으나

238

거기는 공석이었다. 네루는 흰 바지에 흰 상의를 입고, 그 위에 소매가 없는 살구빛 조끼를 입은 모습으로 나와 있었다. 그는 의자 옆에 설치된 마이크를 사용했다. 의결권을 가진 255명의 대의원들은 수백 명의 방청인, 수십 명의 내외 기자단과 함께 홀 중앙에 자리잡고 있었다.

연단 밑에서 위로 조그만 계단을 딛고 올라가게 되어 있었다. 연설을 할 사람은 그 계단에 신을 벗어두고 맨발로 마이크로폰 앞에 갔다.

토의 중 한 여성이 무대 뒤에서 나타나 긴 의자 위에 납작한 상자를 내려놓았다. 이윽고 간디가 나타나 의자에 앉아서 상자를 열더니 물레를 돌리기 시작했다. 간디가 입장할 때 대의원들은 모두 일어나서 절을 했다. 간디는 미소로 답례했다. 박수를 하거나 무슨 환성을 지르거나 하는 소란한 짓은 하지 않았다.

회의 제2일, 7월 7일(일요일)에는 요포를 두른 간디가 하얀 긴 의자에 앉은 채로 연설을 했다. 마이크를 사용하여 힌두스타니 어로 얘기했으나 마이크 성능이 나빠서 잘 들리지 않았다.

그 즉흥연설은 〈하리잔〉 지를 비롯하여 인도의 모든 일조신문에 전문 그대로 발표되었는데, 약 1700어(語)의 연설이었다. 그는 자기 오두막에서 옆에 있는 사람에게 얘기하는 것처럼 약 15분간에 걸쳐 천천히 얘기했다.

"나는 내각사절단의 제안에 대해서 내가 전에 한 말의 일부가 상당한 혼란을 일으켰다는 것을 알았습니다. 사티야그라히의 한 사람으로서 나는 언제나 진실을 얘기하도록 노력해왔습니다. 뭐 하나 여러분에게 숨기려 한 일은 절대로 없습니다. 나는 마음에 무슨 유보를 두는 것을 좋아하지 않습니다. 그러나 말이라는 것은 아무리 훌륭하더라도 표현수단으로서 불완전합니다. 사람은 누구나 자기가 느끼고 생각하는 것을 완전무결하게는 표현을 못합니다. 옛날 현인이나 예언자도 말의 미흡함을 모면하지는 못했습니다. 내각사절단 제안에 관해서 내가 델리에서 한 말 중에 여태까지 광명을 보고 있었던 곳에 어둠이 보인다고 말했습니다. 그 어둠은 아직 없어지지 않았습니다. 오히려 더

어두워져 있습니다. 나는 내 길을 확실히 내다볼 수 있었다면 운영
위원회에 대해서 헌법제정회의에 관한 사절단의 제안을 거부하도록
종용할 수도 있었을 것입니다. 나와 운영위원회 위원과의 관계는 여
러분이 다 알고 계십니다. 라젠드라 프라사드 씨는 고등재판소 판사가
될 수 있었을지도 모르는데 나의 통역이나 서기가 되는 길을 택했습
니다. 사르달 파텔은 나의 예스맨〔同調者〕이라는 별명이 붙어 있지만
그것을 싫어하지 않을 뿐 아니라 오히려 찬사라고 스스로 자랑하기도
합니다. 그는 폭풍을 몰아오는 바다제비〔海燕〕입니다. 전에는 의식이
모두 양식이었는데 나와 운명을 같이하게 되면서부터 내 말을 법률처럼
존중하게 되었습니다. 그런데 이 두 사람조차도 이 문제에 관해서는
나와 견해를 일치시키지 못하고 있습니다. 종전에는 으레 내가 직관을
이성으로 밑받침하여 이들의 머리도 가슴도 만족시킬 수 있었는데
이번은 그렇지 않다고 두 사람은 나에게 말합니다. 나는 이에 대답하여
나 자신의 가슴이 의혹으로 차 있기 때문에 적절한 이유로 증명할 수가
없으나 그렇지 않다면 즉각 거부하도록 종용했을 거라고 말했습니다.
나에게는 두 사람이 조심할 수 있도록 나 자신의 의혹을 밝힐 의무가
있었습니다. 요컨대 두 사람은 내가 말한 것을 자기 이성의 빛으로
음미하여 옳다고 납득했을 때 비로소 내 견해를 받아들여야 할 것입
니다.”

 그 정당성을 납득하지 않았기 때문에 운영위원회는 장래의 인도
헌법에 관한 방침을 수락하지만 잠정정부에는 참가하지 않는다는 중
용을 택했던 것이다. 전 인도 회의파 위원회 내부의 사회주의파나
기타의 일부 사람들은 운영위원회의 타협적인 태도를 공격하고 있었다.
그들은 헌법제정회의 및 잠정정부에 대하여 둘 다 참가를 기권하자고
주장하고 있었다. 이성의 논증에 의한 지지는 아니지만 간디의 직관에
따르고 싶은 생각이었다.
 “어제 자이브라카쉬 나라얀이 헌법제정회의에 참가하는 것은 위험
하니까 운영위원회의 결정을 거부해야 한다고 말했을 때 나는 놀랐습

니다. 자이브라카쉬 같은 능란한 사람의 입에서 그런 패배주의적인 말을 듣는다는 것은 뜻밖입니다. 사티야그라히는 어떤 경우에도 패배를 모릅니다. 그리고 또 나는 영국인이 하는 짓은 다 나쁘다는 말도 이해할 수 없습니다. 영국인이라고 해서 다 나쁜 사람들은 아닙니다. 영국인 중에도 다른 국민과 마찬가지로 착한 사람도 있고 악한 사람도 있습니다. 한편 우리들에게도 결심이 전혀 없지는 않습니다. 영국인에게는 장점이 있기 때문에 그렇게 강자가 될 수 있었을 것입니다. 그들이 인도에 와서 착취한 것도 따지고 보면 우리가 서로 싸우느라고 그들이 편승할 틈을 주었던 것입니다. 신의 세계에서는 순전한 악은 결코 번영을 누리지 못합니다. 악마의 영역도 실은 신의 지배 밑에 있습니다. 악마는 신의 자비에 의해서만 존속할 수 있으니까요." 이어서 간디는 비폭력과 지난 1942년의 불복종운동에 대해서 얘기했다.

"우리는 인내와 겸허와 무집착을 터득해야 합니다. 헌법제정위원회는 장미꽃 화원이 아니라 가시덤풀이 되려 하고 있습니다. 그것을 회피해서는 안 될 것입니다. 두려워 하지 말고 자신과 용기로써 우리 책무를 수행합시다. 내 마음을 덮고 있는 어둠을 과히 염려하지 맙시다. 하느님께서는 그것을 빛으로 변하게 해주실 테니까요."

모두가 박수를 보냈다.

투표 결과 운영위원회의 절충안에 찬성 204표, 반대 51표였다. 반대표는 생각보다 많았다. 이 의사표시는 간디의 마음이나 네루의 마음, 따라서 여러 대의원의 마음에 영국의 의도에 대한 의념이 있음을 나타낸 것이었다. 과거 156년 이상에 걸친 영국의 보호, 89년에 이르는 대영제국의 지배를 받아 온 인도인으로서는 단 한 사람도 영국에 대한 불신을 완전히 불식할 수는 없었다.

필자는 여름철 우기를 후덥지근한 봄베이에서 며칠을 보낸 후 자이브라카쉬 나라얀, 그의 아내 프라바바티 부인과 함께 봄베이를 떠나 간디의 새 거처 판티가니로 향하는 도중 마하라쉬트라 지방을 여행했다. 기차로 푸우나에 가서 거기서부터는 자동차로 갔다.

도중에 자이브라카쉬는 사타라에서 열리는 집회에서 연설하기 위해
뒤에 처지고 프라바바티 부인과 필자가 탄 자동차는 구릉지를 지나
판티가니로 향해서 안개 속을 달렸다. 도착한 것은 밤중이었다. 거리는
어둡고 조용했다. 간혹 만나는 통행인은 간디의 숙소가 어딘지 몰랐
으므로 우리는 석조로 된 여름철 별장이 나타날 때마다 묻고 지나가지
않으면 안 되었다. 그러다가 어떤 집 현관에서 간디가 제자들과 같이
있는 것을 발견했다.

이튿날 낮에 자이브라카쉬도 도착했다. 방문자는 자이브라카쉬와
필자 둘뿐이었으므로 간디와 얘기할 시간이 충분히 있었다.

간디는 필자에게 우선 무엇을 알았느냐고 물었다. 필자는 헌법제
정회의를 신뢰하는 사람과 신뢰하지 않는 사람 사이에 날카로운 대립이
있는 것을 짐작하고 있었다.

"나는 헌법제정회의를 비혁명적이라고는 생각하지 않아요. 시민적
불복종의 완전한 대체물이 된다고 확신하고 있습니다."

"영국이 과연 공명정대하게 나오리라고 생각하십니까?"

"이번에는 공명정대하게 나오리라고 생각합니다."

"그리고 영국이 인도에서 철수하리라고 믿고 계십니까?"

"에, 그렇게 믿고 있습니다."

"저도 그렇게 믿습니다마는 자이브라카쉬를 납득시킬 수가 없습니
다. 그러나 만약 영국이 철수하지 않는다면 당신은 당신의 독자적인
항의를 하시겠습니까? 혹은 자이브라카쉬의 방식이 되겠습니까?"

"자이브라카쉬가 나와 같이 해야겠지요. 내가 그의 방식을 따르지는
않아요. 1942년에 나는 해도(海圖)가 없는 항해를 떠난다고 말한 일이
있었습니다. 이번에는 그렇지 않아요. 당시는 민중을 잘 몰랐어요.
지금은 내가 할 수 있는 일과 못하는 일을 스스로 알고 있습니다."

"그렇다면 헌법제정회의가 헛수고가 되더라도 시민적 불복종투쟁을
기도하지 않으시겠습니까?"

"사회주의자와 공산주의자들이 그때까지 억제돼 있지 않으면 기도

하지 않을 것입니다."

"그렇게는 될 것 같지 않습니다마는."

"나로서는 폭력이 만연되고 있는 상황에서는 시민적 불복종의 실천을 생각할 수 없습니다. 오늘날 일부의 카스트 힌두는 불가촉천민에 대해서 공정한 태도를 취하고 있지 않아요."

"일부의 카스트 힌두라는 것은 일부의 회의파 당원을 가리키는 말씀인가요?"

"많지는 않지만 회의파 당원 중에는 아직도 마음속에서 불가촉천민제를 완전히 몰아내지 않고 있는 사람이 일부 있습니다. 그것이 비극입니다. 이슬람교도도 자기들이 학대를 받고 있는 줄로 생각하고 있습니다. 보수적인 힌두교도 가정에서는 이슬람교도가 같은 자리에 앉거나 식사를 같이 하는 게 허용되지 않아요. 그것은 거짓 종교입니다. 인도가 종교적이라는 것은 거짓입니다. 참다운 종교를 터득해야 합니다."

"국민회의파에 대해서는 상당한 성공을 달성하셨다고 보이는데요."

"아니, 그렇지 않아요. 실패했어요. 하기는 조금은 성공한 점도 있습니다마는. 마두라나 기타 성지(聖地)의 사원에서는 하리잔의 출입이 허용되고 있으며 카스트 힌두가 같은 사원에서 예배하고 있습니다."

아침 대화는 여기에서 끝났다. 간디의 탐조등은 안으로 향하고 있었다. 말하자면 그 광선은 남의 결점을 찾지 않고 회의파와 힌두교도 자신의 결점을 찾은 것이다. 일부 힌두교도는 그러한 자기 반성을 싫어했으며 진나와 영국을 공격하고 비난하는 방식을 택했다.

오후 일찍 자이브라카쉬는 약 1시간 동안 간디와 얘기했다. 비서 한 사람이 그 메모의 일부를 번역해서 나에게 보여주었다.

자이브라카쉬 : 국민회의파는 인도의 힘을 조직화하고 있지 못합니다. 현재의 회의파에 있어서는 각 사람의 장점을 중요하게 생각하지 않고 여전히 그 사람이 속해 있는 카스트와 연고관계를 중요시합니다. 우리들 사회주의자가 헌법제정회의에 참가하려 하지 않는 것은 주로

이 때문입니다. 우리는 운영위원회가 일종의 무력감에 압도되었다고 보고 있습니다. 영국측 제안을 수락하지 않고서 우리가 무슨 일을 할 수 있을까 하고 그들은 말하고 있어요. 그건 약자의 비굴한 태도입니다. 그들은 회의파와 무슬림 리그 사이에 합의를 가져오는 방법이나 수단을 영국측이 강구해줄 것을 기대하고 있습니다. 실은 영국에 대하여 당신들은 어서 나가시오. 문제는 우리가 결정할 겁니다라고 해야 하는데 말입니다. 영국이 그것을 원하지 않을 경우 우리는 투옥하려면 투옥하라는 것입니다.

간디 : 교도소라는 것은 도둑이나 강도에게는 단순한 교도소이지만 나에게는 오히려 궁전이었습니다. 나는 토로우(영국의 문인, 《시민의 반항》의 저자)를 읽기 전에 독창적인 교도소 들어가기를 창안했습니다. 톨스토이는 내가 무슨 새로운 방법을 발견했다고 말한 적이 있습니다. 그런 말을 러시아 어 일기에 썼어요. 어떤 러시아 여성이 그 구절을 나에게 번역해서 읽어줬어요. 나는 감옥 안에서 정부와 싸웠습니다. 우리를 뒷받침하는 철학이 올바르기만 하다면 교도소에 가는 길은 곧 스와라지를 달성하는 길입니다. 하지만 현재의 상황에서는 교도소에 간다는 것은 무의미한 연극이 될 것입니다.

자이브라카쉬 : 지금은 우리가 영국인을 교도소에 보낼 때입니다.

간디 : 그건 무슨 까닭입니까. 그런 말은 한갓 수사에 불과하며 당신 같은 분이 할 말이 아닙니다. 상호간 격전을 벌인 뒤에도 그렇게 할 필요는 없습니다. 그것은 처칠이 히틀러에게 어떻게 하겠다는 것과 같은 말투입니다. 나치에 대한 전범재판(戰犯裁判)의 어리석은 광경을 생각해보십시오. 범죄자를 재판하는 사람들 중에는 오히려 범죄자로 보이는 사람들이 일부 있습니다.

국민회의파는 여러 주에서 정권을 담당하고 있었는데 자이브라카쉬와 간디는 거기에 부패와 연고주의가 증대되고 있는 사실을 알고 있었다. 사회주의자들은 사회주의자 이외의 다수 회의파 당원과 더불어 영국을 몰아내는 최후의 일전(一戰)을 벌이고 싶었으며 그것을 자랑으로 여겼을 것이다. 그들이 생각하기에 압제자를 실력으로——투쟁에 의해서 몰아내지 않고서는 거기에서 얻어지는 자유는 진짜 자유가 아니었다. 또 사회주의자들은 영국이 무슬림 리그와 공모하여 인도에 계속 발판을 유지하려고 꾀하는 것이 아닌가 하는 의심을 품고 있었다. 자이브라카쉬가 전투적 기분으로 끌리는 것도 그 때문이었다. 한편 간디는 1942년부터 44년에 걸쳐 사회주의자나 기타의 폭력사태에 환멸을 느끼고 있었기 때문에 종전보다 더 반전투적이었다. 이 사정이 간디의 내각사절단 안(案)에 관한 의혹을 더욱 착잡하게 하고 있었다. 폭력이 만연된 사태에서는 간디가 만들어낸 독특한 무기——즉 시민적 불복종이라는 무기를 빼앗긴 거나 다름이 없다. 거기에서는 헌법제 정회의가 가능한 유일의 대안(代案)이 아닐 수 없었다.

여기에서 간디는 그의 죽음으로 연결되는 고뇌의 길에 접어들고 있었던 것이다.

그날 오후 간디는 1시간 이상을 필자를 위해 할애해주었다. 간디는 다시 아메리카의 흑인문제를 화제로 삼았다. 한참 얘기를 하다가 필자가 화제를 돌려 말했다. "나는 인도에 와서 총명한 사람을 몇 사람 만났어요."

"몇 사람? 그래요? 많지는 않던가요?"

"당신과 그 밖에 두세 사람이지요." 내 말에 간디는 빙긋 웃었다. "그리고……." 내가 다시 말했다. "힌두교도와 이슬람교도의 관계는 호전되고 있다는 사람도 있고, 더 악화되고 있다고 말하는 사람도 있습니다마는."

"진나나 다른 이슬람교도 지도자들도 전에는 회의파 당원이었습니다. 그들이 회의파에서 떨어진 것은 힌두교도의 오만에 염증을 느낀 때문입니다. 맨 처음에 지도적인 회의파 당원은 신지론자(神智論者)였습니다. 나는 애니 벤산트 부인에게 큰 매력을 느꼈습니다. 신지론은 브라바츠키 부인의 교리이며, 그것은 곧 힌두교의 최고의 모습입니다. 나는 옛날에(런던에서) 베산트 부인 집을 방문한 일이 있었어요. 하지만 봄베이에서 방금 런던에 공부하러 온 학생으로서는 영어 발음을 잘 알아들을 수가 없었으며, 베산트 부인에게 갈 필요가 없다고 생각했습니다. 교양있는 이슬람교도들이 신지론자가 됐어요. 그 후 회의파 당원의 수가 늘어남에 따라 힌두교도의 태도는 점점 더 오만해졌습니다. 이슬람교도는 종교적인 열광자입니다. 그렇다고 해서 열광에 대해서 열광으로 응해서는 안 됩니다. 서로 그렇게 하면 사람 마음이 초조해질 뿐이니까요. 회의파에 있었던 이슬람교도들은 그만 정이 떨어지고 말았어요. 그들은 힌두교도에게서 동포애를 발견하지 못했던 것입니다. 그들은 이슬람교가 인류의 동포애라고 주장하고 있습니다. 실제는 그들 역시 이슬람교도의 동포애입니다마는. 신지론은 인류의 동포애입니다. 요컨대 힌두교의 분리주의가 회의파와 무슬림 리그 사이를 떼어놓는 데 협조를 했다고 봅니다. 진나는 악의 천재입니다. 그는 자기를 예언자로 자처하고 있어요.”

“진나는 변호사 아닙니까?”

“그렇게만 말해서는 그 사람에 대해 부당합니다. 1944년에 나와 18일간이나 계속한 회담이 증거가 되는데 정말로 그는 이슬람교의 예언자임을 자처하고 있습니다.”

“이슬람교도는 보통 기질이나 감정이 풍부하고 인정이 있고 친절합니다.”

“그렇습니까?”

“그런데 진나는 냉정하고 성의가 없어요. 시비를 따지기를 좋아는 하지만 근본적인 대의(大義)를 내세우지는 않습니다.”

“확실히 성의가 없습니다. 하지만 사기꾼은 아닙니다. 그는 단순한 이슬람교도들에게 마술을 걸었다고 할지.”

“나는 가끔 이슬람교도와 힌두교도 사이에 놓인 문제는 실질적으로 후진국인 인도 사회에 이슬람교도의 신흥 중산계급의 자리를 모색하는 과제라고 생각합니다. 인도는 매우 미개발 상태에 있기 때문에 가난한 사람에게 장소를 제공할 수가 없습니다. 진나가 이슬람교도 중산계급을 자기 편으로 끌어들일 수 있었던 것은 앞서 나간 힌두교도 중산계급과의 대항을 그가 지원했기 때문입니다. 현재 그는 지주와 농민 사이의 간격을 좁히고 있습니다. ‘파키스탄’이라는 명목을 내세워서 그렇게 하고 있습니다.”

“그건 그렇지만 진나는 아직 농민을 자기 편으로 끌어들이고 있지는 못하며 지금 노력하는 중이지요. 농민에게는 지주나 중산계급과 공통되는 것은 아무것도 없습니다. 지주는 농민을 착취합니다. 농민에게는 아직 참정권이 없어요. 영국의 선거민도 계발되어 있지 않아요.”

“나는 계발돼 있다고 생각합니다. 과거보다는 나아져 있습니다.”

“어느 정도 나아졌지만 충분하다고는 할 수 없어요.”

“회의파는 힌두교의 각인을 표방하고서 어떻게 이슬람교도를 자기 편으로 흡수할 수 있을까요?”

“그건 어렵지 않아요. 하리잔[不可觸賤民]에게 평등을 주면 됩니다. 힌두교는 자세를 바로잡아야 해요. 나는 아직 희망을 버리지 않고 있습니다. 진보는 원래 대단히 완만하게 나아가는 법이니까요.”

“요즈음 힌두교도와 이슬람교도 사이의 접촉이 적은 것처럼 보이는데요.”

“지도층의 정치적인 접촉이 붕괴되어가고 있는 것은 사실입니다.”

“진나는 1942년 나를 만났을 때 ‘간디는 독립을 바라지 않는다.’고 말한 일이 있었습니다.”

“그렇다면 내가 바라는 것은 무엇일까요?”

“당신이 바라는 것은 힌두교도에 의한 지배라고 말하더군요.”

“천만에요. 나는 이슬람교도이고, 힌두교도이고, 유태교도이고, 배화교도이기도 합니다. 나를 잘 모르고 하는 말입니다. 진실이 아니라 궤변입니다. 미친 사람이나 하는 말이지요. 무슬림 리그는 헌법제정 회의에 참가하리라고 나는 봅니다. 하지만 시크교도는 거부하고 있어요. 그들은 유태교도처럼 완고합니다.”

“완고하다는 점에서는 당신도 상당한 고집쟁이이지요.”

"내가요 ?"

"그렇고 말고요. 당신은 무슨 일이나 독자적인 방식을 좋아해요. 마음 착한 독재자라고 할까요." 이 말에 비서나 제자들이 다 웃었다. 간디도 껄껄 웃었다.

"글쎄, 독재자란 말이지. 나는 아무 권력도 가지고 있지 않으며 회의파를 내 생각대로 끌고 가지도 않았는데. 하기는 회의파에 대해서 일정한 비판을 가지고 있습니다마는."

이튿날 자이브라카쉬와 나는 봄베이로 떠날 작정이었다. 프라바바티는 간디 옆에 남아 있기로 했다. 프라바바티는 다년간 간디와 같이 지낸 일이 있었다. 마하트마 가까이 있는 여성들——스레이드 양, 라디크마리 암리트 카울, 스시라 나얄, 프라바바티 나라얀, 기타——은 모두 간디를 사랑했다. 간디도 그녀들을 사랑했다. 그것은 보통 이상으로 다정하고 서로 의지하는 아버지와 딸 사이 같은 관계였다. 스레이드 양은 바아푸(간디)와 떨어져서 지내거나 바아푸의 건강을 염려하거나 하면 자기가 병이 나는 일이 여러 번 있었다. 스레이드 양과 간디의 관계는 현대에는 보기 드문 플라토닉한 것이었다. 간디는 흔히 스레이드 양에게 육체는 방해물이며 차라리 육체가 없으면 이별도 없을 것이고 보다 더 밀접해질 수 있을 거라고 말하곤 했다.

여성 문하생들 중에는 간디가 누구에게 특별한 호의를 표시하는 경우에 질투를 하는 예도 없지 않았다. 간디도 그것을 알고 편애하지 않도록 조심했다. 그 여성들이 간디에 대한 애착 때문에 결혼을 하지 않았는지, 혹은 결혼을 하지 않은 까닭에 간디에게 애착을 느꼈는지를 따지는 것은 어리석은 일이다. 한 여성은 결혼을 했지만 금욕을 관철했다. 그녀들은 모두 간디의 철학을 자기 신념으로 삼은 용감한 여걸들이었다.

간디를 잘 이해했던 사람의 하나인 타고르가 그에 대해서 이렇게 쓴 글이 있다. "간디는 성생활을 인간도덕의 진보에 모순되는 것으로 보고 비난했지만 한편으로 《크로이체르 소나타(^{톨스토이}의 작품)》의 저자와 같을 정도로 성에 대해서 큰 공포를 느끼고 있다. 그러나 간디가 톨스토이와 다른 것은 성——인간의 도덕적 본성에 있어서 하나의 시련이라고 할 성에 대하여 그것을 금지하면서도 혐오를 표시하고 있지 않은 점이다. 실제로 간디는 여성에게 대해서 친절하며 그 성격의 일관된 특징의 하나이다. 간디는 그가 지도하고 있는 위대한 운동에 참가한 훌륭하고 성실한 동지들 중에 몇 명의 여성을 꼽고 있다.”

필자가 마하트마 간디와 얘기한 것은 7월 18일이 마지막이었는데 그때 다음과 같은 질문을 했다. “가령 운영위원회가 당신이 말씀하신 ‘어둠 속의 모색’이나, 당신의 직관에 응했을 경우에는, 내각사절단의 계획안을 거부했을까요 ?”

“그럴지도 모르지요. 하지만 나는 그렇게 되게 하지는 않았을 겁니다.”

“굳이 주장하지는 않았을 거라는 말씀인가요 ?”

“정확하게 말하면 나는 그들이 나와 똑같이 생각하지 않는 한 나의 직관에 따르지 않도록 했을 거라는 뜻입니다. 가령 어떻게 되었을까 추측하는 것은 무익한 상상입니다. 그러나 라젠드라 프라사드 박사가 나에게 ‘당신의 직관은 우리의 이해와 상관없이 장기 제안의 수락을 금할 만큼 효력이 있는 것일까요 ?’ 하고 물었다는 것은 사실입니다. 그래서 나는 이렇게 말했습니다. ‘아닙니다. 나 자신도 이성이 직관을 지지하지는 않으므로 당신은 자기 이성에 따르십시오. 내 직관은 이성에 반항하고 있습니다. 나는 다만 당신에게 충실하기 위해 내가 느낀 의혹을 당신 앞에 제시했을 뿐입니다. 나 자신도 이성이 지지하지 않는 한 직관에 따르지는 않았습니다.’ 하고 대답했지요.”

“하지만 당신은 이를테면 단식할 때에는 직관이 그렇게 하라고 하니까 그 지시에 따른다고 나에게 말씀하신 일이 있습니다.”

“그렇게 말한 적이 있지요. 하지만 그때도 단식을 정작 시작하기 전에 이성의 찬성을 얻었지요.”

“그럼 이번에 정치정세에 당신의 직관을 삽입하셨습니까 ?”

"조금 다릅니다. 나는 어디까지나 충실하려 했습니다. 내각사절단의 선의를 믿고 싶었으며 그렇기 때문에 내각사절단에게 나의 직관은 의혹을 느낀다고 말했던 것입니다. 나는 이렇게 독백했어요. '사절단이 악의를 품고 있다고 가정하자. 사절단은 부끄러운 생각이 들 것이다. 저 사람은 단순히 자기 직관이라고 하지만 우리는 그 이유를 알고 있다고 하겠지. 그들은 죄의식의 가책을 받게 될 것이다.'라고 말입니다."

"그렇게 되지는 않았습니다. 결국 그것은 사절단의 의도가 선량함을 의미하는 것으로 보겠습니다마는."

"나는 맨 처음 사절단에 대하여 한 말에서 아무것도 취소하지는 않아요."

"당신은 지금은 확고한 헌정주의자인데 그것은 폭력을 염려하기 때문입니까?"

"우리는 헌법제정회의에 참가해서 그 회의를 운용해야 한다는 게 내 생각입니다. 만약 영국이 정직하지 못할 경우에는 저절로 폭로될 것입니다. 그리고 거기에서 오는 손실은 인도의 손실이라기보다는 영국의 손실이며 인류의 손실입니다."

"당신은 인도 국민군이나 스바쉬 찬드라 보스(^{인도의 영웅으로 제2차 대전 중 독일과 일본을 방문. 1945년 대만에서 선실사고로 사망했다.})의 정신을 염려하시는 것으로 보입니다. 그 정신은 어느 정도 널리 침투되어 있습니다. 보스는 젊은이의 공상심을 사로잡았습니다. 당신은 그것을 알고 있으며 그런 심리적 경향을 염려하고 계십니다. 젊은 세대는 인도 중심적입니다."

"보스가 인도의 공상심을 붙잡았다는 것은 지나친 견해입니다. 그것은 너무 광범한 용어입니다. 일부 청년이나 여성들이 그의 뒤를 따르고 있는 것은 사실입니다마는. 신은 인도에 유순한 마음——온후한 마음을 남겨두셨습니다. 온후한 힌두교도라는 말은 어떤 사람들에 의해서는 오히려 비난하는 뜻으로 사용되고 있습니다. 그러나 나는 처칠이 '벌거숭이 퍼킨'이라고 부른 것을 명예로운 말로 받아들이고 있습니다. 나로서는 찬사입니다. 처칠에게 편지를 써서 그렇게 말한 적이 있어요. ‘정말이지 나는 벌거숭이 퍼킨이 되고 싶은데 아직 미흡하다.’라고 말입니다.”

“처칠이 회답을 하던가요?”

“총독을 통해서 편지를 받았다고 정중한 회답을 보내왔어요. 그건 어쨌든 젊은이들의 경향에 관해서 다시 얘기하면 문명의 해독에 물들지 않은 소박한 젊은이들이 내 편에 있습니다.”

“그러나 당신은 보스를 칭찬한 일이 있는데 지금도 그가 살아 있다고 믿으십니까(당시 그는 비행기 사고로 사망한 것으로 전해지고 있었다)?”

“나는 소위 보스 전설에 동조하지 않습니다. 그와 의견이 맞지도 않았으며 지금은 그가 살아 있다고도 생각하지 않아요. 보스는 자기를 로빈 훗 같은 전설적 존재로 꾸미고 있었기 때문에 한 때는 살아 있을 것 같은 생각이 들기도 했습니다.”

“제가 말씀드리고 싶은 것은 보스가 독일과 일본 두 파시즘 국가를 방문한 사실입니다. 보스가 친 파시스트였다면 당신이 그에게 동정을 느낄 리가 없습니다. 그가 과연 애국자이며 특히 1944년 당시에 있어서 인도가 독일이나 일본의 도움으로 구제될 수 있다고 생각했다면 그는 어리석었습니다. 정치가는 바보가 될 여유가 없습니다.”

“당신은 정치가를 퍽 높이 평가하는군요. 정치가의 태반은 어리석은 사람들입니다. 나는 대단히 불리한 입장에서 활동하게 되었습니다. 폭력적인 분위기가 만연되고 있기 때문에 그것을 극복해야 합니다. 나는 나의 독자적인 방법으로 꾸준히 나아갈 것입니다. 폭력이 아직도 남아 있기는 하지만 언젠가는 자멸하게 되리라고 확신합니다. 그것은 결코 언제까지나 존속하지는 못합니다. 인도의 정신에 근본적으로 어긋나는 것이니까요. 말로만 하는 것은 소용이 없어요. 실천으로 극복해야 합니다. 신이라 해도 좋고 무슨 다른 이름으로 불러도 좋습니다. 어쨌든 나는 우리의 운명을 바른 길로 이끌어나가는 불가사의한 섭리를 믿고 있습니다.”

제**4**장

순 례

국민회의파는 웨벨 총독이 진나의 주장에 따라 1명의 회의파 이슬람교도를 각료의 일원으로 지명하는 것을 거부했기 때문에 잠정정부에 참가하려 하지 않았다. 웨벨 총독은 잠정정부의 구성이 선례가 되는 것은 아니라고 공식적으로 말하고 있었으나 회의파는 그것을 염려하여 회의파 이슬람교도의 임명을 진나가 거부하는 권리를 단호히 부인했다.

그래서 웨벨 총독은 국민회의파와 무슬림 리그에 대하여 각료 후보자 명단을 제출하도록 몇 번이나 거듭 요청했다. 그런데 각파(各派)가 모두 회의파에 경의를 表하여 타파(他派)의 태도를 취하였으므로 진나는 잠정정부에 참가하라는 요청을 거부했다. 그리하여 1946년 8월 12일 웨벨 총독은 자와하르라르 네루에게 조각(組閣)을 위촉했다.

네루는 진나를 만나 무슬림 리그측이 정부의 포스트를 선택하도록 제의했다. 진나는 이를 거부했다. 그 결과 회의파 당원 6명, 그 중 5명은 카스트 힌두이고 1명은 하리잔, 크리스트 교도 1명, 시크교도 1명, 배화교도 1명, 무슬림 리그에 속하지 않은 이슬람교도 2명으로 조각(組閣)했다. 웨벨 총독은 다시 무슬림 리그는 자파(自派)에서 자의에 따라 5명을 지정하여 잠정정부에 참가해도 좋다는 성명을 발표했다. 그러나 진나는 역시 흥미를 표시하지 않았다.

무슬림 리그는 8월 16일을 직접 행동일로 선언했다. 캘커타에서 4일간에 걸친 맹렬한 폭동이 발생했다. "공식추정에 의하면 약 5000명이 죽고 15000명이 부상한 것으로 되어 있으나 비공식적인 사상자 숫자는 훨씬 더 많았다." 이것은 페식 로렌스의 말이다.

네루의 잠정정부에 참가하기 위해 무슬림 리그를 탈퇴한 이슬람교도 샤파아트 아흐마드 카안은 8월 24일 저녁 시므라의 인기척 드문 곳에서 잠복했던 괴한의 습격을 받아 일곱 군데를 찔려 부상을 입었다. 영국에서는 이 습격은 '분명히 정치적인 목적에 의한 습격'이라고 평했다.

9월 2일, 네루는 잠정정부의 수상이 되었다. 회의파의 새 의장 J. B. 크리파라니는 "우리 대표와 지도자들은 이제 권력의 성(城)에 들어갔다."고 말했다.

뉴델리의 하리잔 마을에 있었던 간디는 9월 2일 아침 일찍 일어나 네루에게 편지를 썼다. 그리고 그날 저녁 기도의 모임에서는 오늘은 인도 역사의 축일(祝日)이라고 말했다. "네루 수상과 그 동료들이 책무를 수행하면 여러분은 장차 완전한 권력을 장악하게 될 것입니다."라고 약속하고 "이슬람교도는 아직 정부에 참가하지는 않았으나 힌두교도와 형제간임에는 변함이 없으며 형제간에서는 감정의 대립이 있어서는 안 된다."고 덧붙였다.

그런데 진나는 9월 2일을 '추도(追悼)의 날'로 선언하고 이튿날 봄베이에서 "러시아는 인도문제에 관해서 방관자 이상의 관심을 가지고 있으며 인도에서 그다지 멀지 않은 곳에 있다."고 말했다.

편잡 지방의 대지주이며 무슬림 리그의 지도자인 서어 휘로즈 카안 누운도 비슷한 말을 했다. "우리 앞길에는 전투가 있으며 만약 그 전투에 패하는 경우 이슬람교도에 남겨진 길은 러시아에 의지하는 길밖에 없다."고 말했다.

간디는 이 암호를 판독하여 9월 9일 "우리는 지금 내란 속에 있지는 않으나 차츰 그 속으로 다가가고 있다."고 말했다. 9월 중, 봄베이에서는 발포나 칼부림 사건이 잇따라 일어났다. 이슬람교도가 내건 조기(弔旗)는 힌두교도에는 위험신호였다. 소란은 편잡 지방에 확대되고, 폭력이 벵고르 지방과 비하르 지방을 뒤흔들었다.

무슬림 리그는 헌법제정회의 참가를 기권한다고 선언했다.

이러한 혼란에 위험을 느낀 웨벨 총독은 잠정정부에 무슬림 리그를 끌어들이기 위해 배전의 노력을 했다. 진나는 마지막에 동의하여 이슬람교도 4명과 간디의 반대자인 하리잔 1명을 지명했다. 무슬림 리그는 이슬람교도를 대표하는 종교단체를 표방하고 있는데 힌두교도인 하리잔을 지명한 것은 무슨 까닭인가. 그것은 분명히 국민회의파와 카스트 힌두를 괴롭히기 위한 심술이었다. 그것은 신정부로서는 불행한 조짐이었다. 재무상이며 각내(閣內)에서의 무슬림 리그 측 대변자인 나와브자다 리아카트 알리 카안은 정부를 연립정부로 인정하지 않으며, 네루를 우두머리로 하는 회의파 각료에 협력할 의무를 전혀 느끼지 않는다고 선언했다. 정부는——종교에 의해서——분할된 것이다.

간디는 이 두 커뮤니티(종교단체) 사이에 끊임없이 발생하고 있는 폭력사태에 대하여 매일같이 호소를 했다. "어떤 사람들은 힌두교도가 오늘날 자기를 해치는 사람들에게 보복할 수 있을 만큼 강해진 것을 기뻐하고 있는 모양이지만 나는 힌두교도가 복수를 생각하는 것보다는 차라리 자기가 죽기를 택하는 것이 훨씬 낫다고 생각한다."

그와 동시에 간디는 종래의 대목적을 환기하여 카아디의 증산을 강조하고, 하리잔에 대한 학대에 항의하기도 했다. "병액(疫病)이 발생하면 하리잔은 구타를 당하기도 하고 샘물을 긷지 못하게 금하기도 한다. 그들은 판잣집에서 살고 있다." 간디는 또 염세(鹽稅)가 완전히 폐지될 것을 희망했으며 이 문제에 관해서 민중이 좀더 참고 기다릴 것을 요청했다. 신임(新任) 장관들은 익숙하지 못한 일에 분주했다.

회의파 출신 각료들, 그 협력자들 그리고 많은 주 관리들은 하리잔 마을에 있는 간디의 오두막에——때로는 매일같이 충고와 승인을 받으러 왔다. 간디는 말하자면 '초수상(超首相)'이었다.

간디는 문둥병(疫病), 집단예배의 필요성, 인도의 교도소 제도, 남아프리카에서의 인종차별, 식량생산, 힌두교 만신전(萬神殿) 등 여러 가지 문제에 관하여 글을 써서 발표했다. 그리고 되도록 매일 일기를 썼다. 어느 날 밤에는 "이 치솟는 화염 속에서 초탈을 유지하기는 대단히 어렵다."고도 고백하고 있다. 또 어떤 친구에게 "나는 왜 이 고통을 평정하게 견디지 못할까. 나는 125세까지 살기 위해 필요한 초탈을 터득하지 못한 것이 아닌가 하는 불안한 생각이 든다."고 토로하기도 했다.

힌두교도와 이슬람교도 사이에 벌어진 항쟁은 간디에게 휴식할 겨를을 주지 않았다. 그래도 간디는 인간에 대한 신뢰를 잃지 않았다. 10월에는 다음과 같이 쓰고 있다. "며칠 전 봄베이에서 어떤 힌두교도가 한 사람의 이슬람교도 친구를 숨겨주었다. 그것을 알고 이슬람교도의 생명을 요구한 힌두교도 폭도들이 분격했다. 그 힌두교도는 이슬람교도 친구를 그들에게 내주지 않았으며 마침내 죽음의 포옹을 했다. 내가 전해 들은 사실이다. 그러나 광란의 소용돌이 속에서 이것이 고귀한 무용담의 첫 예는 아니다. 최근 캘커타에서 발생한 큰 유혈 사건 때에도 목숨을 걸고 힌두교도 친구를 숨겨준 이슬람교도나 그 반대의 경우가 있다는 얘기가 전해지고 있다. 어떤 시기에도 어떤 장소에도 인간의 마음에 깃든 신성의 현시(顯示)가 없으면 인류는 기필코 사멸하고야 말 것이다."

간디는 드디어 광인 속에 그 신성(神性)을 찾아서 길을 떠났다.

10월, 동(東) 벵고르의 노아카리와 티프러 지방에서 이슬람교도가 힌두교도에 대하여 대규모의 습격을 했다. 간디는 이 사건을 도시에서의 소란보다 더 경계해야 할 현상이라고 생각했다. 그 동안 인도의 농촌은 종교 사이에서는 우호관계가 지속되어 왔다. 그런데 커뮤니티 사이의 증오가 지방으로 침투하는 경우에는 그야말로 국가의 파괴를 초래할지도 모르는 일이었다. 간디는 분쟁의 현장으로 갈 결심을 했다. 폭력을 근절하지 못한다면 자기 생명에도 아무 미련이 없다고 생각했다. 친구들은 그를 만류하려고 했다. 회의파 각료들은 간디가 항상 자기들에게 가까운 곳에 있기를 원했다. 간디는 이렇게 대답했다. "분명한 것은 그곳에 가지 않고는 나 자신과 화해할 수 없다는 것만이 확실하오." 과연 수습을 할 수 있을지 어떨지는 모르지만 어쨌든 실행해보지 않으면 안 되었다.

간디가 가는 곳에는 어디서나 군중이 모였다. 정부는 간디가 보통 급행열차로 여행을 하면 그를 보러 모여드는 군중이 열차를 몇 시간이나 지연시켜 그 때문에 발착시간표가 온통 혼란되므로 특별열차를 준비했다.(영국인도 그렇게 했었다.) 특별열차가 정거한 큰 역에서는 많은 군중이 역구(驛構)를 포위하고 궤도에도 범람을 했다. 사람들은 역 지붕 위에도 올라가 창이나 목책(木柵)을 깨뜨리기도 했다. 차장이 출발신호를 해도 누군지 급정차 브레이크를 걸기 때문에 몇 번이나 급정차를 했다. 어떤 역에서는 역 직원이 소방 호스로 군중을 쫓다보니까 간디의 차간까지 물벼락을 맞았다. 예정보다 5시간이나 늦게 도착했다.

간디가 뉴델리를 떠난 날 캘커타에서 다시 또 종교간의 폭동이 발생하여 32명이 죽었다. 군(軍) 증원대가 현장에 급파되었다. 경찰과 군대는 석유를 사용한 폭탄이나 벽돌, 병 따위로 서로 공격하는 폭도를 쫓는 데 밤낮으로 애를 썼다. 간디는 캘커타에 도착하자마자 이튿날 벵고르 주 영국인 장관 프레드릭 바로즈를 의례상 간단히 방문한 다음 벵고르 주 수상으로 이슬람교도인 H. S. 스프라와르디를 방문하여 장시간 회견했다. 다시 그 이튿날, 즉 10월 31일 재차 스프라와르디를 방문하여 그와 함께 무인화(無人化)된 거리를 차를 타고 가면서 지난 8월과 최근의 폭동으로 파괴된 광경을 시찰했다. 간디는 너무 기가 막혀 “인간을 야수 이하로 전락시키는 군중의 발광상태에 아연실색하지 않을 수 없다.”고 말했다. 그러나 간디는 여전히 낙관론자이며 이런 사태는 오래 계속되지는 않으며 캘커타의 시민은 이미 자기들의 어리석고 참혹한 행동에 후회하기 시작했다고 생각했다.

간디는 거기서 노아카리로 갈 작정이었다. 그 전원지대에서는 이슬람교도가 힌두교도를 살해하거나 강제로 이슬람교에 개종시키기도 하고 혹은 힌두교도 여성을 능욕하고, 힌두교도의 가옥이나 힌두교 사원에 불을 지르는 사건이 발생하고 있었다. “나를 불가피하게 노아카리에 불러들인 것은 능욕을 당한 여성의 비명이었습니다. 이 소동의 불이 완전히 꺼질 때까지 나는 벵고르에서 떠나지 않을 생각입니다. 1년간, 혹은 더 장기간 이곳에 머무르게 될지도 모릅니다. 필요하다면 여기에서 목숨을 바칠 각오입니다. 어쨌든 나는 패배할지라도 굴복은 하지 않을 것입니다. 사람들이 나에게 내가 옹호할 수 없는 것을 기대한다면 차라리 죽어서 눈을 감는 게 좋을지 모릅니다." 간디는 기도의 모임에서 이렇게 말했다.

그 자리에 나온 많은 사람이 눈물을 흘렸다.

그러나 더 큰 슬픔이 마하트마를 기다리고 있었다. 힌두교도 3100만 명에 대하여 이슬람교도 500만 명이 살고 있는 인접한 비하르 주에서, 노아카리와 티프라에서 발생한 사건 다수파 커뮤니티를 분격시켰다. 10월 25일이 노아카리의 날로 선언되었다. 회의파 당원의 연설이나 신문의 선동적인 표제(表題)가 힌두교도를 광란으로 몰고 갔다. 수천 명의 힌두교도가 '피에는 피로'라고 외치면서 행진했다. 다음 주 델리 주재 《런던 타임즈》 지 특파원은 '폭도에 의해서 살해된 것으로 공식적으로 확인된 수'가 4580명이라고 보도했다. 그 후 간디는 그 수가 함께 만 명을 넘은 것으로 추측했다. 피해자는 주로 이슬람교도였다.

비하르 주에서 발생한 사태는 캘커타에 있는 간디에게 전달되어 그를 비탄에 빠뜨렸다. 간디는 비하르 주 민중에게 다음과 같은 성명을 발표했다. '내가 비하르에 건 꿈은 깨어졌다. 비하르 주 힌두교도의 이번 난동은 카에데 앗잠 진나의 국민회의파는 그 속에 소수의 이슬람교도, 크리스트 교도, 배화교도 및 기타를 포섭하고 있다고 자랑하지만 실제는 역시 힌두교도의 단체라는 비웃음을 정당화하는 짓이다. 종전에 회의파의 위신을 높이는 데 이바지한 비하르 주가 회의파의 무덤을 파는 짓을 해서는 안 된다.'

간디는 비하르 주의 불행한 사태를 보상하기 위해 가능한 한 최저한의 식사를 계속할 것이며 만일 과오를 범한 비하르 주 사람들이 회개하지 않으면 죽음의 단식으로 들어가겠다고 선언했다.

비하르 주에서 일어난 참극에 대하여 벵고르 주에서 보복이 발생하는 것을 염려한 네루와 파텔은 잠정정부의 이슬람교도 각료인 리야카트 카안, 압둘 라브 니쉬탈과 함께 델리에서 캘커타로 비행기로 급행했다. 웨벨 총독도 왔다. 이슬람교도가 열광할 가능성이 있는 이슬람교의 성스러운 제일(祭日)이 다가왔다. 각료들은 민중에게 평정을 지킬 것을 요청했다. 병사들이 시 내외를 순찰했다.

한편 네루와 파텔은 간디에게 죽음의 단식을 하지 말도록 간청했다. 그들도 인도 국민도 지금 간디가 죽어서는 안 되었다.

4명의 각료는 캘커타에서 다시 비하르로 날아갔다. 현지의 상황을 자상하게 알고 분격한 네루 수상이 힌두교도가 살인행위를 그치지 않을 경우에는 비하르 지방을 폭격하겠다고 말하자 간디는 그것은 영국이 쓰던 방식이라고 비판했다. 군대의 힘으로 폭동을 진압하면 그것은 인도의 자유를 스스로 억압하는 짓이며 또한 회의파가 민중을 통솔하지 못하는 경우에는 판디트 지이(지이는 네루를 가리킴)는 앞으로 어떻게 하겠는가.

네루는 사태가 평온해질 때까지 비하르에 머무르겠다고 선언했다. 11월 5일 간디는 비하르에 있는 네루에게 편지를 썼다. '비하르에서 들려오는 소식에 나는 마음이 산란합니다. 소문을 반으로 접어도 비하르 주가 인간성을 망각한 것을 나타내고 있습니다. 나의 내면의 소리는 '너는 이 어리석은 살인 사건을 눈을 뜨고 보지 말아라. 그것은 네 생명이 끝난 것을 의미한다고 말해줍니다. 논리는 가차없이 나를 단식으로 몰고 갑니다.'

그러다가 캘커타나 기타 지역에서의 이슬람교도 제일(祭日)은 무사히 지나고 비하르에서도 안심할 만한 소식이 간디에게 들려왔다. 하지만 간디는 아직 이슬람교도의 폭력에 대한 두려움으로 미리 도피하려는 힌두교도들이 있는 노아카리에 할 일이 남아 있었다. 공포는 자유와 민주주의의 적이다. 그리고 비폭력의 용기는 폭력을 이기고 바로잡는 수단이다. 간디는 노아카리의 힌두교도에게 자기 자신에 대하여 용기를 고취하도록 가르치려 했다. 또 그와 함께 중요한 일이지만 간디는 자기가 이슬람교도에게 영향력을 미칠 수 있는지 어떤지를 알고 싶었다. 만일 이슬람교도가 비폭력의 원리를 이해하여 보복을 포기하고 사해동포의 정신에 접근하지 못하는 경우에는 인도의 자유와 통일을 어떻게 달성할 수 있을까.

"가령 내가 어떤 사람에게 살해되었다고 가정하자. 보복으로 그 사람을 죽인들 아무 소용이 없다. 곰곰이 생각하면 도대체 간디 이외의 그 누가 간디를 죽일 수 있을까. 사람의 영혼을 멸망시키는 짓은 아무도 못 한다." 간디는 이렇게 말한 적이 있다.

간디는 자기가 노아카리의 이슬람교도에게 살해될 경우를 가정하여 그 보복으로 힌두교도의 이슬람교도에 대한 학살이 전국적으로 번지는 경우를 미리 염려했을지도 모른다.

간디는 노아카리에 가야겠다는 충동을 억제할 수 없었다. 한편 비하르를 위해 단식을 한다는 생각은 중지했다.

간디가 캘커타를 출발한 것은 11월 6일 아침이었다. 노아카리는 인도에서도 교통이 가장 불편한 지역의 하나이며 갠지스 강과 브라흐마프트라 강물이 둘러싼 삼각주에 있다. 교통, 운수, 일상생활에 어려움이 많은 곳이며 많은 마을이 작은 선박으로만 갈 수 있으며 인도 후진성의 상징인 우차(牛車)도 이 지역의 도로는 왕래를 못 한다. 뉴욕에 있는 현대사정협회가 파견한 필립 탈보트는 캘커타에서 마하트마의 숙영지(宿營地)에 가는데 기차, 기선, 자전거, 전마선(傳馬船)을 차례로 바꿔타고 다시 도보로 4일간을 걸어갔다. 면적 40평방 마일인 그 지구는 인구가 밀집해 있으며, 그중 80퍼센트에 해당하는 250만 명이 이슬람교도였다. 그 지구 전체가 내분으로 분열되어 종교적인 원한이 침투되어 있고 폐허가 된 마을도 많았다.

간디는 이 벽지가 그의 육체와 정신에 과한 시련에 응하여 몇 달 동안 꾸준한 노력을 계속했다. 12월 5일 노아카리에서 쓴 편지에 다음과 같이 말하고 있다. '여기에서 내가 맡고 있는 사명은 내 생애를 통해서 가장 곤란하고 복잡한 일입니다. 나는 만일의 경우에 대비하고 있습니다. 행동이냐 죽음이냐의 갈림길이 여기에서 시도될 것입니다. 행

동이란 여기에서는 힌두교도와 이슬람교도가 의좋고 평화롭게 사는
방법을 배워야 한다는 것을 의미합니다. 그렇지 않으면 나는 이 노력에
생명을 바칠 것입니다.'

벵고르 주 각료 몇 사람과 비서와 협력자의 일단(一團)이 간디와
동행하고 있었다. 간디는 제자들을 여러 마을에 분산시켰다. 간디 옆에
남은 것은 벵고르 어 통역을 맡은 니르말 보스 교수, 늘 속기를 맡고
있는 파라쉬람, 그리고 마누 간디뿐이었다. 간디는 취사도 자기가 하고
마사지도 자기가 한다고 주장했다. 친구들은 이슬람교도의 습격에 대한
경호를 경찰 당국에 요청해야 한다고 주장했으나 받아들여지지 않았다.
또 시의(侍醫)인 수시라 나얄이 간디와 같이 있어야 한다는 주장도
허용되지 않았다. 수시라 나얄도 그녀의 오라버니 피야레랄도 스체타
크로파라니도 카누 간디와 그의 젊은 부인 아바도 고립되어 있고,
대개의 경우 적의로 충만된 여러 마을에 분산하여 각각 그 마을에서
모범을 보이고 마을 사람들이 폭력의 길에서 벗어나도록 애정으로
타이르는 일을 시작했다. 피야레랄이 말라리아에 걸려 수시라가 와서
간호해줬으면 좋겠다고 간디에게 문의해왔다. 간디는 그 요청에 대하여
다음과 같이 답장을 써보냈다. '마을에 가는 사람은 생사의 결심을
하고서 가야 합니다. 마을에서 병이 나면 마을에서 낫든지, 마을에서
죽든지 할 수밖에 없습니다. 그래야만 마을에 간 의미가 있습니다.
실제문제로서는 가정요법이나 자연의 '5원소(元素)' 요법을 쓰는 것
으로 만족해야 합니다. 수시라 박사는 그녀가 시중을 들어야 할 마을을
따로 맡고 있습니다. 현재에는 그녀의 책임은 우리 일행을 위한 것은
아닙니다. 말하자면 동 벵고르의 촌민에게 먼저 저당잡혔다고 하겠
습니다.' 간디 자신도 이 가혹한 기율에 복종했다.

간디는 노아카리 순례 중에 49개 마을을 방문했다. 새벽 4시에 일어나
맨발로 3~4마일씩 걸었다. 하루나 이틀 혹은 사흘 동안 한 마을에
머물러 휴식을 취할 겨를도 없이 주민들과 얘기하고 기도를 드리고
다시 다음 마을로 향했다. 하나의 마을에 도착하면 농가, 그것도 되도록

이슬람교도 집에서 일행과 함께 숙박을 시켜달라고 부탁했다. 거부를 당하면 다른 집에 가서 부탁했다. 그 고장에서 난 과일과 채소를 먹고 양유를 구할 수 있으면 구해서 마셨다. 이것이 1946년 11월 7일부터 47년 3월 2일 동안의 간디의 생활이었다. 마침 간디의 나이 희수에 이른 때이기도 했다.

보행은 고통스러웠다. 발이 상해도 여간해서는 샌들을 신지 않았다. 노아카리의 폭동이 자기가 비폭력으로 민중을 치료한 데서 일어났다고 생각하는 간디로서는 이것이 곧 속죄의 순례였다. 속죄의 순례자는 맨발이라야 한다. 어떤 곳에서는 적의를 품은 사람들이 유리 조각이나 가시나 혹은 오물을 길에 뿌리기도 했다. 그러나 간디는 그들을 비난하지 않았다. 그들은 정치가들에게 현혹되어 있었다. 어떤 때는 늪에 걸린 다리를 건너가지 않으면 안 되었다. 그 다리는 대개 높이 10피트 내지 15피트의 죽대(竹台) 위에 직경 4인치 정도의 대나무를 칡넝쿨로 묶어서 만든 것이었다. 원시적이고 불안정한 이 다리는 한쪽에 손잡이가 있는 예도 있으나 없는 것이 보통이었다. 한번은 발이 미끄러져 늪에 떨어질 뻔하다가 가까스로 평형을 유지했다. 그런 위험한 곳이 자주 나오기 때문에 땅에서 그리 높지 않은 다리에서 연습을 하기도 했다.

아더 헨더슨은 1946년 11월 4일 영국 하원에서, 노아카리와 거기에 인접한 티프라에서의 사망자 수는 정확하지는 않으나 추정에 의하면 백 단위의 낮은 수일 것이라고 말했다. 벵고르 주 정부는 사상자 수를 318명으로 계산했다. 그러나 공포심 때문에 희생자를 숨긴 가족도 있었다. 두 지구에서 약탈을 당한 가옥이 만 호(戶) 이상이었다. 티프라에서는 9895명이 강제적으로 이슬람교에 개종당했다. 노아카리에는 더 많았다. 수천 명의 힌두교도 여성이 유괴되어 이슬람교도와 결혼을 강제당했다. 간디는 그러한 개종과 유괴를 깊이 개탄했다.

힌두교도 여성을 개종시키기 위해 이슬람교도는 그녀들의 팔찌를 부수기도 하고 그녀들의 이마에 붙은 미망인이 아님을 표시하는 '행

복의 표지'를 지우기도 했다. 힌두교도 남성은 요포를 힌두교도 식이
아니라 이슬람교 식으로 두르며《코란》을 암송하도록 강제당했다. 석상
(石像)은 파괴되고 힌두교 사원은 모독되었다. 가장 심한 것은 소를
사육하는 힌두교도가 암소를 도살하도록 강요당하고 쇠고기를 먹도록
강요당한 일이었다. 힌두교도 사회도 소를 죽이거나 그 고기를 먹은
자의 복귀를 받아들이지 않을 것이라는 생각에서 한 짓이었다.

처음에 간디의 동료 몇 사람은 힌두교도들에게 재난을 당한 이 고
장을 떠나 다른 주로 이주하도록 설득하는 방침을 권했으나 간디는
그런 패배주의를 강경하게 반대했다. 사람을 대체하는 것은 인도의
통일 유지가 불가능함을 승인하는 것이 되기 때문이다. 그리고 서로
다른 종교를 신봉하는 사람들 사이에서는 이해와 친애가 있을 수 있
으며 쉽게 그런 관계를 수립할 수 있다는 간디의 신념에 어긋나기
때문이다.

노아카리의 사정을 검토한 간디는 각 마을마다 주민 전체의 안전을
보장하고, 필요한 경우에는 자기 생명을 걸고서라도 그 일을 맞는
사람을 이슬람교도와 힌두교도에서 각 1명씩 선출할 필요가 있다고
판단했다. 그러기 위해 두 커뮤니티 사람들과 의논했다. 한번은 어느
집 방바닥에 이슬람교도들에게 둘러싸여 비폭력의 덕에 관해서 얘기
하고 있었다. 그때 스체타 쿠리파라니가 다가와서 쪽지를 내밀었다.
거기에는 간디 옆에 앉아 있는 사나이가 최근의 폭동에서 여러 힌두
교도를 살해한 포악한 인물이라고 씌어 있었다. 간디는 미소를 짓고서
얘기를 계속했다. 살인자를 교수형에 처한다. 간디는 처형에 반대였다.
처형을 하지 않을 경우에는 덕으로서 그 삶을 치료해주는 방법이 있을
뿐이다. 한 사람을 옥에 감금한다 해도 또 다른 범법자가 생긴다. 범
법자를 처벌하는 수단으로는 사회의 질병을 근절하지 못한다. 처벌—
—사회의 보복을 두려워하는 범죄자는 악의 길에서 벗어나지 못하고
오히려 죄악을 거듭하게 된다. 그러므로 그들을 용서해주자. 간디는
힌두교도에게 그들을 가해한 사람들을 용서해주라고 권고했다. 그리고

힌두교도와 이슬람교도의 대립에 관해서 화해에 실패한 간디 자신도 그들의 죄를 같이 짊어져야 한다고 말했다.

이 세상은 여러 가지 대립으로 충만되어 있으며 전체적으로 보아 사람들은 모두 가해자이기도 하고 희생자이기도 하다. "하지만 나는 그대들에게 이르노니 그대의 적을 사랑하여라. 그대를 비방하는 자를 축복하여라. 그대는 미워하는 자에게 선을 행하여라. 그대에게 악의로 대하여 그대를 괴롭히는 자를 위해 기도하여라. 그대를 사랑하는 자를 사랑하여 무슨 보답이 있으리오." 예수는 이렇게 가르쳤다. 그리고 간디는 그것을 실천했다.

지금 간디가 얘기하고 있는 노아카리의 이슬람교도의 대부분은 몇 세대 전에 그 선조가 '칼〔劍〕'의 강제에 의해 힌두교도에서 《코란》으로 개종당한 사람들이었다. 그들은 힌두교도의 기질을 지니고 있고 간디의 방식을 이해하는 바탕이 있었다. 이를테면 간디는 어떤 마을에 이슬람교도 문하생인 암툴 사람 양을 파견했다. 그 마을에서는 이슬람교도가 이웃 힌두교도를 계속 학대하고 있었다. 필립 타르봇은 다음과 같이 보고하고 있다. "그녀는 간디의 방식에 따라 지난 10월의 소란 때 힌두교도의 집에서 약탈한 성검(聖劍)을 이슬람교도가 주인에게 반환할 때까지 단식을 계속하기로 했다. 인도인은 오래 배워왔기 때문에 단식은 그 대상에 매우 강한 사회적 압력을 준다. 그러나 칼은 나오지 않았다. 아마 못에 던져 없애버린 모양이었다. 사람 양의 단식이 25일째 되는 날 간디가 이 마을에 도착했을 때에는 이슬람교도들은 모두 무슨 일에나 동의할 각오가 되어 있었다. 의사는 사람 양의 용태가 위독하다고 진단했다. 간디는 (이 사람 양의 단식을 내각사절단과의 교섭과 같은 정도로 중대하게 생각했다) 마을 지도자들과 몇 시간이나 토의한 끝에 그들을 설득하여 다시는 힌두교도를 박해하지 않는다는 맹세를 하게 했다."

간디는 그 칼이 나와서 반환이 되었더라면 그것이 곧 우애의 상징이 되었을 거라고 말했다.

간디는 집회에서 힌두스타니 어로 얘기했다. 그것을 통역관이 벵고르 어로 번역했다. 간디는 통역자가 번역하는 동안 기도단에 앉아 있었는데, 나중에 활자로 발표하기 위해 자기 담화를 기록하기로 했다.

"일부 이슬람교도는 간디가 자기들을 탄압하러 온 것이 아닌가 두려워했다. 간디는 자기가 일생을 통하여 단 한 사람도 탄압한 일이 없다는 것을 그들에게 확신시킬 수 있었다."

어떤 자리에서 간디는 다음과 같이 말했다.

"나는 민중에게 군대나 경찰에 의지해서는 안 된다고 말했습니다. 민주주의는 민중이 스스로 지켜야 합니다. 민주주의와 군대나 경찰에 의지하는 것은 양립하지 않습니다." 간디는 사람들의 기분을 일신(一新)하고 보전감(保全感)을 회복해주려고 했다. "이 일이 성공하면 내 생애의 최후를 장식하게 될 것이다. 나는 벵고르에서 패퇴(敗退)하고 싶지 않다. 차라리 필요하다면 암살자의 손에 죽기를 원한다."

1월 16일은 간디의 침묵의 날이었으므로 저녁 기도의 모임에서도 대독을 시켰다. 그때 일행은 찬디플이라는 작은 마을에 있었다. 간디는 자기가 여기에 와 있는 이유를 말했다. "나의 목적은 오직 하나입니다. 즉, 하느님께서 힌두교도와 이슬람교도의 마음을 정화해주십사 하는 것입니다. 두 커뮤니티가 서로 상대방에 대한 의념과 불안에서 해방되어야 한다는 것입니다. 아무쪼록 여러분은 이 기도에 참가하여 하느님은 우리 양(兩) 교도의 주(主)임을 알고 하느님께서 우리 염원을 이루어주십사고 기도합시다."

간디는 이 일을 위해 왜 이렇게 멀리 와야 했던가. "그것은 이 여행에 있어 나의 전력을 다하여 내가 이 세상 누구에 대해서도 악의를 품고 있지 않다는 것을 마을 사람들에게 이해시키기 위해서입니다. 이 일은 나를 의심하는 사람들 가운데서 생활하고 활동해야만 비로소 증명할 수 있는 일입니다."

간디는 이 마을에서 소란이 일어났을 때 달아났던 힌두교도들이 차츰 돌아오기 시작하고 있다는 얘기를 들었다.

1월 17일자 신문은 최근 6일간 간디가 매일 20시간씩 활동하고 있다고 보도했다. 간디는 매일같이 이 마을에서 저 마을로 옮겨서 하루씩 머무르고 있었다. 마을 사람들이 충고와 위안을 얻기 위해 혹은 참회를 하기 위해 간디가 머무르고 있는 집에 모여들었다.

나라얀플 마을에서는 어떤 이슬람교도가 밤에는 숙소를 낮에는 식사를 제공했다. 간디는 공중 앞에서 그 이슬람교도에게 감사를 표했다. 그런 환대가 점점 빈번해졌다.

간디를 대접한 그 이슬람교도는 이렇게 고생이 많은 순례를 하기보다 진나와 합의를 하는 게 더 쉬운 방법이 아니냐고 물었다. 간디는 대답했다. "지도자라는 것은 그를 따르는 사람들에 의해서 만들어지는 것에 지나지 않습니다. 민중은 스스로 의좋게 지낼 줄 알아야 합니다. 그렇게 하면 민중의 소원이 저절로 지도자에게 반영될 것입니다. 민중이 서로 이웃사람에게 고통을 미치고 있는 상황에서 회의파나 무슬림 리그를 찾아가서 어떻게 하면 좋겠느냐고 물어보라는 말입니까?"

간디는 교육이 효과가 있을 게 아니냐는 질문을 받은 일이 있는데 교육만으로는 충분하지 않다는 게 간디의 생각이었다. 독일인은 훌륭한 교육을 받았음에도 불구하고 히틀러에 굴복했다. "사람을 만드는 것은 교육이나 학문이 아닙니다. 그것은 현실생활에서 오는 교육입니다. 아는 것이 아무리 많아도 이웃사람과 의좋게 지낼 줄 모르면 교육이 다 무슨 소용이 있겠습니까?"

내가 죽느냐 적을 죽이느냐 하는 경우 당신은 어느 쪽을 택하시겠습니까 하는 질문에 대해서 간디는 "나는 전자가 낫다고 확신합니다." 하고 단언했다.

1월 22일, 파니아라 마을에서의 기도 모임에는 5000명이 모였다.

1월 24일, 무라임 마을의 기도 모임은 이번 순례기간 중 제일 규모가 컸다. 간디는 그것을 암툴 사람 양의 단식이 성공한 덕택이라고 했다. 암툴 사람 양은 경건한 이슬람교도이며, 마하트마의 아쉬람에 입주한 사람이었다.

창길카온에 주재하고 있던 수시라 나얄 박사는 자기가 설립한 세바그람 아쉬람의 병원으로 돌아가고 싶었으나 현지의 이슬람교도 환자들이 더 있어 달라고 탄원하며 그대로 머무르고 있었다. 또 수시라 나얄 박사는 이슬람교도들이 10월의 소란 때 약탈한 물건을 반환하고 있다고 보고했다. 간디는 이것을 대단히 좋은 조짐이라고 생각했다. 그 감화가 확대되면 재판소가 할 일이 적어질 것이라고 생각한 간디는 군대나 경찰의 강제에 의해서 유지되는 평온상태를 바라지 않았다. 그가 바라는 것은 오로지 마음의 변화였다.

2월 5일, 수리나갈 마을에서 의용봉사대 대원이 연단을 만들고 그 위에 지붕을 세웠다. 간디는 그것은 노력과 돈의 낭비라고 꾸짖었다. 그 기도의 모임에서 "내가 바라는 것은 지방도 근육도 없고 뼈만 남은 늙은 몸을 앉힐 부드럽고 깨끗한 그리고 약간 높은 좌석뿐입니다."라고 말하면서 이빠진 잇몸이 보일 만큼 털털하게 웃었다.

다음 날은 청결에 대해서 얘기했다. "인도에 질병이 많은 까닭은 물론 만성적인 빈곤도 있지만 위생의 규칙을 잘 지키지 않는 데에도 상당한 책임이 있다."고 말했다.

간디의 집회에는 이슬람교도 중에서도 부유한 사람들보다 가난한 사람들이 더 많이 나왔다. 간디는 자산이 있고 교육도 있는 이슬람교도가 가난한 사람들을 경제적인 제재(製裁)로 위협하고 있다는 얘기를 들었다. 그들은 간디에 반대하는 포스터를 내걸었다. 2월 20일, 티프라 지구 비쉬카타리에 돌아오는 도중 아름다운 대나무와 코코넛 수풀을 걸어서 지났는데, 거기에 플래카드가 늘어져 있었다. '비하르 사태를 잊지 말자. 즉각 티프라에서 나가라.' '우리는 너를 필요로 하지 않는다. 너의 위선을 용서할 수 없다. 파키스탄을 인정하라.' 플래카드는 사뭇 위협적이었다.

하지만 집회에 나오는 사람은 점점 더 많아지고 있었다.

일요일 간디는 라이프라에서 힌두교도 상인들이 카스트 힌두, 하리잔, 크리스트교도를 포함하여 2000명을 초대한 정찬회에 참석했다.

그리고 그곳 이슬람교 승려가 간디를 마을의 이슬람교 사원에 안내
하기도 했다.

어느 마을에서는 한 학생이 크리스트 교와 이슬람교에는 진보성이
있으나 힌두교는 정체적 혹은 역행적인 종교라는 견해가 있는데, 그게
옳은 견해인지 질문했다. 간디는 이렇게 대답했다. "아니, 그렇지 않
습니다. 나는 어떤 종교에서도 확실한 진보를 발견하지 못했습니다.
가령 세계의 여러 종교가 진보적이었다면 세계는 오늘날과 같은 아
수라장이 되지는 않았겠지요."

또 어떤 사람이 질문했다. "가령 신이 유일의 존재라면 종교도 오직
하나뿐이라야 하지 않을까요?"

"한 그루의 나무에는 무수한 잎이 있습니다. 사람의 수만큼 많은
종교가 있을 수 있습니다. 그러나 그건 모두 신을 뿌리로 하고 있습
니다."

이런 질문장이 간디에게 제출되었다. "종교교육을 국가나 학교의
교과과정에 넣어야 하지 않을까요? 이에 관해서 종교를 달리하는
아동을 위해 학교를 각각 따로 세워야 하는지요."

이 질문에 간디는 이렇게 대답했다. "나는 공동사회 전체가 동일한
종교에 속해 있다 하더라도 국정종교(國政宗敎)를 좋다고는 생각하지
않습니다. 국가의 간섭은 대개의 경우 바람직스러운 게 못 됩니다.
종교는 순수하게 개인적인 것입니다. 나는 종교단체에 대하여 국가가
부분적으로나 전체적으로나 원조하는 것에 반대합니다. 자기가 신봉
하는 종교의 가르침을 실천하는 데 방해가 되는 조직이나 집단은 참
다운 종교와는 본질적 관계가 없기 때문입니다. 하지만 이러한 입장은
국립이나 공립 학교에서 도덕교육을 하지 말라는 것을 의미하지는
않습니다. 기본적인 도덕은 모든 종교에 공통된 것입니다."

어떤 사람들은 간디에게 여성격리 문제에 언급하지 말라고 경고했다.
한 힌두교도가 이슬람교도 여성들에게 얼굴을 보이라고 어떻게 말할
수 있을까? 그러나 간디는 감히 언급했다. 여성격리는 그 자체가

폭력의 일종일 뿐 아니라 다른 형식의 강제와도 관련이 된다는 게 간디의 생각이었다.

1947년 3월 2일, 간디는 노아카리를 떠나 비하르로 향하면서 언젠가 다시 오겠다고 약속했다. 그는 노아카리의 힌두교도와 이슬람교도 사이에 만족할 만한 우애를 조성하지는 못했다. 어느 정도 느껴질 만큼의 개선은 되었으나 아직 충분하지 못했다.

노아카리에서 간디가 한 일은 피난했던 힌두교도가 돌아와서 안전하게 살 수 있도록 마음의 평정을 회복시켜주는 일과 이슬람교도가 다시 습격하지 않도록 분위기를 화해시키는 일이었다. 화근은 깊었으나 절망적인 사태는 아니었다. 폭발이 자주 발생하지도 않고 오래 계속되지도 않았다. 지방의 커뮤니티가 외부의 정치선전에 의해 교란되지만 않으면 평화로운 생활이 유지될 것으로 간디는 예측했다.

간디로서는 노아카리의 사태에 직접 뛰어들지 않을 수 없었다. 다른 사람이라면 델리에서 메시지를 보낸다든가, 설교를 한다든가 하는 방법을 쓸 수도 있었을 것이다. 그러나 간디는 '행동하는 사람', 즉 '카르마 요기'였다. 사람이 실제로 하는 일과 할 수는 있으나 보류하는 일 사이에 가로놓인 차이를 극복하는 것이 이 세상 문제의 태반을 해결하는 길이라는 확신을 가지고 있었던 간디는 자기 생활을 통하여 그 차이를 없애기 위해 노력했다. 바로 그 노력에 전력을 기울였던 것이다.

제5장
동양에서 서양에 보내는 메시지

　1946년 11월 말, 애트리 수상은 인도의 네루, 국방상 바르데브신 그리고 진나와 리야카트 카안을 특별회담을 위해 다우닝 가 10번지에 초빙했다.

　헌법제정회의는 뉴델리에서 오는 12월 9일에 개최될 예정인데 진나는 무슬림 리그는 그것을 보이콧한다는 뜻을 몇 번이나 거듭 표시하고 있었다. 다우닝 가 회담의 목적은 무슬림 리그를 헌법제정회의에 참가시키는 데 있었다. 가령 헌법제정회의가 이슬람교도를 제외하고 국민회의파의 압도적인 관심이 될 경우, 영국은 권력을 헌법제정회의에 이양하고 인도를 떠날 수 있을까.

　당초에 무슬림 리그는 1946년 5월 16일의 내각사절단안을 승인하고 헌법제정회의에 참가하기로 동의했었는데 그 후 동의를 취소했다.

　진나가 헌법제정회의에서 후퇴할 이유가 된 쟁점은 심한 논의를 일으켜 치열한 적개심을 자아냈다. 그 이유는, 내각사절단 안 제19조에는 헌법제정회의는 우선 단기(短期)의 형식적 모임을 뉴델리에서 열고 다음에 세 그룹에 대응하는 세 섹션(附屬)으로 나누어진다는 것이었다. A 그룹은 인도의 심장부에 해당하는 중심부로서 주민은 압도적으로 힌두교도가 많았다. B 그룹은 북서변경주, 신드 주, 펀잡 주가 포함되며 인구는 이슬람교도가 압도적이었다. C 그룹은 북동부의 벵고르 주와 아샘 주로 구성되어 있었다.

　각 섹션은 각 주 그룹을 위한 헌법을 기초한다. 그러나 그 헌법에 동의하지 않는 주는 그 그룹에서 탈퇴할 수 있었다.

즉, 힌두교도의 아샘 주는 이슬람교도의 벵고르 주와 함께 C 섹션에 들어가 C 그룹의 헌법기초에 참가할 것이 요구된다. 그러나 아샘 주가 그 최종적인 헌법에 동의하지 않을 경우에는 C 그룹에서 탈퇴하여 단독으로 되거나, A그룹에 참가할 수 있다. 섹션은 강제적이지만 그룹은 임의였다.

간디가 이의를 제기했다. 그것은 강제이고 헛수고라고 생각했기 때문이다. 이를테면 C 그룹에 속하여 그중에서 압도적 다수를 차지하는 벵고르 주가 아샘을 C 그룹에 결부하는 헌법을 제정하는 경우가 있을 것이다. 혹은 인구는 압도적으로 이슬람교도가 많지만 그 동안 항상 반(反) 진나의 경향이던 북서변경주가 왜 펀잡 주나 신드 주와 같은 구분에 들어가도록 강제를 받아야 하는가.

섹션과 그룹은 진나를 만족시키기 위해 내각사절단에 도입된 것이었다. 그것은 '파키스탄'에 이르는 도정(道程)——2분의 1 혹은 4분의 1의 도정이며 인도를 세 연방단위로 분할하는 것을 의미한다. 간디가 거부한 것은 바로 그 때문이었다.

간디가 노아카리에 있을 때 인접한 아샘 주 회의파 지부는 사람을 파견하여 간디의 지도를 요청했다. 간디는 간단명료하게 섹션에 들어오라는 요구를 받아도 그것을 거부하라고 말했다.

네루, 바르데브신, 진나, 리야카트 아리가, 12월 초 비행기로 런던에 가게 된 것은 이 곤란을 해소하기 위해서였다.

진나는 런던에 머무르는 동안 인도가 힌두교 나라와 이슬람교 나라로 분할되는 것을 기대한다고 공표하고 아울러 인도에서 내란이 일어날 가능성에 대하여 처칠과 같은 우려를 하고 있다고 덧붙였다. 이 성명은 둘 다 예언이라기보다는 예정이었다.

이미 발생한 폭동은 진나가 섹션이나 그룹에 암시된 2분의 1 내지 4분의 1의 '파키스탄'을 획득하지 못할 경우에는 계속 발생할 가능성이 있다는 것을 영국측에 예상시키기에 충분한 것이었다. 애트리 수상은 무척 애를 써서 국민회의파와 무슬림 리그의 대표자를 다우닝 가까지 데려오는 데는 성공했지만 회담은 합의에 다다르지 못한 채 끝났다.

그래서 애트리는 12월 6일, 헌법제정회의가 무슬림 리그의 협력없이 헌법을 채택하는 경우 '영국정부로서는 그 헌법을 동의하지 않는 지방에 강제하려는 의도를 하지 못할 것'이라는 성명을 발표했다.

헌법에 대하여 일부는 수락하고 다른 그룹은 거부할지도 모르는 사정을 고려한 것이다. 여기에서 인도는 다시 분할 국면에 직면했다.

네루는 런던에서 돌아오자 곧 뉴델리에서 노아카리의 스리람플 마을까지 장거리 여행을 하여 마하트마에게 다우닝 가 회담에서 합의를 달성하지 못하고 역사적인 실패로 끝났음을 보고했다. 그러나 간디는 아샘 주와 시크교도에 대하여 헌법제정회의의 섹션이나 그룹에 참가하지 말라는 충고를 되풀이했다. 간디는 섹션이나 그룹을 인도를 분열시키기 위한 계략으로 간주하여 분할에 도움이 되는 어떤 방침에도 호의를 표시하기를 거부한 것이었다.

그런데 국민회의파 위원회는 1947년 1월 6일에 99표 대 52표로 섹션을 수락하기로 결의했다.

간디의 국민회의파에 대한 영향력은 점점 감소되고 있었다.

간디가 노아카리에 간 것은 힌두교도와 이슬람교도 사이의 인간적인 유대를 정치나 법칙에 의해 분열되기 전에 미리 강화하는 데 목적이 있었다. 간디는 분단의 결과를 염려했다. 훗날 1947년 10월 16일, 미국을 방문한 네루 수상은 뉴욕에서 당시에 파키스탄의 독립에 의해서 초래되는 비참함을 예견할 수 있었더라면 계속 반대했을 것이라고 말한 일이 있다.

간디는 직관적으로 그 결과를 내다보고 있었다. 인도의 분할은 과연 수십 만 인도인의 비참한 죽음을 초래했다. 그것은 또 1500만 명의 피난민이 고향을 떠나서 방황하게 했다. 그리고 그것은 카시미트에서 전투를 야기하여 전국적으로 막대한 경제적 손실을 끼치고 앞으로도 어떤 비참한 사태가 발생할지 모르는 종교국가로서의 원한을 남기게 되었다.

회의파 지도자들도 간디만큼 명확하기는 않았으나 분할로 인해 좋은 결과가 생기기지는 않으리라는 것을 알고 있었다. 그런데 왜 12월 6일의 애트리 성명를 받아들였을까.

1942년도 회의파 의장 마우라나 아자드는 네루도 있는 자리에서 필자에게 회의파는 인도의 분할을 싫어하지만 이슬람교도가 그것을 희망한다면 무기한으로 거부할 수는 없다고 말했다. 그러나 결혼 전 이혼에는 반대라고 덧붙였다. 말하자면 우선 통일 인도에서 같이 사는 노력을 해야 하며 그런 다음에 잘 되지 않는다는 것이 확실하면 그때 가서도 분리할 시간은 얼마든지 있다는 생각이었다.

네루, 파텔, 아자드 등을 우두머리로 하는 회의파 사람들은 그 결혼이 어떤 것인지 이미 알고 있었다. 그들은 분명히 방해를 목적으로 입각한 무슬림 리그 사람들과 함께 정권(잠정정치)을 담당하고 있었는데 그 경험은 불쾌하고 신경을 소모하는 것이었다. 국민회의파와 무슬림 리그의 협조에 대한 그들의 신뢰는 그 경험에 의해 분쇄되고 말았다.

그러나 간디는 아직도 양자(兩者)의 우호를 바라고 믿고 있었다. 네루와 파텔은 그것이 '파키스탄'의 발단이 될지도 모른다는 짐작은 하면서도 내란을 피하는 길은 그 길밖에 없다는 생각에서 헌법제정에 관한 섹션의 방식에 타협했다. 그리고 진나가 세 연방국가의 형식을 받아들이고 '파키스탄'의 고집을 포기하게 될 것을 기대했다.

다음 단계는 1947년 2월 20일, 영국 하원에서 발표된 영국은 '1947년 6월을 지나지 않는 시기까지에' 인도에서 손을 뗀다는 성명이었다. 그와 동시에 로드 마운트바텐(빅토리아 여왕의 증손)이 웨벨의 후임으로 부왕이 된다는 것이 밝혀졌다. 즉 그는 제20대이며 최후의 인도 부왕이 될 것이다.

그런데 영국이 권력을 이양하는 상대는 누구인가. 페식 로렌스에 의하면 이 중요문제에 관해서 애트리 수상은 그다지 명확하지 않았다. 애트리 수상은 영국정부가 어떤 형식의 중앙정부에게, 일부 지역에서는 현존하는 주정부에게 혹은, 가장 합리적이라고 여겨지는 다른 방법으로 인도 민중의 최대의 이익을 기초로 해서 권력을 이양하는 방식을 결정해야 한다고 강조했다.

네루는 다소 애매한 점이 있다고 생각했으나 성명 전체를 현명하고 용기있는 것으로 환영했다. 그것은 모든 오해와 의혹을 제거했다.

회의파 운영위원회는 3월 제1주의 모임에서 애트리의 새로운 발언을 공식적으로 승인했다. 그리고 권력의 이양이 절박한 것으로 보고 무슬림 리그에 회담을 호소했다. 한편 운영위원회는 인구가 많은 편잡 주에서 유혈 사태가 번지고 있는 것을 확인했다. 실제로 운영위원회는 편잡 사건을 우울하고 중대한 것으로 해석하여 이슬람교도가 압도적 다수를 차지하고 있는 지역을 비 이슬람교도 인구가 지배적인 지역에서 분리할 수 있도록 편잡 주를 두 개의 주로 분할하는 방안을 검토했다.

편잡의 정세는 불길했다. 1947년 5월 21일, 인도·버마 담당상 알리스트웰이 하원에서 답변한 바에 의하면 1946년 11월 18일부터 47년 5월 18일까지 사이에 인도의 폭동에서 살해된 사람이 4014명에 달했는데 그중 3024명은 편잡의 이슬람교도, 시크교도, 힌두교도 세 집단 사이의 싸움에서 희생된 사망자였다.

먼 서쪽에서 발생한 사건에 불안을 느낀 간디는 동부 벵고르를 떠나 비하르로 향했다. 그는 하루도 쉬지 않고 여행을 계속하면서 도시에서나 농촌에서나 비하르 지방 힌두교도를 징계했다. 그들은 "너무 흥분하여 자기가 인간임을 잊어버리고 있었다."고 꾸짖었다.

간디는 가는 곳곳에서 참회와 원상회복——유괴된 이슬람교도 여성은 모두 돌려보내고 약탈되거나 파괴당한 재산은 변상해줘야 한다고 호소했다.

간디는 어떤 힌두교도로부터 힌두교도의 행위를 비난하지 말라는 경고의 전보를 받았는데 기도의 모임에서 그 전보에 언급하여 "나는 힌두교도나 누구든지 내 동지의 잘못을 지지 옹호하기보다는 차라리 힌두교도임을 포기하겠다."라고 말했다.

간디는 경건한 힌두교도들마저도 그의 사랑의 메시지에 초조한 느낌을 받고 있는 것을 알았으나 피해를 당한 이슬람교도를 구원하기위해 모금운동을 했다. 파트나에서는 1회의 모임에서 2000 루피나 모금이 되었고 많은 여성이 장신구를 내놓기도 했다.

간디는 어디에 가서도 강연을 하기 전에 파괴당한 이슬람교도의 집이나 희생자가 있는 가족을 방문했다. 비하르의 비극을 살피면 살필수록 간디의 고민은 더 심각해졌다. 두 커뮤니티가 화해해서 그의 봉사가 불필요하게 될 때까지 비하르를 떠나지 않으리라고 생각했으며 힌두교도는 도피한 이슬람교도를 도로 불러와서 그들의 집을 지어주고 직업에 종사할 수 있게 해줘야 한다고 강조했다. 그리고 힌두교도에 대해서는 잔학행위의 죄를 고백할 것을 요구했다.

간디의 보고에 의하면 그가 마스리 읍(邑)에 도착한 날 폭동사건에 관련해서 수배되고 있던 50명이 경찰에 자수했다. 간디는 이를 기뻐하여 다른 사람들도 본받을 것을 기대했다. 그리고 범법자가 당국에 자수할 용기가 없을 적에는 자기나 자기와 동행하고 있는 '변경의 간디' 가팔 카안, 그렇지 않으면 인도 국민군 샤나와즈 장군에게 와서 고백할 것을 기대했다.

간디가 탄 차가 시골길을 지나가면 힌두교도들이 길가에 나와 차를 정지시키고 이슬람교도를 위한 기부금을 내기도 했다. 이것이 군대나 경찰의 힘에 의뢰하지 않는 폭력을 방지하는 방법이었다.

힌두교도들은 이슬람교도가 경영하는 상점이나 회사를 보이콧하고 있었다. 간디는 그런 편협한 태도를 버릴 것을 요구하고, 또한 이슬람교도를 안심시키기 위해 개심을 공표할 것을 요구했다.

그런데 비하르 지방 사람들 사이에서는 편잡에서 이슬람교도가 힌두교도와 시크교도를 공격한 데 대해서 보복하자는 선동이 다시 대두하고 있었다. 이에 간디는 절규했다. "다시 또 광적인 행동을 하려면 먼저 나를 죽여라!" 그것은 비하르에 온 지 4주째의 일이었다.

1947년 3월 22일, 흰 해군복을 입은 용모가 단정한 마운트바텐이 애드위나 부인을 동반하고 뉴델리에 도착했다. 부처(夫妻)의 매력과 상냥한 태도가 최초의 정치발언과 함께 호감을 주었다. 24시간 후 진나는 분할이 유일의 해결책이며 그렇지 않을 경우에는 큰 재난이 일어날 것이라고 말했다.

인도에 온 지 4일도 되기 전에 마운트바텐 총독은 간디와 진나를 총독관저에 초빙했다. 마운트바텐은 간디가 비하르 지방 오지(奧地)에 들어가 있었기 때문에 비행기를 이용하도록 권했으나 간디는 일반 민중이 사용하는 교통 수단이 좋다며 거부했다. 간디는 기차가 파트나 역을 떠날 때에도 역전에서 하리잔 구원 모금을 했다.

3월 말일 날, 간디와 마운트바텐은 2시간 15분 동안 얘기했다.

그 이튿날, 간디는 3월 23일부터 뉴델리에서 열린 아시아 관계제국 회의에 출석했다. 아시아의 여러 나라와 소비에트 러시아 연방에 속하는 다섯 공화국의 대표가 모여 있었다. 간디는 발언 요청을 받고 내일 폐회식에서 강연할 예정이지만, 지금 무슨 질문이 있으면 이 자리에서 대답을 하겠다고 말했다.

그러자 "당신은 하나의 세계를 믿고 있는지. 그것은 현재의 상황에서 달성될 수 있다고 생각합니까?" 하는 질문이 있었다.

간디는 다음과 같이 대답했다. "세계가 평화로운 하나의 세계가 되지 않는다면 세상을 살 보람이 없습니다. 물론 나는 내가 살아 있는 동안에 이 꿈이 이루어지는 것을 보고 싶습니다. 아시아 여러 나라에서 오셔서 이 자리에 모인 대표들께서 하나의 세계를 위해 최선을 다하여 진력하실 것으로 기대합니다." 우리 모두가 확고한 결심으로 실천하면 꿈이 곧 현실이 될 수 있을 것이다.

중국 대표는 항구적인 아시아협회의 구성에 관한 질문을 했다. 간디는 이 질문에 대답하는 도중 주제를 벗어나 그의 마음속에서 가장 큰 자리를 차지하는 문제에 언급했다. "나는 오늘날 인도에서 벌어지고 있는 상황에 대해서 말하지 않으면 안 되는 것을 유감으로 생각합니다. 우리는 사실 우리들 내부에서도 평화를 유지 못하고 있습니다. 어떤 사람들은 정글의 율법에 따를 수밖에 다른 도리가 없다고 생각하고 있습니다. 그러나 이런 체험은 각자의 고국에 갖고 가지 않기를 바랍니다."

간디는 말을 다시 아시아 문제로 돌렸다. "이 자리에는 아시아 모든 나라의 대표가 모였습니다마는 우선 목표를 바로잡는 것이 중요합니다. 유럽이나 아메리카 혹은 기타 비아시아 인에게 전쟁을 걸기 위해서 모인 것일까요? 절대 그렇지 않습니다. 그런 일은 인도의 사명이 아닙니다. 아시아가 앞으로 사는 일, 서양 여러 나라와 마찬가지로 자유롭게 사는 일을 명확하게 결심하지 않고 이 회의를 끝낸다면 슬픈 일입니다. 이런 회의는 정기적으로 회합하는 것이 좋을 것이며 그 장소는 인도가 적합할 것입니다."

그 이튿날 간디는 회의 석상에서 약속한 대로 강연을 했다. 우선 영어로 얘기하는 것을 사과하고 생각을 가다듬을 시간이 없었다고 말했다. "회의장에 오는 도중 가팔 카안에게 종이와 연필을 달라고 하니까 연필이 아니라 만년필을 내주더군요. 메모를 했으나 지금 그 쪽지를 가지고 있지 않습니다. 하지만 내가 무슨 얘기를 할 생각이 있었는지는 잘 기억하고 있습니다."

간디는 이렇게 서두를 하고 점차 얘기를 풀어나갔다. 대표들은 인도의 도회(都會)에 모여 있지만 도회는 진짜 인도가 아니다. 인도의 진실은 농촌과 불가촉천민의 집에 있다. 사실 인도의 농촌은 어리석은 표정의 비참한 인간의 표본으로 충만되고 쇠똥의 퇴적장임에 틀림없지만 그러나 거기에는 예지가 있다.

그리고 다음과 같이 덧붙였다. 동양은 서양의 문화적 정복에 굴복했으나 서양은 원래 그 지혜를 동양의 조로아스터 붓다, 모세, 예수, 마호메트, 크리슈나, 라마 및 그 뒤에 잇따르는 위인들에게 얻은 것이다.

간디는 이 회의가 아시아의 메시지를 이해하게 되기를 바랐다. "그것은 서양의 안경이나 원자폭탄을 통해서 배울 수 있는 것은 아닙니다. 가령 우리가 서양에 대해서 어떤 메시지를 보내고 싶다고 생각한다면 그것은 '사랑'의 메시지이고, 또 '진리'의 메시지라야 합니다. 나는 여러분의 머리에 호소할 뿐 아니라 여러분의 가슴에 호소하고 싶습니다.”

간디는 아시아의 ‘사랑’과 ‘진리’의 메시지가 서양을 정복하게 될 것을 기대했다. “이 정복은 서양 자신이 기뻐할 것입니다. 서양은 오늘날 예지를 갈망하고 있습니다.”

그날 간디의 강연은 구성에서는 엉성했지만 본질적인 지혜와 간디의 특성을 가득 채우고 있었다. 그 자리에 모인 사람들 태반은 다년간 그렇게 간소하고 성실한 말을 들은 일이 없었던 것이다.

3월 31일부터 4월 12일에 걸쳐 간디와 마운트바텐 총독과의 회담은 6회에 이르렀으며 진나도 부지런한 총독과 같은 횟수의 회담을 했다.

무슨 얘기를 했을까 ? 마운트바텐 총독은 인도에서의 임무를 끝마친 1948년 10월 6일 런던에 있는 로얄 엠파이어 소사이어티의 모임에서 다음과 같이 말했다. “나는 곧 두 사람을 만나 그들을 이해하고 의논하고 잡담도 하고 싶었습니다. 그래서 간디는 남아프리카에서 보낸 젊은 시절 얘기를 하고 진나는 런던에서 보낸 젊은 시절을 얘기했습니다. 나도 나의 젊은 시절을 조금 얘기했습니다. 내가 그 두 사람을 어느 정도 이해했다고 느껴졌을 때 우리가 직면한 문제에 대한 의논을 시작했습니다.

문제는 인도의 운명, 4억 인의 운명, 아시아 전체의 운명에 관련된 것이었다. 마운트바텐의 과제는 1948년 6월까지에 영국을 인도 바깥으로 데리고 나가는 일이었다. 그러기 위해 1947년 말까지는 해결책을 세우자는 예정이었다. 그러면 영국의회가 48년 8월까지에 인도 해방에 필요한 법률의 절차를 밟을 시간이 넉넉하다고 내다보았다. 그런데 마운트바텐 총독과 두 의논상대는 그래서는 너무 늦다는 데 의견이 일치했다. 마운트바텐은 로얄 엠파이어 소사이어티의 강연에서 다음과 같이 얘기하고 있다.

즉 그에 의하면 1946년 8월 16일 진나의 소위 직접 행동일에 사태가 분규에 빠지기 시작했다. 거기에 노아카리에서 힌두교도 학살 사건이 발생하고 이어서 비하르에서 힌두교도의 보복행위가 벌어졌다. 그러자 이슬람교도는 (편잡 주) 라왈핀디에서 시크교도를 학살했다는 것이다. 북서변경주에서는 반란이 일어났다. "나는 현지에 가서 그 무서운 학살의 영향이 점점 더 폭을 넓히고 있는 것을 알았습니다. 만약 그것을 억제하지 못했더라면 인도는 파멸했을지도 모릅니다."

마운트바텐은 계속해서 말했다. "나는 개인적으로 그들에게 올바른 해결책은 1946년 5월 16일에 제시된 영국 내각사절단 안에 의해 통일 인도를 유지하는 일이라고 확신하고 있었습니다." 다만 그 안은 모든 정당의 협력과 선의가 전제되어 있었다. 그런데 "진나 씨는 처음부터 자기가 살아 있는 한 통일 인도를 결코 받아들이지 않겠다는 것을 너무도 명백하게 주장했으며 따라서 분할을 요구하여 파키스탄을 고집했습니다. 한편 국민회의파는 통일 인도를 주장했다. 그러나 마운트바텐의 말에 의하면 회의파 지도자들은 내란을 회피하기 위해서 어쩔 수 없이 분할을 받아들이는 데에 동의했다. 마운트바텐 총독은 무슬림 리그는 사태가 뜻대로 되지 않으면 내란을 일으킬 것이 틀림없다고 확신하고 있었다.

이리하여 인도는 어떻게 분할하기로 되었는가. 회의파는 상당히 광범한 비 이슬람교도 지역이 파키스탄에 편입되는 것을 거부했다. 마운트바텐은 그것은 자동적으로 광대한 편잡 주와 벵고르 주의 분할을 의미했다고 설명하고 있다.

마운트바텐은 역사를 회고하여 다음과 같이 말하고 있다. "내가 분할에 잠정적으로 동의한다고 말하자 진나 씨는 대단히 기뻐했습니다. 그런 다음 내가 다시 그것은 논리적으로 편잡과 벵고르의 분할을 포함하게 된다고 말하자 진나는 이번에는 기가 막히다는 듯이 두 주를 분할해서는 안 되는 이유를 강경하게 내세웠습니다. 진나는 이 두 주가 국가적인 특질을 구비하고 있으며 분할은 비참한 결과를 초래할 것이라고 주장했습니다. 나는 그 점에 동의하면서 같은 이치로 인도 전체의 분할에 대해서도 더욱 그 점을 고려해야 한다고 설명했습니다. 진나는 내 말을 납득하지 않고 다음에는 인도를 분할하지 않을 수 없는 이유를 따지기 시작했습니다. 이런 식으로 우리들의 의논은 다람쥐 쳇바퀴 돌듯 했는데 마지막에 가서 진나는 그가 취할 수 있는 것은 편잡 주도 벵고르 주도 분할되지 않은 통일 인도냐, 편잡 주와 벵고르 주가 분할된 분할 인도냐 둘 중 하나임을 알고 마침내 후자의 해결책을 받아들였던 것입니다.”

그러나 간디는 1947년 4월 당시 어떤 종류의 분할도 승인하지 않았으며 죽을 때까지 결코 승인하지 않았다.

4월 15일, 마운트바텐 총독의 요청에 따라 간디와 진나는 하나의 공동성명을 발표했다. 그 성명은 ‘인도의 명예로운 이름에 오점을 찍은 최근의 불법행위 및 폭력행위’를 개탄하고 ‘정치목적을 달성하기 위한 어떤 경우의 힘의 행사’도 비난했다. 이것은 진나가 만약 그 정치목적이 달성되지 않을 경우에는 인도가 내란으로 찢기게 될 것을 마운트바텐 총독에게 확신시킨 그 반 달 동안의 협의 끝에 나온 것이었다.

그 보름 동안 간디는 델리의 킹스웨이에 있는 불가촉천민 부락에서 숙박하여 매일 저녁 그곳에서 집단예배를 보고 있었다. 그 맨 첫날 저녁 간디가 회중에게 《코란》의 몇 구절을 제창할까 하는데 반대하는 사람은 없느냐고 물었다. 몇 사람이 반대를 표시했다. 그들은 힌두교도의 예배에서 이슬람교의 성전을 영창할 수는 없다고 주장했다. 그래서 간디는 집회를 산회했다. 이튿날 저녁 간디는 또 같은 질문을 했다. 역시 반대자가 있었으므로 간디는 회중과 함께 기도드리는 것을 거부했다. 사흘째 저녁에도 마찬가지였다.

나흘째 저녁에는 아무도 반대의사를 표시하지 않았다. 반대자들은 의사표시를 하는 대신 퇴장했다. 간디는 “만일 처음 3일간에 회중 전체가 반대를 했다면 나는 감히 《코란》을 낭독하여, 회중이 나를 죽이겠다면 신의 이름을 부르면서 맞아죽을 생각이었다. 그러나 예배장소에서 회중들 사이에 충돌하는 것은 피해야 했다. 마지막에는 비폭력이 이겼다.”고 말했다.

간디는 항의와 협박의 편지를 받았다. 그중에는 익명으로 된 편지도 있었다. 어떤 사람은 간디를 성실하지 못한 힌두교도라 하고, 어떤 사람은 힌두교도 사이에 끼어든 이슬람교도의 '제5열'이라 부르고, 또 어떤 사람은 '마호메트 간디'라 불렀다.

간디는 "신의 이름을 아라비아 어로 부른다고 해서 그게 왜 죄가 되느냐."고 주장했다. 힌두교도와 이슬람교도의 단결이 간디의 필생의 목표였다. "만일 힌두스탄(인도)은 힌두교도만의 땅을 가리키고 파키스탄은 이슬람교도만의 땅을 가리키게 된다면 파키스탄도 힌두스탄도 해악이 범람하는 땅이 될 것이다."

간디는 4월 13일 비하르에 돌아갔다.

이제야 간디로서는 비폭력을 목적으로 하고 증오에 반대하는 행동만이 유일의 의미있는 정치활동이었다. 간디가 힌두교도와 이슬람교도가 서로 의좋게 지낼 수 있다는 것을 실증하지 못하는 한 진나의 주장이 옳고 파키스탄의 분리는 불가피하다. 또 마운트바텐 총독은 힌두교도와 이슬람교도 사이의 관용은 한 테두리 안에서의 생활에서 증명되어야 한다는 논점을 쉽게 인정하지 않았다.

비하르나 펀잡이나 벵고르 각 지방에서 비폭력이 승리를 얻은 것은 동시에 마운트바텐이나 영국의 마음 그리고 통일 인도에 대한 신뢰를 잃은 회의파의 일부 사람들의 마음으로 전취(戰取)하는 것을 의미한다. 그렇게 된다면 그것은 민중이 투표에 의해서가 아니라 행동에 의해서——어떤 문제를 참답게 결정하는 하나의 사례가 될 것이다. 간디는 여전히 민중의 행동을 개선하겠다는 생각을 갖고 있었다. 여기에 인도는 하나의 통일국가인가, 적대적인 몇 개의 종교 커뮤니티가 살고 있는 땅인가, 하는 문제가 대두되는 것이다.

이 세상에서 가장 곤란한 문제의 하나는 과거의 잔재에서 오는 영향이다. 인도는 17세기, 18세기, 19세기의 여러 가지 나쁜 찌꺼기가 합쳐져 그 20세기의 운명을 시달리게 했다. 종교적 열광, 향토애, 번왕국 등 각종 요소가 산업주의와 민족주의를 두 가지 기둥으로 하는 근대에 이르기 전 유럽에서 그랬던 것과 같은 쇠약적, 분열적 영향을 끼쳤다. 4억의 국민을 거느린 인도에 겨우 300만의 산업노동자밖에 없었다. 후진지의 원심분리 경향을 극복하는 데 필요한 통일의 힘이나 통일이념을 지니고 있지 않았기 때문에 그만큼 결합력이 부족했다. 그런 상황에서 통일적 민족주의의 상징인 간디 자신이 전통적인 과거와 현대의 과제, 그리고 고매한 이상의 미래라는 세 가지 요소의 혼합처였다.

간디의 통일 상징에 대하여 진나의 존재는 내란의 위협을 의미했다. 폭동의 발생은 그 예고였다. 인도의 통일을 유지하는 희망은 민중의 마음을 진정시켜 진나의 위협이 공허한 것임을 증명하는 데 달려 있었다.

간디는 단신으로 이 길을 향해서 나아갔다.

바야흐로 역사는 인도가 과연 하나의 국가로 될 것인가 아니면 둘로 나뉘어지느냐를 묻고 있었다.

제6장
비극의 승리

4월의 비하르 지방은 대단히 더웠다. 간디는 넓은 지역을 도는 여행으로 인한 과로를 견뎌내기 어려웠으나 힌두교도가 회개하지 않고 공포에 쫓겨 달아난 이슬람교도를 다시 데려와서 살게 하지 않는 한, 그 여행을 계속하지 않으면 안 되었다. 그러한 간디에게 당신은 옛날 신화의 크리슈나처럼 산 속에 은거해야 한다고 권하는 편지를 보내오는 사람도 있었다. 그 편지는 인도는 비폭력에 대한 신뢰를 잃었으며 《바가바드 기타》에는 원래 비폭력을 가르치는 말이 없다고도 씌어 있었다. 간디는 이 편지의 내용을 파트나 기도 집회에서 회중에게 보고했다.

한편 노아카리 지방에서 또 폭동이 일어났다는 얘기가 들려오기도 했다.

그러나 그를 고무해주는 움직임도 몇 가지 있었다. 간디의 요청으로 이슬람교도이며 인도 국민국의 영웅인 샤나와즈 장군이 비하르에 잔류했는데, 이윽고 샤나와즈 장군으로부터 이슬람교도가 마을에 돌아오기 시작했으며 힌두교도와 시크교도들도 그들을 원조하고 있다는 소식이 전해졌다. 어떤 시크교도는 이슬람교 모스크〔寺院〕에 초대를 받았다.

이 소식을 접한 간디는 "힌두교도가 참다운 힌두교도로서 이슬람교도와 의좋게 지내게 된다면 현지 모든 분규의 원인이 되고 있는 불을 끌 수 있다."고 말했다. 비하르는 큰 주(州)였으므로 비하르 주가 모범을 보이면 다른 주를 격려하는 효과도 있을 것이다. 비하르의 평화는 따라서 캘커타나 기타 지역 분쟁을 해소하게 될 것이다. 간디는 시골의 문맹 여성이었던 자기 어머니가 원자(原子)는 우주를 반영하는 존재이며, 사람은 각 개인이 자기 주위에 대해서 올바르게 하면 그만이며, 우주는 저절로 운행하여 질서가 유지된다고 가르쳐준 일이 있다── 그런 얘기도 했다.

그 무렵 네루가 간디에게 델리에 돌아와달라는 전보를 쳤다. 회의파 운영위원회는 중대한 역사적 결정을 하기 위해 5월 1일에 개최될 예정이었다. 간디는 한 줌막 같은 열차로 500마일의 여행을 했다.

마운트바텐 총독은 몇 개의 주(州)를 시찰하고 지도자들을 만나 얘기도 해보고 인도의 래에 대해서 곰곰이 생각도 하여 매우 활발하게 움직였다. 그리하여 그의 생각이 결론에 도달해감에 따라 파키스탄 문제를 무시할 수 없다는 것을 알았다.

마운트바텐은 이 문제를 국민회의파에 제시했다. 회의파는 인도의 분할을 받아들일 것인가. 네루는 이미 지난 4월 21일 연합주의 정치협의회 자리에서 "무슬림 리그가 희망하면 그들은 파키스탄을 입수할 수 있을 것이다. 다만 거기에는 파키스탄에 속하기를 원하지 않는 지역을 편입하지는 못한다는 단서가 붙는다."고 말한 바 있었다.

운영위원회도 과연 같은 태도를 취할지.

간디는 반대였다. 파텔은 흔들리고 있었다. 파텔은 진나의 위협을 힘의 시련에 걸어 이슬람교도가 폭력으로 나오면 중앙정부의 조치로 억압한다는 방침이었는데, 마지막에는 그도 묵종했다. "나는 우리가 모든 것을 다 상실하는 경우에 대한 최후의 방안으로 분할에 동의했다." 파텔은 이 심정을 2년 반이 지난 뒤에 밝혔다. 요컨대 국민회의파는 내란이나 독립의 상실을 염려하는 나머지 파키스탄에 타협한 것이다.

그들은 독립을 위해 파키스탄이라는 큰 대상(對象)을 지불했다.

간디는 분할 마음을 억제할 수 없었다. 5월 5일, 델리의 불가촉천민 마을에서 열린 기도의 모임에서 다음과 같이 말했다. "회의파는 파키스탄을 수락하고 펀잡과 벵고르의 분할을 요구했습니다. 나는 지금도 종전과 마찬가지로 어떤 분할에도 반대합니다. 그러나 내가 지금 이 사태를 어떻게 할 수가 있겠습니까. 내가 할 수 있는 일은 다만 사태를 이렇게 만든 계략과 관계를 끊는 일입니다. 하느님 외에는 아무도 나로 하여금 그것을 인정시키지 못합니다.”

간디는 마운트바텐 총독을 방문하여 영국은 그 군대와 함께 인도에서 철수하여 인도를 혼란과 무질서 속에 방치하는 모험을 하라고 충고했다. 영국이 인도에서 철수하는 경우 얼마동안은 혼란이 계속될지 모르지만 “우리는 반드시 그 불을 통과할 것이며 또한 그 불은 우리를 정화해줄 것이다.” 간디는 이렇게 설명했다.

마운트바텐은 너무나 고지식하고 군인다운 사람이었으므로 미래를 운명에 거는 방식을 취할 수 없었다. 그러나 개인의 생활에서 흔히 그런 예가 있을 뿐 아니라 전쟁 때에는 국가도 간혹 그 생존을 거는 경우가 있다. 전쟁은 으레 ‘계산된 도박’이며 그 계산은 이론상의 계산에 지나지 않는다. 간디에게 인도의 분할은 절대적인 악이었다. 그것은 영국이 1940년에 히틀러에 굴복했다고 가정한 경우와 같은 악이었다. 간디는 어떤 물질적 손실을 당할지라도 그런 악을 받아들일 수는 없었다.

그러나 간디가 어떤 위험성도 회피하지 않을 생각이었다고 해석하는 것은 간디의 제안을 추상적으로 보는 견해이다. 구체적으로 보면 간디 제안의 단순성 속에 조심스러운 고려가 숨어 있었다. 즉 영국은 아무래도 인도를 무정부 상태에 두고 떠나지는 못할 것이다. 인도를 혼란상태에 방치하라는 간디의 제안은 다시 말하면 인도를 회의파의 손에 맡기라는 것을 의미했다. 영국이 이 요청을 거부할 경우에 간디는 회의파에게 정권 담당을 포기하도록 요구할 생각이었다. 그렇게 되면 인도의 평화를 유지하는 부담은 영국이 혼자서 감당하게 되는데 영국은 그렇게 되기를 바라고 있지 않았다.

그러므로 간디가 영국에 요구한 선택은 인도를 회의파에게 통치시키든지, 영국 자신이 이 어려운 시기에 통치를 맡든지 하라는 것을 의미했다.

간디는 영국이 만들어내지 않는 한 어떤 '파키스탄'도 불가능하며 영국은 회의파가 수락하지 않는 한 '파키스탄'을 만들지 못할 것이다. 그리고 진나나 소수민을 무마하기 위해 인도를 분열시키거나 다수민의 의사에 거역하지는 못할 것으로 판단했다. 따라서 회의파는 그것을 수락해서는 안 된다는 생각이다.

간디의 말에 귀를 기울이는 사람은 아무도 없었다. "우리 지도자 (국민회의파 지도자)들은 오랜 투쟁으로 피로해서 앞을 내다볼 겨를이 없었다."고 간디는 친밀한 어떤 협력자에게 보낸 편지에서 말하고 있다. 간디라면 적대적인 두 개의 인도가 독립하게 되는 길이 아니라 시간이 늦어질지라도 최종적으로 통일 인도의 독립을 달성하는 길을 택했을 것이다.

1948년 여름 필자는 네루, 파텔, 기타 몇 사람에게 당시 간디가 왜 회의파가 파키스탄을 수락하는 것을 적극적으로 반대하려 하지 않았는가, 다른 방법이 없으면 단식으로 회의파에 강요할 수 있었을 것이 아닌가 하고 물어보았다.

그들의 대답을 종합해보면 가장 중대한 문제에 있어서도 합의를 강요하는 것은 간디의 방침이 아니었다는 해석이 된다. 그것은 물론 옳은 해석이다. 그러나 완전한 해답은 더 깊은 곳에 있을 것 같다. 즉 회의파는 파키스탄을 묵락하여 정권의 자리에 주저앉았는데, 그렇게 하지 않는 유일의 대안은 파키스탄을 거부하고 정권의 자리를 떠나 모든 일을 민중의 건전성과 화해에 맡기는 방침이었다. 그러나 간디는 회의파 지도자들이 이 방침에 신뢰를 두지 않고 있는 것을 알았다. 간디는 굳이 그렇게 하고 싶었으면 위원회에서 자기 의견을 지지하도록 강력하게 나갈 수도 있었을지 모른다. 하지만 힌두교도와 이슬람교도가 의좋게 같이 지낼 수 있다는 것을 증명하기 전에는 자기 방침을 믿어달라고 강력하게 요구할 수가 없었다. 그것을 증명하는 일은 오직 간디의 어깨에 달려 있으며 시간은 가차없이 지나가고 있었다.

간디는 대륙을 횡단하여 캘커타로 급행했다. 파키스탄이 실현되기 위해서는 벵고르 주를 파키스탄과 인도가 분할해서 편입해야 하는데 간디가 벵고르 지방 이슬람교도에게 그러한 생체해부 같은 분할의 고통을 미리 감득(感得)시키고 벵고르 분할 때문에 높아져가고 있는 힌두교도의 감정을 억제할 수 있다면 파키스탄을 방지할 수 있지 않을까.

캘커타에서 간디는 "정점에서 모든 일이 잘못 돌아가고 있을 경우, 저변에 있는 민중의 선량(善良)한 입장에서 자기 주장을 할 수 있는가?" 하고 물었는데 여기에 그의 희망이 있었다.

간디는 벵고르 주는 공통의 문화, 공통의 언어를 가지고 있다는 점을 지적하여 벵고르의 통일을 지키라고 주장했다. 카아존 총독은 분할한 벵고르를 재통일하는 데 성공할 사람들이라면 진나가 벵고르를 분할하기 전에 미리 진나를 거부할 수는 없을까.

간디는 캘커타에 6일간 머무른 다음 비하르로 향했다. 찌는 듯한 무더위를 무릅쓰고 마을에서 마을로 순회하며 같은 말을 되풀이했다. "힌두교도가 동포애를 표시하면 그것은 비하르 주를 위해, 인도를 위해, 나아가 세계를 위해 도움이 된다."고 역설했다.

5월 25일 네루의 연락을 받은 간디는 다시 뉴델리에 돌아왔다. 마운트바텐은 자기 방침을 정하고 런던에 의논하러 갔다. 인도는 결국 분할되는지 그 계획안이 곧 발표된다는 소문이 떠돌았다. 그러나 간디는 대체 어떻게 되는 일인지 아직도 의문을 품고 있었다. 지난 번 내각사절단은 1946년 5월 16일 인도의 분할에 입각한 '파키스탄'안을 거부하지 않았던가. 그 후 사정을 달리보아야 할 무슨 일이 일어났다는 말인가. 폭동——그것이 이유라면 무질서 행위에 굴복하는 것이 된다. 간디는 말했다. "나는 영국측이 작년 5월 16일 내각사절단 성명의 형식과 정신에서 한 치도 빗나가는 일은 없을 것이라는 희망에 매달리지 않으면 안 된다."

수시라 나얄 박사는 "간디는 정력을 낭비하고 있다."고 말했다. 그는 여전히 분할로 향해서 흐르는 조류를 막으려고 필사적인 노력을 하고 있었다. 이 노력의 과정에서 목숨을 잃어도 아깝지 않다고 생각했다. "지금 형성되려 하는 인도에서는 내가 설 자리가 없다." 그의 목소리는 감정에 넘쳐 있었다. "나는 125세까지 살 희망을 잃었다. 내 생명은 앞으로 1~2년에 끝날 것이다. 그게 문제가 아니라 어쨌든 인도가 폭력의 홍수에 휩쓸린다면 나는 살고 싶은 생각이 없다."

그러나 간디는 비관론자의 심경에 오래 머물러 있을 수는 없었다. 하루는 네루가 중화민국 대사 라가윤 박사를 불가촉천민 부락에 있는 간디의 오두막집에 안내했다. 라 박사가 "당신은 사태가 어떻게 진전되리라고 전망하십니까?" 하고 물었다.

간디는 다음과 같이 대답했다. "나는 어디까지나 낙관론자입니다. 우리가 그 동안 오래 고생을 해온 것은 벵고르, 비하르, 펀잡 지방에서 벌어진 그 어리석은 유혈사건을 우두커니 쳐다만 보고서 다함께 야만인이 되기 위한 것은 아니었습니다. 나는 이게 모두 외국의 멍에를 풀어 팽개치는 과정에서 여러 가지 찌꺼기나 물거품이 표면에 떠오르는 현상이라고 봅니다. 갠지스 강은 비가 와서 불어나면 물이 탁해져 온갖 협잡물이 수면에 떠오릅니다마는 물이 평상 수준으로 돌아가면 아름다운 푸른 물결이 됩니다. 그게 곧 내가 기대하는 것이며 내가 이 세상을 한 번 살고 지나가는 보람입니다. 나는 인도인이 야만인으로 타락하는 꼴을 보고 싶지는 않습니다."

한편 마운트바텐 총독은 런던에서 인도 분할 작업을 추진하고 있었다.

마운트바텐의 계획은 인도의 분할과 동시에 민중의 희망을 조건으로 하여 벵고르, 펀잡, 아샘 각 주의 분할을 규정하는 것이었다. 벵고르 주와 펀잡 주의 경우는 최근에 선출된 주 입법부가 결정하기로 되어 있었다. 그리하여 벵고르 주의 분할이 정해진 다음 이슬람교도가 다수를 차지하는 아샘 주 시르하트 지구를 벵고르 주 이슬람교도 지역에 합병할지 어떨지를 그 지구 일반투표에 의해 결정하기로 했다.

조문(條文)에는 '이 계획은 통일 인도를 위한 커뮤니티 상호간의 교섭을 방해하지는 않는다.'는 단서가 붙어 있었다.

말하자면 이 계획은 임의의 것이며 영국이 법적으로 강제하는 것은 아니었다. 가령 벵고르 주와 편잡 주가 통일을 지지하는 경우에는 분할도 없고 파키스탄도 없다. 그리고 '파키스탄'이 일단 탄생한다 하더라도 훗날 다시 연합을 할 수도 있도록 되어 있었다.

마운트바텐은 영국을 떠나기 전에 처칠을 만났다. 처칠은 하원에서 그 계획을 지지할 것을 약속했다.

계획이 공표되기 전야인 1947년 6월 2일, 하버트 마슈즈는 〈뉴욕 타임즈〉지에 '간디 씨는 자기가 죽음의 단식을 결행하는 경우에는 계획 전체를 좌절시키게 되기 때문에 대단히 고민하고 있다.'는 전문기사를 보냈다.

이튿날 애트리 수상이 하원에서 그 계획을 발표했다. 한편 인도에서도 마운트바텐 총독이 그것을 뉴델리 방송으로 발표했다. 최후의 부왕은 그 방송에서 솔직하게 "물론이지만 나는 인도 자체의 분할에 반대인 것과 마찬가지로 주(州)의 분할에도 반대한다."라고 말했다. 마운트바텐은 그 계획이 특히 편잡 주에 거주하는 500만의 전투적인 시크교도에 대한 효과가 불완전하다는 것을 알고 있었다. 편잡 주의 어느 곳에 분할선이 그어지는 경우 일부의 시크교도는 그들의 의사에도 불구하고 파키스탄에 남겨지게 되기 때문이다.

네루와 파텔, 그리고 회의파 운영위원회는 그 계획을 승인했다. 이 승인은 전 인도 회의파 위원회가 6월 15일 뉴델리의 모임에서 찬성 153표, 반대 29표 약간의 기권표로 가결되어 공식적인 승인이 되었다.

결의안을 채택한 후 의장 J. B. 쿠라파라니 교수는 짧은 연설을 통하여 회의파가 간디의 기대에 어긋난 방침을 취한 이유를 설명했다. "힌두교도와 이슬람교도 각 집단은 최악의 폭력사태를 서로 경합하는 것처럼 벌여 왔습니다. 나는 정조를 지키기 위해 107명의 여성이 투신자살을 한 우물을 보았습니다. 어떤 곳에서는 예배를 보는 장소에서

50명의 젊은 여성이 같은 이유로 남자들에게 살해당한 일도 있었습니다. 이런 무서운 경험이 이 문제에 있어서 내 태도에 영향을 미친 것은 확실합니다. 일부 당원들은 우리가 공포 때문에 이 결정을 내렸다고 비난하고 있습니다. 나는 이 비난의 진실성을 인정하지 않을 수 없습니다. 그러나 그 공포의 의미는 이미 희생된 생명, 미망인들의 슬픔, 고아의 울음소리, 혹은 불에 타 없어진 무수한 가옥에 그치는 게 아니라 마냥 우리가 복수나 상호간 모욕을 이대로 계속하다가는 얼마나 야만스러운 상태로 타락할지 모른다는 공포입니다. 새로 발생하는 분쟁에 있어서는 먼저 일어난 분쟁에서 가장 잔학하고 타락된 행동이 기준이 되기 쉽습니다." 사실 그것은 폭력의 숙명이었다.

"나는 과거 30년간 간디 옹을 모시고 같이 지내왔습니다. 간디 옹과 처음에 참파란에서 만났습니다. 간디 옹에 대한 나의 충성심이 흔들린 일은 여태까지 단 한 번도 없습니다. 그것은 개인적인 충성심이 아니라 정치적인 것이었습니다. 나는 의견이 달랐을 때에도 나의 신중한 이성적 태도보다도 간디 옹의 정치적 지관이 더 정확하다고 늘 생각해 왔습니다. 지금도 가장 높은 이상을 지키기 위해 가장 용감한 간디 옹이 옳고, 내 견해에는 결함이 있다는 것을 스스로 느끼고 있습니다. 그런데 왜 나는 이번에 간디 옹을 옹호하지 않았을까요? 간디 옹이 대중을 기초로 한 문제의 해결방법을 아직 찾아내지 못한 것으로 생각했기 때문입니다." 일반적인 상태는 간디의 평화와 동포애의 호소에 충분히 응하고 있지 않았다.

간디도 그것을 알고 있었다. "가령 이슬람교도가 아닌 나머지 인도인만이라도 모두가 내 편을 들어준다면 분할을 막을 방법을 제시할 수 있을 것이다. 그런데 어떤 사람들은 오히려 그 반대방향을 지도할 것을 나에게 요구하고 있다. 하지만 그들과 나 사이에는 도저히 일치가 있을 수 없다. 사랑과 증오가 어떻게 결합될 수 있겠는가."

간디에게 보내오는 편지의 90퍼센트 이상이 그런 증오심으로 충만된 것이었다. 힌두교도의 편지는 간디가 왜 이슬람교도의 편을 드느냐고

묻고, 이슬람교도의 편지는 파키스탄 건국에 대한 반대를 중지할 것을
요구하고 있었다.

틸락의 고향에서 어떤 마라타 인 부부가 델리에 와서 불가촉천민
부락에 거처를 정하여 '파키스탄' 건국의 방침이 포기될 때까지 단식을
개시했다는 것을 간디에게 전달했다. 간디는 기도의 모임에서 이틀
동안 계속하여 두 사람에게 물었다. "당신들이 파키스탄에 반대하는
단식을 하는 것은 이슬람교도를 미워하기 때문입니까? 아니면 그들을
사랑하기 때문입니까? 그들을 미워하는 까닭이라면 단식을 해서는
안 됩니다. 그들을 사랑하는 까닭이라면 단식을 통하여 다른 힌두교
도에게도 이슬람교도를 사랑하도록 가르치십시오."

그 젊은 부부는 단식을 중지했다.

힌두교도의 이슬람교도에 대한 애정, 이슬람교도의 힌두교도에 대한
애정도 넉넉하지 못하다. 그 때문에 인도는 양자 사이에 분할을 당하게
되었던 것이다.

간디는 분할을 정신적 비극이라고 생각했으며 처참한 투쟁이 준비
되고 있는 것을 예감했다. 그리고 군사독재와 거기에 이어 자유를
상실하게 될 가능성을 우려했다.

간디는 "과거 32년간의 활동이 명예롭지 못한 결말에 이르렀다."고
말했다. 인도는 1947년 8월 15일에 독립하기로 되어 있었다. 하지만
그 승리는 단순히 정치권력의 교체, 즉 인도인이 영국인과 교대하고
삼색기(三色旗)가 유니온 잭에 대신해서 휘날리는 것을 의미할 뿐이
었다. 그것은 독립의 껍질이며, 비극을 등에 인 승리이며, 군대가 자군
(自軍)의 장군을 타도하는 것과 같은 승리였다.

간디는 "8월 15일의 축전에 참가할 수 없다."는 태도를 밝혔다.

인도의 독립은 그 독립의 건설자에게 슬픔을 주고 국부(國父)는 자기
나라의 새로운 출발에 실망을 느꼈다. "인도 민중이 비폭력으로 굳게
단결된 줄로 믿은 나는, 나 자신을 기만했다." 인도인은 독립보다 더
중요한 비폭력을 배반한 것이다.

마운트바텐은 1948년 10월 6일 로얄 엠파이어 소사이어티에서, 인도에 있어서의 간디는 "미국의 루즈벨트나 영국의 처칠 같은 위대한 정치가의 지위를 차지하고 있었다기보다는 인도인의 마음속에서 단순히 마호메트나 크리스트 같은 범주에 들어 있었다."고 설명했다. 일반 대중은 마하트마를 존경하여 그의 발이나 발자취가 찍힌 모래에 이마를 댔다. 그러나 그들은 간디에게 경의를 바치면서도 그 가르침을 거부했다. 간디의 몸은 신성시했지만 그 인격을 모독했다. 껍질을 찬미했지만 그 알맹이를 짓밟았다. 그 사람을 신뢰하면서도 그 주의(主義)는 따르지 않았다.

8월 15일, 인도가 독립하는 날 간디는 캘커타에서 발생한 폭동 때문에 슬픔에 잠겼다. 그는 하루 종일 단식하고 기도를 드렸다. 정부는 국가 탄생의 식전에 참가하도록 초청했으나 이에 응하지 않았다. 그 이튿날 간디는 라지크마리 암릿 카울에게 보낸 편지에 '내 마음속에 혼란이 일고 있다.'라고 말했다. 그는 축제 분위기 속에서 슬픔에 잠겼던 것이다.

인도는 독립했다. 그러나 간디는 오히려 어려운 처지에 놓였다. 그는 자기 마음이 평형상태에서 멀리 떨어져 있는 것을 느꼈다.

그렇다고 해서 간디는 신념을 잃지도 않았고, 동굴이나 수풀 속에 은둔할 생각도 하지 않았다. 그는 여전히 올바른 의리를 지키는 사람이 고독해 질리는 절대로 없다고 강조했다.

8월 29일 암릿 카울에게 보낸 편지에 이렇게 말하고 있다. '인간에 대한 신뢰를 잃어버려서는 안 됩니다. 인류는 큰 바다와 같습니다. 가령 바닷물 몇 방울이 오염된다고 해서 바다 전체가 탁해지지는 않습니다."

간디는 인간에 대한 신뢰를 꾸준히 장악하고 있었다. 선에 대한 신뢰도 포기하지 않았다. 따라서 자기 자신에 대한 신뢰도 포기하지 않았다. "나는 결코 좌절을 모르는 타고난 투사입니다."라고 하여 기도회에 모인 사람들을 안심시켰다.

인도가 분할된 것은 이미 현실이지만 간디는 올바른 행동에 의해서 악을 감소시키는 것은 언제나 가능하며 결국 악을 선으로 유도하는 일도 가능하다고 믿고 있었다.

간디는 지금도 자신의 신념이 세상 사람을 움직일 수 있게 되기를 기대했다. 하지만 지금 상황에서 그 일을 어떻게 실천할지. "지금 나는 손으로 모색을 하고 있습니다."

이런 경우 저급한 사람이면 자기 뜻이 이루어지지 않은 것을 원통하게 생각하는 나머지 남의 일을 방해하려고 꾀할지 모른다. 그러나 간디는 조명을 자기 내부로 돌렸다. 결점이라면 간디의 결점이었다.

간디는 쿠르세드 나오로지에게 보낸 편지에 "마음을 평정하게 가다듬어 자적(自適)을 하라는 당신의 충고에 동감합니다. 그것은 어려운 일이기는 하지만 그렇게 따르겠습니다.'라고 썼다.

"신이여, 우리를 어둠에서 빛으로 이끌어주십시오." 하고 간디는 외쳤다. 그때 간디는 78세의 생일을 앞에 둔 노 옹이었다. 그가 만들어낸 세계는 일부가 폐허가 되어 있으므로 새로운 건설작업을 개시하지 않으면 안 되었다. 비폭력적, 경신적, 평등주의적 사회주의의 특징에 관해서 〈하리잔〉 지에 2편의 논문을 썼다. 그는 새로운 방향을 탐구했다. 육체는 늙었지만 정신은 젊었다. 경험은 낡았지만 신념은 여전히 활발했다. 미래의 설계를 생각하면 등에 인 과거의 온갖 신고(辛苦)도 무겁지 않았다.

간디는 캘커타에 갔다. 피로 물든 포도(鋪道)는 아직도 미끄러웠다. 화재를 당하여 아직도 연기가 매운 지역에 있는 이슬람교도의 집에 숙박했다. 그 집 식구들은 간디에게 친절했다. '그들에게 나는 적이 아니다.'라고 간디는 암릿 카울에게 보낸 편지에 말하고 있다. 간디는 인도의 국가로서의 정치적 독립보다도 자그마한 동포애의 승리에서 더 많은 기쁨을 느꼈다.

어떤 근친자를 잃은 사람이 간디를 찾아왔다. 간디는 그들의 눈물을 닦아주고 남을 위로해주는 데서 자기 위로를 발견했다. 이 새로운 일거리는 실은 그가 오래 전부터 늘 계속해오던 일이었다. 즉 세상 모든 사람의 고통을 덜어주고, 사랑을 널리 보급시켜 만인이 형제가 되게 하는 일인 것이다.

어떤 사람이 간디에게 "옛날 저 아시지의 성(聖) 프란체스코(이탈리아의 성자)가 어느 날 마당에서 밭을 갈고 있는데, 그날 해질 무렵에는 죽는다는 것을 알았다면 어떻게 할까요?" 라고 물었다. 간디는 "일을 서둘러서 밭을 가는 일을 끝마치겠지." 라고 대답했다.

간디는 자기가 평생을 바친 밭가는 일을 계속했다. 그 마당에는 어디선지 돌팔매나 나무 조각 따위가 날아들었지만 꾸준히 일을 계속했다.

간디에 있어서는 불굴이 곧 그 실패와 비극에 대한 해독제였다. 그는 새로운 행동에 의해서 마음의 평정을 회복했다.

제**7**장

마당을 가는 간디

결국 영국인은 인도에서 떠났다. 정치의 식자자(識字者)인 영국인은 인도의 벽에 '그대의 일은 끝났다.'고 써 있는 것을 판독했다. 그 필적은 간디의 필적이었다.

인도인의 의사에 따라 마운트바텐은 당분간 인도 연방의 총독으로 남아 있게 되었다. 마운트바텐은 또 파키스탄의 총독을 맡아 그것으로 통일의 상징을 삼자고 합의보았던 것인데 진나는 자기가 총독이 되었다.

파키스탄은 인도를 분할하고 또 파키스탄도 분할되었다. 파키스탄은 북서 인도에 3800만, 북동 인도에 4500만의 주민을 거느리고 있으며, 그 두 부분은 인도 연방을 사이에 끼고서 약 800마일 떨어져 있게 되었다.

이슬람교를 바탕으로 하는 파키스탄에는 수백 만의 힌두교도와 시크교도가 남아 있었다. 한편 인도연방의 3억 3000만 인구 중에 약 4200만이 이슬람교도였다.

565개의 번 왕국 중 550번 왕국은 평온한 가운데 인도 연방에 가맹(加盟)하고 3번 왕국은 파키스탄에 가맹했다.

인도를 둘로 쪼갠 국경은 동시에 가족〔國家〕을 둘로 쪼개고 공장과 원료를 떼어놓고 농작물과 시장을 떼어놓았다. 재산을 분할하기로 되어 있었다. 파키스탄 지역에 사는 비 이슬람교도들은 앞날을 걱정했다. 인도연방에 사는 이슬람교도들도 불안했다. 새로운 자치 밑에서 양쪽 다 지배적인 다수자와 겁에 질린 소수파 사이에 싸움이 벌어졌다.

인도가 하나로 뭉쳤더라면 평화롭게 살 수 있었을텐 생체해부 같은 분할로 인하여 동맥이 끊어져 거기에서 피와 종교적 증오의 독이 흘러나왔다.

캘커타와 벵고르 주 서부는 인도연방에 속하게 되고, 동부 벵고르는 파키스트나 령(領)이 되었다. 캘커타 인구의 33퍼센트는 이슬람교도였다. 힌두교도와 이슬람교도는 서로 싸웠다.

종교적 폭력은 어떻게 발생하는가. 이를테면 1938년 4월 17일, 3명의 힌두교도와 1명의 이슬람교도가 봄베이의 노드부룩 공원에서 트럼프 놀이를 하고 있었다. 술에 취해 있었던 그들은 트럼프 때문에 시비가 붙어 싸움을 시작했다. 공식보고는 다음과 같다. 힌두교도와 이슬람교도 사이에 소동이 났다는 소문이 시중(市中)에 퍼지자 공황 상태가 벌어져 불량배가 편승했다. 습격이나 칼부림이 여기저기에서 발생했다. 흉기 휴대를 금하고 힌두교도와 이슬람교도의 장렬(葬列)의 순로(順路)를 지정하는 당국의 명령이 발포되고 군대의 출동이 요청되었다. 그러나 중대한 사태로 발전될 것으로 염려되었던 충돌은 얼마 후 진압되었다. 하지만 산발적인 충돌은 2, 3일 더 계속되었으며 사자(死者) 14명, 부상자 19명이 났다. 경찰은 2488명을 체포했다.

그것은 1958년의 평상상태에서 돌발한 사건이며 물론 파키스탄이 출현하기 전이다. 지금 1947년에는 긴장이 정점에 다다르고 있었다. 특히, 주민이 불결한 슬럼 가(街)에 밀집하고 있는 캘커타 같은 도시에서는 이슬람교도 소녀가 힌두교도 소녀의 머리카락을 잡아당긴다든가, 힌두교도 소년이 이슬람교도 소녀의 이름을 부른다든가 하는 사소한 일이 무서운 폭력의 발단이 될지도 모른다. 격정과 빈곤이 많은 사람을 도화선의 점화구로 만들고 있었다.

이 가연성 상태에 간디는 평정(平靜)이라는 맑은 물을 살포하기 시작했다.

그는 1947년 8월 9일 캘커타에 도착했다. 지난 46년 8월 16일 진나의 소위 직접행 동일부터 만 1년간 캘커타는 피비린내나는 투쟁으로 분열되어 있었다. 간디와 전 뱅고르 주 수상 H. S. 스프라와르디는 종교적 열광으로 긴장된 거리를 나란히 팔을 끼고 걸어갔다. 두 사람이 지나가는 곳에서는 어디서나 폭력이 진정되는 것처럼 보였다. 무수한 이슬람교도나 힌두교도가 서로 포옹하여 "마하트마 간디 만세." "힌두교도 이슬람교도 단결 만세."를 외쳤다. 간디가 매일 개회한 기도 모임에서는 많은 군중이 정답게 접촉했다. 8월 14일 이후 캘커타에서는 소란이 발생했다는 보도가 전혀 없었다. 간디가 폭풍을 진정시킨 것이다. 보도계는 흰 요포(腰布)를 두른 마술사에게 찬사를 바쳤다.

8월 말일 저녁 간디는 이슬람교도 집에 갔다. 밤 10시, 갑자기 요란한 소리가 났다. 스프라와르디와 마하트마의 제자들이 침입자를 타이르는 소리가 들렸다. 이윽고 유리창이 깨졌다. 청년 몇 사람이 집 안에 뛰어들어 문을 걷어차기 시작했다. 간디가 일어나서 방문을 열었다. 흥분한 폭도가 앞에 서 있었다. 그는 합장 인사를 했다. 벽돌이 날라왔다. 그것은 간디 옆에 서 있는 그들의 친구 이슬람교도가 맞았다. 어떤 폭도는 곤봉을 휘둘렀다. 그것은 간디의 머리에 맞을 뻔했다. 간디는 슬픈 얼굴로 고개를 흔들었다. 경찰이 도착했다. 경찰대 지휘자는 간디를 방 안에 모시고 침입자들을 밖으로 밀어냈다. 바깥에서는 붕대를 감은 이슬람교도를 보고 분격했다. 보통 수단으로는 진압할 수 없게 되어 최류탄을 터뜨렸다. 폭도들은 그 이슬람교도가 힌두교도에게 찔려서 부상했다고 주장했다.

간디는 단식을 결심했다.

9월 1일, 간디는 보도계에 보낸 성명에서 다음과 같이 말했다. "흥분한 군중 앞에 얼굴을 내민다고 해서 언제나 효과가 있는 것은 아니다. 지난 밤은 확실히 효과가 없었다. 어쩌면 말이 못하는 일은 나의 단식이 할 수 있을지 모른다. 그리고 캘커타에서 성공하면 편잡 주에서 싸움을 벌이고 있는 사람들의 마음에도 감응(感應)을 주게 되지 않을까 한다. 나는 오늘 저녁 8시 15분부터 단식을 시작하여 캘커타가 정상적으로 정신상태를 회복했을 때에 끝마치기로 하겠다."

그것은 죽음을 각오한 단식이었다. 세상 사람들이 정신을 차리 않으면 마하트마는 그대로 죽을 것이다.

9월 2일, 각 단체의 대표자들이 간디의 숙소로 모여들기 시작했다. 그들은 간디의 생명을 구하기 위해서라면 무슨 일이라도 하겠다고 말했다. 간디는 그것은 방법이 틀리다고 설명했다. 그의 단식은 '양심을 각성시켜 정신의 나태를 제거하는 데 의도를 둔' 것이었으므로 마음의 변화가 있어야만 한다.

여러 커뮤니티와 단체의 지도자들이 간디를 방문했다. 간디는 그들을 만나 얘기를 했으나 두 커뮤니티 사이에 융화가 회복되기까지는 단식을 중단하지 않을 생각이었다. 저명한 이슬람교도나 파키스탄 해원조합(海員組合) 간부가 와서 자기들도 평상을 유지하기 위한 활동을 하겠다고 확약했다. 그 밖에도 찾아오는 이슬람교도가 있었다. 간디의 단식은 그들에게 감명을 주었다. 간디의 단식은 안전을 위한 것이며, 파괴된 그들의 집을 재건하기 위한 것이었다.

9월 4일, 시 직원이 와서 카르카타는 24시간 동안 조용했다고 간디에게 보고했다. 그리고 두 커뮤니티 사이 평화를 원하는 증명으로 북부 카르카타의 영국인 간부를 포함한 500명의 경찰관이 집무를 하면서 동정단식(同情斷食)을 시작한 사실을 전했다. 폭력단이나 폭도의 두목들이 간디의 베개 밑에 앉아 눈물을 흘리면서 상습적인 양탈행위는 하지 않겠다고 맹세했다. 힌두교도, 이슬람교도, 크리스트 교도의 각 대표, 혹은 노동자, 상인, 상점경영주들이 간디 앞에 나타나 캘커타에서는 다시는 소란을 발생시키지 않을 것이라고 맹세했다. 간디는 그들을 믿었으나 이번에는 서면(書面)의 서약을 요구했다. 그들은 서역서에 서명하기 전에 만약 이 약속이 깨질 경우에는, 간디는 '취소할 수 없는 단식' 즉, 이 세상 무엇으로도 제지하지 못하는 죽음에 이르는 단식을 할 것이라는 다짐을 받았다.

캘커타의 지도자들은 신중하게 검토하기 위해 일단 자리를 옮겼다. 중대한 순간이었다. 그들은 책임을 자각하면서 서약서를 작성하여 서명했다. 9월 4일 밤 9시 15분, 간디는 스프라와르디가 주는 라임 과즙을 한 컵 마셨다. 76시간의 단식이었다.

그날부터 편잡 주나 기타 지방이 학살 사건으로 흔들리고 있었던 몇 달 동안 캘커타와 동서 벵고르 주는 그 서약을 충실히 지켰다.

9월 7일, 간디는 편잡 주에 가기 위해 캘커타를 떠나 뉴델리로 향했다. 마당을 다른 곳으로 옮겨서 갈아야 했다.

간디는 역에서 사르달 바츠라브바이 파텔, 라지크마리 암리트 카울, 기타 여러 사람의 영접을 받았다. 그들은 모두 침울한 얼굴을 하고 있었다. 델리에서도 폭동이 발생하고 있었다. 편잡 지방의 소요를 피해 온 힌두교도나 시크교도 난민이 홍수처럼 흘러들고 있었다. 그들이 마하트마가 자주 기숙(寄宿)하는 불가촉천민 부락을 점령하고 있었 으므로, 간디는 그들의 말에 의하면 '왕궁 같은 비르러 저(邸)'에 들게 되었다.

간디가 든 방은 1층에 있으며 너비는 가로 25피트, 세로 16피트, 천장 높이 약 10피트, 욕실이 따로 붙어 있었다. 간디는 그 방에 들어 우선 가구를 다 철거시켰다. 방문자는 방바닥에 앉고, 자기는 호외 (戶外)의 테라스에서 잤다. 전열기와 전등을 사용할 수 있었다. 그 방이 있는 건물 오른편에서 기도 집회가 거행되었다. 방의 위치는 마당에서 제일 구석진 곳에 있었다. 간디가 예배를 보러 갈 때에는 높은 문턱에서 땅에 내려 호화로운 넝쿨풀로 덮힌 적사암의 기다란 넝쿨받침 밑을 통과해서 갔다.

이곳에서 간디는 신선한 과일이나 야채를 구하기가 어려운 것을 알았다. 폭동 때문에 델리의 생활기능이 혼란에 빠져 있었다. 그는 델리는 '죽음의 거리' 같다고 말했다.

이제 간디는 델리와 편잡 주의 정신을 각성시키는 일에 몰두했다. 그 외에는 염려할 일이 아무것도 없었다. 전에는 의사가 혈압을 재게 했으나 이번에는 "내 걱정은 마시오. 나는 일을 해야 합니다. 혈압은 알고 싶지도 않아요."라고 말했다. 의사의 말에 의하면 간디의 순환기는 지난 10년 동안 별로 쇠약해지지 않았다. 얼굴이나 몸의 주름도 그 동안에 더 많아지지는 않았다. 1939년에 어떤 안과의가 진단한 안질은 진행을 정지하고 있었다. 귀는 소음에 대해서 민감했다. 매일밤에 5~6시간, 낮에 반 시간 내지 1시간씩 수면을 취했다. 언제나 숙면을 했으며 잠꼬대를 하지 않았다. 한번은 자다가 팔을 움직인 일이 있었다. 잠에서 깨어나 나얄 박사가 물으니까 울타리를 기어오르는 꿈을 꿨다고 했다. 특히 오전 중은 항상 원기왕성했다.

간디는 정치정세에 대해서는 대단히 개탄하고 있었으나 자기 건강에는 매우 조심을 하고 있었다. 섭씨 36도 정도의 미온탕에 10분 내지 20분쯤 들어가 있는 것을 좋아했으며, 그 때문에 현기증을 일으키기도 했다. 샤워 설비가 되어 있으면 맨 나중에 냉수 샤워를 했다.

고된 여행을 하면서 심한 정신적 압박을 받은 지난 몇 달 동안 간디는 절식(節食)을 했다. 과로에는 절식하는 것이 그의 원칙이었다. 그러나 간디를 기다리고 있는 일거리라 너무 많았다.

비르러 저에서 보낸 첫날 뉴델리에서 14마일 떨어진 오크라 마을에 사는 자킬 후세인 박사(뒤에 인도 대통
령을 지낸 사람)를 방문했다. 자킬 후세인은 학식과 인품이 뛰어난 훌륭한 사람으로 오크라에 있는 이슬람교 학원 자미아 미츠리아 이스라미아를 운영하고 있었다. 간디는 이 학교를 위해 모금을 한 일이 있었다. 또 박사를 민족기초교육협회 회장에 임명했다. 그 협의회에서는 박사만이 간디의 아동교육에 관한 방침에 대해 비판적이었으나 간디는 박사를 회장에 임명했던 것이다.

오크라 학원은 새로 지은 깨끗한 소규모 건물이 몇 채 모여 있으며 무갈 왕조 시대의 성새(城塞)나 이슬람교 모스크〔寺院〕의 폐허가 많고 이슬람교 전통이 밴 지방에 자리잡고 있지만, 1947년 8월에는 흥분한 힌두교도와 시크교도의 범주 속에 있었다. 광포한 그들에게는 사람이나 건물이나 이슬람교와 관계된 것은 모두 증오의 대상이 되었다. 밤에는 교사와 학생들이 습격에 대비해서 학원을 지켰다. 등불은 전혀 켜지 않았다. 근방에는 이슬람교도의 마을에 불에 휩싸여 가옥이 횃불처럼 타오르는 게 보였다. 지무나 강이 가까이 흐르고 있었는데, 밤마다 이슬람교도가 추격을 피하여 물에 뛰어드는 소리가 들렸다. 뒤따라 추격자가 뛰어들었다. 붙잡힌 희생자는 숨이 막힐 때까지 물 속에 쑤셔박히거나 목을 찔려 비명을 질렀다. 습격자의 포위망은 차츰차츰 학원에 접근했다. 어느날 밤 어둠 속에 한 대의 자동차가 학원구내에 들어왔다. 차에서 나온 사람은 자와하르라르 네루였다. 그는 후세인 박사나 학생들과 같이 있으면서 위험이 닥칠 경우에 그들을 지켜주기 위해 단신으로 델리를 둘러싼 광인지대를 돌파하여 온 것이다.

간디는 그런 위험성이 있다는 말을 듣고 즉시 차를 달려 자킬 후세인 박사를 방문하여 한 시간에 걸쳐 교사나 학생들과 얘기했다. 학원은 간디의 방문에 의해 정화되어 그 후는 안전했다.

같은 날 간디는 난민의 천막을 몇 군데 방문했다. 무장한 호위병을 데리고 가라는 권고를 받았다. 힌두교도나 시크교도는 그가 이슬람 교도에 호의적이라는 이유로, 이슬람교는 그가 힌두교도라는 이유로 간디를 습격할지도 모르기 때문이었다. 혹은 가족이 살해되거나 유괴당하거나 해서 분별이 없어진 사람이 마구 습격할지도 모르기 때문이다. 그러나 간디는 아무런 호위도 받지 않고 갔다.

간디는 이제 자기 건강을 생각할 겨를도 없이 정력을 기울여 매일 같이 폭동지역을 동분서주하며 순시했다. 시 내외의 난민 천막을 살피고 다니면서 심신에 상처를 입은 많은 사람들에게 하루에도 몇 번씩 연설했다. 9월 20일의 기도 모임에서는 다음과 같이 말했다. "비가 내리고 있는 오늘 나는 델리나 동부 펀잡(인도연방)이나 서부 펀잡(파키스탄) 쌍방의 난민들의 딱한 처지를 생각합니다. 힌두교도나 시크교도 난민의 행렬이 57마일이나 길게 뻗어, 서부 펀잡에서 인도 연방에 흘러들고 있다고 합니다. 어떻게 이런 일이 있을 수 있을까 생각하면 나는 눈앞이 캄캄해집니다. 이런 사건은 세계 역사에도 유례가 없습니다. 나는 부끄러워서 견딜 수가 없습니다. 여러분도 부끄러운 줄을 알아야 합니다."

간디는 과장해서 말한 것이 아니다. 57마일에 이르는 난민의 행렬

실제로 그것은 1500만 명이나 되는 많은 사람들이 주거나 목적지도 없이 때로는 질병과 죽음으로 향해서 방황하는 대이주(大移住) 난민단의 하나였다. 파키스탄 령(領)으로 편입된 서부 편잡에서는 뉴델리 쪽을 향하여 수백 만 힌두교도와 시크교도들이 이슬람교도의 칼과 곤봉을 피하여 이동해왔다. 거기에서는 경찰의 보호도 없었다. 경찰과 군대도 격정에 휩쓸려 무법자의 약탈행위나 살인에 가담하는 예가 적지 않았다.

난민들은 우차를 타고 달아나는 사람들도 있었고, 우차가 없거나 빼앗긴 사람들은 도보로 달아났다. 어른은 어린이들 안고, 병자는 바구니에 담아서 이고, 노인을 등에 업었다. 길에 버려진 노인은 그대로 죽어갔다. 호열자나 천연두 같은 전염병에 시달리기도 했다. 그들은 몇 주간을 계속하여 도표처럼 즐비한 시체를 뒤에 두고 천천히 나아갔다. 피로에 지쳐서 낙오한 사람들이 땅에 쓰러지는 것을 기다려 콘도르가 그들의 행렬 위에서 떠돌고 있었다. 건강을 유지할 만한 양식을 가진 가족은 거의 없었다. 가지고 있으면 도둑맞거나 습격을 받았다. 패자는 굶어죽고, 승자는 조금 더 연명했다. 때로는 서로 반대방향으로 가는 적대자들이 가까운 곳에 노영(露營)을 하게 되어 어리석은 복수의 참극이 벌어지기도 했다.

네루를 수반으로 하는 인도 연방 정부는 이주자가 델리에 들어오는 것을 제지하여, 미리 그들을 보호하기 위해 델리 교외에 캠프를 설치했다. 그러나 무수한 사람이 잇따라 경계망을 뚫고 시내에 들어와 닥치는 대로 약탈했다. 그들은 남의 집 문앞이나 혹은 보도나 차도에서 잤다. 기진맥진이 되어 길에 쓰러진 사람은 자칫하다가는 차에 치일 염려도 없지 않았다.

델리에서 파키스탄 령(領)으로 달아난 이슬람교도의 집은 정당한 전리품으로 간주되어 난민들에게 점령되었다. 이슬람교도의 상점은 약탈을 당하고 이슬람교도가 저항을 한 곳에서는 폭동이 발생했다. 원시적인 생활상태에 빠진 난민들은 마음도 원시적인 격정에 휩쓸렸다.

이러한 광기의 도시에서 마하트마 간디는 사랑과 평화의 복음을 펴려고 노력했다. 간디의 생각에 의하면 이슬람교도는 박해를 받으면서도 이곳에 머물러 있어야 했던 것이며 이슬람교도를 박해한 힌두교도나 시크교도는 종교의 신용을 떨어뜨리고 회복할 수 없는 손해를 인도에 끼쳤다. 무허가의 흉기를 가진 사람은 그것을 내놓으라고 호소한 간디에게 자발적으로 제출된 것은 극히 소수였다.

힌두교도와 시크교도가 중심이 된 기도모임에서 간디는 다음과 같이 말했다. "우선 힌두교도와 시크교도 여러분에게 잔소리를 하는 것을 널리 받아주시기 바랍니다. 인도 연방의 충실한 시민임을 원하는 인도 연방 내(內) 모든 이슬람교도가 자기 집에 돌아와 평온하게 살 수 있게 되기까지 그리고 힌두교도와 시크교도가 자기 집에 돌아갈 때까지 나는 쉬지 않을 생각입니다." 그러나 힌두교도와 시크교도는 파키스탄에 돌아가는 것을 두려워했으며 또 파키스탄으로 도피한 이슬람교도의 집을 내놓으려 하지 않았다.

간디는 거센 흐름 속에 혼자서 버티었다.

간디는 어느날 힌두교도 청년의 규율있는 단체인 민족의용대원단 통칭(通稱) R. S. S의 단원 약 500명이 모인 집회에 참석했다. 그들은 과격한 이슬람교도 반대주의자로서 그들 거의가 간디가 이슬람교도를 옹호한다고 적극 반대하고 있었다. 간디는 그들에게 그러한 불관용이 실은 오히려 힌두교도를 질식시키게 된다고 설명했다. 설사 파키스탄이 힌두교도를 학대하고 있다 하더라도 그들의 이슬람교도 학대가 정당화되지는 않는다. 악에 대하여 악으로 보복하는 방식에는 아무런 이득이 없다고 역설했다. 간디는 사실 이슬람교도의 벗인 동시에 시크교도와 힌두교도의 벗이기도 했다. "양자가 다 발광한 것 같다. 그 결과는 양자의 파멸과 비참뿐이다." 간디는 "R. S. S는 조직이 잘 되고 규율이 바른 단체이며 그 힘을 인도의 이익을 위해 행사할 수도 있고 불리(不利)를 위해 행사할 수도 있다."고 말했다. 그리고 R. S. S가 비난받고 있는 점에 대해서도 지적했다. 그 무렵 폭동을 조장하고 있다든가 암살을 계획하고 있다든가 하는 비판이 있었다. "여러분은 그런 풍설이 근거가 없다는 것을 일정불변의 행동으로 보여줘야 할 것입니다."라고 하면서 간디는 이러한 풍문을 부인했다.

간디는 강연이 끝난 뒤에 질문에 대답했는데 다음과 같은 일문일답이 기록에 남아 있다.

"힌두교는 악인을 죽이는 것이 허용됩니까?"

"악인이 악인을 처벌할 수는 없습니다. 처벌은 정부의 직무이지 대중이 맡아 할 일이 아닙니다."

1947년 10월 2일은 간디의 78세 생일이었다. 마운트바텐 부인과 여러 외교관들이 축복을 하러 찾아오고, 인도 각지뿐 아니라 해외에서도 많은 축전을 보내왔다. 이슬람교도가 보내온 축사도 많았다. 부자들은 돈을 보내기도 하고 난민은 꽃을 보냈다. 간디는 다음과 같이 말했다. "무슨 의미의 축사인가? 차라리 조사(弔辭)가 적합하지 않을지. 내 가슴에는 심한 고통밖에는 아무것도 없습니다. 대중이 내 말을 잘 따른 시대가 있었습니다. 지금 내가 하는 말은 고독한 소리입니다. 이제는 오래 살고 싶은 의욕도 없어요. 125세니 뭐니 하는 말은 그만두겠어요. 나는 증오와 살인으로 얼룩진 탁한 공기 속에서는 살 수 없습니다. 제발 이 광기의 사태가 빨리 끝나야 하겠습니다."

간디는 기력이 꺾이지는 않았으나 무력감을 느꼈다. "나는 모든 것을 포용하시는 신에게, 내가 이렇게 무력하게 되어 야만스러운 인간의 잔학한 행동을 목격하게 두기보다는 차라리 이 '눈물의 골짜기'에서 나를 데려가주시기를 애원합니다. 신께서 원하신다면 나를 이 지상에 더 머무르게 하시겠지만 아마 오래 가지는 않을 것입니다."

간디가 위문한 난민 캠프는 불결했다. 천민이 아닌 그들은 청소를 하지 않았다. 간디는 힌두교도의 그런 관습을 비난했다. 추운 철이 다가오고 있었으므로 집없는 사람들을 위해 담요나 기타 침구를 모집하는 활동을 전개했다.

편잡 주는 인도의 곡창지대이고 소요 때문에 수확을 제대로 못 했으므로 인도 연방은 예년보다 심한 기근을 겪게 되었다. 그런데 간디는 배급을 반대했다. 그것은 중앙집권 관료적 형식주의이고 투기와 부패가 따르기 때문이었다.

간디는 매일 저녁 기증된 담요의 수를 발표했다. 솜이불은 밤에는 이슬에 젖기 때문에 담요가 편리했다. 그러나 솜이불도 괜찮다. 밤에는 그 위에 헌 신문지를 펴면 된다고 그는 말했다. 간디는 편잡 지방에 가고 싶었으나 델리도 아직 평온하지 않았다. 어떤 이슬람교도 상점주는 사태가 조용해진 줄 알고 개점했다가 즉각 사살되고 말았다.

어느 날 저녁 델리의 중앙교도소를 방문한 간디는 300명의 수인들을 위해 기도를 올린 다음 "나도 다년간 옥살이를 한 전(前) 수인입니다." 하고 말하며 웃었다. 간디는 독립 인도의 교도소는 어떻게 운영되어야 하는지에 대해 논한 일이 있었다. 그때 "모든 범죄자를 환자로 취급해야 하며, 따라서 교도소는 그런 환자를 치료해주고 간호하는 병원이라야 한다."고 밝힌 바 있다.

마지막에 힌두교도, 이슬람교도, 시크교도 수인들이 모두 형제처럼 의좋게 지내기를 바란다고 그 강연을 끝맺었다.

난민들은 그들이 겪은 여러 가지 만행을 얘기했다. 어떤 폭도는 어린이의 발을 붙잡고 휘둘러 머리를 벽에 부딪치게 했다. 어떤 어린이는 양쪽에서 잡아당기는 두 폭도에 의해 몸이 두 동강이로 찢기었다. 어떤 마을에서는 우물을 둘러싼 울타리 안에 모여 있던 여자들이 이슬람교도에게 강제로 끌려가려 할 때, 한 사람이 먼저 우물에 몸을 던지자 잇따라 4분 동안에 78명의 여성이 뛰어들어 한꺼번에 익사했다.

이러한 참극은 또다시 새로운 참극을 초래했다. 일부 이슬람교도가 힌두교도를 단순히 그가 힌두교도라는 이유로 살해했을 경우 다른 이슬람교도들도 그 행위를 나무라지 않고 대수롭지 않게 넘겼다. 한편 힌두교도측에서도 이슬람교도를 단순히 그가 이슬람교도라는 이유로 증오하고 의심하고 가해하여 결과적으로 이슬람교도와 마찬가지로 부도덕하게 되었다.(이 논법은 이슬람교도의 힌두교도 살해에도 적용할 수 있다.) 그리하여 가령 힌두교도측에서 잔학행위는 이슬람교도측이 먼저 시작했다고 증명함으로써 자기들의 행동을 정당화하려 한다면, 그것은 결국 그들 힌두교도가 그 악 때문에 싫어한다는 이슬람교도와 똑같은 악으로 전락했음을 스스로 인정하는 것에 지나지 않았다. 말하자면 그들은 자기들에게 고통을 주는 상대편 정신에 정복당한 것이다.

복수를 두려워한 인도 연방 내의 이슬람교도는 파키스탄으로 달아날 결심을 했다. 그리고 다시 그것에 대한 보복을 두려워한 파키스탄의 힌두교도와 시크교도는 인도 연방으로 향하여 이주를 계속하고 있었다. 광대한 지역이 그러한 증오와 살인과 무수한 난민으로 휩쓸리고 있었다. 그 소란의 한복판에, 허리에 요포를 두른 빈약한 체격의 노인이 우뚝 서서 보복에 대한 보복, 유혈에 대한 유혈은 인도의 죽음을 의미한다고 외치고 있었다.

어떤 난민 캠프를 방문하고 온 마운트바텐 부인이 그들이 간디를 만나고 싶어하고 있다는 것을 전달했다. 그러한 요청은 기타 여러 힌두교도 캠프에서도 이슬람교도 캠프에서도 있었다. 간디는 요청에 응하여 되도록 자주 캠프를 방문했다. 이미 20만의 난민이 동부 편잡 쿠르크세트라의 캠프에 수용되어 있으며 그 이상의 사람들이 매일같이 서부 편잡에서 흘러들어오고 있었다. 회의파 운영위원회 모임에 참석한 간디는 1947년 11월 12일 라디오를 통하여 캠프에 수용된 사람들에게 호소했다. "내가 여러분을 위해서 할 수 있는 가장 도움이 되는 일은 여러분이 스스로 자기 결점을 반성하도록 일러드리는 일입니다. 그것이 내 생애를 통하여 일관된 신조였습니다. 거기에 참다운 우정이 있기 때문입니다. 그리고 나의 봉사는 여러분과 인도만을 위한 것이 아니라 전세계를 향한 것이기도 합니다. 나는 인종이나 교양에 아무런 구별을 두지 않습니다. 여러분께서 스스로 자기 결점을 극복한다면 여러분 자신뿐 아니라 인도 전체가 그 이익을 누리게 될 것입니다. 대단히 많은 사람이 이슬을 피할 곳도 없는 상태에 놓여 있어 내 마음이 퍽 괴롭습니다. 겨울철에는 썩 고된 일입니다. 여러분은 규율을 지키도록 협력해야 합니다. 각자의 손이 닿는 범위에서 공중위생에 조심해야 합니다. 간절히 부탁드립니다. 남자나 여자나 어린이나 여러분 한 사람 한 사람이 쿠라크세트라를 청결하게 해주십시오. 각자에게 할당된 것으로 만족합시다. 사람은 자기를 위할 뿐 아니라 남에 대해서도 존중을 해야 합니다. 그리고 사람의 의기를 좌절시키는 것은 나태입니다.” 그리고 간디는 물레돌리기를 하라고 강조했다.

델리에서는 아직도 폭력사건이 산발적으로 발생하고 있었다. 초기의 소란에서 137개소의 이슬람교도 모스크가 피해를 입었다. 그 중 몇 군데는 신상(神像)을 모신 힌두교 사원으로 바뀌었다. 간디는 ‘그런 모독을 힌두교와 시크교도의 오점’이라고 생각하여 “먼저 자기 마음을 정화합시다. 그렇게 하면 다른 커뮤니티도 당신들을 본받게 될 것입니다.”라고 설득했다.

간디는 또 인도 정부를 비판했다. 애드몬드 프리버트 부인에게 보낸 편지에 다음과 같이 쓰고 있다. ‘우리 나라 정치가들은 5～60년 전부터 영국체제 밑에서 군사지출이 많은 것을 몹시 비난해왔습니다마는 정치적인 예종에서 독립으로 옮긴 지금, 오히려 군사지출이 더 많아졌으며 앞으로 더 많아질 것으로 보입니다. 그런데 이것을 자랑으로 여기는지 입법부에서도 반대의 소리가 나오지 않고 있습니다.”

간디는 그것을 서양의 허식에 대한 광적인 모방이라고 불렀다. 그러나 간디는 여전히 인도의 도의적 성격에 기대를 걸었다. 인도가 비록 불완전할지라도 1915년 이래 32년간 중단없이 계속되어 온 훈련에 의하여 도의의 정점에 다다르게 될 것을 기대했다.

“아무리 불쾌한 일이라도 진실을 말해야 합니다. 파키스탄 이슬람교도의 잘못을 방지해야 한다면 인도 연방에서 힌두교도가 하고 있는 잘못도, 힌두교도 스스로 대중에게 알려야 합니다.” 이렇게 말한 간디는 그 자신이 힌두교도의 한 사람으로서 우선 힌두교도에 대하여 가장 엄격했던 것이다.

제8장
인도의 미래

간디는 자기가 반대하는 문제에 관하여 구체적인 대책을 제시함없이 비판하는 일은 좀처럼 없었다. 그는 독립 인도에 있어서 국민회의파의 새 정권을 비판했는데 거기에서 그가 제안한 것은 무엇이었던가?

간디는 예민하게도 자유를 획득한 인도에서는 새로이 자유의 문제가 제기된다는 것을 간파하고 있었다. 인도는 어떻게 하면 참다운 민주 국가일 수 있는가?

주요한 정당은 국민회의파밖에 없었다. 국민회의파는 간디, 네루, 파텔의 당이며, 영국에 대한 꾸준한 투쟁으로 마침내 인도의 해방을 쟁취한 정당으로서 절대의 신임을 얻고 있었다. 힌두 마하사바 당이나 공산당 등 다른 정당은 훨씬 미약했다.

간디가 곰곰이 생각한 문제는 국민회의파가 과연 정부를 지도할 수 있느냐 하는 것이었다. 간디는 러시아, 프랑코 장군의 스페인 기타 각종 전체주의 국가의 정치사정을 따로 연구하지는 않았으나 남들이 오랜 경험이나 연구에 의해서 다다른 결론에 직관적으로 다다르고 있었다. 즉, 간디의 생각에 의하면 일당제(一黨制)는 실제로 무당제(無黨制)와 별로 크게 다를 게 없다. 정부와 당이 일체일 경우에는 당은 일종의 고무 도장 즉 가공의 존재에 불과한 것이 된다는 것이었다.

가령, 인도의 중요한 정당인 국민회의파가 정부에 대하여 독자적인 비판적 태도를 취하지 않을 경우 정부 내에 진전될지도 모를 독재적 경향에 대체 누가 제동을 걸 수 있을 것인가.

민주주의는 자유로운 비판과 강력한 반대가 없는 마당에서는 사멸하게 마련이다.

비판과 반대가 없는 나라에서는 그 지성, 문화, 공중도덕이 침체해지고 만다. 큰 인물은 밀려나고 비굴한 아부와 추종을 일삼는 소인들만 모여든다. 지도자는 소심한 추종자들에게 둘러싸여 그 기계적인 찬성을 자기 위대성에 대한 찬사라고 오록(誤錄)한다.

국민회의파는 간디나 자유로운 언론계의 도움을 받아 인도가 그렇게 되는 것을 방지할 수 있을까?

1947년 11월 15일, 회의파 의장 J. B. 쿠리파라니 교수는 간디의 입회하에 전 인도 회의파 위원회에 사임의사를 표시했다. 쿠리파라니 의장은 정부로부터 상의하지도 않았고, 전면적으로 신뢰를 받고 있지도 않았다. 쿠리파라니는 "정권은 그 권력을 당에서 얻고 있는데 현 정부는 당을 무시하고 있다."고 말했고, 간디 옹도 "이런 상황에서는 사임이 정당화되는 것으로 생각하고 있다."고 말했다.

정부의 중심인물은 네루와 파텔이었다. 두 사람은 또한 회의파의 지도자이기도 했다. 따라서 두 사람은 그 개인적 인망과 회의파 각부에 대한 통제력에 의해 당을 조종할 수 있었으며 그 때문에 당과 자기 입장을 일체시했다. 그러므로 회의파 의장을 정부 권력에 대한 억제력으로 받아들이거나 의장에게 정부측 제안에 대한 거부권을 주거나 할 리가 없었다.

여기에서 쿠리파라니의 후임에 누구를 선출하느냐 하는 것이 중요한 문제로 대두되었다. 정부의 주장에 따르기만 하는 로봇을 선출한다는 것은 무의미한 일이었다.

간디는 새 의장을 선출하기로 한 운영위원회에 출석했다. 그날은 마하트마의 '침묵의 날'이었다. 후보자 지명이 개시되었다. 간디는 쪽지에다 자기가 미는 후보자 이름을 적어 네루에게 주었다. 네루가 그 이름을 큰소리로 낭독했다. 사회주의 지도자인 나렌드라 데브였다. 네루는 나렌드라 데브의 입후보를 지지했으나 다른 사람들은 반대했다.

당시 인도의 사회주의자들은 아직 회의파 내에 있었다. 그들은 회의파 우파(右派)와 이데올로기나 정치면에서 대립하고 있었으며 혹은 개인적인 대립도 있었으므로, 간디는 그들이 정부의 어떤 경향을 통제하고 조종할 수 있다고 기대했던 것이다.

운영위원회 오전 회의는 10시에 끝났다. 투표는 실시되지 않았다.

정오에 네루와 파텔은 라젠드라 프라사드를 만나 간디에게는 상의도 하지 않고 의장으로 입후보할 것을 강력히 요청했다. 운영위원회의 한 사람인 프라사드 박사는 원래 변호사였으며 1917년 참파란에서 남경작민(藍耕作民)을 위한 투쟁 때 처음 간디를 만난 사람이었다.

프라사드는 오후 1시, 비르러 저(邸)에 있는 간디를 방문하여 네루의 요청을 마하트마에게 보고했다. 간디는 "나는 그렇게 좋은 인사라고는 생각하지 않는다."고 말했다.

프라사드 박사는 훗날 이 일을 회고하여 "나는 그때까지 간디 옹에 반대한 기억이 없다. 설사 의견이 다를 때에도 옹의 의견이 옳다고 생각하여 그대로 따랐다."고 말했다.

이때도 역시 프라사드는 간디에 동의하여 입후보를 사퇴하겠다고 일단 약속했다. 그런데 프라사드는 다시 설득을 받아 결국 새 의장이 되었다. 그는 온후하고 조심성이 있으며 선량하고 고결한 사람이었다. 그리고 남을 이끌기보다는 봉사하는 타입이었다. 그때 그의 나이 63세였다.

간디는 회의파의 흑막과 정부의 요인에게 패했다.

그래서 이번에는 다른 방법을 쓰기로 했다.

1947년 12월 상순, 간디는 정부에 들어가 있지 않은 사람들 가운데 가장 믿을 만한 사람들과 몇 차례 회담했다. 그들은 모두 건설적인 작업에 종사하는 사람들, 이를테면 간디가 여러 해 전에 불가촉천민제의 폐지, 힌두스타니 어(語)를 국어로 보급시키는 일, 기초교육의 확장, 식량생산의 개선, 농촌산업 진흥, 물레돌리기의 장려 등의 사업을 위해 설립한 몇 가지 단체를 이끌고 있는 사람들이었다. 그들은 비폭력운동에 헌신하고 있었다. 간디를 인도의 독립을 달성하는 데 주

동적 역할을 한 사람이라는 이유만이 아니라 인도의 사회개혁을 이끄는 주재자라는 이유에서도 그를 신뢰하고 따르는 사람들이었다.

간디는 그 여러 단체가 결합할 것을 희망했다. 그러나 건설적 작업에 종사하는 그들이 권력정치에 참가하는 것은 바라지 않았다. "그것은 오히려 파멸을 의미한다. 그런 염려만 없다면 나 자신이 정치에 참가하여 정부를 내가 생각하는 방향으로 운영하도록 노력할 수도 있을 것이다. 현재 권력의 고삐를 쥐고 있는 사람들은 쾌히 물러나서 나아게 그 자리를 내줄 수도 있을 것이다. 하지만 그들이 맡고 있는 동안은 그들은 그들의 빛을 따라서 나아간다."고 설명하고 있다.

간디는 친구들에게 "그러나 나는 권력을 내 손에 잡고 싶은 생각은 없다."고 말했다. "권력을 떠나 일반 시민에 대한 순수하고 무사한 봉사활동을 통하여 우리는 그들을 지도하고 그들에게 감화를 줄 수 있다. 그렇게 해서 우리는 정권을 잡은 권력보다 더 실제적인 권력을 잡을 수 있을 것이다. 민중이 스스로 우리를 원하여 다른 사람들이 권력을 휘두르는 것을 바라지 않으며, 그렇게 느끼고 그렇게 말할 때가 올 수도 있을 것이다. 문제는 그때에 고려할 수 있다. 그때 나는 이미 이승에 없겠지만."

회의파를 직접 이끌지 못한 간디는 정부를 추진하고 긴급할 때에는 정부의 무거운 부담을 운반할 수도 있는 새로운 수레를 만들 계획을 했다. 간디의 구상에 의하면 그것은 최후의 수단으로서 그 외에는 정치권력을 잡으려고 하지 않으며, 정계에 들어가 표를 얻으려고 하는 대신 대중에게 그 투표권을 현명하게 행사하도록 가르칠 것이다.

이 일을 발전시키기 위해 간디는 보다 많은 지식인을 흡수해야겠다고 생각했다. 건설적 사업에 종사하는 동지들의 모임에서 간디는 "우리 나라 지식인에게 동정심이 없지는 않다. 그러나 보통 이성은 감정 뒤에 따라가는데 우리는 그들의 이성을 납득시킬 만큼 그들의 가슴에 침투해 있지 않다."고 말했다. 그것이 간디의 열쇠였다. 즉 가슴과 머리는 일치해야 하지만 우선 가슴에 호소할 필요가 있다고 생각한 것이다.

한 대표가 건설적인 복지사업이 왜 회의파당이나 정부의 손으로 실행되지 않느냐고 물었다.

간디는 간단하게 대답했다. "회의파 당원은 건설적 사업에 충분한 관심을 가지고 있지 않기 때문입니다. 우리는 우리가 내다보는 사회질서가 현재의 회의파에 의해서 이루어지지 않는다는 사실을 인식하지 않으면 안 됩니다. 오늘날 우리 인도에는 너무나 많은 부패가 있습니다. 나는 그것이 두렵습니다. 사람들은 모두 자기 호주머니에 많은 표를 가지려고 합니다. 표가 권력을 주니까요. 그러므로 권력을 잡겠다는 생각을 버려야 합니다. 그렇게 해야만 권력을 바른 길로 나아가게 할 수 있습니다. 이제 겨우 새 출발을 하는 우리의 독립을 교살하려 하는 부패를 배제하는 방법은 이밖에는 없습니다." 하고 강조했다.

간디는 권력의 유혹을 받지 않는 사람만이 권력의 자리에 있는 사람들에 대해서 올바른 비판을 할 수 있다고 생각했다. 그는 또한 자기 경험에 의해서도 입법자나 사법관이 권력기구에 너무 접근해 있을 경우에는 행정부를 억제하거나 균형을 유지해나가기가 어렵다는 것을 알고 있었다. 요컨대 자리에 있는 사람들을 억제하고 균형을 유지할 수 있다고 생각했다.

한편 간디는 그 자신의 독특한 권위를 지니고 있었다. 그 권위는 (그의 노력에 의해서 태어났다고 할 수 있는) 정부의 권력과는 전혀 성격이 다른 것이며 그 권위에 대해서 이해와 공감을 가진 사람들은 지금도 여전히 마하트마 간디를 숭배하고 있었다.

제**9**장

최후의 단식

간디가 벵고르 지방에서 구호활동을 하던 시절에 만난 적이 있는 리차드 시몬스라는 영국인 친구가 1947년 11월, 뉴델리에서 장티푸스에 걸렸다. 간디는 환자를 비르러 저(邸)로 옮겨서 치료시켰다.

의사가 브랜디를 먹는 것이 좋다고 해서 온 집 안을 뒤져 브랜디 한 병을 찾아냈다. 엄격한 금주주의자인 간디의 의견을 묻자 환자에게 주는 것은 반대하지 않는다고 말했다. 그 후 의사가 또 셸리 주를 권했을 때에도 역시 반대하지 않았다.

크리스마스가 다가왔다. 간디는 크리스천 소녀들에게 크리스마스 트리와 아름다운 꽃줄로 시몬스의 병실을 장식해주라고 부탁했다. 크리스마스 이브에는 마하트마의 발의(發意)로 소녀들이 와서 캐롤을 불렀다.

간디는 매일 다만 몇 분간이라도 혹은 더 오랫동안 환자를 보러 왔다. 치료에 관해서는 복부에 흙습포를 해보라고 권한 외에는 의사 방침에 간섭하지 않았다. 병실에 와 있을 때에는 환자의 기분을 명랑하게 해서 기운을 내게 하려고 애를 썼다.

리차드 시몬스는 카시미르 지방에 간 일이 있으며, 그곳 정세에 관하여 간디와 얘기하고 싶었는데 마하트마의 침묵의 날 외에는 기회가 없었다. 병실에 들어와서 나갈 때까지 줄곧 우스운 얘기나 농담으로 시몬스를 위로했기 때문이다. 카시미르 문제는 환자에게는 너무나 중대했다.

인도의 가장 북쪽에 있는 카시미르에는 아름다운 계곡이 있어 세계에서도 손꼽히는 곳이다. 그 지방 마하라자〔藩王〕는 힌두교도인데 80만 힌두교도와 320만 이슬람교도의 자유와 복지를 평등하게 고려하는 통치를 하고 있었다. 그런데 1947년 9월 파키스탄 정부는 아프가니스탄과 북서 국경지대에 거주하는 부족민의 난폭한 전사를 사수하여 카시미르에 침입시키고 뒤이어 파키스탄 정규병이 침입했다. 궁지에 빠진 마하라자는 그 영토를 인도 연방에 편입할 것을 의뢰해 왔다. 10월 연방에 29일 정식으로 편입선언이 발표되었다. 그리고 마하라자는 장기간 투옥돼 있던 이슬람교도인 샤이크 아브두츠라를 수상으로 임명했으며, 한편 뉴델리 인도 연방 당국은 육로와 공로로 군대를 급파했다. 공수(空輸)에 의하지 않았더라면 카시미르는 이미 파키스탄에 침략, 병합을 당했을 것이다. 얼마 후 카시미르와 인접한, 이 역시 번왕령인 잔무가 인도와 파키스탄 사이의 소규모 전쟁의 무대가 되었다. 이 전쟁은 두 자치령의 재정, 인내심, 병력의 정원을 많이 소모시켰다. 이슬람교도는 이 싸움을 '성전(聖戰)'이라고 주장했다.

간디는 크리스마스 날 방송을 통하여 카시미르에 침입한 부족민을 몰아내기 위해 인도가 군대를 파견한 행동을 승인했으나 이 분쟁을 네루가 국제연합에 제소한 것은 유감스러운 일이라고 말했다. 네루는 국제연합에서 영국의 평화주의자 홀리스 알렉산더에게 이비곡직(理非曲直)보다 국제적인 무력외교에 대한 배려가 카시미르 분쟁에 대한 각국의 태도를 결정하게 될 것이라고 말했다. 한편 간디는 인도와 파키스탄에게 공정한 인도인 자신의 협력에 의해 평화적으로 해결할 것을 역설하여, 인도연방이 국제연합에 제소한 조치를 위엄으로써 철회시키게 되기를 바란다고 말했다. 직접 교섭이 실패하는 경우에는 한두 영국인에 의한 중재를 생각하고 있었다. 즉 마하트마는 홀리스 알렉산더와 얘기했을 때 영국 노동당 정권의 한 사람인 필립 노엘베이커를 중개자로 받아들일 수 있다고 말했다. 간디는 또 분쟁지구 주민의 투표를 하는 가능성도 생각하고 있었다.

그러나 인도 정부는 그러한 중재나 조정을 거부했다. 국제연합에서는 치열한 논쟁이 끊임없이 계속되고 있었으며, 그 동안에도 양측의 적 개심은 강해지고 군사출비는 자꾸 증대했다.

간디는 항상 고도의 정치와 저변(底邊)의 정치를 결부시키고 있었다. 이를테면 어느 날은 네루를 만나서 카시미르 분쟁에 관해 의논을 하는가 하면, 이튿날에는 농촌에 가서 귀중한 비료를 만들기 위해 쓰레기와 인축(人畜)의 분뇨를 어떻게 배합하는 것이 좋은지에 관해서 얘기했다. 가축의 품종개량에 관해서도 충고를 했다. 이슬람교도의 소 도살에 대한 힌두교도의 비난을 비판하여 "힌두교도는 때려 죽이지는 않지만 학대에 의해서 천천히 죽인다."고 말했다. 농민들이 간디를 환영하는 환영사에서 비폭력을 찬양하자 간디는 대답했다. "환영사가 어떻게 준비되었는지 나는 짐작할 수 있습니다. 누가 쓴 것을 다른 사람이 앵무새처럼 낭독하면 그것으로 끝나버립니다." 그리고 세상 사람들은 과연 비폭력을 실행했는가 묻고 "사고와 언어와 행동은 항상 일치하지 않으면 안 된다."고 말했다.

이 점에서 간디는 참으로 훌륭했다. 사실 간디는 인도가 독립하기 전보다 독립한 후에 더욱 위대해졌다고 볼 수 있다. 존 헤인스 홈스 목사는 몇 달 동안의 체류를 마치고 인도를 떠날 때 다음과 같은 편지를 간디에게 써보냈다. '나는 최근 몇 달 동안은 귀하의 생애에서도 가장 훌륭한 시기였다고 생각합니다. 귀하는 최근의 암흑 속에서 과거 어느 때보다도 더 위대했습니다.' 간디와 만나 얘기했기 때문에 홈스 박사는 그의 마음을 잘 알 수 있었다. 그렇기 때문에 '최근의 비극에 시달려 무척 고민하셨겠지만 이번 사태가 귀하의 생애를 바친 사업의 좌절을 의미하는 것이라고 생각하지 않으시기를 바랍니다.'라고 쓰고 있다.

간디는 홈스 박사의 이 편지를 '나는 과연 이 찬사를 받을 만한 가치가 있느냐.'라는 제목을 붙여 1948년 1월 11일자 〈하리잔〉 지에 발표하면서 "이 주장이 증명될지 어떨지는 의문스럽게 생각한다."고 대답했다. 그리고 같은 지면에 다른 서양 친구의 편지도 실었는데, 그 친구는 다음과 같은 말로 간디를 위로했다. '나는 개인적으로——동시에 나는 무수히 많은 무언의 사람들의 마음을 대변한다고 확신합니다——전생애를 인류를 구제하는 하나의 길이라고 생각하신 일, 다시 말하면 일생을 비폭력에 바친 당신에게 깊은 감사를 드리는 게 나의 의무라고 생각합니다.'

이에 대해서 간디는 다음과 같이 대답했다. '내가 영웅적이거나 뚜렷하게 논증할 수 있는 비폭력을 세상에 제시했다고 자신을 하거나 당신 같은 친구가 그렇게 믿어준다고 해서 자만하거나 하지는 않습니다. 나는 다만 그 방향을 향해서 잠시도 쉬지 않고 꾸준히 걸음을 계속하고 있다고 말할 수 있을 뿐입니다.'

간디는 자신을 겸손하게 평가하고 있었다. 그 일생에 걸친 사업은 간디로서는 정서적인 관련이 밀접했기 때문에 스스로 객관적, 역사적으로 보는 입장에 서기는 어려웠다. 인도의 복잡한 현실에 대한 실망이 너무 컸기 때문에 자신이 이룬 성공을 정확하게 판단할 수 없었던 것이다.

크리스트를 그 찬양자와 그 비난자를 통해서 판단하기가 어려운 것과 같다.

간디는 '성공'을 하기에는 너무나 위대했다고도 볼 수 있다. 그의 목표는 너무나 고매했으며, 그 목표 앞에서 그의 제자들은 너무나 인간적, 너무나 세속적이었다.

간디는 인도에만 국한된 인물이 아니었다. 비록 그의 이상이 인도의 현실에서 실패했다 하더라도 그가 세계에 보낸 메시지의 의의를 감소시키지는 않았다. 그는 인도에서는 죽을지 모르지만 그 이상은 영원히 존속할 것이다. 아마 세계 모든 곳에서 존속할 것이다.

중요한 것은 그가 인도에서 달성한 직접적인 영광보다 그의 이상, 그가 이 세상을 살아간 방식이다.

예수는 신의 버림을 받았다고 생각했을지 모르며, 간디는 인도 국민에게 버림받았다고 생각했을지 모른다. 그러나 역사가 자신을 어떻게 판단할지, 역사를 만든 사람은 잘 모른다.

역사적 인물의 위대성은 그를 보는 사람들의 눈에 의해서 결정된다. 간디 자신은 자기를 존중하던 사람들에게 배반당하고, 인도의 현실이 자기 이상을 받아주지 않은 까닭으로 고민을 했기 때문에 그 생애의 마지막 몇 달 동안에 자기의 키〔身丈〕——역사적 위대성이 얼마나 더 커졌는지를 스스로 알지 못했다. 그러나 오늘날 우리가 아는 바와 같이 마하트마 간디는 그 마지막 기간에 조국 인도에 구체적 모범을 보여주었을 뿐 아니라 세계 모든 나라, 모든 사회에 무한한 가치가 있는 모범을 보여주었다. 즉 세상 모든 사람은 형제자매로서 의좋게 지낼 수 있다는 것, 손에 피묻은 사람도 우리 태도에 따라서 마음의 접촉에 응할 수 있다는 것을 보여주었다. 위대한 사람이 제시하는 그러한 증명이 없다면 인류는 자기 신뢰를 상실할지 모른다. 하지만 어떤 사람이 나와서 그 증명을 제시한 뒤에는 인류사회는 암담한 현실과 그들이 치켜든 광명을 비교해보지 않을 수 없었다.

간디의 단식이 소란한 캘커타를 정상적인 정신상태와 평정으로 돌아가게 한 사실, 간디의 존재가 델리의 집단살인을 산발적인 발생으로 감소시킨 사실, 간디의 방문이 자킬 후세인 박사의 오크라 학교를 폭력의 위험에서 구한 사실, 힌두교도가 《코란》 구절의 낭독을 듣고 이슬람교도가 힌두교도의 입에서 나오는 이슬람교의 신성한 말을 듣는 것을 반대하지 않은 사실——은 많은 사람들의 양심을 깨우치고 희망의 샘이 되었다.

1948년 1월 13일, 마하트마 간디는 그 생애 최후의 단식을 개시했다. 그것은 인도의 머리에 경신(敬神)의 상(像)을 새겼다.

델리의 살육은 끝났다. 간디가 시중(市中)에 있다는 것이 그 효과를 나타낸 것이다. 그러나 간디는 아직 '고민'하고 있었다. "자킬 후세인 박사나 샤히드 스프라와르디(전임 벵골 주 수상) 같은 사람이 델리 시내를 나처럼 자유롭고 안전하게 나다니지 못한다는 것은 나로서는 견디지 못할 일이다." 간디는 파키스탄에 가서 그곳 힌두교도와 시크교도를 돕고 싶었으나 델리의 이슬람교도가 아직 완전히 구제되지 않은 지금, 그곳에 갈 수는 없었다. "나는 무력을 느낀다. 내 생애에 무력감에 굴복한 일은 없었는데." 간디는 당시 심정을 이렇게 토로하고 있다.

여기에서 간디는 단식을 시작했다. 그것은 죽음을 각오한 '무제한의 단식'이었다. "나는 그렇게 하지 않을 수 없는 심정이었다." 이번에는 네루에게도 파텔에게도 상의하지 않았다. 간디는 사태가 개선되어가고 있을 때에 단식하는 것은 성급한 행동이라는 비난을 받았으나 폭동이 시작된 지 1년 동안이나 꾸준히 기다렸지만 종교간의 살인적인 증오가 아직도 이 땅에 그대로 번져 있다고 생각했다. "내가 신 앞에 몸을 내던지는 것은 인간으로서의 내 자원(資源)을 다 쓰고 난 때입니다. 신은 이번에도 나에게 단식을 명령하셨습니다. 단식하는 도중 생명의 유혹을 받아 마음의 동요를 일으켜 단식을 중지하는 일이 없도록 정신력을 고무해주시기를 바랄 따름입니다."

단식 첫날, 간디는 이번 단식을 인도 연방의 힌두교도와 이슬람교도, 그리고 파키스탄의 이슬람교도 모든 사람의 양심에 호소하는 단식이라고 말했다. "전원이나 혹은 어느 한쪽이 완전히 응답해준다면 기적이 달성되는 것으로 생각한다."

간디는 델리에 대한 통제력이 급속히 상실되고 있는 것을 강조했다. 그는 수도에서 폭력이 재발하는 것을 염려했다. "만약 델리가 망하면 인도도 망할 것이며, 또한 세계평화의 희망도 없어진다." 힌두교도는 파키스탄 수도 카라치나 이슬람교도 자치령의 다른 곳에서 살해되고 있었다. 마하트마는 새로운 폭동의 파문이 일어날 위험성을 느꼈다. 델리에서는 난민들이 이슬람교도들을 그들의 집에서 쫓아내고 있었다. 이슬람교도 주민을 모조리 시외(市外)로 추방하라는 소리도 들렸다. 간디는 "가슴속에 폭풍이 일고 있다. 언젠가는 밖으로 폭발하여 나올 것이다."라고 말했다.

간디는 곰곰이 정세를 검토하여 드디어 단식을 결심하고는 기쁨을 느꼈다. 몇 달만에 기쁨을 느꼈다.

간디는 이번에는 죽을지도 모른다는 예감이 들었다. 그러나 "나는 힌두교, 시크교, 이슬람교가 파멸하는 것을 수수방관하기보다는 차라리 죽는 것이 영광스러운 구제가 된다.”고 말했다. 간디는 친구들에게 단식을 못하게 하려면 비르러 저(邸)에 찾아오지 말라고 선언했다. 그리고 “걱정할 필요는 없다. 나는 신의 손아귀에 있다. 나를 걱정하지 말고, 빛을 각자의 마음속으로 향해야 한다. 지금이야말로 우리 모두가 시련을 겪고 있다.”고 말했다.

단식 첫날 간디는 저녁 기도의 집회에 참석했다. 관례대로 기도를 마친 다음 미소를 지으면서 회중에게 말했다. “식후 24시간의 단식으로 힘이 빠지는 사람은 없어요.” 질문장이 단 위에 있는 그에게 전달되었다. ‘이번 단식은 누구를 비난하기 위한 것인가.’ 하는 질문이었다. 그는 “누구를 비난하기 위한 것은 아니다.”라고 대답했다. “그러나 힌두교도와 시크교도가 델리에 사는 이슬람교도를 추방한다면 스스로 인도와 자기 종교를 비난하는 것입니다. 내가 분개하는 것은 그 점입니다.” 하고 질문에 대답했다. 간디는 또 자기가 단식하는 것은 이슬람교도를 위해서라고 했을 때 비웃는 사람들이 있는 사실에 언급하여, “확실히 그렇습니다. 나는 생애를 통해서 그랬으며 모든 사람이 다 당연히 그래야 한다고 생각합니다마는 소수파나 곤궁에 빠진 사람들 편을 들어왔습니다.”라고 말하면서 자신은 마음의 대청소를 기대한다고 덧붙였다. 그것은 파키스탄의 이슬람교도가 무슨 짓을 하든지 그것과 무관계한 일이었다. 힌두교도와 시크교도는 타고르가 애창한 노래를 다시 생각해보아야 한다.

불러도 대답하는 이가 아무도 없으면
혼자서 걸어가라, 혼자서 걸어가라

간디는 델리가 평화로워지면 단식을 끝낼 각오였다.

단식 제 2 일, 의사들이 예배보러 가지 말라고 권고했으므로 회중에게 낭독할 메시지를 구술했다가 다시 모임에 나가기로 했다. 많은 전보가

오고 있다는 것이 전달되었다. 가장 기뻤던 것은 파키스탄의 라홀에서 무리두츠라 사라바이가 보낸 전보였다. 즉 그녀의 전보는 무슬림 리그나 파키스탄 정부 사람도 포함된 이슬람교도 친구들이 간디의 건강을 걱정하고 있으며, 무슨 일은 하면 좋을지 묻고 있다는 사연이었다.

간디는 이렇게 회답했다. '단식은 자기 정화의 과정이며, 나의 단식의 사명에 동감하는 모든 사람들이 각각 자기 정화의 과정에 참가하기를 바라서 의도한 것입니다. 인도의 이쪽에도 저쪽에도 자기 정화의 물결이 있다고 가정합시다. 그 물결에 씻겨서 파키스탄은 청정해질 것입니다. 그리고 정화된 파키스탄은 영구히 멸망하지 않을 것입니다. 그때에 가서 나는 인도의 분할을 죄악이라고 부른 것을 후회하게 될 것입니다. 그러나 현재는 죄악이라고 생각하지 않을 수 없습니다.'

간디는 소년시절, 아버지가 이교도인 친구와 종교에 관해 토론하는 것을 엿듣고 세상 모든 종교 상호간의 우애를 생각해본 일이 있었다는 얘기를 했다. "내 인생의 황혼기에 그 꿈이 실현된다면 나는 소년시절처럼 기뻐할 것입니다." 그리고 125세까지 살고 싶다는 그의 의욕도 다시 되살아날 것이다.

"되도록 빨리 단식을 끝내야겠다는 생각은 없습니다." 하고 간디는 회중에게 말했다. "나 같은 어리석은 사람의 소망이 성취되지 않거나 단식을 적당히 끝내지 못하거나 하는 것은 하등 중요한 일이 아닙니다. 나는 언제까지나 기다리겠습니다마는 여러분이 단순히 내 목숨을 구하기 위해서 행동을 한다면 오히려 나는 분개할 것입니다."

이 단식 중 간디는 의사의 진찰을 받으려 하지 않았으며 의사들에게 "나는 하느님 뜻에 맡기기로 했다."고 말했다. 그러나 심장 전문의인 기르달 박사가 의사들은 매일 진단서를 발표해야 하는데 진찰을 하지 않고서는 진실을 말할 수 없다고 주장했다. 간디는 이 주장을 받아들였다. 수시라 나얄 박사가 소변 속에 아세톤(당뇨환자의 오줌에 많이 발견되는 유기화합물)이 섞여 있다고 그에게 말하자 간디는 "나의 신앙이 부족하기 때문입니다."라고 대답했다.

"하지만 이건 화학적인 것인데요."라고 나얄 박사는 대답했다.

간디는 꿈을 꾸는 것 같은 시선으로 나얄 박사를 쳐다보면서 다시 말했다. "과학이 과연 얼마나 알고 있을까. 인생은 과학이 도저히 밝히지 못하는 면이 있으며 화학은 결국 신을 못당합니다."

간디는 구토가 나서 물을 마시기가 어려웠으나 과즙이나 꿀을 물에 타서 구토를 진정시키는 것을 거부했다. 신장이 약해지고 기운이 빠졌으며 체중이 매일 2파운드씩 줄었다.

단식 제3일째에는 결장(結腸)을 관장했다. 오전 2시 반, 목욕탕에 들어가고 싶다고 했다. 그는 욕조 속에서 인도 연방정부에게 파키스탄 정부에 대한 5억 5000만 루피 즉, 약 4000만 파운드의 지불을 요청하는 성명서를 구술하여 피야레랄에게 필기시켰다. 이것은 분리하기 전 인도의 자산 중에서 파키스탄이 가져야 할 몫이었다. 뉴델리 당국이 지불을 지연시키고 있었으므로 빨리 송금할 것을 종용한 것이었다. 구술을 마친 뒤에 현기증이 나서 피야레랄이 안아서 의자에 앉혔다. 마하트마의 체중은 107파운드, 혈압은 140·98로 떨어져 있었다.

인도 연방정부는 즉시 송금했다.

그날 간디는 비르러 저(邸)의 울타리를 두른 베란다에 놓인 침대에 누워 있었다. 그는 무릎을 배 위에 끌어올려 구부리고 주먹을 가슴에 대어 새우 같은 자세를 취하고 있었다. 몸과 머리를 하얀 카아디로 덮어 얼굴만 내놓고 있었다. 눈을 감고 있어 잠이 들었는지 반은 의식이 없는 것 같았다. 사람들이 끊임없이 행렬을 이루어 10피트쯤 떨어져서 지나갔다. 그 행렬에 참가한 인도인이나 외국인은 그 딱한 모습을 보고 가슴이 아파 눈물을 흘리기도 하고 기도를 하기도 했으며, 간디가 자기를 보고 있지도 않는데도 합장 인사를 하는 사람도 있었다. 간디의 얼굴에는 심한 고통이 떠오르고 있었으나, 그러면서도 잠들어 있을 때에나 의식이 없는 것 같을 때에도 승화(昇華)된 표정이었다.

오후 5시 기도 시간이 되기 전에 눈을 떴으나 예배장소까지 걸어갈 수 없어 침대 위에서 마이크로폰을 통해 얘기하도록 장치를 준비했다.

그 마이크는 예배장소의 스피커와 전 인도 방송망에 연결되어 있었다.

간디는 "남들이 하는 짓 때문에 자기 마음을 동요시키지 말라."고 약한 목소리로 말했다. "우리들 한 사람 한 사람이 조명을 내부로 향하게 하여 마음을 정화해야 합니다. 사람은 누구나 다 죽음을 피하지는 못합니다. 그런데 왜 죽음을 두려워할까. 사실 죽음이야말로 고통에서 해방시켜주는 벗인데……."

간디는 얘기를 계속할 수 없었으므로 다음 부분은 대독되었다. 그러나 신문기자들의 질문에는 구두로 대답했다.

"인도 자치령의 어느 부분에도 소란이 없을 때 왜 단식을 시작했습니까?"

"군중이 이슬람교도의 집을 점거하려고 한 것이 혼란을 야기하는 소동이 아니고 대체 무엇입니까. 그런 소란이 있었기 때문에 경찰이 출동하여 군중을 쫓기 위해 최류탄을 터뜨리고 하늘로 향해 발포하지 않으면 안 되었습니다. 이슬람교도의 마지막 한 사람이 눈에 보이지 않는 수단, 즉 내가 '조금씩 압박을 가해서 죽이는 살인'이라 부른 방법에 의해서 델리 바깥으로 추방되는 것을 기다렸다고 하면 어리석은 짓이었습니다."

일부 사람들은 간디의 이번 단식을 반 이슬람교도로 알려지고 있는 부수상 겸 내무장관인 바츠라브바이 파텔에 대한 것이라고 관측하는 소문을 들었다. 그러나 간디는 그런 소문을 부인하여 그것은 아마 한편에는 자기와 네루, 다른 편에는 파텔을 대립시켜 무슨 이간질을 꾸미는 책동인 것 같다고 말했다.

제 4 일째, 간디의 맥박이 불규칙했다. 그는 의사에게 전도(心電圖) 검사를 허용하고 다시 관장에 응했다. 마우라나 아부르 카람 아자드는 과즙을 탄 물을 조금 마시라고 권했으나 듣지 않았다. 간디는 물도 마시지 않았다. 의사들은 간디가 이번 단식을 극복해서 연명하는 경우에도 회복할 수 없는 큰 손상을 당할 것이라고 경고했으나 간디는 단식을 중지 하지 않았으며 그날 저녁에도 기도 모임에 마이크로폰을 통해 얘기했다. 목소리가 전날보다 오히려 또렷하다고 자랑했다. "단식 나흘째되는 날 기분이 이렇게 상쾌한 적은 없었습니다. 나에 대하여 유일의 지도자는 전능이고 불가류(不可謬)한 신입니다. 가령 나의 이 취약한 육체가 앞으로도 소용이 있다면 신께서는 의사들의 예언과 달리 내 몸을 보호해주신 것입니다. 나는 신의 손아귀에 있습니다. 그렇기 때문에 여러분께서는 죽음도 두려워하지 않고 살아서 불편한 몸이 되는 것도 두려워하지 않는다는 내 말을 믿어주실 것으로 생각합니다. 그러나 한편 이 나라가 나를 필요로 한다면 의사들의 이 경고가 사람들의 마음을 단결시키게 되리라고 생각합니다."

간디는 기도 모임을 향해 마이크를 통해서 2분간 얘기하겠다고 고집했다. 그런 다음 미리 필기시켜둔 성명서가 낭독되었다. 인도 연방 정부는 파키스탄에 5억 5000만 루피를 지불했는데 간디는 그것이 카시미르 지방 분쟁이나 두 자치령 사이의 대립을 해결해줄 것으로 기대했다. "현재의 적개심에 우애의 정신이 대체되어야 합니다. 파키스탄은 과연 어떤 반응을 보여줄까요?"

1월 17일, 간디의 체중은 107파운드에서 안정되어 있었다. 분명히 관장을 할 때에 수분을 몸에 흡수하고 있었다. 속이 메스꺼웠으나 몇 시간 동안 조용히 누워 있었다. 네루가 와서 통고했다. 간디는 이슬람교도가 돌아올 수 있을 만큼 분위기가 안정이 됐는지 어떤지를 확신시키기 위해 피야레랄을 시내에 보냈다. 왕후, 파키스탄의 이슬람교도, 혹은 전 인도의 방방곡곡에서 전보가 쇄도했다. 간디는 만족을 느꼈으나 그날 서명으로 발표한 성명은 그것을 다짐하는 경고였다. '라자, 마하라자, 혹은 힌두교도나 시크교도 기타 어떤 사람이 이 중대한 시기에 대하여, 나의 단식을 종결시키려는 생각에서 내 판단을 그르치는 경우에는 그들을 위해서도 인도를 위해서도 도움이 되지 않을 것입니다. 나로서는 정신을 위해 단식을 할 때처럼 행복을 느끼는 일은 없다는 것을 알아주기 바랍니다. 특히 이번 단식에서는 전에 느끼지 못했던 큰 행복을 느끼고 있습니다. 각자의 진심에서, 악마의 사수에서 각성하여 신의 말씀을 따르게 되었다고 정직하게 말하지 못하는 사람은 누구나 나의 이 행복한 상태를 교란할 필요는 없습니다."

1월 18일, 간디는 약간 기분이 나아졌다. 가벼운 마사지를 했다. 체중은 여전히 107파운드였다. 줄지도 늘지도 않았다.

간디가 단식을 시작한 13일째 오전 11시 이후 델리의 여러 커뮤니티, 단체, 난민대표들이 모인 위원회가 여러 구성원 사이에 참다운 평화를 수립하는 노력을 하기 위해, 회의파의 새 의장 라젠드라 프라사드 박사의 집에서 모였다. 그것은 단순히 무슨 문서에 서명을 하자는 취지의 모임이 아니었다. 그런 것으로는 간디를 만족시키지 못할 것이다. 각 대표들은 자기가 대표하는 사람들이 실행하리라고 믿는 구체적인 서약을 하지 않으면 안 되었다. 그리하여 만약 그 서약이 지켜지지 않을 경우 간디는 당장 그 사실을 알고서 번의(飜意)시키지 못할 죽음의 단식으로 돌입할 것이다. 책임을 인식한 대표들은 양심과 자기가 대표하는 사람들과 상의하기 위해 일단 돌아갔다.

이튿날 18일 아침, 드디어 서약서를 작성하여 조인했다. 그리고 100명이 넘는 대표들 일동이 프라사드 박사 집에서 비르러 저(邸)로 갔다. 네루와 아자드가 먼저 와 있었다. 델리의 경찰장관과 차관도 합석하여 그들도 서약서에 서명했다. 힌두교도, 이슬람교도, 시크교도, 크리스트교도, 그리고 유태교도도 참석했다. 힌두 마하사바와 R. S. S의 대표도 있었다.

뉴델리 주재 파키스탄 고등판무관 자라브 자히드 후세인도 참석했다.

프라사드 박사가 마하트마에게 그 서약은 실행을 약속하는 것이라고 설명했다. 서약서 내용은 다음과 같았다.

제1조. 우리는 이슬람교도의 생명, 재산 및 신앙을 보호하여 델리에서 발생한 사건을 두 번 다시 되풀이하지 않을 것을 맹세한다.

간디는 그 말을 듣고 수긍했다.

제2조. '우리는 간디 옹에게 다음과 같이 확약한다. 쿠와자 쿠투부틴 마잘(廟)에서 열리는 항례의 장은 금년도 예년(例年)대로 열린다.'

이것은 델리 시 교외에 있는 이슬람교도 사원 근처에서 정기적으로 열리는 장에 대해서 언급한 것이다.

그 특별한 조항의 서약에 간디의 얼굴이 밝아진 것 같았다. '이슬람교도는 사부지 만디, 카로루버그, 파할간지, 기타 지역에서 종전과 같이 자유롭게 돌아다볼 수 있을 것이다.'

'이슬람교도가 떠난 뒤에 현재 힌두교도와 시크교도가 점유하고 있는 이슬람교도 모스크를은 모두 반환하기로 한다. 이슬람교도의 전용지역은 앞으로 폭력적으로 점거당하는 일이 없을 것이다.'

도피했던 이슬람교도는 돌아와서 전과 같이 생업에 종사할 수 있다.

'이상은 우리들의 개인적인 노력에 의해 실천되며 경찰이나 군대의 협력에 의해서 되는 일이 아니다.'

이렇게 설명을 하고 나서 프라사드 박사는 마하트마가 단식을 중단할 것을 간청했다.

다음에 힌두교도 대표가 그날 아침에 있었던 감동적인 화목(和睦)의 정경을 간디에게 보고했다. 사부지 만디의 이슬람교도 주민 150명의 행렬이 현지 힌두교도의 따뜻한 환영을 받았으며 그들도 축복을 받아들였던 것이다.

간디는 라젠드라 프라사드 박사의 집에서 토의한다는 것을 미리 알고 있었으며 간디 쪽에서도 그들 대표들이 채택하여 자기에게 제출할 항목을 미리 제시하고 있었다.

다음에는 간디가 대표들에게 얘기했다. 간디는 그들의 설명을 듣고 감동했다고 말했다. "그러나 여러분이 델리라는 한정된 사회의 평화에 대해서만 책임을 진다고 한다면 당신들의 보장은 아무 의미도 없으며, 내가 단식을 중지하는 것은 큰 실수가 될 것입니다. 그리고 당신들도 그것을 이해하게 될 것입니다."라고 말했다. 그 무렵 신문에는 아라하바드 지방에서 종교간의 분쟁이 발생하고 있다는 것이 보도되고 있었다. 힌두 마하사바와 R. S. S의 대표도 그 자리에 나와 있었으며 서약서에 서명하고 있었다. 간디는 말을 계속했다. "우리가 의무에 성실하다면 델리 외에 다른 곳에서 일어나는 광적 사태에 대해서 절대 무관심할 수 없습니다." 이 말은 분명히 두 단체의 책임을 지적한 것이었다.

"델리는 인도의 심장이고, 당신들은 델리의 정수입니다. 만약 당신들이 힌두교도도 시크교도도 이슬람교도도 다 형제임을 인도 전체에 이해시키지 못한다면 인도의 미래는 여전히 불안합니다. 상호간에 싸움이 계속되면 인도는 장차 어떻게 되겠습니까?"

간디는 여기서 감격하여 울음을 터뜨렸다. 수척한 볼에 눈물이 흘렀다. 그 자리에 있는 사람들도 모두 흐느껴 울었다.

간디는 다시 기운을 차려 말을 계속했으나 목소리가 희미해서 잘 들리지 않았다. 그래서 수시라 나얄 박사가 옆에서 듣고 큰소리로 되풀이하여 전달했다. 간디는 사람들은 나를 속이려 하는 것은 아닌지, 내 생명이나 구하려고 하는 것은 아닌지. 자기가 파키스탄에서 융화를 주장할 수 있게 하기 위해 델리의 평화를 보장하여 자기를 해방하는 것인지, 이슬람교도는 여전히 힌두교도를 우상숭배자, 사교도라고 해서 추방할 생각은 아닌지를 물었다.

마우라나 아자드와 기타 이슬람교 학자들은 그것은 이슬람교의 태도가 아님을 간디에게 보증했다. 가네쉬 다트는 R. S. S와 힌두 마하사바를 대표해서 단식을 그만 중단하라고 간청했다. 파키스탄 대사도 우호적인 말을 하고 시크교도 대표가 서약을 추가했다.

간디는 침대 위에 앉아 잠시 말없이 생각에 잠겼다. 사람들 모두 말이 떨어지기를 기다렸다. 이윽고 간디는 단식 중단을 선언했다. 배화교, 이슬람교의 성전을 독송한 다음 힌두교 성전의 한 구절이 독송되었다.

　　나를 이끌어주십시오
　　허위에서 진리로
　　어둠에서 빛으로

죽음에서 불사(不死)로

간디 측근의 여성들이 힌두교 찬가와 간디가 좋아하는 크리스트 교 찬송가 〈불가사의한 십자가를 보면〉을 불렀다.

그런 다음 마우라나 아자드가 오렌지 주스를 한 컵 주자 간디는 그것을 천천히 마셨다.

간디는 서약이 지키진다면 수명대로 살아 인류를 위해 봉사하고 싶다고 말했다. "인간의 수명은 그 방면의 권위자에 의하면 적어도 125세이며, 혹은 133세라고 하는 사람도 있다."고 말했다.

그날 오후 간디는 영국인이 경영하는 일간지 〈스테이츠 맨〉의 전 편집자 아더 무어와 면담했다. 무어는 "간디는 명랑했다. 나와 얘기할 때 그는 자기보다 나에게 관심을 표시하여 오히려 간디 쪽에서 여러 가지 상세한 질문을 해왔다."고 간디를 만났을 때를 전하고 있다.

네루는 그날 아침 일어나면서 간디를 동정하는 의미에서 저녁까지 절식(節食)하기로 작정하고 있었는데 비르러 저(邸)에서 연락이 와 각계 대표들의 서약과 간디의 단식종결에 참석하게 되었다. 네루는 일부러 불평했다. "저도 단식을 할 작정이었는데 시작하자마자 중지해야 하나요?"

간디는 만족스러웠다. 그날 오후 약간의 서류를 네루에게 보냈는데 거기에 "당신은 이미 단식을 중지했겠지요."라고 하면서 "언제까지나 인도의 보석인 네루에게."라고 씌어 있었다. 네루의 이름 자와하르라르는 힌두스타 어(語)로 보석을 의미했다.

간디는 저녁 기도의 모임에서 그 서약은 무슨 일이 있을지라도 힌두교도, 이슬람교도, 시크교도, 크리스트 교도, 유태교도 사이에는 절대적인 우정이 있으며 결코 파탄을 일으키지 않음을 의미하는 것으로 해석했다고 말했다.

파키스탄의 무하마드 자플츠라 카안 외상(外相)은 레이크 석세스에서 열린 국련안정보장이사회에서 "간디의 단식에 호응하여 우호의 분위기와 의욕이 커다란 물결을 이루어 인도 대륙에 번지고 있다.”고 보고했다.

파키스탄과 인도 연방 사이에 그어진 국경은 인도의 심장에 그어진 상흔이며, 그것은 그대로 두고서 우호관계를 구축하는 것은 쉬운 일이 아니다. 그러나 간디의 최후의 단식은 소란한 델리를 평정으로 되돌렸을 뿐 아니라 두 자치령 전체에 걸쳐 종교적 폭동과 폭력의 난무를 종교로 지키는 기적을 연출했던 것이다.

간디의 이 업적은 세계 전체에 있어서는 부분적인 해결이지만 봉사의 의욕이 자기 생명의 집착보다 더 컸던 한 인물의 정신력의 기념비로서 있다.

단식을 끝마치고 나서 간디는 행복하고 명랑했다. 그는 죽음을 각오한 행동을 통해서 생명을 되찾았다. 실망은 사라지고 다시 희망에 부풀었다. 그의 머리는 다음 활동계획으로 꽉 차 있었다. 그에게 남겨진 시간은 앞으로 불과 12일간이었지만.

제 **10** 장
종　막

　단식을 끝마친 이튿날, 간디는 예배를 보러 의자에 실려서 갔다. 목소리는 희미했으나 그는 힌두교도의 우월성을 신봉하는 전투적인 반 이슬람 단체 R. S. S의 모체(母體)인 힌두 마하사바의 한 역원이 델리 평화서약을 부인한 것을 보고하여 그것에 대하여 유감의 뜻을 표명했다.

　질의응답에 들어가자 어떤 사람이 간디에게 자기가 곧 신의 권화(權化)임을 선언할 것을 강력하게 요청했다. 간디는 어이가 없다는 듯이 미소를 짓고 "앉으시오. 마음을 진정시키시오."라고 말했다.

　간디가 얘기하는 도중 무슨 폭음이 들렸다. 청중은 동요했다. 간디는 "뭔지 모르지만 걱정말고 얘기를 들으시오."라고 진정시켰다.

　그것은 울타리 너머로 마하트마를 향해서 던진 수제(手製) 폭탄이 터진 소리였다.

　이튿날은 걸어서 기도 모임에 갔다. 전날 사건 때 침착했던 것을 칭찬하는 말이 많이 답지했다는 것을 회중에게 전달하고, 칭찬을 받을 만한 일도 아니거니와 자기는 군대가 연습을 하는 줄로 알았다고 말했다. "그런 폭발로 쓰러지고 난 후 여전히 얼굴에 미소를 띠고 범인에 대하여 전혀 적의를 품지 않는다면 그때야말로 칭찬을 받을 가치가 있다고 하겠지요. 여러분은 그릇된 지도를 받아 폭탄을 투척한 청년을 모멸해서는 안 됩니다. 그는 아마 나를 힌두교의 적이라고 생각했던 모양입니다."

　간디는 또한 그 청년은 자기와 의견을 달리하는 사람은 필연적으로

악이라고 생각한 모양이지만 그것은 틀린 생각이며 그런 청년들을 지원하는 사람은 그 활동을 그쳐야 한다고 강조했다. "그것은 힌두교를 구하는 방법이 아닙니다. 힌두교를 구하기 위해서는 내가 주장하는 방법밖에는 없습니다."

시크교도들은 간디를 방문하여 그 습격 미수자는 시크교도가 아님을 보증했다. 간디는 "습격자가 시크교도거나 힌두교도거나 이슬람교도거나 그건 아무 상관없습니다. 나는 범인이 누구이거나 그 사람의 행복을 원합니다."라고 대답했다.

현장에서는 어떤 무학(無學)의 노부인이 수류탄을 던진 청년에게 매달려 경찰이 올 때까지 한사코 놓지 않았다. 간디는 '배운 것 없는 여성의 단순한 용기'라고 평했으며 경찰장관에게는 그 청년을 마구 다루지 말라고 부탁했다. 그리고 그 청년을 바른 생각과 바른 행동으로 나아가도록 이끌어주지 않으면 안 된다고 생각했다. 그래서 간디는 "청년을 딱하게 생각해주지 않으면 안 된다."고 다시 한 번 강조했다.

그 청년의 이름을 마단랄이라 하며 편잡 주에서 피해온 난민의 한 사람이었다. 델리의 이슬람교 사원에서 숙박하고 있었는데 경찰 당국이 간디의 요청에 따라 이슬람교 사원을 정리하기 시작했을 때 그곳에서 쫓겨났다.

마단랄은 법정에서 "나는 파키스탄에서 무서운 광경을 보았습니다. 남부에서 온 군대가 편잡의 도시나 델리에서 힌두교도를 쏘아 죽이는 것도 보았습니다." 하고 진술했다.

분격한 마단랄은 간디 암살을 계획하는 일당에 가담했다. 마단랄이 던진 수류탄이 목표에 적중하지 않고 체포되자 공모자인 나투람 뷔나야크 고도세가 델리에 왔다. 35세의 고도세는 틸락의 출신지인 마라타 국 푸나 시에서 힌두 마하사바의 주간지를 편집하고 있었으며 신분이 높은 티트파완 브라만 출신이었다.

뒤에 고도세, 마단랄, 기타 7명의 합동재판이 열려 반 년 이상 끌었다. 마단랄은 인도 연방이 파키스탄에 5억 5000만 루피를 지불한 것에 특히 분격했다고 말했으며, 고도세도 이 조치에 분격했다고 말했다.

"나는 힌두교도가 당한 잔학행위와 밖으로는 이슬람교, 안으로는 간디에 직면한 힌두교의 암담하고 절망적인 미래를 진지하게 생각해 보았습니다. 그러다가 갑자기 간디에 대하여 과격한 수단을 쓰기로 결심했습니다." 하고 고도세는 진술했다.

고도세는 특히 간디의 최후의 단식이 성공한 것을 분하게 여겼다. 마하트마가 난민에게 이슬람교 사원에서 나가라고 한 것에 화가 났으며, 이슬람교도에 대해서는 아무 요구도 하지 않은 것이 불만이었다.

고도세는 비르러 저(邸) 주변을 배회하기 시작했다. 카키색 상의를 입고 그 포켓에 권총을 품고 있었다.

1948년 1월 25일 일요일. 그날 기도 모임에는 여느때보다 사람이 많았다. 간디는 기뻤다. 그는 참회자에게 겨울철에는 땅이 차고 습하니까 자리나 두꺼운 카아디를 가져오라고 말했다. 또 힌두교도나 이슬람교도 친구들이, 델리는 이제 '마음의 재회(再會)'를 경험했다는 말을 듣는 것이 반갑다고도 말했다. 그러한 관계개선을 위해 예배를 보러오는 힌두교도나 시크교도 한 사람 한 사람이 적어도 1명의 이슬람교도를 데리고 왔으면 좋겠다고 간디는 생각했다. 그것은 곧 우애의 구체적 증명이었기 때문이었다.

그러나 마단랄이나 고도세 같은 힌두교도 그리고 그들의 후원자들은 힌두교도의 기도 모임에 이슬람교도가 동석하거나 《코란》의 구절을 독송하는 것을 대단히 분격했다. 그들은 또 간디의 죽음이 인도의 재통일을 향한 제1보가 되는 것을 기대하는 생각도 있었던 것 같다. 간디를 없애버려 이슬람교도를 무방비상태에 빠뜨리려고 생각한 것이다. 그러나 간디 암살에 의하여 극단적인 이슬람교 배척주의자들 자신이 얼마나 위험한 인간이 될 수 있는지 증명된다는 역효과에 대해서는 전혀 생각이 미치지 못했다.

단식을 끝마치고 나서 간디는 한숨 돌리기는 했지만 경험부족의 정부가 중대한 곤란에 직면하고 있다는 것을 알게 되었다. 여러 가지 어려움, 너무나 많은 여러 가지 어려움이 정부의 두 최고 지도자 즉 네루 수상과 파텔 부수상의 어깨를 압박하고 있었는데 두 사람의 의견이 언제나 일치하고 있는 것도 아니었다. 두 사람은 기질도 정반대이고 간혹 마찰도 있었다. 간디는 그것이 염려스러웠다. 실제로 두 사람이 같은 정부 안에서 협력해서 일을 해나갈 수 있을지 간디가 걱정할 정도의 형세가 되었다. 양자택일이 불가피한 경우라면 간디는 아마 네루를 선택했을 것이다. 간디는 파텔을 옛친구로서 또 유능한 행정가로서 평가하고 있었으나 네루를 사랑하고 있었으며 네루가 힌두교도와 이슬람교도에 대하여 평등한 우정을 가지고 있는 것을 잘 알고 있었다. 파텔 부수상은 정치적으로는 친(親) 힌두교파로 간주되고 있었다.

간디는 곰곰이 생각한 끝에 네루와 파텔은 수레의 두 바퀴과 같은 관계라는 결론을 내렸다. 어느 한쪽이 없어도 정부는 약체화한다. 그래서 간디는 네루에게 나라를 위해 파텔과 일치 협력하기를 바란다는 편지를 보냈다. 1월 30일 오후 4시에는 파텔이 비르러 저에 간디를 만나러 왔는데 그 역시 같은 충고를 받았다.

오후 5시 5분, 간디는 시간이 늦어진 것을 걱정하면서 아바와 마누의 부축을 받아 에배당으로 향했다. 나투람 고도세는 포켓 속에 소형 권총을 쥐고 회중의 맨 앞줄에 끼어 있었다. 간디에 대하여 사사로운 원한은 전혀 없었던 그는 공판정 진술에서 "총을 쏘기 전에 간디의 명복을 빌고 절을 했다."고 말했다. 그는 사형선고를 받았다.

고도세와 여러 회중의 인사를 받고 간디는 합장으로 답례하고 얼굴에 미소를 지으면서 그들을 축복했다. 그 순간 고도세가 방아쇠를 당겼다. 1발, 2발, 3발. 간디는 "헤, 라마(오오, 신이여!)"라는 말을 외치며 그 자리에 쓰러졌다.

역자 후기

이 책은 루이스 피셔(Louis Fischer)가 쓴 《The Life of Mahatma Gandhi(Jonathan Cape, London Fifth Impression 1902)》를 번역한 것이며 이 책의 초판은 1951년에 나왔다.

또한 이 책의 초판이라 할 수 있는 것은 《Gandhi, His Life and Message for the World》라는 제명으로 Signet Key Books (The New American Library of World Literature, Inc., New York) 1954년에 발행되었다.

루이스 피셔는 이 책을 쓰기 전에도 간디에 관한 저서로 《A Week with Gandhi(1942)》, 《Gandhi and Stalin(1947)》 등을 내놓았으며 간디의 저서나 연설 등에서 발췌한 것을 모은 선집 《간디 자신의 말을 통해서 밝히기 위하여(The Essential Gandhi An Anthology, George Allen & Unwin, London, 1963)》를 엮었다.

저자의 약력은 다음과 같다. 1896년 필라델피아에서 태어나서 그곳의 School of Pedagoy를 졸업한 후, 1917년 그곳에서 교사로 근무했다. 1918년~20년 사이에는 영국 육군에서 지원병으로 근무했다. 1921년 이후 저널리스트로서 유럽 각지, 특히 러시아, 스페인 등지에서 활약했다. 1942년 이후에는 아시아 쪽도 담당했다. 러시아에서는 레닌 말기부터 14년 동안 주재했으며 스페인 내란 때도 종군했다. 간디가 생존했을 때는 몇 차례 인도도 방문하는 등 폭넓은 활동을 했다. 그 후 1959년부터 2년 동안 프린스턴 대학 고등학술 연구소의 연구원이 되었다. 또한 뉴욕 시립 대학의 New School of Social Study에서 강의를 맡기도 했다.

　이처럼 다채로운 경력의 소유자인만큼 그의 붓끝이 닿는 범위도 매우 광범위해서 앞에 소개한 것 외에 다음과 같은 책들을 내놓았다.

　《Oil Imperialism(1926)》, 《The Soviets in World Affairs(1930)》, 《Why Recognize Russia ? (1933)》, 《Machines and Men in Russia(1934)》, 《Soviet Journey(1935/)》, 《Why Spain Fight on(1937)》, 《Stalin & Hitler (1937)》, 《Men & Politics(1940)》, 《Empire(1942)》, 《The Great Challenge (1946)》, 《The Life & Death of Stalin(1950)》, 《This is Our World(1952)》, 《The Story of Indonesia(1958)》, 《The Life of Lenin(1964)》 등.

　그 중에서도 《The Life of Lenin》은 National Book Award를 받았으며 전문가들 사이에서도 높이 평가되고 있는 레닌의 전기이다.

　오늘날 인도에서 간디는 아직도 국부(國父)·성웅(聖雄)으로 존경의 대상이 되고 있는 동시에 그를 '인도의 라스프친'이라 부르는 청년들에 의해서 비판의 대상이 되고 있기도 하다. 그러나 간디의 전체상은 간단히 파악할 수 있는 단순한 것이 아니다. 역시 그의 전체상이라 한다면 서로 다른 이 두 가지 평가를 각각 포함하고 있는 다면상(多面像)으로 생각하는 것이 타당할 것이다. 그러나 오랜 세월 동안 고난에 찬 인도의 독립 투쟁에 참여했던 인도 사람들에게는 그 투쟁의 의미가 다종다양한 색깔을 띠고 있으며, 지대한 영향을 다른 사람들에게 주었다고는 해도 순수하고 엄밀한 의미에서 간디의 입장은 매우 독자적인 것이었기 때문이다. 또한 간디의 '업적'은 해외에서도 '인도 부르주아지와 지주에 봉사한 사람·반동분자'라고 보는 일부 학자들에게도 재평가될 만큼 깊고 다면적이었다.

　그 파란에 찬 생애, 간디 자신이 쓴 것을 포함하여 방대한 관계 문헌·연구 자료, 이러한 것을 들추어가면서 전기를 쓰는 것은 쉬운 일이 아니다. 특히 주인공의 단순한 위인전이라든가 경력의 나열에 그치지 않고 주인공의 영혼의 밑바닥까지 파헤치려 하는 것은 여간 노력이 드는 것이 아니다. 게다가 힌두이즘의 교의를 '진리를 비폭력으로 탐구하는 것'이라고 정의하고 1934년, 비하르에서 일어난 대지진을 힌두교도의 불가촉천민 학대에 대한 천벌이라 공언하여 타고르의 반박에도 굴하지 않았던 간디를 다룰 때는 간디 독자의 정의를 정확하게 이해하도록 노력하지 않으면 안 된다.

이 책은 그러한 어려움을 극복하고 외국인인 저자 피셔가 평범한 정치가로서는 감히 손댈 수 없는 간디의 생애와 업적을 해명하려고 시도했던 것이다. 저자는 이 책을 3부로 나누고 있다. 제1부는 출생에서 영국 유학기, 그리고 간디가 20년 이상을 보낸 아프리카에서의 투쟁과 생활을 많은 자료를 정확하게 활용하여 상세하게 묘사하는 등 인도의 무대로 이르는 정신의 궤적을 쫓고 있다. 제2부 및 제3부에서는 이 특이한 인격의 인도 현대사와의 연관과 현대 세계로의 메시지라는 의미에 대해서 성실한 태도로 세심한 배려를 해가면서 예리한 관찰을 덧붙인다. 전체적으로 잘 균형잡힌 필치이지만, 만년의 2년을 위하여 1부를 더 추가하여 구별하는 구성에는 비극적이기는 하지만 더욱 크게 성장한 간디의 모습을 이 시기에서 찾아내고 높이 평가하려는 입장이 명확하게 드러나 있다.

이 책이 이처럼 전기로서 높은 수준에 도달하고 그러면서도 흥미 깊은 책이 된 것은 저자가 간디에 있어서의 정치의 의미를 해명하기 위하여 여러 차례나 인도를 방문하여 테마의 배경에 관한 인식을 깊게 하고 두 차례에 걸친 간디 방문을 살려서 간디나 진나와의 대담, 문답을 나누었다는 것, 한편으로 암살에 사용된 3발의 탄환에 대해서 전문가의 상세한 의견을 참고로 하거나 로맹 롤랑의 마음에 음악을 통하여 쫓으려 하는 시도 등 저자의 끈질긴 주의력, 깊은 통찰력, 그리고 집필에 대한 정열 등 뒷받침이 있었고 곳곳에서 저자의 풍부한 개성이 반짝이고 있다. 이렇게 해서 저자는 남아프리카나 인도라는 간디의 활동 무대에서 말하자면 특정한 환경이나 조건 아래 간디를 이해하려고 노력하는 동시에 독자로 하여금 세계적인 시야에서 간디의 업적을 평가할 수 있도록 유도해주는데 이러한 것들은 뛰어난 자질과 앞서 말한 경력의 소유자였기 때문에 가능했던 일이며 저자가 고심한 성과라고도 할 수 있을 것이다.

간디가 세상을 떠난 지도 어언 반 세기 가까이 된 이 시점에서 간디의 생애와 업적의 의미를 재조명해보지 않으면 안 된다. 이 책은 그러한 일을 위해 하나의 발판을 만들어준다는 의미에서, 또한 갖가지 주의·신조를 가진 사람들에 의한 다양한 연구 결과가 우리들을 간디의 사상과 실천의 본질을 명백하게 해주는 데 있어서 길잡이가 될 것이라는 의미에서 가치가 매우 높게 인정되고 있다 하겠다.

인도의 성웅 간디

초판·발행 1993년 8 월 20일 값 10,000원

지은이	루이스 피처
옮긴이	민 병 산
펴낸이	남 용
펴낸데	一信書籍出版社

121-110 서울 마포구 신수동 177-3
등 록 : 1969. 9. 12. No. 10-70
전 화 : 703-3001~6
FAX : 703-3009
대체구좌 / 012245-31-2133577

ISBN 89-366-1506-8   03890